www.bbulmedia.com

www.bbulmedia.com

홀로 글쓴이

동화 장편 소설

아름다른 감호

YANG ROMANCE STORY

Contents

1장.
초반 기선제압을 위한
치열한 기싸움

- 네 형이 쓰러졌다. 메시지 확인하는 대로 얼른 귀국해!

- 너 이 짜식, 대체 어떻게 된 거야? 핸드폰은 장식으로 달고 다니냐? 연락이란 연락은 다 씹을 거면 뭐하러 들고 다녀? 소식 들었어? 네 형이 쓰러졌대! 메시지 받는 대로 얼른 전화해!

며칠 전 윤석은 형과 전화로 크게 다투었다. 언성을 높이며 형과 다툰 게 어제오늘 일이 아닌데도 며칠 전에는 좀 심하다 싶을 정도로 과격했다. 언제부터 자신에게 관심을 기울였다고 지극히 사적인 일에 관심을 보이는 형이 눈꼴사나워 윤석은 결국 참지 못하고 오랫동안 마음속에 쌓아 왔던 분노를 표출하고야 말았다.

분명히 며칠 전까지만 해도 아무 일 없이 멀쩡하던 형이었다. 그런데 그런 형이 두통을 호소한 뒤 쓰러져 바로 뇌사 판정을 받았다는 비보는 윤석에게도 갑작스럽고 뜬금없게 느껴졌다.

하지만 형의 비보를 접하자마자 미국 LA를 떠나 한국에 도착해 공항을 빠져나오는 그의 얼굴 표정에는 조금도 슬픈 기색이 없었고, 오히려 싸늘한 비웃음이 어렸다. 그럴 만큼 같은 피를 나눈 형제임에도 그는 형을 사무치게 미워했고, 뼛속 깊이까지 증오했으며, 타인처럼 낯설게 생각해 왔던 것이다.

저보다 2살이 많은 형은 어렸을 때부터 광명그룹 후계자로 자라왔다. 많은 이들이 형을 중심으로 움직였으며 오직 형에게만 관심을 기울였다.

항상 형의 그늘에 가려져 있던 윤석은 자신을 답답하게 옭아매는 그 암울한 그늘에서 벗어나기 위해 겉돌기 시작했다. 오직 형에게만 관심을 집중했던 가족 역시 그런 윤석을 오랜 시간 동안 짐짝처럼 취급하며 방치해 왔다.

이런저런 복잡한 생각에 치우쳐 곧추 앞으로만 걷던 윤석은 다급한 걸음걸이로 마주 걸어오던 여자와 부딪치면서 갑자기 중심을 잃고 휘청거렸다.

"어머나, 이를 어째요? 죄송합니다. 죄송합니다."

윤석이 미처 정신을 차리기도 전에 여자는 연거푸 허리를 숙여 사과하곤 손을 뻗어 그의 셔츠에 묻은 얼룩을 제거하려고 셔츠를 박박 문질렀다. 손끝에 침을 묻혀 가면서.

윤석은 입술을 짓누르며 눈썹을 사정없이 일그러뜨렸다. 세련되고 군더더기 없이 깔끔한 것을 좋아하는 그가 여자의 이런 행동을 보고 결코 가만히 있을 위인이 아니었다.

그것도 예쁘게 생긴 여자면 또 모른다. 거리를 지나가다 보면 어디서나 흔하게 볼 수 있는 지극히 평범한 얼굴에 옷차림이나 행동거지가 촌스럽기 그지없는 여자였다. 또 조금만 머리를 굴려 생각해 봐도 알겠는데, 침을 묻힌 그 더러운 손으로 얼룩을 박박 문지른다고 그

흔적이 지워지는가. 멍청하기까지 한 모양이다.

어처구니없는 일이 아닐 수가 없었다. 마치 징그러운 무엇이 피부를 파고 들어가 오장육부를 뒤엎는 것 같은 소름 끼치는 느낌에 윤석은 흉물스런 벌레를 털어 내듯 여자의 손을 탁 쳐 냈다. 그리고 꽉 앙다문 잇새로 차갑게 내뱉었다.

"당장 꺼져!"

낮지만 분명한 경고를 담은, 서릿발 같은 차가운 기운을 뿌리는 그 목소리에 여자는 그대로 얼어붙어 버렸다.

"별 거지 같은 것이 다 귀찮게 하네!"

아직 분이 풀리지 않는 듯 씩씩거리며 내뱉은 윤석은 쓰레기를 쳐다보듯 경멸 어린 시선으로 여자를 한껏 노려보다가 홱 뒤돌아서 앞으로 성큼성큼 걸어가기 시작했다. 남자의 너무도 무례한 태도에 뜻하지 않은 충격을 받은 여자는 윤석이 내뱉은 마지막 말을 미처 듣지 못했다.

"여기까지 오시느라 수고 많으셨습니다. 회장님께서 기다리고 계십니다."

불쾌한 기분을 노골적으로 드러내며 뚜벅뚜벅 걸어가는 윤석의 앞을 문득 누군가가 가로막더니 깍듯하게 인사를 건넸다. 그를 향한 조롱과 어이없다는 듯한 싸늘한 웃음이 윤석의 입가에 매달렸다.

"노인네가 소식은 끝내주게 빠르군."

윤석은 대놓고 아버지 백 회장을 비꼬기 시작했다. 그의 심기가 몹시 불편하다는 걸 눈치챘음에도 윤석을 마중 나온 윤 비서는 시종일관 부드러운 미소를 유지하며 공손하게 말했다.

"병원까지 모시겠습니다."

그러나 그 말이 윤석의 기분을 더욱 불쾌하게 만들었는지 그가 입술을 일그러뜨렸다.

"당신 눈에는 내가 철없는 어린애로 보입니까?"

"네에?"

이미 40줄에 들어선 윤 비서에게 윤석의 말은 오만불손하기 짝이 없었다. 하지만 그런 불쾌한 감정을 조금도 드러내지 않은 채 윤 비서는 애써 웃어 보였다.

"노인네가 당신한테 어떤 말을 했는지는 모르겠지만, 혼자서도 충분히 찾아갈 수 있으니 제발 그 쓸데없는 관심은 좀 꺼 주시죠."

"저기……."

뭔가 말하려는 듯 입을 열려는 윤 비서를 윤석이 차가운 눈빛으로 노려봤다.

"저기 또 뭐요? 아직도 할 얘기가 남았습니까?"

윤 비서의 대답도 기다리지 않은 채 윤석은 곧바로 몸을 돌려 유유히 그 자리를 벗어났다. 둔중한 망치에 머리를 맞은 듯 윤 비서는 서서 조금씩 멀어져 가는 윤석의 뒷모습을 망연자실하게 바라봤다.

"저기, 아저씨……."

문득 여자의 상냥한 목소리가 들려오자 그는 하는 수 없이 고개를 돌렸다.

"저 남자, 몹시 화난 것 맞죠?"

오늘은 미국 LA에 있는 오빠가 한국에 들어오는 날이다. 어릴 적 부모님의 이혼으로 오빠와는 비록 멀리 떨어져 있었지만 오빠는 그녀에게 자주 연락을 해 왔고, 일 때문에 가끔씩 한국에 들어올 때면 그녀를 만나 함께 식사를 하기도 했다. 그런 오빠가 한국에 들어온다고 하니 은희는 당연스럽게 인천공항까지 마중 나온 참이었다.

그런데 너무 일찍 나와서인지 공항에서 생각보다 꽤 오래 기다린 것 같다. 슬슬 지치고 갈증이 나자 은희는 자판기에서 콜라 한 캔을 뽑아 꿀꺽꿀꺽 들이켜며 입국게이트를 빠져나오는 사람들 틈에서 오빠를 찾아보려고 정신없이 앞으로 걷다가 그만 남자와 부딪치고 말았던 것이다.

한참이 지난 뒤 가까스로 정신을 차리고 보니 남자는 이미 흔적도 남기지 않고 사라지고 없었다. 하지만 너무도 억울해 뭔가를 말해야겠다 싶어서 주위를 두리번거렸더니 중년 남자와 대화를 나누는 그의 모습이 눈에 띄었다. 그 모습을 발견하자마자 부랴부랴 뛰어왔는데도 불구하고 남자는 또다시 그녀의 시야에서 사라지고 말았다.

그저 귓가에 뱅뱅 맴도는 건 '아직 할 얘기가 남았습니까?' 하고 중년 남자에게 건넸던 남자의 마지막 말뿐이었다. 자신에게 내뱉은 말처럼 그 어투가 어쩌나 차갑게 느껴지던지 몸이 흠칫 떨릴 정도였다.

그 남자가 그렇게 차가운 목소리를 내는 것이 어쩌면 자신의 실수 탓인지도 모르겠단 생각이 들자 은희는 중년 남자가 대신 곤욕을 치른 것 같아 미안한 감정이 들었다.

"에휴, 이를 어째요? 괜히 저 때문에 아저씨만 욕본 것 같네요. 제가 그만 부주의로 저 남자 셔츠에 콜라를 흘렸거든요. 굉장히 비싼 셔츠인 것 같던데 아마 그것 때문에 화 많이 난 것 같아요."

안타까운 표정을 지으며 은희는 중년의 남자 윤 비서의 손을 잡고서 진심으로 사과를 전했다.

"어쨌든 참 죄송한데요. 요즘 세탁비 얼마나 하죠? 제가 보통 세탁소에 옷을 맡기지 않아서 말예요. 아, 생각 같아서는 제가 직접 깨끗하게 세탁해 주고 싶은데 그렇다고 여기서 옷을 벗어 달라고 할 수는 없잖아요. 제가 세탁비를 드릴게요."

만약 옷을 벗어 달라고 말했다면 그 남자는 아마 자신을 잡아먹으려고 으르렁거렸을 것이다. 세탁비를 주려고 은희가 다급히 핸드백을 열자, 윤 비서는 황당한 마음을 감출 수가 없었다.

백 회장네 둘째 아들은 개망나니 같은 놈이라고 언뜻 들은 적은 있지만, 오늘 직접 만나 보니 그 충격은 이루 헤아릴 수가 없었다. 머리에 피도 안 마른 녀석이 말투나 행동거지가 어찌나 오만한지 속이 히뜩 뒤집어지는 걸 윤 비서는 겨우 참아 냈었다. 그런데 미처 황망한 정신을 추스르기도 전에 촌스러운 여자 하나가 튀어나와 이상한 말을 술술 해 대고 있는 것이다.

윤 비서는 깊게 숨을 한두 번 들이쉬어 기분을 가라앉히고 조용히 입을 열었다.

"저기 아가씨. 아가씨에게 누가 되는 일은 절대 일어나지 않을 테니까, 그리 신경 쓰지 않으셔도 됩니다. 또 저 남자가 화가 난 건 아가씨 때문이 아니니 너무 걱정하지 마세요."

"어머, 정말이요? 그래도 그 셔츠는 꽤 비싸 보이던데."

이쯤에서 그만두면 오죽 좋으련만 그녀는 집요할 정도로 미안하다며 사과를 해 왔다. 그러자 너무도 귀찮았던 윤 비서는 저도 모르게 마음에도 없는 말을 내뱉고야 말았다.

"돈이 굉장히 많은 부자라 그깟 것쯤은 신경 쓰지 않을 테니 너무 염려 마십시오. 그럼, 이만."

마음이 상당히 불편해 이곳을 어서 빨리 벗어나고 싶었던 윤 비서는 말을 마치자마자 바로 몸을 돌리려고 했다. 그런데 그보다 더 빠른 은희의 손이 그의 팔을 꽉 붙잡았다. 그녀는 허리를 깊이 굽히며 또다시 진심 어린 사과를 전했다.

"그렇게 이해해 주시니 너무 고맙습니다. 어쨌든 오늘 일은 너무 죄송해요. 아저씨."

그런데 참 이상하다. 분명 귀찮고 짜증이 나는데 그는 화를 낼 수가 없었다. 상대가 너무도 깍듯하게 사과를 해 오는데 그 생긋방긋 웃는 얼굴에 어떻게 침을 뱉을 수 있단 말인가?

"마음이 넓고 그리도 이해심이 깊으시니 앞으론 좋은 일만 가득할 거예요. 고맙습니다. 아저씨."

충분히 사탕발림처럼 느껴질 법도 하건만 그 말이 마냥 듣기 싫지는 않은 듯 윤 비서는 자신도 모르게 미소 지었다. 또 어느덧 허리를 꾸벅 숙이는 그녀를 따라 자신도 덩달아 고개를 숙이며 인사를 하고 있다는 것도 알지 못했다.

뒤늦게야 정신을 차렸을 땐 너무도 어처구니가 없어서 실성한 사람처럼 히죽히죽 웃을 뻔도 했다. 여기에 조금만 더 머물러 있다간 정말 미쳐 버릴지도 모른다는 생각이 들자 윤 비서는 빠르게 몸을 돌려 도망치듯 그곳을 벗어났다.

"저분은 저렇게나 예의가 바르신데. 아까 그 남자는 저분 따라가려면 멀었네."

저만치 걸어가는 그의 뒷모습을 우두커니 바라보는 은희의 입에서 혼잣말이 중얼중얼 새어 나왔다.

"혼자 뭘 그리 열심히 종알거리는 거야?"

그때 누군가가 생각에 잠긴 그녀의 어깨를 툭 치자 은희는 놀란 듯 눈을 동그랗게 뜨고 고개를 돌렸다.

"어, 오빠? 언제 왔어?"

"몇 번이나 불렀는데 못 들었어?"

머쓱한 듯 은희가 살며시 웃음을 짓자, 은성이 그녀의 어깨를 다정하게 감싸 안았다.

"가자! 배고프지 않아?"

"아냐, 난 괜찮은데. 오빠는 배고프겠다."

"나도 괜찮아. 그래도 밥은 먹어야지."

"이번엔 얼마나 머무르는 거야?"

은성과 나란히 걸으며 은희가 슬쩍 물었다. 은성이 여동생의 어깨를 팔로 바싹 껴안고 미소로 답했다.

"이번엔 오래오래 머무를 건데."

"호텔비 많이 나오겠다."

생각만 해도 돈이 아깝다는 듯 은희는 입을 쩝쩝 다시며 말했다.

은성이 일 때문에 한국에 들어올 때가 가끔 있었는데 그때마다 호텔에서 지냈으므로 이번에도 오빠가 당연히 호텔에 머무르는 줄 알았던 것이다. 그런데 은성은 그런 은희의 생각과는 전혀 다른 대답을 했다.

"집에서 지낼 거야."

집? 한국엔 거처가 없는 줄 알았는데. 설마 자신이 지금 살고 있는 그 좁아터진 옥탑방에서 지내겠다는 말은 아닐 테고.

은희는 어리둥절해하며 은성을 빤히 쳐다봤다. 의아해하는 그녀에게 은성이 싱긋 웃으며 말했다.

"우리 집."

"우리 집?"

"앞으로 너와 내가 함께 살 집!"

"으응?"

집이라니? 그것도 함께 살 집? 무슨 소리인지 모르겠다는 그녀의 반응에도 은성은 싱긋 웃기만 했다. 그는 그녀의 귓가에 대고 속삭이듯 말했다.

"가 보면 알아."

점점 의미를 알 수 없는 말에 은희는 그저 떨떠름한 표정만 지을 뿐이었다. 앞으로 곧 다가올 운명의 장난도 모르는 채.

♡　　♥　　♡

형이 입원해 있다는 K 대학병원 특급병실은 마치 초상난 집처럼 침통한 분위기에 휩싸여 있었다. 어머니는 얼마나 울었나 싶을 정도로 얼굴이 이미 눈물, 콧물 범벅이었고, 아버지는 수척해질 대로 수척해진 그 까맣고 초췌한 얼굴로 연거푸 한숨만 내쉬고 있었다. 앞으로 가문을 지탱할 큰 기둥이 무너졌으니 그럴 만도 했다.

이미 윤석의 기척을 알아차렸지만, 어머니 한 여사는 그에게 눈길조차 주지 않았다. 으레 있는 일임에도 불구하고 코에 산소호흡기 튜브가 연결된 형의 비참한 모습을 애잔하게 내려다보는 어머니를 바라보는 내내 윤석은 씁쓸한 감정을 감출 수가 없었다.

윤석을 향해 아버지 백 회장이 잠시 이곳을 나가자는 눈짓을 보냈다. 그 눈빛에 화답하듯 윤석은 작게 고개를 끄덕이며 백 회장을 따라 병실을 나섰다.

"인제 그만 마음잡고 집에 들어와라. 네 형이 갑자기 쓰러져서 네 어머니가 상심이 크시다."

병원에서 조금 떨어진 곳에 있는 한정식집에서 윤석과 마주 앉자마자 백 회장이 꺼내 놓은 첫마디였다. 그럴 줄 알았다는 듯 윤석의 입가에 차가운 웃음이 어렸다.

"이젠 그만 정신 차리고 돌아올 때도 되지 않았니? 언제까지 바깥에서 떠돌아다닐 거냐?"

만약 형이 쓰러지지 않았다면 눈앞의 노인네가 이런 말을 꺼낼 수 있었을까? 윤석은 정말이지 진심으로 묻고 싶었다. 이제야 당신 눈에 이 아들이 보이느냐고?

"그렇게 하지요. 회장님 뜻에 따르겠습니다."

그는 백 회장을 아버지라 부르지 않았다. 지극히 사무적이고 딱딱한 말투로 '회장님'이라고 불렀다. 몹시 화가 난 듯 백 회장의 눈썹이 꿈틀거렸다. 그러나 속마음을 숨긴 채 백 회장은 차분하게 말했다.

"그래, 그렇게 말해 주니 고맙구나."

"다만, 조건이 있습니다. 회장님."

'뭐, 뭐야……?'

잔뜩 못마땅하게 윤석을 노려보는 백 회장의 눈빛은 그렇게 묻고 있었다. 하지만, 윤석은 그 시선을 과감하게 받아 내며 침착하게 입을 열었다.

"저는 낙하산이다, 무능력하다, 그런 소문을 듣고 싶지 않습니다. 해서 광명그룹의 모태나 심장이 아닌 당장 부도 위기에 처한 쓰러지기 일보 직전인 계열사를 맡으려고 합니다. 능력 이상의 뭔가를 지속적으로 보여 줘야 개망나니란 소리가 다시 나오지 못할 것 아닙니까? 회장님 역시 무능력한 사람은 필요 없을 테고. 또 그래야만 형이 다시 일어나지 못할 경우 제가 정정당당하게 광명그룹을 이끌어 나갈 만한 명분이 생기지 않겠습니까? 저는 바닥부터 기어 올라갈 겁니다."

묘하게 비꼬는 말투, 성이 난 듯한 목소리. 그는 지금 온몸으로 오랫동안 마음속에 쌓여 온 미움과 원망, 분노를 마구마구 내뿜고 있었다.

이 녀석이 그동안 쌓인 것이 많았던 모양이다. 그러나 백 회장은 그런 안타까운 심경을 얼굴에 드러내지 않았다.

여전히 무표정으로 일관하는 아버지를 씁쓸한 눈빛으로 바라보며 윤석이 냉랭한 목소리로 물었다.

"아직도 할 얘기가 남았습니까? 없다면 바빠서 이만 일어나겠습니다."

한심하다는 눈빛을 여과 없이 드러내며 백 회장이 차가우면서도 단호한 어투로 내뱉었다.

"아직 안 끝났다. 쓸모없는 어중이떠중이들 그만 만나고 이제 결혼해라!"

결혼하면 마음이라도 잡지 않을까 싶어 어렵사리 꺼내 놓은 말인데 윤석의 표정은 썩 좋지 못했다. 대답을 기다리는 아버지의 눈빛에 윤석이 싸늘한 비웃음을 입가에 그리며 차갑게 대답했다.

"그 뜻에 따르겠습니다."

태도가 순순한 것이 아무래도 이상하다. 이렇게 고분고분한 놈이 아닐 텐데. 백 회장은 직접 듣고도 믿지 못하겠다는 표정을 지었다. 윤석은 마치 아버지의 그런 심중을 읽기라도 한 듯 비웃음 섞인 말투로 내뱉었다.

"회장님 뜻을 거역해 봤자 제가 얻는 것이 없으니까요. 괜히 맞서 봤자 결국은 저만 손해일 게 뻔하니까요. 바보가 아닌 이상, 저는 그런 어리석은 짓은 하지 않습니다. 제가 꽤 똑똑한 놈이라는 걸 잊으셨습니까?"

얼음이 뚝뚝 떨어지는 듯한 아들의 목소리에 백 회장은 등줄기가 싸늘해졌다. 가끔씩 아들이 이런 식으로 나올 때면 저 녀석이 진짜 제 아들이 맞는지 의심이 들 정도로 백 회장은 윤석이 너무 낯설게 느껴졌다.

"이제 대충 얘기가 끝난 것 같은데 저는 이만 가 봐도 되겠습니까?"

공손하지만 차가운 음성이었다. 대답 없는 침묵을 대답으로 받아들인 윤석은 자리에서 몸을 일으켜 세웠다. 그는 아버지를 향해 깍듯하게 허리를 굽혀 인사를 한 뒤 그대로 물러났다.

먼 길을 왔으면서도 한 번 더 형을 들여다보지 않고 수저도 들지 않은 채 급하게 떠나간 그의 빈자리를 바라보며 백 회장은 오랫동안 씁쓸한 표정을 지울 수가 없었다.

♡　　♥　　♡

뷔페에서 배부른 저녁을 먹은 뒤 은성은 은희를 이제 곧 함께 살게 될 평창동의 화려한 저택으로 데려왔다. 푸른 나무와 잔디가 깔려 있는 정원을 가로질러 걸어가며 은희는 눈을 휘둥그렇게 떴다.

이게 말로만 들어왔던 부촌이라 일컫는 곳에 위치한 저택이란 말인가? 1층에는 대형 홀과 거실, 그리고 주방이 자리하고 있고, 2층에는 방과 욕실이 있으며 마당에는 수영장이 있었다. 으리으리한 규모의 집안 곳곳을 둘러보는 그녀의 입에서 기묘한 감탄사가 연방 새어 나왔다.

자신이 이런 집에서 살게 될 거라는 꿈을 꾸어 본 적이 있던가? 지금껏 언제 도둑이 쳐들어올지 모르는 허름한 고시원과 고시원을 겨우 벗어나 살던 곳이 답답하게 느껴질 만큼 좁아터진 옥탑방이 그녀의 집이었다.

집이 너무 크고 화려해서 그녀는 보고도 도저히 믿지 못하겠다는 표정으로 은성을 흘끔거렸다.

"따라와."

앞장서서 걷는 은성의 뒤를 따르며 은희는 혹시 이것이 꿈이 아닌가 싶어 제 볼을 꼬집었다.

아팠다. 꿈이 아니라는 걸 확신하고도 도무지 믿을 수 없어서 이번에는 제 팔뚝을 깨물었다.

"어머나, 맙소사, 세상에."

은성이 걸음을 멈춘 곳은 옷장, 수납장, 캐노피가 걸린 하얀 침대, 화장대가 갖춰진, 누가 봐도 영락없는 여자 방이었다. 은성은 여기가 앞으로 그녀가 쓸 방이라고 했다.

너무 황홀해서 꿈인 것만 같아 커다랗게 뜬 눈이 반짝반짝거렸다. 그런 그녀를 보고 은성은 재미있다는 듯 쿡쿡거렸다.

"맘에 들어?"

"마음에 들다마다. 이런 집을 사려면 대체 돈이 얼마나 필요한 거야?"

은희는 꿈꾸듯 몽롱한 눈빛으로 나직하게 속삭였다. 무척 즐거워하는 그녀를 바라보는 은성의 눈동자에 복잡한 빛이 어렸다.

"뭔가 더 필요한 것 없나 보면서 천천히 구경해 봐."

그렇게 말해 놓고 은성은 그녀의 방문을 닫아 주었다.

자신의 방을 두리번거리는 은희는 그저 즐겁고 행복하기만 했다. 화장대 앞에앉아 거울에 자신을 요리조리 비춰 보기도 하고, 푹신푹신한 침대 위에서 뒹굴뒹굴하기도 하고, 쿵쿵 엉덩방아를 찧기도 했다. 그러다가 갑자기 다리를 까닥까닥, 손을 휙휙 휘두르며 소리를 꽥 질러 보았다.

"이게 꿈은 아니잖아. 아, 너무 좋다! 흐흐흐……."

"은희야, 괜찮아?"

높은 톤의 외침에 놀란 은성이 그녀의 방문을 두드리며 걱정스런 목소리로 부르자 은희는 침대에서 몸을 일으켜 다급히 다가가 문을 열어 주었다.

"커피 한 잔 하지 않을래? 아니면 와인이라도?"

은희는 고개를 크게 끄덕거리며 은성을 따라나섰다.

잠시 뒤 은희와 식탁에 마주 앉은 은성이 그녀의 눈치를 살피며 조심스럽게 물었다.

"방은 마음에 들던? 더 필요한 건 없고?"

"아냐, 더 필요한 건 없어. 그런데……."

잠시 말을 끊은 그녀는 뒷말을 어떻게 꺼내야 할지 몰라서 우물쭈물 망설이다가 마침내 다시 입을 열었다.

"오빠는 왜 갑자기 나와 함께 살겠다는 거야? 좀 뜬금없잖아."

말해 놓고 뭔가 어색해서 은희는 말끝에 어설픈 웃음을 매달았다.

세상엔 공짜란 없는 법이다. 물론 나도 인간으로서 공짜는 한없이 좋아하지만 대가 없는 공짜는 없잖아. 게다가 갑작스러운 상황이 왠지 불길하다고 아까부터 자신의 본능이 일깨워 주고 있었다.

생각보다 빨리, 예상했던 질문을 받게 된 은성은 얕은 한숨을 내쉬고는 입을 열었다.

"아버지가 내일 한국에 들어올 거야."

순간 은희의 얼굴에 떠올랐던 웃음이 빠르게 사라졌다. 그 말이 정확하게 무엇을 뜻하는지 바로 파악할 수가 없었다.

은성의 나이 7살, 은희의 나이 3살에 부모님이 이혼한 뒤 28년 동안 단 한 번도 얼굴을 비친 적이 없었던 아버지는 그녀에게 낯선 타인이나 다름없었다. 그런데 그런 아버지가 왜 갑자기 모습을 드러내는지 알 수 없었다. 그녀는 눈을 날카롭게 빛내며 은성을 뚫어질 듯 쳐다봤다.

"넌 아직도 아버지를 많이 미워하겠지. 하지만……."

은성의 말을 가로채며 은희가 자리에서 일어섰다.

"오빠, 미안한데. 나 피곤해서 먼저 자야겠다. 내일 출근이거든. 난 누구처럼 돈이 많지 않아서 잘리지 않으려면 열심히 살 수밖에 없어서 말이야."

뒷맛이 쓰게 느껴지는 그녀의 어투에도 은성은 뭐라 맞받아치지 않았다. 또 뒷모습을 보이며 그곳을 벗어나는 그녀를 불러 세우지도 않았다.

28년 동안 그녀를 방치하며 살아왔다가 이제야 딸의 인생에 끼어들려 하는 아버지의 행동이 조금은 비겁하게 느껴지지만 은성은 그런 아버지를 이해할 수 있었다. 속이 쓸쓸해진 그는 허공을 쳐다보며 착잡한 한숨을 내쉬었다.

♡　　　♥　　　♡

온통 흰색으로 도배된 병실에는 심장이 뛰고 있다는 걸 알려 주는 기계음과 산소호흡기 소리만 들려올 뿐이다. 침대에 시체처럼 누운 채 산소호흡기를 쓰고 간신히 숨을 붙잡고 있는 중년 여인을 내려다보는 소녀의 얼굴 위로 슬픈 빛이 스쳐 갔다.

'엄마.'

어머니를 슬프게 부르며 소녀는 눈물을 하염없이 흘렸다. 정신이 온전치 않은 와중에도 딸아이의 목소리가 들리자 어머니는 눈을 떠 보려 애쓰며 힘겹게 손을 흔들었다. 어서 오라는 듯.

뭔가 할 말이 있는 것 같았기에 주치의가 잠시 중년 여인의 산소호흡기를 뗐다. 그러자 금방이라도 끊어질 듯 가쁜 숨을 몰아쉬며 중년 여인이 앙상하게 여윈 손으로 딸아이의 얼굴을 만지작거렸다. 영영 다시 못 볼 딸아이의 모습을 머릿속에 각인시켜 놓으려는 듯 중년 여인은 소녀의 얼굴을 보며 계속 만지기만 했다.

'엄마.'

'우리 딸…… 엄마가 미안해.'

자신에게 아버지가 있었는지조차 모르고 지낼 정도로 아버지의 얼굴은 기억에도 없다.

지금껏 어머니가 그녀의 삶의 전부였고 유일한 버팀목이었다. 그런데 그런 어머니가, 자신의 눈앞에서 죽어 가고 있었다. 그 고통스러운 모습을 곁에서 고스란히 지켜보면서도 아무것도 해 줄 수 없는 무력감에 소녀는 가슴이 찢어질 것처럼 아팠다.

'우리 은희 착하지? 모든 게 엄마가 다 잘못한 거니까 아빠를 너무 미워하지 마. 응?'

담당 진료의로부터 위암 말기 판정을 받은 그날부터 지금까지 어머니는 똑같은 말을 수없이 반복했다.

'엄마는 단 한 순간도 아빠를 사랑하지 않은 적이 없었어. 그러니까, 우리 딸, 아빠를 너무 미워하지 마. 응?'

자신이 언제 죽을지 모르는 그 순간조차도 어머니는 아버지를 그리워하고 있었고, 아버지의 이름을 중얼대고 있었다.

어머니의 원을 풀어 드리고자 소녀는 기억조차 없는 자신의 생물학적 아버지에게 전화를 걸었다.

'저, 은희예요. 우리 엄마가 죽어 가고 있어요. 꼭 만나 주세요.'

그런데 아버지는 뭐라고 했던가? 우린 12년 전에 이미 끝난 사이라고 냉랭하게 한마디로 잘라 버렸다.

그녀의 나이 15살. 처음으로 아버지의 목소리를 들었는데 돌아온 것은 냉담한 거절의 말이었다.

그리고 그로부터 16년 후. 그녀는 두 번째로 아버지의 목소리를 듣게 되었다.

전화는 퇴근 시간이 다가올 무렵 걸려 왔다. 그녀가 휴대폰을 귓가에 가져가자마자 아버지는 단도직입적으로 용건부터 말했다.

– 애비다. S호텔 레스토랑으로 나와라.

이미 끊어진 휴대폰을 들여다보며 은희는 기가 막히는 것은 둘째치고 너무도 화가 나서 소리를 지르고 싶은 걸 겨우 참았다.

솔직히 아버지의 얼굴을 마주하고 싶은 생각 따윈 손톱 끝만큼도 없었지만 그렇다고 무작정 피할 수도 없어서 은희는 하는 수없이 퇴근을 서둘렀다.

마침 퇴근이 한창인 7시 무렵이었고, 그러다 보니 차가 꽉 막혀 은희는 상당히 늦게 S호텔 레스토랑에 도착했다.

레스토랑에 도착하자마자 기억에도 없는 아버지의 모습을 찾느라 두리번거리는데 여종업원이 그런 그녀를 구석진 테이블로 안내해 주었다.

전화에서 들은 목소리 그대로 아버지란 사람은 표정도 없이 앉아 있었다. 감정이라곤 조금도 엿볼 수 없을 정도로 무덤덤하고 차가운 얼굴이었다.

"왔니? 앉아라."

오랜만이구나, 잘 지냈니, 그 흔한 인사 한 마디 없이 차 회장은 표정이 굳은 채 서 있는 은희에게 그렇게 첫마디를 꺼냈다. 그리고 굳은 표정 그대로 자리에 앉는 은희에게 다음 말을 꺼내 놓았다.

"긴말하지 않겠다. 나이도 적지 않은데 결혼해라."

아버지를 만나는 것이긴 했지만 가슴 뭉클함이나 감격스런 포옹 따윈 애당초 기대하지도 않았다. 그런데 만나자마자 꺼내 놓는 말이 이다지도 황당할 줄은 몰라서 은희는 하하하 웃음이 터져 나오는 걸 겨우 참고 있었다.

꼭 다문 그녀의 입술 위로 떠오른 미소가 자못 차가워 보였지만 차 회장은 단호하게 일침을 가했다.

"너한테 충분히 좋은 자리다. 이 좋은 기회를 놓치면 안 되지."

3살에 헤어진 이후 28년 만의 만남이었다. 그런데 딸을 보자마자 꺼내 놓는 말 한마디 한마디가 어이가 없는 것은 물론이고 분노를 넘어 슬픔이 차오르게 만든다.

16년 전 자신의 간절한 부탁을 차갑게 무시해 버린 사실은 벌써 잊은 채 이제야 나타나서 그녀의 인생에 간섭하려 하는 아버지 때문에 은희는 황당하고 어처구니가 없었다.

당신이 뭔데 내 결혼에 대해서 왈가왈부야? 엄마가 병으로 죽고 나서 내가 외로워 몸을 웅크리고 있을 때, 서러워서 눈물을 흘리고 있을 때, 아파서 몸부림을 치고 있을 때, 원망스러워 피눈물을 쏟고 있을 때, 아버지 당신은 어디서 뭘 했는지, 지금껏 얼굴 한 번 내밀어 본 적도 없으면서! 결국은 그 결혼도 당신의 이기적인 욕심 때문이면서! 당신, 참 나쁜 사람이야!

그녀는 그렇게 소리를 질러야 했다. 그동안 마음속에만 담고 있던 설움과 슬픔을 모조리 토해 내야 했다. 싫다고, 꿈도 꾸지 말라고, 거절해야 마땅했었다. 그런데…….

그녀 앞에 놓인 현실은 너무도 암담했고 가혹했으며 그녀의 발목을 잡고 있었다. 그리고 결국, 그녀로 하여금 무릎을 꿇게 만들었다.

그녀의 나이 15살. 위암 말기 판정을 받은 어머니가 투병 중 4개월을 넘기지 못하고 세상을 떠나고 나자 그녀는 이모 집에 얹혀살면서 지금껏 눈칫밥을 먹는 생활을 해 왔다. 공밥 먹는다고 미움받지 않기 위해 그녀는 18살부터 방학이나 휴가를 이용해 돈을 벌기 시작했다.

채소 장사, 과일 장사, 생선 장사, 안 해 본 것이 없을 정도로 지금껏 별의별 장사를 다 해 온 그녀였다. 가끔 성질이 고약한 손님을 만나 욕을 먹거나 심지어는 뺨을 얻어맞는 경우도 있었지만 그녀는 웬만해선 울지 않았고 열심히 살아왔었다. 하지만 현실은 그리 녹록지 않았다.

허영심 많고 사치스러운 이모는 부모 없이 오갈 데 없는 그녀를 거둬 주었다는 당당한 이유 하나만으로 그녀가 벌어들인 돈을 야금야금 뜯어내 명품 백이며, 명품 옷을 사면서 자신의 허영심을 채웠고, 일 년 365일 도박에 빠진 이모부는 이모가 가져가고 남은 돈을 뜯어가 도박에 모두 탕진해 버렸다.

어른이 되어 그들에게서 독립했지만 관계가 완전히 끊어진 것은 아니었다. 그녀는 언제 이모와 이모부가 들이닥칠지 몰라 매일을 긴장 속에 살아야 했다.

남들이 다 하는 연애, 사랑 그런 건 그녀에게 사치나 다름없었고 꿈이란 것도 그저 먼 나라의 이야기일 뿐이었다. 다시 말한다면 지금껏 그녀는 차은희만의 인생을 살아 본 적이 없었다.

그렇게 힘들게 뼈를 깎듯 고통스럽게 살고 있을 때 아버지는 단 한 번도 그녀의 손을 잡아 준 적이 없었다. 그런 아버지가 미웠고, 야속하고 원망스러워 얼른 꺼지라고 고래고래 소리를 질러야 했다. 그러나 그녀는 생각과는 전혀 다른 말을 뱉어 냈다.

"당신의 말대로 그렇게 하겠습니다."

여자 팔자 뒤웅박 팔자라는 말이 있다. 남자 잘 만나면 팔자 핀다고 말하지만 그것까지는 바라지 않는다. 그녀는 그저 엄마처럼 비극적으로 살고 싶지 않았고, 이모와 이모부에게서 벗어날 수 있다면 그것만으로도 충분히 만족이라고 생각했다.

눈앞에 앉아 있는 탐욕적이고 이기적이고 나쁜 '아버지'를 바라보며 은희는 천천히 그러나 단호하게 덧붙였다.

"하지만 조건이 있습니다."

딸의 얼굴을 보는 건 근 28년 만이었다. 그러나 오랜 시간이 지난 지금에도 차 회장은 은희의 얼굴을 볼 때마다 전처에 대한 미움과 원망, 분노와 증오심이 치솟곤 했다. 그렇기에 지금껏 단 한 번도 자식들에게 얼굴을 비추지 않았을 뿐만 아니라 경제적 도움은 물론이고 순식간에 엄마를 잃은 딸을 보살펴 주지 않았다. 하지만 그는 부끄럼이나 일말의 자책 같은 것도 느끼지 않았다.

그리고 지금 이 순간, 딸에게 결혼을 강요하면서도 그는 조금도 양심의 가책을 느끼지 않았다. 비렁뱅이와 결혼하라는 것도 아니고 대한민국 정·재계를 주름잡는 큰 인물과 결혼하라는데 그게 뭐가 잘못됐단 말인가? 그 여자의 딸이 갖기에는 너무 큰 복이 아닌가. 그렇게 생각하는 차 회장이었다.

하지만 딸은 아주 이소당연하게 여기는 그의 생각과는 다르게 터무니없는 말을 한가득 뱉어 내곤 그대로 모습을 감추어 버렸다.

'제게 재산을 얼마나 주실 수 있습니까?'

처음엔 조건이 있다는 말로 그를 어리둥절하게 만들더니 이번엔 재산을 얼마나 주실 수 있느냐는 질문을 함으로써 그로 하여금 할 말을 잃게 만들었다. 만약 다른 사람이 이런 말을 했다면 차 회장은 속물이라고 비웃었을 것이다.

하지만 그는 침착하고 흔들림 없는 목소리로 묻는 딸아이를 보고 비웃음을 짓지 못했고, 놀란 얼굴로 그녀를 찬찬히 훑어보지 않을 수가 없었다. 안경 너머 예리한 눈빛, 감정을 엿볼 수 없는 무표정이 너무도 자신을 닮았다는 걸 차 회장은 오늘 처음으로 느꼈다.

아이는 꿰뚫는 듯한 그의 날카로운 시선을 대담하게 받아 내며 차분하게 설명을 늘어놓았다.

'원하지 않는 결혼을 함으로써 저는 세 가지를 포기해야 합니다. 사랑, 행복, 그리고 평범함. 아, 물론 사랑과 행복은 아직은 제게 사치와도 같다지만 그걸 얻기 위해서 많이 노력해 왔는데 다 수포로 돌아가는 거니까요. 세상엔 공짜가 없습니다. 저는 인생에서 가장 중요한 세 가지를 포기하는데 이로써 아무것도 얻는 게 없다면 제가 너무 억울하지 않겠습니까?'

그렇게 말하는 아이는 28년 전 3살의 꼬마가 아니었고, 16년 전 울면서 엄마를 만나 달라고 떼쓰듯 말하던 소녀가 아니었다.

낯설었다. 그 모습에서 마치 차 회장 자신을 보는 것처럼 느껴져 그는 등골이 오싹했다.

'살아 보니 그렇더군요. 개도 안 먹는다는 그 빌어먹을 돈이 가끔은 멀쩡한 사람을 바보로 만들기도 하지만, 또 우습게도 사는 데 없어서도 안 되더라구요. 그래서 전 당신의 말대로 결혼함으로써 내 목표들을 포기하는 보상으로 당신의 재산을 원합니다. 얼마나 주실 수 있으신지요?'

그 순간, 차 회장은 그녀의 말이 진심인지, 아니면 그냥 홧김에 내뱉은 헛소리인지 도무지 짐작을 할 수가 없었다.

또 저 아이는 그를 끝까지 아버지라 부르지 않았고 아예 호칭을 붙이지 않는가 하면 '당신'이라 불렸다. 게다가 겉으로는 공손한 태도를 보였으나 목소리, 말투, 눈빛에서 느껴지는 분위기나 전체적으로 풍기는 오라(aura)는 아버지를 향한 미움과 분노와 증오심 그 자체였다.

조금 전까지 은희가 앉아 있던 자리를 물끄러미 건너다보며 차 회장은 입가에 뜻 모를 미소를 지었다.

♡　　♥　　♡

온몸으로 분노를 내뿜으며 자기 방으로 걸어가는 은희를 흘끔흘끔 엿보던 은성이 잠시 망설이다가 조심스럽게 불렀다.

"은희야."

순간 걸음을 우뚝 멈춘 은희가 홱 돌아서서 은성을 향해 입을 열었다.

"오빠, 세상 살아 보니 가끔은 원수 같은 빌어먹을 돈이 멀쩡한 사람을 순식간에 바보로 만드는 신기한 물건이더라."

생각할수록 너무도 황당하고 기가 막혀서 피식피식 웃음이 새어 나왔다. 그들이 교묘한 덫을 쳐놓은 것도 모르고 '우리 집'이라는 은성의 말에 너무도 좋아서 푼수처럼 입을 다물지 못했으니 말이다. 그 꼴을 보고 그들은 얼마나 비웃었을까? 애들 장난하는 것도 아니고, 누굴 갖고 노는 것도 아니고 대체 당신들의 눈에 이 차은희가 얼마나 우습게 보였으면 어린아이에게 사탕 하나 주듯 이런 속임수를 다 썼을까?

피가 섞인 가족임에도 돈과 이익 때문에 딸마저도 서슴지 않고 희생시키는 아버지의 이기적인 처사와 오빠의 비열한 행동에 그녀는 마음 한구석이 쓸쓸해졌다.

"나 오늘 그 사람 만나고 왔거든."

그녀는 아버지를 '그 사람'이라 불렀다. 그러나 은성은 뭐라 나무랄 수가 없었다.

"내가 그 사람한테 내게 재산을 얼마나 줄 수 있느냐고 물었어. 근데 그 사람 그러더라. 죽을 때까지 마음대로 쓸 수 있는 돈을 주겠다고 말야. 문득 생각해 보니 그렇더라. 지금 내 처지에 어차피 사랑이나 행복 따위는 사치니까 그걸 포기하는 대신 평생 마음대로 쓸 수 있는 돈을 갖는 것도 나쁘지는 않은 것 같다고."

그녀의 눈빛이, 표정이, 목소리가 몹시 아프게 느껴져 은성은 날카로운 비수에 벤 것처럼 심장이 시큰거렸다.

"오빠는 여태껏 밑바닥 생활을 해 본 적 없지? 음, 그래서 아마 잘 모를 거야. 추운 겨울날 덜덜 떨면서 땀이 뻘뻘 흐르는 더운 여름날, 과일 사가세요, 수박 사가세요. 소리쳐 봤어? 눈칫밥 먹지 않으려고, 미움받지 않으려고 늘 입가에 경련이 일 정도로 헤픈 웃음 짓고, 도리라곤 전혀 없는 인간들한테 뺨을 맞고도 가만히 참아 본 적 있어? 오빠 내가 어떻게 살았는지, 그 삶이 어떤 건지 모를 거야. 열심히 사는데도 그 밑바닥에서 벗어날 수 없는 그 무기력함, 오빠는 죽었다 깨어나도 이해 못 할 거야."

그녀는 울음이 터져 나오는 걸 애써 참으며 입술을 꾹 깨물고서 다시 입을 열었다.

"그런데 우습지 않아? 난 그렇게 하루하루 힘들게 살아왔는데 내 아버지는 엄청난 부자였던 거야. 그 사람이 내가 평생 써도 모자라지 않을 재산을 주겠다고 하잖아. 바보가 아닌 이상 그걸 마다할 이유는 없잖아? 아, 근데 오빠는 조금 서운하겠다. 내가 아니었음 그 재산을 오빠가 다 가질 수 있었을 텐데."

그녀의 입에서 웃음인지 울음인지 모를 괴이한 소리가 흘러나왔다. 허무하고 씁쓸하다. 갑자기 삶이란 게 너무도 덧없이 느껴져 그녀는 슬픈 웃음이 자꾸만 새어 나왔다.

동생의 아픔과 슬픔과 설움이 그대로 느껴져 은성은 그녀를 끌어당겨 품에 안아 주고 싶었지만, 몸이 경직된 듯이 움직여지지 않았다. 그저 제자리에 뻣뻣하게 굳은 채 미안하면서도 안쓰러운 눈빛으로 동생을 바라보기만 했다.

"근데 오빠가 준 그 빌어먹을 돈으로 내가 대학을 갔네? 그 돈 아니었음 나 지금 돈도 못 벌고 있을 테니 그건 고마워하고 있어."

냉담한 말을 끝으로 몸을 돌려 버리는 은희의 뒷모습에 대고 은성이 조용히 입을 열었다.

"난 은희 네가 어머니처럼 비극적인 삶을 살지 않았으면 해. 지금은 이해할 수 없겠지만……."

등을 돌린 자세 그대로 은희는 은성의 말을 가로챘다.

"걱정할 것 없어. 난 우리 엄마처럼 불행하게 살지 않을 거니까."

그리고 그녀는 뒤도 돌아보지 않은 채 화가 난 듯한 걸음걸이로 자기 방으로 걸어갔다. 은성은 다시 그녀를 불러 세우지 않았다.

원하지 않는 사람이랑 억지로 결혼하는 것이 그녀에게 얼마나 억울한 일이고 또 얼마나 불행한 일인지, 원치 않는 결혼을 겪어 본 은성이 그녀의 서글픈 마음을 모르지는 않았으나 그렇다고 아버지의 선택을 막고 싶지 않았으므로 복잡한 한숨만 내쉬었다.

한국으로 들어오기 며칠 전 차 회장이 은성을 서재로 불러들였다. 갑자기 웬일일까 싶어 바라보는 은성에게 차 회장은 조용히 입을 뗐다.

"은희, 그 아이가 올해 벌써 31살이더구나."

은성은 딸의 나이를 용케도 기억하는 아버지를 새삼스럽게 바라보며 갑자기 그런 말을 꺼내 놓는 그 의도를 알아내려고 애썼다. 아버지에게 차은희란 이름을 가진 딸이 있었는지조차 모를 정도로 아버지는 지금껏 딸의 존재를 부인해 왔으므로.

"갑자기 그건 왜……."

"31살이면 이제 결혼할 때가 되지 않았느냐."

언제부터 딸의 일에 신경 썼다고 차 회장은 너무 스스럼없이 그 말을 꺼내 놓았다. 은성은 한순간 머리가 복잡해져 살짝 미간을 찌푸렸다.

"광명그룹 둘째 아들을 은희의 결혼 상대로 생각하고 있는데 네 생각은 어떠냐? 은희보단 두 살이 많다고 하더구나."

광명그룹은 광명전자 등 여러 계열사를 거느리고 있는 재계 서열 순위 10위 안에 드는 국내 최대 기업이었다. 또 그들의 일가친척들은 대한민국 정·재계를 주름잡는 거물들이었다. 광명그룹 백 회장과는 거의 10년 가까운 인연을 맺고 있는 세계 M&A계의 거물인 JH 회장 차성훈이 그들과 더 깊은 관계를 맺을 수 있는 기회를 눈앞에 빤히 두고 절대 가만있을 리가 없었다.

아버지의 그런 속셈이 빤히 들여다보여 은성은 속으로 혀를 차며 천천히 입을 열었다.

"둘째 아들은 망나니라고 들었습니다만."

"그게 우리에게 꼭 나쁜 일은 아니지."

무슨 뜻인지 몰라서 약간 어리둥절해하는 은성에게 차 회장이 설명을 덧붙였다.

"정말 소문처럼 망나니라면 우린 적당한 기회에 그 대기업을 통째로 삼킬 수도 있지 않겠냐는 말이다."

딸이야 불행하든 말든 자신과는 아무 상관이 없었고 그가 신경 쓰는 부분은 두 사람의 결혼을 통해 그에게 돌아오는 이익이었다. 이미 아들 은성을 자기 이익의 희생양으로 만들어 놓고도 말이다.

"혹, 은희 그 아이가 만나는 사람이 있더냐?"

어머니가 죽고 난 뒤 자신이 은희와 연락하며 지내 온 것은 물론이고 그녀에게 대학등록금을 대 준 것도 아버지는 모두 알고 있었던 모양이다. 속으로 감탄하며 은성이 조심스레 물었다.

"알고 계셨습니까?"

"그럼 내가 모를 줄 알았느냐? 모른 척했을 뿐이다."

바로 오늘 같은 날을 대비해서 말이죠. 은성으로 속으로 씁쓸하게 중얼거리며 눈앞의 탐욕스런 노인을 바라봤다.

"네가 먼저 은희를 만나 보거라."

불과 며칠밖에 안 되는 그 기억을 다시 돌이키며 은성은 착잡한 마음을 가누려는 듯 담배를 꺼내 물었다.

♡　♥　♡

눈을 떠 보니 날이 희뿌옇게 밝았다. 오늘도 오피스텔에서 꼬박 밤을 지새우다 아주 잠깐 잠이 든 듯했다. 귀국한 날부터 지금까지 윤석은 줄곧 일에만 파묻혀 시간을 보내고 있었다.

얼마 전 백 회장은 윤석에게 전화를 걸어왔다. 그는 당장 부도 위기에 처하기 직전인 계열사를 맡겠다고 했던 아들의 말이 그냥 홧김에 낸 소린 줄 알았는지 윤석에게 광명그룹 모태인 광명자동차 기획

실 이야기를 꺼냈다. 당연히 거절한 윤석은 광명반도체로 들어가겠다
했다.

광명반도체는 한때 메모리 반도체를 만드는 세계적인 대표기업이
었지만 현재는 반도체 산업 시황이 좋지 않아 주식이 폭락하면서 불
황을 겪고 있었다. 백 회장이 이유를 물었지만 윤석은 자세하게 설명
해 주는 대신 자신의 의사를 확고하게 밝혔다.

'저에게 3년만 준다면 광명반도체를 다시 세계적인 대표기업으로 성
장시켜 놓겠습니다.'

윤석의 완강한 고집에 백 회장은 더 이상 말리지 않았고, 대신 본
론과는 다른 말을 덧붙이면서 전화를 끊었다.

– 조만간, 양가 부모님의 만남이 있을 게다.

그것은 통보가 아니라 이미 내린 결정이었다.

며칠 전 아버지와 나눈 짤막한 전화 통화를 떠올리며 윤석은 피식
입꼬리를 올려 싸늘하게 웃었다.

"노인네가 아주 단단히 준비를 했구만."

윤석은 미간을 좁히고 생각에 잠겼다.

잘 알지 못하는 상대와 결혼해야 하는 게 마음에 썩 내키지는 않는
다. 하지만 이 거래에서 자신이 온전히 주도권을 잡으면 그게 썩 나
쁜 일은 아니지 않은가. 그렇게 스스로를 위로하며 윤석은 침착하게
휴대폰을 꺼내 어딘가로 전화를 걸었다.

– 여보세요.

여자의 맑은 음성이 들려오기 무섭게 그가 바로 입을 열었다.

"차은희 씨?"

– 네, 그런데요.

"점심에 잠깐 얼굴 봤으면 하는데."

– 네? 누구세요?

"백윤석."

그녀의 물음에 자세한 설명도 없이 윤석은 짤막하게 대꾸했다. 그런데 수화기 너머 건너오는 그녀의 엉뚱한 한마디에 윤석의 얼굴은 구겨지다 못해 사정없이 짜부라지고 말았다.

– 뭐라구요? 개, 개윤석이라고요? 그런 이름을 가진 사람도 있던가?

윤석은 순간 화가 확 올라옴을 느꼈다. 대체 사람의 말을 어떻게 알아들었으면 배윤석도 아니고 개윤석으로 들을 수 있는지. 천연덕스러운 목소리가 더 신경을 거스르는 것 같았다.

그가 한참 동안 말이 없자 수화기 너머로 재촉하는 듯한 목소리가 건너왔다.

– 이봐요. 여보세요. 엥? 벌써 전화 끊었나?

윤석은 또다시 심하게 얼굴을 구기며 물었다.

"당신 귀는 장식으로 달고 다니나? 아니면 귀머거리인 거야?"

비아냥거리는 말투에 수화기 너머 상대는 할 말을 잃었는지 잠시 조용해졌다. 다시금 그녀의 목소리가 건너온 건 그로부터 한참이 지나서였다.

– 죄송합니다만 댁은 누구시죠? 누구신데 저한테 이렇게 막말하는 거죠?

아니, 양가 인사까지 잡은 마당에 결혼 얘기 오가는 상대의 이름을 모를 리도 없으면서 왜 모른 척인지. 정말 이상한 여자라고 생각한 윤석은 화가 나는 걸 꾹 참고서 쏘아붙이듯 말했다.

"점심 12시까지 N호텔로 나와!"

전화를 끊고 나서도 그의 노기는 여전히 사라지지 않은 듯 머리가 뜨끈뜨끈, 얼굴이 울긋불긋해졌다.

"이런 제기랄! 노인네가 노망이 들어도 분수가 있지. 하고 많은 여자 중에 이렇게 이상한 여자를 고르다니."

♡   ♥   ♡

한편 뚜뚜, 듣기 싫은 소음만 연거푸 들려오는 휴대폰을 빤히 들여다보며 은희는 어이가 없다는 듯 황당한 표정을 지우지 못했다.

"왜 그래? 무슨 안 좋은 일이라도 있어?"

쾌활한 그녀답지 않게 은희가 인상을 찌푸리자 맞은편에 앉은 남자가 걱정스러운 듯 물었다. 아무것도 아니라고 미소 짓는 그녀에게 남자는 단호한 표정으로 아까 하던 얘기를 반복했다.

은희는 휴게실에 다른 사람이 없는 틈을 타서 살짝 주변의 눈치를 살핀 뒤 박민현을 불러 이야기를 하던 참이었다. 박민현은 은희와 햇수로 4년을 함께 일해 온 동료였다.

"무슨 일이야?"

평소와는 달리 주변을 몹시 경계하는 은희에게 민현이 얼굴을 가까이 들이대고 낮게 물었다. 은희는 대뜸 대답해 주는 대신 민현의 얼굴을 관찰하듯 꼼꼼하게 살펴보았다.

여러모로 보나 믿음직하게 생긴 사람이다. 적어도 자신을 배신하거나 자기 돈을 갖고 튀는 일은 없을 거라고 확신하며 은희는 신중하게 그의 의견을 물었다.

"선배, 나하고 동업하지 않을래요?"

"뭐? 도, 동업?"

뜻밖의 말에 몹시 놀란 듯 민현의 목소리가 커다랗게 울려 나왔다.

은희가 조용하라는 듯 쉿, 하고 입술에 손가락을 가져다 대며 빠르게 주변을 살폈다.

"선배, 목소리 좀 낮춰요."

민현이 놀란 마음을 진정하려는 듯 커피를 한 모금 들이켜더니 떠보듯 물었다.

"차은희, 그동안 모아둔 적금이 많나 보지?"

은희는 아니라고 다급히 손을 내저었다. 그녀에게 현실을 일깨워주려는 듯 민현이 정색해서 말했다.

"차은희, 창업이란 게 말만큼 그리 쉽지는 않거든."

"알아요."

미소로 답하는 은희에게 민현은 더욱 진지한 표정으로 설명을 곁들였다.

"차은희, 만약 반도체 쪽으로 하고 싶은 거라면 차라리 그 생각을 접는 게 좋을 것 같아. 우리 회사 한 번 봐봐. 한때는 반도체를 만드는 막강의 기업이었잖아. 근데 지금은? 주식 폭락했겠다. 그만큼 반도체 산업 시황이 안 좋아졌다고."

뭘 좀 알고 말하라는 식으로 이야기하는 민현에게 은희는 여전히 미소를 지으며 응수했다.

"선배, 뭔가 잊었나본데요. 나, 국내 대학 순위 10위에 드는 대학 나왔어요. 나 똑똑해요. 선배를 부자로 만들어줄게요. 그리고 나 아무한테나 동업하자는 말 쉽게 안해요. 그러니 고민하고 연락주세요."

그 말을 끝으로 민현의 손을 한 번 잡아주고 은희가 막 몸을 일으키려는 데 윤석에게서 전화가 걸려왔던 것이다.

낯선 전화번호, 처음 듣는 목소리에 은희는 조금 당황한데다 마침 그때 다른 동료들 서넛이 떠들며 휴게실로 들어오는 바람에 그만 윤석의 이름을 똑똑히 알아듣지 못했었다.

개윤석? 대한민국에 개 씨란 성을 가진 사람도 있던가? 갑자기 생각이 잘 나지 않았다. 어쩌면 자신이 잘못 알아들었을 수도. 그래도 그렇다. 어떻게 자기 말만 하고 전화를 확 끊어 버리는지. 게다가 그는 자기 신분도 똑똑히 밝히지 않고 반말에 막말까지 하지 않았나.

대충 민현과 이야기를 마친 뒤 은희는 자기 자리에 돌아와 앉았지만 마음이 뒤숭숭하여 일이 손에 잡히지 않았다. 중간에 걸려 왔던 전화 때문이었다. 그녀의 이름을 알고 있었으니 잘못 걸린 전화로 치부하기엔 뭔가 아귀가 맞지 않았다.

이마를 찌푸리며 생각하다 도저히 안 되겠다 싶어서 은희는 휴대폰을 손에 들고 다시 사무실 바깥으로 나갔다. 주변에 사람이 있나 없나 살핀 뒤 은희는 조금 전 걸려 왔던 전화번호를 다시 눌렀다.

여보세요, 하는 남자의 음성이 건너오자 은희는 호흡을 고른 뒤 침착하게 말을 꺼냈다.

"이봐요, 그냥 그렇게 전화를 끊어 버리면 어떡해요?"

하지만 한참이 지나도 상대에게서는 아무런 반응이 돌아오지 않았다. 아까 당한 게 있었기에 은희는 상대의 대답을 기다리지 않은 채 조금 격한 음성으로 쏘아붙이듯 말했다.

"저기요, 제가 아까 이름을 잘못 알아들은 건 죄송한데요. 그런데 댁도 잘한 것은 하나도 없다고요. 댁이 언제 날 봤다고 처음부터 반말에 막말이세요? 가뜩이나 세상이 어수선한데 누군지도 모르는 사람이 약속 장소 정해 주면 나가야 하는 건가요? 안 그래요? 적어도 댁이 어디에 사는 누구인지는 정확하게 알려 줘야 제가 댁을 만나든지 어떻게 할 거 아니에요?"

수화기 너머에서는 아무 소리도 들리지 않았다. 다다다 쏘아붙이고 숨을 고르며 기다리자 이윽고 남자의 낮게 깔린 음성이 건너왔다.

－ 부모님이 아무 얘기도 안 해 주던가? 그 빌어먹을 결혼에 대해서 말이야.

결혼? 잠깐 시간이 걸렸지만 은희는 상대방이 누군지 알아차렸다. 하지만 조금 거칠어진 음성을 듣자니 기분은 더 나빠졌다. 겨우 마음을 다독이고 차분하게 물었다.

"아, 이제야 어떻게 된 건지 잘 알겠어요. 몰라 봬서 정말 죄송해요. 근데 어디서 만나자고 하셨지요?"

또 남자는 금방 대답하지 않았다. 은희는 이맛살을 살짝 찌푸렸다.

"이봐요. 듣고 있어요?"

－ 한 번에 재깍재깍 알아들으면 안 되겠어? N호텔! N호텔! 알아들었어? 그리고 내 이름은 백윤석이야. 앞으로 귀를 좀 더 크게 열고 들으라고. 알았나?

그리고 전화는 그대로 끊겨 버렸다. 저렇게 버럭버럭 성질이나 내는 사람이 결혼 상대자라니. 안 봐도 비디오인 듯 자신의 암울한 미래가 눈에 보이는 것 같아 은희는 한숨 쉬듯 혼잣말을 중얼거렸다.

"아니, 이 남자가 진짜. 말하는 꼬라지하곤 벌써부터 정나미가 팍팍 떨어지잖아!"

"노인네도 이제 한물가 버렸나? 사람 보는 눈이 왜 이따위야."

N호텔 커피숍. 창밖을 향해 앉은 윤석은 씁듯이 내뱉었다. 아무리 생각해도 그녀와의 결혼 생활이 순탄치 않을 것 같은 불길한 느낌에 그는 머리가 지끈지끈 아파 왔다. 짜증으로 뒤엉킨 머릿속을 차분하

게 정리하려고 윤석은 창밖으로 시선을 주었다.

"배윤석 씨, 처음 뵙겠습니다. 차은희예요."

얼마나 지났을까. 테이블을 톡톡 두드리는 소리와 함께 여자의 목소리가 들려오자 윤석은 고개를 천천히 돌렸다. 처음부터 그녀에 대해 반감을 느꼈지만, 막상 그녀의 얼굴을 확인하자 윤석의 표정은 더더욱 일그러졌다.

'노인네가 이제는 눈도 멀었나? 어디서 저렇게 촌스런 여자를?'

보기만 해도 답답한 느낌을 주는 굵은 뿔테안경, 요란한 뽀글머리에 입술만 도드라져 보이는 촌스런 화장을 한 여자가 자신을 향해 방싯방싯 웃음을 짓고 있었다. 어디서 한 번 본 듯한 촌스러운 모습에 윤석은 목을 갑갑하게 짓누르는 셔츠 단추를 몇 개 끄르며 비아냥거리듯 말했다.

"당신, 원래 머리가 그렇게 둔한가? 도대체 몇 번을 말해야 알아듣지? 내 이름은 백윤석! 백. 윤. 석!"

또 반말이다. 게다가 태도는 오만불손하기 그지없었지만 은희는 차분하게 마음을 가라앉힌 뒤 정중하게 사과했다.

"말귀 잘 못 알아들어서 죄송해요."

정중히 허리까지 숙여 가며 사과를 했지만, 윤석은 여전히 못마땅한 표정을 지우지 못했다. 하지만 그런 윤석과는 대조적으로 은희는 방긋 웃음 띤 얼굴로 관찰하듯이 그를 찬찬히 뜯어보았다.

'음, 싸가지는 없긴 해도 외모는 그럭저럭 봐줄 만하네.'

한순간 자신이 한 생각에 흠칫하며 정신을 차리자 곧바로 그의 차가운 목소리가 귓가를 강타했다.

"간단하고 명료하게 용건부터 말해 주지. 우리의 결혼은 간단하게 말하면 거래와도 같아. 그러니 내게서 아무것도 바라지 마. 난 당신한테 아무것도 줄 수 없으니까. 우리 서로의 삶에 일절 관계하지 말자는 말이야. 똑바로 알아들었나?"

은희는 잠시 뭔가를 생각하는 듯 미간을 좁히다가 또다시 그의 목소리가 이어지자 열심히 귀를 기울여 경청했다.

"그런데 이런 거지같은 결혼이 정말 싫다면 당신이 부모님한테 거절 의사를 똑똑히 밝혀. 난 상당히 재수 없고 매너 없고 바깥에 여자도 많은 나쁜 놈이야. 그러니, 당신이 선택하기에 달렸어. 자, 그럼 끝."

윤석은 그 말을 끝냄과 동시에 자리를 박차고 일어났다. 그때까지만 해도 은희는 그가 잠시 화장실에 다녀오려고 자리에서 일어난 거라고 대수롭지 않게 여겼다. 화장실이 많이 급해서 아까 다급하게 말을 한 거였구나, 하고 생각하며 조금씩 멀어져 가는 남자의 뒷모습을 바라보는데, 아주 어이없게도 남자는 출입문을 열고 나가고 있었다.

그때서야 은희는 벌떡 몸을 일으켰다. 자기는 아직 한 마디도 못한 상황이다. 그런데 남자가 도망을 가 버리다니. 어이가 없어서 말이 안 나온다.

꽁지에 불붙은 듯 부랴부랴 내빼는 남자의 뒤를 쫓아 나가려는데 아직 커피값을 계산하지 않았다는 걸 깨달았다. 서둘러 계산을 마치고 바깥으로 급하게 나오려던 그녀는 자동문이 다 열린 줄 알고 걸어나가다가 유리문에 이마를 쿵 하고 부딪쳤다. 따끔하고 아픈 이마를 손바닥으로 문지르며 걸음을 옮기는데 발밑에서 파삭 하는 소리가 났다. 그러고 보니 시야가 부옇다. 설마…….

"으옷, 내 안경……."

오늘은 아무래도 재수가 옴 붙은, 날인가 보다. 깊은 낭패감을 느끼며 그녀는 울상을 지은 얼굴로 이미 사라져 버린 남자의 모습을 찾으려 사방을 두리번거리다가 다시 걸음을 옮겼다.

그런데 엎친 데 덮친 격으로 그녀는 얼마 걷지 못하고 땅바닥에 풀썩 주저앉았다. 이번엔 발목이 삐끗하면서 그녀가 신고 있던 구두굽이 그만 부러졌기 때문이었다. 너무도 분하고 억울했던 그녀는 잔뜩 골이 난 목소리로 중얼거렸다.

"이 나쁜 악당, 가다가 확 엎어져 버려!"

"꼴이 그게 뭐냐?"

손질을 안 한 것처럼 헝클어진 머리를 하고 절뚝거리며 현관에 들어서는 은희를 못마땅하게 바라보던 차 회장이 타박하듯 말했다.

오늘, 매너라곤 전혀 없는 남자에게서 모욕당했다는 느낌을 내내 지울 수 없었기 때문에 은희는 하루 동안 기분이 침울했었다. 그런데다 언제부터 자신한테 관심을 보였다고 나무라는 듯한 아버지의 시선에 그녀는 화가 나면서 부르르 온몸이 떨렸다. 하지만 그런 불쾌한 감정은 조금도 내비치지 않은 채 그녀는 깍듯한 자세로 정중하게 인사하듯 말했다.

"일 때문에 공사다망하신 차 회장님께서 오늘은 어쩐 일로 이렇게 일찍 들어오신 거죠?"

마치 낯선 타인을 대하는 듯한 딸의 태도에 차 회장의 굵은 눈썹이 꿈틀거렸다. 그녀의 차가운 태도와 말투에 비위가 몹시 상했지만 차 회장은 꾹 참고서 무뚝뚝하게 말했다.

"밥은 먹고 다니는 게냐? 어서 와라. 밥 먹자."

마치 항상 그래 왔던 것처럼 자연스럽게, 또 너무도 뻔뻔하게 아버지가 관심을 드러내자 은희는 그 모습이 몹시 가식적으로 느껴져 헛웃음이 터져 나오려고 했다. 그러나 생글생글 웃는 얼굴로 대꾸했다.

"물론이죠. 다 먹고 살자고 하는 짓인데요."

그녀의 말투에는 가시가 잔뜩 돋쳐 있었다. 그녀를 바라보는 차 회장의 눈빛이 어둡게 가라앉았다. 그 눈빛이 약간 슬프게 느껴졌지만, 은희는 어림도 없는 착각이라고 자조적으로 비웃으며 식탁으로 걸어갔다.

음식이 가득 차려진 풍성한 식탁 앞에 앉으며 은희는 혼잣말처럼 씁쓸하게 중얼거렸다.

"으리으리한 저택에, 임금님 수라상 부럽지 않은 만찬에, 거기에 와인까지."

이 아이가 대체 뭔 소리 하나 싶어 차 회장은 그녀를 곱지 않게 쳐다봤다. 하지만 은성은 여동생의 외로움을 모르지 않았기에 서글픈 마음을 달래려고 잔을 들어 와인을 한 모금 마셨다.

"오빠, 나도 한 잔 줘."

계집애가 무슨 술이냐고 아버지가 한 소리 할 줄 알았는데 뜻밖에도 차 회장은 아무 말도 하지 않았다. 그러나 은희의 상태가 불안해 보여 조금 걱정이 되었던 은성은 잠시 주저하다가 마지못해 한 잔 따라 주었다. 자신의 손에 들린 잔에서 붉은색의 와인이 찰랑거리며 흔들리는 걸 무심히 보다가 은희가 아버지에게 시선을 옮기고 불쑥 말했다.

"차 회장님 오래오래 사세요. 그래야 이 하찮은 계집애가 오래오래 그 덕을 볼 테니까요."

은희는 '오래오래' 란 단어를 유난히 강조하며 목소리에 잔뜩 힘을 실었다. 비꼬는 듯한 말투임에도 불구하고 차 회장은 한마디도 없이 침묵만 지켰다.

"값비싼 와인이라 그런가? 이거 엄청 맛있다, 오빠. 이래서 돈이

참 좋다고 하는구나!"

감탄하는 것처럼 말했지만, 그 말속에는 아버지를 향한 분노와 원망, 미묘한 비웃음이 섞여 있었다. 수많은 감정과 사연을 담고 있는 그녀의 눈빛을 빤히 바라보며 차 회장이 말했다.

"너는 네 엄마를 전혀 닮지 않았구나."

그녀의 얼굴이 순식간에 싸늘하게 굳어지면서 목소리에서 더없이 차가운 한기가 흘러나왔다.

"그것참 다행이네요. 안 그래도 밤낮으로 하늘에 대고 빌었거든요. 제발 엄마를 닮지 말아 달라고요."

순간 은희와 차 회장의 눈빛이 강하게 마주쳤다. 의문을 담고 있는 그 눈빛에 화답하기라도 하듯 그녀는 쓴웃음을 지었다.

"왜냐하면 우리 엄마는 착했으니까요. 그런데 정말 빌어먹게도 지금은 착한 사람이 오히려 기만과 억압을 당하는 빌어먹을 세상이라고 우리 착한 엄마가 어떻게 됐는지, 잘 아시죠?"

온몸으로 아버지로부터 버림받은 분노와 원망을 뿜어내는 그녀에게 차 회장은 할 말을 잃은 듯 입도 벙긋하지 못했다. 아주 짧은 순간 은희를 바라보는 차 회장의 눈빛이 기묘하게 일렁거렸으나 그 누구도 그의 흔들림을 보지 못했다.

"가능한 한 저와 엄마를 버리고 떠난 차 회장님, 당신을 닮았으면 좋겠다는 생각을 수없이 많이 했습니다. 여간해선 그런 결정은 엄두도 못 내잖아요? 그래서 전 엄마처럼 착하게 살지 않겠다고 수백, 수천 번도 더 넘게 다짐했어요."

가엾게 죽은 엄마 생각에 은희는 금방이라도 울음이 터져 나올 것 같아 이를 악물고 한 마디 한 마디 뱉어 냈다. 애써 울음을 참는 그녀의 모습이 몹시 안쓰러워 보였던 은성은 고개를 돌려 버렸다.

"저녁 잘 먹었습니다. 먼저 일어나겠습니다."

몸을 일으켜 식탁을 벗어나는 그녀의 뒷모습이 몹시 처연해 보여 은성은 아팠다. 울컥하고 가슴에서 뜨거운 감정이 북받치는 걸 애써 참으려는 듯 은성은 어금니를 앙다물었다. 그런 그의 귓가에 아버지의 목소리가 들려왔다.

"내가 생각했던 것보다 당돌하게 잘 커 주었구나. 이 정도는 되어야 광명그룹 며느릿감이지."

"아버지!"

차 회장의 말에 은성은 저도 모르게 소리를 높게 지르고 말았다.

"대체 무슨 생각인 겁니까? 아버지."

어지러운 마음을 진정하려는 듯 은성은 크게 숨을 고르고 나서 아버지를 향해 경고하듯 말했다.

"아버지! 은희 건드리지 마세요. 아버지 딸이기도 하지만, 저에겐 단 하나밖에 없는 여동생이기도 합니다. 아버지의 희생양으로 만들기 위해 그 아이 챙긴 거 아닙니다. 불쌍하게 커 온 그 아이가 조금 더 평온한 삶을 살 수 있도록 도와준 겁니다. 그러니까 어머니처럼 불행하게 만들지 마세요."

그런데도 차 회장의 표정에서는 그 어떤 흔들림도 나타나지 않았다. 그는 오히려 한심하다는 듯한 눈빛으로 은성을 보고 혀를 끌끌 찼다.

"못난 놈! 말하는 것하곤. 요즘 세상 돌아가는 꼴을 보면 아직도 모르겠느냐? 광명그룹 후계자로 지목받던 백윤철이 쓰러졌다. 세상의 모든 관심이 순식간에 백윤석에게로 옮겨졌단 말이다. 좋은 가문에 시집가는 데 뭐가 불행하다는 게냐?"

"아버지!"

"딴소리 말고 내일 은희 미용실로 데려가! 저런 꼴로 어떻게 사람을 만난다고."

쯧, 하고 혀를 차며 차 회장이 몸을 일으켰다. 고집스럽고 전혀 인간미가 느껴지지 않는 그의 차가운 뒷모습에 은성은 속으로 한숨을 삼키며 다시금 와인을 따라 마셨다.

♡　　♥　　♡

며칠 뒤, 양가 부모님과의 만남이 강남 모 한정식집에서 하기로 정해졌다. 양가 아버지끼리 결정한, 마치 사업과도 같은 결혼이라 두 여사가 모두 빠지게 되었지만 두 아버지들은 그다지 아쉬워하지 않았다.

한정식집 앞에 차가 멈추자마자 서둘러 차에서 내렸지만, 은희는 선뜻 들어가지 못하고 망설이고 있었다. 그러기는 윤석도 마찬가지였다. 하는 수 없이 여기까지 왔지만, 그는 황당한 여자와의 결혼이 마음에 들지 않아 괜히 들어가지 못하고 서성이고 있었다.

서로 복잡한 고뇌에 잠겨 주춤거리는데 그런 윤석을 발견한 은희가 다급히 그에게로 뛰어오더니 다짜고짜 그의 옷자락을 붙잡았다.

"백윤석 씨, 우리 얘기 좀 하죠."

재수 없어 보이는 그의 얼굴을 보자마자 며칠 전의 일이 떠올라 화가 났지만, 은희는 내색하지 않은 채 생긋 눈웃음을 지어 보였다.

"당신 원래 좀 둔한가? 지난번에 이미 끝난 얘기인 것 같은데. 그리고 이거 좀 놓지?"

윤석이 화를 참는 기색이 역력한 낮게 깔린 차가운 음성으로 말했다. 그런데도 그녀는 그의 옷자락을 더욱더 힘주어 붙잡았다.

"그날, 난 한마디도 못했거든요. 그날 왜 도망갔어요?"

따지는 그녀의 말에 윤석은 대답 대신 마치 쓰레기를 쳐다보듯 그녀를 향해 경멸 어린 시선을 던졌다.

오늘은 뽀글거리던 파마 머리를 풀어 긴 생머리로 바꾸고 안경을 벗고 배삭 카라 원피스에 스트랩 샌들을 매치한 모습이 그나마 좀 덜 촌스러워 보이고 시원해 보였다. 하지만 그녀에 대해 못마땅한 인상은 여전했으므로 윤석은 표정을 일그러뜨렸다.

"무슨 남자가 그렇게 쪼잔해요? 생긴 건 안 그렇게 생겨 놓곤 커피 값도 치르지 않고 그냥 가 버릴 수 있어요? 혹시 돈을 겁나게 아끼는 짠돌인가?"

그냥 말만 해도 괜찮다. 말하는 와중에도 손으로 자신의 셔츠를 만져 보기도 하고, 팔을 툭툭 치는 그녀의 행동에 윤석은 기가 막혀 말문까지 막혀 버렸다.

"그쪽에겐 이 결혼이 거지같은 기분처럼 느껴질지 모르겠지만, 난 그렇지 않거든요. 난 이 결혼을 조건으로 내 운명을 송두리째 바꾸어 놓을 수 있는 엄청난 걸 받았거든요. 그래서 난 쉽사리 이 결혼 포기 못 해요. 또 이왕이면 다홍치마라고 잘생기고 돈 많은 남편 마다할 이유가 없잖아요? 그리고 댁을 데리고 사는 결혼 생활이 꽤 재미있을 것 같기도 하네요."

이렇게 자신에게 함부로 대하고 막말을 하는 사람을 이제껏 본 적이 없었던 윤석은 화가 머리끝까지 치밀어 오르는 것을 느꼈다.

"그리고, 그쪽은 입이 얼어붙었어요? 왜 내가 부모님한테 거절 의사를 말해야 하죠? 그렇게 이 결혼이 진저리 나게 싫다면 백윤석 씨가 말해야 하는 것 아닌가? 왜? 두려워요? 그깟 게 두려워서 여자한테 떠넘겨요? 이런 거지같은 결혼이 정말 싫다면 당신이 부모님한테 거절 의사를 똑똑히 밝혀요. 당신이 선택하기에 달린 거잖아요? 아닌 가요?"

며칠 전 그가 자신에게 했던 말을 은희는 토씨 하나 틀리지 않고 곧이곧대로 돌려주며 사정없이 쏘아붙였다. 그리고 어안이 벙벙한 표정을 짓는 그를 뒤로한 채 한정식집으로 씩씩하게 들어갔다.

"안녕하세요. 처음 뵙겠습니다. 차은희입니다."

"오, 은희 양, 어서 와요. 차 회장님한테서 얘기 많이 들었어요. 만나서 반가워요."

서로 의례적인 인사를 나눈 뒤 한참이 지났는데도 윤석이 여전히 모습을 드러내지 않자 백 회장은 초조한 듯 좀처럼 미닫이문에서 눈을 떼지 못하고 있었다. 그 모습을 가만히 지켜보던 은희의 입가에 싸늘한 조소가 걸렸다.

"아니, 이 녀석은 대체 어떻게 된 거야?"

아까 한정식집 앞에서 만났음에도 불구하고 은희는 짐짓 모르는 척 태연하게 앉아 있었다. 조금씩 시간이 지날수록 조바심이 난 백 회장은 식은땀까지 흘리고 있었다.

"괜찮아요. 천천히 기다려 보지요."

몹시 조급해 보이는 백 회장에게 차 회장이 차분히 말했다.

"그나저나 큰아들 때문에 상심이 크시……"

차 회장의 말이 도중에 끊겼다. 도저히 모습을 드러내지 않을 것 같았던 윤석이 미닫이문을 열고 들어왔기 때문이다.

"많이 늦어서 죄송합니다. 처음 뵙겠습니다. 백윤석입니다."

공손한 태도, 깍듯한 인사에 백 회장이 적잖이 놀라는 눈치였다. 순순히 받아들이겠다고는 했지만 본래의 성격상 약간의 트러블은 감안하고 나온 백 회장이었다. 그러나 이러한 놀라움과 당황스러움은 거기서 그치지 않았다. 백 회장의 옆자리에 앉기 바쁘게 윤석은 은희에게 지극히 공손한 태도로 인사를 건넸다.

"차은희 씨, 또 뵙습니다. 그런데 오늘은 좀 달라 보입니다. 도도하고 우아한 백합 같달까요?"

말투, 눈빛, 표정, 사소한 행동 하나하나가 조금 전과 판이하게 달라 보여서 은희도 조금은 당황스러움을 금치 못했다. 그러나 윤석의 황당한 말은 계속 이어졌다.

"안 그래도 아버지한테 결혼에 관한 얘길 듣고 조금 걱정했습니다. 제가 여자 보는 눈이 꽤나 높아서 말이죠. 그런데 지난번에 봤을 때도 느꼈지만 괜한 걱정이었던 모양입니다. 저는 은희 씨가 맘에 들거든요."

너무도 태연하게 내던지는 그의 말에 은희는 얼굴에 뜻 모를 웃음을 지었다. 하지만 그들의 아버지들은 여전히 얼떨떨한 정신이 가다듬지 못한 듯 두 젊은이를 번갈아 쳐다보기만 했다.

"백윤석 씨가 그렇게 말씀해 주시니 몸 둘 바를 모르겠습니다. 저역시 아버지한테 얘길 듣고 여러모로 걱정이 많았는데 지난번에도 그렇고 오늘도 그렇고 백윤석 씨의 신사다운 모습을 보니 괜한 걱정을 했다는 생각이 듭니다."

단정한 표정, 올곧은 시선, 흔들림 없는 목소리에 윤석이 입가에 미소를 짓더니 그 말을 대뜸 받았다.

"사람들이 자주 그런 말을 하잖아요. 첫눈에 반하다. 그게 무슨 소리냐 싶었는데 이제는 알 것 같습니다. 우리가 바로 운명같이 첫눈에 반한 케이스라고 생각하는데요. 은희 씨는 그런 생각이 들지 않습니까?"

윤석의 말이 끝나기 무섭게 은희가 바로 맞받아쳤다.

"이런, 백윤석 씨는 엉큼하게 말도 잘하시네요."

호호, 웃음을 흘리는 그녀의 말에 윤석이 능글맞은 웃음으로 화답했다.

"남자는 원래 엉큼한 늑대라고 했습니다."

더 해 보겠느냐는 듯한 표정을 짓는 윤석을 향해 은희는 물론이지, 하는 눈빛을 보내며 씩 웃어 주었다.

"어머, 요즘 여자들은 숙맥보단 늑대 같은 남자를 더 좋아한답니다."

잘도 받아넘기는 그녀의 능청스러운 말에 윤석이 하하 크게 웃음을 터뜨렸다.

"저런, 난 은희 씨가 점점 끌리는데 이를 어떡하죠? 마음 같아선 내일이라도 당장 결혼하고 싶습니다만."

보통의 여자들이라면 제법 당황할 법도 하건만 은희는 전혀 흔들림 없이 일부러 수줍은 척하며 내숭을 떨었다.

"어머, 어른들 계시는데 부끄럽게 왜 그러세요."

계속되는 두 남녀의 대화에 두 아버지 모두 자기 자녀들을 바라보며 어쩔 줄을 몰라 하고 있었다. 문득 윤석이 백 회장을 보고 물었다.

"아버지, 근데 결혼은 언제 시켜 줄 겁니까?"

어른이 되고는 쓰지 않았던 '아버지' 호칭까지 나오자 백 회장은 난감한 기색을 숨기지 못했다.

전혀 어울려 보이지 않는 두 남녀가 물 흐르듯 너무나도 자연스럽게 대화를 주고받는 모습을 보고 양쪽 아버지들은 한순간 당황하며 말문이 막혀 버렸다. 그러나 그들은 노련한 사업가답게 재빨리 황망한 정신을 수습하곤 이내 차분한 표정으로 돌아왔다.

"아하, 이런 젊은이들 불꽃같은 연애에 우리 늙은이가 괜히 끼어들었다는 생각이 드네요. 안 그렇습니까? 차 회장님."

"이제야 내 딸이 진정한 인생의 동반자를 만났다는 생각에 흐뭇하기도 하고 마음이 놓입니다. 하하. 이쯤이면 우리가 자리를 좀 비켜 줘야 할 것 같습니다. 자, 백 회장님, 오늘은 제가 안내하겠습니다. 괜찮으시다면 골프라도 치러 가지 않겠습니까?"

"아, 네. 그게 좋겠군요. 골프를 치면서 천천히 얘기를 나누도록 하죠."

짐짓 딸을 생각해 주는 척하는 아버지의 가식적인 태도에 은희는 나오려는 비웃음을 애써 속으로 삼켰다.

그건 윤석도 마찬가지였다. 백 회장의 행동을 하나도 빠짐없이 지켜보던 윤석의 입가에 싸늘한 조소가 번졌다.

"역시 우리 아버지의 따뜻한 배려심과 멋진 매너는 알아줘야 한다니까요. 젊은이들 마음을 이해해 주셔서 대단히 감사합니다. 아버지."

태도는 정중했지만 잔뜩 비꼬는 말에 백 회장의 얼굴이 기묘하게 일그러졌다. 그는 끙, 하고 신음인지 한숨인지 모를 소리가 절로 새어 나오는 걸 억지로 목구멍으로 삼켰다.

"그래, 둘이서 좋은 얘기 많이 나누거라. 먼저 가 보마!"

"살펴 가십시오. 아버지."

이번엔 은희의 깍듯한 인사와 '아버지'란 낯선 호칭에 차 회장의 얼굴에 복잡 미묘한 빛이 떠올랐다. 기분이 착잡하긴 했지만, 차 회장은 불편한 심기를 조금도 내색하지 않은 채 항상 다정하고 따뜻한 아버지 모습을 연기하며 은희의 어깨를 두세 번 가볍게 두드려 주곤 몸을 돌려 룸을 나갔다.

두 아버지 모두 모습을 감추자 은희는 웃음을 싹 지운 진지한 얼굴로 윤석에게 말했다.

"백윤석 씨, 갑자기 마음을 바꾼 이유가 뭐죠?"

윤석의 얼굴에도 웃음기가 싹 사라져 버렸다. 그는 금방이라도 얼음이 뚝뚝 떨어질 것 같은 차가운 목소리로 질문과는 다른 말을 꺼내 놓았다.

"아무리 이 결혼을 조건으로 엄청난 걸 받았다고 해도 넌 진짜, 이 거지같은 결혼이 아무렇지도 않은 건가?"

은희는 쓴웃음을 짓더니 천천히 입을 열었다.

"백윤석 씨, 세상은 그렇더군요. 내가 별로 오래 살아 본 건 아니지만, 살아 보니 벗어나겠다고 아무리 몸부림치고 악을 쓰듯 발악해도 내 마음대로 바꿀 수 없는 게 있더라고요. 그때마다 난 그대로 즐기는 방법을 선택해요! 나한테 이 결혼은 어차피 피할 수 없는 거잖아요. 그럼 즐기는 수밖에요."

그리고 은희는 자기가 할 말은 다 했다는 듯 몸을 일으키며 그에게 예쁘게 인사를 한 뒤 그대로 퇴장해버렸다. 그러나 윤석은 먼저 가버린 그녀를 잡지 않았다. 그녀에게서 자신과 똑같은 아픔과 슬픔이 느껴졌기에 뭔가에 충격을 받은 듯 한참 동안 앉아 있다가 몸을 일으켰다.

♡　　　♥　　　♡

결혼식 날짜가 코앞에 다가오고 있는데도 불구하고 정작 당사자들의 얼굴에서는 조금도 서두르거나 조급한 기색을 찾아볼 수가 없었다. 웨딩드레스를 고르거나 웨딩 촬영을 하거나 하는 것들은 예비 신랑 신부에겐 이벤트 같은 것들이었지만 그들은 대충 넘어가고 말

앉다.

그런 특별한 이벤트 대신 두 사람은 서로 결혼과는 전혀 상관없는 자기 일로 인해 바쁜 나날을 보내고 있었다. 은희는 4년을 넘게 근무한 회사에 사표를 내고 새로운 회사를 설립하는 준비 때문에 바빴고, 윤석은 광명반도체에 대해 새로운 사업기획을 세우느라고 정신없이 지내고 있었다.

그래서 요즘 가뜩이나 심신이 지치고 피곤한데 윤석의 어머니 한 여사는 오늘 가족끼리 모인 식사 자리에서 기어코 그의 신경을 북북 긁고야 말았다.

"양심이라곤 눈곱만큼도 없는 놈! 네 형은 병원에서 죽어 가는데 넌 코빼기도 안 비칠 정도로 어쩌면 그렇게 냉정할 수 있니?"

간만에 얼굴 보는 아들한테 다짜고짜 쓴소리를 해 대며 화를 내는 어머니의 태도에 윤석은 욱하고 분노가 치밀어 올랐다. 그는 목구멍 끝까지 올라오는 화를 애써 누그러뜨리며 짐짓 태연하게 대꾸했다.

"아시다시피 한창 결혼 준비 때문에 바쁩니다."

"이 나쁜 녀석, 착각하지 마, 네 형 아직 안 죽었어!"

그때껏 가만히 앉아 있기만 하던 윤석은 더 이상 참을 수 없다는 듯 싸늘하게 웃으며 내뱉었다.

"물론입니다. 아직 형은 죽지 않았죠. 다만 뇌사 상태에 빠져 세상 돌아가는 꼴을 모르고 있을 뿐이지."

차갑게 웃는 얼굴로 섬뜩하게 내뱉는 윤석을 보고 한 여사는 순간적인 격분을 이기지 못하고 흠칫 몸을 떨었다.

"너, 너……."

"이제 어머니도 그만 정신을 차릴 때가 되지 않았습니까? 뇌사상

태란 건, 다시는 깨어나지 못한다는 뜻입니다. 설사, 깨어났다 쳐도 과연 정상적으로 살 수 있을까요?"

"너……."

소름 끼칠 정도로 충격적인 한마디에 한 여사는 금방이라도 경기를 일으킬 듯 몸을 벌벌 떨었다.

"전 착각 같은 거 한 적 없습니다. 이제부터 광명그룹 후계자는 백윤철이 아니라 백윤석이니까요, 어머니."

그 말이 빼도 박도 못하는 사실이라는 걸 똑똑히 각인시켜 주려는 듯 윤석은 한 자 한 자 끊어 단호하게 선언했다.

"그만해라! 당신도 그만해요."

묵묵히 앉아 더 이상 지켜볼 수 없었던 백 회장이 다급히 끼어들며 언성을 높였다. 그는 가정부를 불러 얼른 부인을 방에 데리고 가라는 눈짓을 했다. 한 여사가 방에 들어가고 단둘만이 남게 되자 백 회장이 나무라듯 말했다.

"윤석아, 말이 너무 심하구나."

자신의 말이 조금 심했다는 걸 모르지 않았지만 윤석은 그런 속마음과는 다르게 대꾸했다.

"전 사실을 말씀드렸을 뿐입니다."

가시가 잔뜩 돋친 말투에 백 회장의 짙고 굵은 눈썹이 꿈틀거렸다. 착잡한 마음을 금할 수 없었지만 나름대로 분위기를 전환해보려는 듯 백 회장은 어렵사리 화제를 바꾸었다.

"차은희 양 말이다. 진심으로 네 마음에 드는 게냐?"

윤석이 피식 웃으며 아버지를 가만히 바라봤다. 더욱 차갑고 깊게 가라앉은 그 눈빛은 이렇게 묻고 있었다.

'뭘 그렇게 재미있는 걸 다 묻습니까?'

그의 눈빛에 담긴 뜻을 읽었음에도 불구하고 백 회장은 조금도 티를 내지 않고 말을 이어 갔다.

"차은희 양을 향한 너의 마음이 정말 진심인지 아닌지는 잘 모르겠다만, 단 이것만은 명심하거라. 살다가 아무리 귀찮고 짜증이 나더라도 이혼은 절대 안 된다. 난 괜히 추잡한 소문이나 스캔들을 일으키는 걸 원치 않는다. 다 널 위해서야!"

"제가 아무리 한심해도 스스로 자기 무덤을 파는 짓을 할 만큼 어리석지는 않습니다. 아버지."

언제나처럼 낯설게 느껴지는 '아버지'란 호칭을 듣자, 백 회장의 눈가에 작은 파문이 일었다.

"너한테서 아버지란 소리를 들으니 기분이 새삼스럽구나."

"추잡한 소문이나 스캔들을 일으키지 않으려면 지금부터 많이 연습해 두어야 하지 않겠습니까?"

내면에 오랫동안 쌓여 온 울분과 분노를 온몸으로 표출해 내는 윤석이 안타깝기 그지없었지만, 백 회장은 아무런 위로의 말도 건넬 수 없었다. 그저 의미를 알 수 없는 깊은 눈빛으로 윤석을 응시하다가 그는 또다시 다른 곳으로 화제를 돌렸다.

"광명반도체 인수인계를 받기 시작했다는 소식을 들었다. 그래, 할만하더냐?"

"솔직히 말하자면 운영 체제가 개판이더군요. 노련한 사업가이신 백 회장님께서 어찌 이런 실수를 다 하셨는지, 조금 이해가 되지 않았습니다. 얼마든지 다시 재기할 수도 있었을 텐데 너무 큰 것만 바라보느라 사소한 것을 시시하게 여기고 방치했더군요."

조리 있고 조목조목 맞는 말에 백 회장은 아무런 대꾸도 못한 채 혹하고 숨을 들이켰다.

"그러나 너무 크게 걱정은 마십시오. 제가 약속한 바가 있으니 3년 내에 다시 세계적인 대표기업으로 성장시켜 놓겠습니다. 그래야만 정정당당하게 광명그룹 후계자가 될 수 있으니까 요. 바쁘니 이만 일어나 보겠습니다."

비록 겉으로는 공손한 척했지만, 그의 온몸에서 내뿜는 기운은 차갑고 싸늘하기 그지없었다. 몸을 일으켜 흘낏 아버지를 바라보던 윤석은 냉랭하게 한마디 덧붙였다.

"앞으론 과도한 친절을 베풀지 마십시오. 아버지답지 않습니다. 또한, 당신에게 어울리지도 않구요. 그런 말도 있잖습니까? 평소에 안 하던 짓 하면 죽을 날이 멀지 않았다."

'이, 이런 발칙한 녀석 같으니!'

몹시 노골적인 말을 듣고 백 회장의 얼굴에 파르르 경련이 일었다. 못마땅한 기분임에도 불구하고 백 회장은 뭐라 나무라지 않은 채 쓰디쓴 한숨만 길게 내쉴 뿐이었다.

한껏 아버지를 비꼬아 주면 답답한 속이 뻥 뚫릴 듯 통쾌할 줄 알았다. 그러나 속이 시원해지기는커녕 기분만 더 더러워지자 집을 나온 윤석은 젠장, 하고 상스러운 욕지거리를 내뱉으며 차에 올라탔다.

"제기랄!"

또다시 입 속으로 욕을 씹은 윤석은 주먹으로 핸들을 팍 내리치며 창밖을 무시무시하게 쏘아봤다. 최악으로 더러워진 기분을 털어 내기 위해 윤석은 담배를 꺼내 물었다.

담배를 세 개피 째 피우고 나자 기분이 조금 풀린 듯 그는 차에 아무렇게나 팽개쳐 둔 서류를 집어 들었다. 깨알 같은 활자를 꼼꼼히 들여다보며 윤석은 뜻 모를 미소를 지었다.

『성명: 차은희

출생: 198x년 8월 25일

신체: 168cm, 45kg

가족: 1남 1녀 중 둘째

가족사항: 3살 때 부모님의 이혼으로 어머니와 같이 지내 왔으나 199x년 어머니가 사망하자 이모 집에 얹혀살아 왔음

학력: H대학교 경제학과』

"H대학교 경제학과라."

윤석은 혼잣말처럼 중얼거리며 고개를 갸웃거렸다. 하도 황당한 행동을 많이 해서 멍청한 줄 알았는데 공부는 꽤 잘했나 보다.

어이없는 여자와의 황당한 결혼 생활이 여러모로 신경 쓰여 그녀에 대해 전혀 모르고 있는 것보다 그래도 뭘 좀 알고 있는 게 아무래도 유익할 것 같아서 알아보게 한 그녀의 신상 정보였다. 그런데 윤석은 그녀의 학력이 적혀 있는 그 부분까지만 읽었다.

국내에서 10위 안에 드는 대학 정도 나온 여자라면 다시 한 번 냉정하게 대화를 시도해 볼 만하겠다 생각한 윤석은 휴대폰을 꺼내 그녀의 번호로 전화를 걸었다.

"차은희 씨, 우리 얼굴 좀 봅시다."

상대가 전화를 받기 무섭게 그는 차분하게 운을 뗐다.

– 엥? 누구신데요?

그런데 이봐라. 차분한 대화를 시도하려고 그렇게 노력했건만 그것이 무색하게도 이 여자는 대번에 사람의 화를 돋우지 않는가.

모르는 척하는 그녀의 태도에 윤석은 파드득 눈썹을 구겼지만 곧 감정을 가라앉히며 정중하게 말했다.

"백윤석입니다."

― 그런데요?

어이없는 되물음에 윤석은 또다시 머리끝까지 짜증이 치솟았다.

― 우리가 왜 또 만나야 하는데요? 지난번에 이미 얘기 다 끝났잖아요.

가차 없이 거절하는 그녀의 대답에 윤석은 마침내 욱하는 성질을 참지 못하고 조금 전 정중한 태도와는 달리 반말로 비딱하게 대꾸했다.

"왜? 자주 얼굴 보면 정들까 봐 겁나나? 차은희 씨."

대답은 없었고, 대신 어이없다는 투의 한숨 소리가 건너왔다.

― 어디서 볼까요?

그녀에게서 다시 말이 흘러나온 건 그로부터 한참이 지나서였다.

"쇼윈도 부부에 대해 들어 봤나?"

커피숍에 들어선 은희가 자리에 앉기도 전에 윤석이 꺼내 놓은 첫 마디였다. 이런 쓸데없는 거나 물으려고 얼굴 보자 한 거였나? 갑자기 짜증이 확 솟구쳐 은희는 신경질적으로 자리에 앉으며 툭 쏘듯 내뱉었다.

"사람 불러 놓고 하려고 했던 말이 고작 이거였어요? 이봐요. 백윤석 씨, 난 그다지 한가한 사람 아니거든요."

"묻는 거나 대답해. 알아? 몰라?"

그녀의 말을 도중에 끊어내며 윤석이 그렇게 묻자 은희는 어이없는 표정을 감출 수가 없었다.

"애정이 없는데도 불구하고 사회적 위치나 등등의 이유 때문에 다른 사람 앞에서는 행복한 척 다정하게 연기하는 부부."

"빙고."

은희의 말이 끝나자마자 윤석은 손가락을 툭 퉁기며 회심의 미소를 지었다.

"전에도 분명하게 얘기했지만 우리의 결혼은 거래야. 부부로 사는 동안 서로의 삶에 대해 간섭하지 말자는 이 말, 확실하게 하기 위해 그쪽 보자고 한 거였어."

동의한다는 듯 은희는 고개를 끄덕거리며 입을 열었다.

"그땐 미처 대답할 새가 없었지만, 그건 나도 원했던 바였어요."

"그래. 이번엔 말귀 빨리 알아들어서 다행이야."

윤석의 말이 비웃음처럼 느껴져 은희는 얼굴을 불쾌하게 일그러뜨리며 퉁명스럽게 물었다.

"또 할 말 남았어요? 나 아주 바쁜 사람이에요. 앞으론 이런 영양가 없는 얘기로 바쁜 사람 오라 가라 하지 말고 전화로 해요."

세상일을 혼자 다 하는 것처럼 은희가 잔뜩 생색 내자 윤석은 또다시 불쾌해졌고, 저도 모르게 마음에도 없는 말을 흘리고 말았다.

"오랫동안 어머니랑 지내 왔더군."

이번엔 또 무슨 헛소리를 하는 건지 모르겠다. 그녀는 더 이상 상대할 가치도 없다는 생각에 몸을 일으키려 했다. 그런데…….

"아버지한테 버림받았나?"

하지만 기어코 자신의 아픈 상처를 푹, 깊숙이 찌르는 그의 노골적인 말투에 은희의 얼굴이 험상궂게 일그러졌다. 꾹 참았던 울분과 분노가 뼛속에서부터 머리끝까지 치솟아 올라 금방이라도 폭발하기 직전이었지만, 그녀는 세 차례 정도 크게 숨을 내쉬더니 공격적으로 맞받아쳤다.

"그러는 백윤석 씨는 무슨 사람이 그렇게 비뚤게 생겨 먹었어요?

부모님도 다 계신데 사랑 못 받고 자랐나 봐요?"

그리고 그 말이 끝남과 동시에 두 사람은 서로를 잡아먹을 듯 으르렁거리며 노려봤다. 더 이상의 대화는 없었지만 서로를 쏘아보는 눈빛에서는 위험한 불꽃이 팍팍 튀었다.

2장.
결혼하면 개고생.
그래서 솔로몬의 지혜가 필요하다

"신랑 백윤석 군은 신부 차은희 양을 신부로 맞아 기쁠 때나 슬플 때나 아플 때나 변치 않고 사랑할 것을 맹세합니까?"

"네."

"신부 차은희 양은 신랑 백윤석 군을 남편으로 맞아 기쁠 때나 슬플 때나 아플 때나 변치 않고 사랑할 것을 맹세합니까?"

"네."

얼마전 그렇게 으르렁거리며 싸우다 헤어졌던 두 사람은 그날 이후 한 번도 만나지 않고 결혼식을 맞이했다. 그러나 언제 서로 얼굴을 붉혔나 싶을 정도로 주례사의 질문에 대답하는 그들의 목소리는 밝고 활기찼으며 표정 또한 환했다.

그들의 사정을 잘 모르는 타인의 눈에 비치는 그들의 모습은 많은 하객 앞에서 백년가약을 맺는 여느 신혼부부 못지않게 몹시 행복해 보였다. 그러나 이 결혼을 함으로써 자신들이 결코 행복해지지 않을 거라는 건 그들 자신만이 잘 알고 있었다.

사랑? 웃기는 소리 하고 있네요! 우리에게 사랑은 사치랍니다. 행복? 무슨 이런 개떡 같은 소리가 다 있습니까? 그게 먹는 겁니까? 그렇다면 우걱우걱 열심히 먹어 주죠!

그들의 결혼을 축복해 주기 위해 먼 길을 찾아와 준 하객들을 향해 그들은 입가에 경련이 일 정도로 억지로 웃음을 만들어 내며 당최 마음이 동하지 않는 결혼을 해야 하는 스스로를 그런 식으로 비웃었다.

"이것으로 신랑 백윤석 군과 신부 차은희 양이 부부가 되었음을 여러 증인들 앞에 공포합니다."

주례의 말에 행복하게 웃는 두 사람을 보고 가족들의 생각 또한 천차만별이었다. 원래도 조각 같은 외모를 가졌지만 오늘 더 멋진 모습으로 서 있는 아들을 바라보며 백 회장은 아련하게 가슴이 아파 왔다. 아내의 고통과 아픔 때문에 오랜 세월을 제멋대로 행동하고 겉돌기만 한 윤석을 그냥 방치해 둔 것에 대한 미안함과 죄책감으로 인해 그는 괴로웠다. 하지만 그런 감정을 얼굴에 드러내지 않았고 진심으로 그들을 축복해 주었다.

'꼭 행복하게 잘 살아야 한다. 내 아들!'

그의 옆에 앉은 윤석의 어머니는 결혼식이 진행되는 내내 의식이 텅 빈 인형처럼 무기력하게 앉아 있었다. 그녀의 머릿속에는 온통 큰아들 윤철에 대한 슬픔과 괴로운 생각으로 가득 찼다. 그녀의 얼굴 어디에도 아들을 장가보내는 어머니의 기쁨 같은 것은 보이지 않았다.

그리고 그들의 반대편에 앉은 은희의 아버지 차 회장은 평소보다 훨씬 예쁘고 아름답게 변한 딸을 바라보며 흐뭇하면서도 자책감으로 쓰려 오는 가슴을 다잡고 있었다.

그의 옆에 앉은 그의 현재 부인인 이 여사는 결혼식 내내 환하고 밝게 웃는 은희의 모습을 가만히 지켜보며 짠해지는 가슴을 느끼고 있었다. 그녀에 대한 이야기를 계속 들어 왔기 때문인지 낯설지 않게 느껴져 눈시울까지 붉어졌다.

그런 사람들 가운데 은희와 유일하게 같은, 슬프고 침통한 감정을 느끼고 있는 사람은 오직 그녀의 오빠 차은성뿐이었다. 결혼식 내내 억지웃음을 지어 보이는 은희를 바라보며 은성은 마치 독약을 마신 사람처럼 가슴이 찢어질 듯 아팠다. 다른 사람들은 잘 몰라도 그는 누구보다 잘 알고 있었다. 지금 저렇게 웃고 있는 은희가 속으론 피눈물을 삼키고 있다는 것을.

만약 어머니가 살아 계셨다면 그녀의 이런 모습을 보고 얼마나 가슴 아파하셨을까, 하는 생각에 그는 심장이 저려 왔다. 그러나 그는 침착하게 마음을 가라앉히면서 저 아이를 행복하게 해 달라고, 잘 살게 해 달라고, 저 아이가 아프지 않게 해 달라고, 제발 상처받지 않게 해 달라고 마음속으로 빌고 또 빌었다.

하지만 근심과 걱정, 염려와 불안, 가슴앓이와 자책의 쓰라림에 시달리는 가족들과는 달리 정작 결혼 당사자들은 그들과는 전혀 다른 생각에 파묻혔다.

양가 부모님께 인사드리며 은희는 생각했다. 비록 원치 않는 거지 같은 결혼을 하지만, 어머니처럼 불행한 삶을 살지 않을 거라고.

같은 때 윤석은 생각했다. 비록 원치 않는 거지같은 결혼을 하지만, 그 대가로 떳떳하게 광명그룹 후계자로 인정받을 거라고.

"큰일 치르시느라 고생하셨습니다. 잘 다녀오겠습니다."

결혼식의 모든 순서가 완전히 끝나고 그들은 양가 부모님께 깍듯하게 인사를 드린 뒤 신혼여행을 떠났다. 모든 사람들의 눈을 감쪽같이 속이기 위해 그들은 진짜로 3박 4일 제주도 티켓을 끊었지만 실제로는 그곳에 가지 않았다.

"3박 4일이야. '가짜 신혼여행'이 끝나 갈 시점에 여기서 만나도록 하지. 약속 시간에 늦지 마! 난 시간 약속 안 지키는 사람을 제일 경멸해."

공항 가는 길에 사람들의 눈에 잘 띄지 않는 곳에 차를 멈추며 윤석은 그렇게 말했다.

"그쪽이나 늦지 마시죠."

"근데 그동안 갈 곳은 있나? 정 갈 곳이 없다면 제주도로 가든지."

살짝 걱정이 되어 윤석이 티켓을 내밀었지만 은희는 눈을 흘기며 톡 쏘아붙였다.

"그런 걱정은 붙들어 매시죠. 사방천지 모두 내 집이거든요."

저 여자랑 말해 봤자 괜히 부아가 치밀어 오를 것이 뻔했기에 윤석은 뭐라 더 말하려고 벙긋거리던 입을 곧 다물어 버렸다. 그리고 은희가 차에서 내리자마자 그는 그대로 시동을 걸고 인천공항으로 출발했다. 신혼여행 대신 대만 신규업체와의 계약 건으로 대만으로 떠난 것이다.

"저런 네가지 없는 자식!"

점점 멀어지다가 결국엔 작은 점이 되어 사라져 버리는 그의 차를 무시무시하게 쏘아보며 은희는 빠드득 소리가 날 정도로 이를 갈았다.

그러나 큰소리는 탕탕 쳤지만 그녀가 딱히 갈 곳은 없었다. 하지만 아무리 갈 곳이 없다 하더라도 자신이 원래 살던 옥탑방에는 가고 싶지 않았기에 그녀는 윤석이 내려 준 버스 정류장 한쪽 구석에 엄마 잃은 아이처럼 외롭게 서 있었다.

"세상천지 이렇게 집이 많은데 갈 곳이 없다니?"

그녀는 한숨이 잔뜩 섞인 목소리로 중얼거렸다. 하지만 그럴수록 우울함이 먹먹하게 번지는 가슴은 눈물을 내어 그녀의 눈가를 따끔따끔 시리게 만들었다.

"조건을 내건 대가치곤 시작부터 너무 초라하고 비참하구나."

버스가 이미 여러 번 자신의 옆을 스쳐 지나갔지만 아직 마땅한 곳을 정하지 못했기에 그녀는 꽤 오래도록 그곳에 서 있었다.

그렇게 얼마나 지났을까. 빈 택시 한 대가 그녀 앞에 멈추자 은희는 잠시 주저하다가 차에 올라탔다.

"어디로 갈까요? 아가씨."

기사가 물어 왔지만 은희는 대뜸 대답하지 못하고 생각하는 듯 미간을 좁게 찌푸렸다. 남들에겐 가슴 설레는 일일지도 모를 신혼여행이 자신에겐 한낱 쓸쓸하고 초라한 시간으로 기억될지도 모른다고 생각하자 그녀는 기분이 더더욱 우울해졌다. 자꾸만 낭떠러지로 추락하는 기분을 달래고자 그녀는 괜찮다, 괜찮다를 수없이 입속으로 중얼거리며 억지로 입가에 미소를 만들어 냈다.

어디로 갈 거냐고 기사가 다시 묻자 그녀는 밝은 음성으로 대답했다.

"서울에서 제일 비싼 호텔로 가 주세요. 아저씨."

나는 엄마처럼 불행하게 살고 싶지 않다. 행복은 내 스스로 만들어 간다. 오늘은 나도 조금 사치를 부릴 거다. 내일이 되면 헛돈 날리고 미친 짓을 했다고 후회할지 모르지만 오늘만큼은 차은희만의 인생을 살아 볼 것이라고 결심한 그녀는 활짝 웃으며 차창 밖으로 시선을 돌렸다.

"어서 와라. 많이 힘들었지?"

'가짜 신혼여행'에서 돌아온 후 시댁에 전화로 잘 다녀왔다는 인사를 드린 뒤, 먼저 '친정'을 찾아온 신혼부부를 어머니 이 여사가 반겨 주었다. 어색한 대화를 짧게 나눈 두 사람은 예를 갖춰 차 회장과 이 여사에게 인사를 드렸다.

낯선 여자를 어머니라고 불러야 하는 사실이 영 마뜩잖았음에도 불구하고 은희는 시종일관 불쾌한 기색을 얼굴에 나타내지 않았다. 윤석 역시 정말 그녀를 좋아하는 척, 첫눈에 반했다는 인상을 강하게 심어 주었다.

"아이고, 결혼 두 번은 못 해 먹겠어요. 하마터면 죽을 뻔했네요!"

풍성하게 차려 놓은 식탁 앞에 앉자마자 은희가 내뱉은 첫마디였다. 그 말에 가족들 모두 약속이라도 한 듯 고개를 들고 그녀를 빤히 쳐다봤다. 차 회장은 못마땅한 듯 헛기침을 큼큼거렸고, 이 여사는 그렇게 말하는 그녀가 귀여워 보여 빙긋이 웃었으며, 은성은 그녀 특유의 농담에 상황이 씁쓸하기도 했지만 한편으론 재미있기도 해서 입가에 어렴풋한 미소를 지었다.

"이런, 우리 자기가 은근히 섭섭하게 말한다. 힘들지 않으면 설마 두 번 하려고 했어?"

자기? 목소리도 느끼한 데다 짐짓 다정한 척 자신의 어깨를 끌어안고 말하는 윤석의 거짓 행동에 은희의 눈이 가늘게 좁혀졌다. 눈썹을 살짝 치켜 올리며 그를 노려보는데 윤석은 짐짓 태연한 척 가면을 쓴 듯한 무표정에 입꼬리만 살짝 말아 올렸다.

다소 날카롭게 느껴지는 그녀의 시선을 담담하게 받아 내는 그의 눈빛은 이렇게 말하고 있었다.

'다정한 척 연기하려면 제대로 해야지! 그렇지 않아?'

정말이지 기가 막혀 말이 나오지 않을 정도로 황당하기 그지없었지만, 그렇다고 눈을 부라릴 수는 없는 노릇이었다. 그 뻔뻔한 얼굴이 얄미울 정도로 밉상스런 아버지도 있고, 가식인지 진심인지 구별 못할 웃음을 짓는 새어머니도 있고, 밉고 원망스럽기도 하지만 지금으로선 자기의 유일한 가족이자 소중한 존재나 다름없는 오빠가 있는 자리였다. 보란 듯이 행복하게 잘 사는 모습을 보여 주고 싶은 오기가 생겨 은희는 썩 마음에 내키지 않았음에도 호호 웃음을 흘리며 애교 부리듯 말했다.

"어머, 우리 자기가 화났구나. 미안해! 난 그런 뜻으로 말한 게 아닌데. 호호."

"앞으론 농담이라도 그런 소리 하지 마."

"음, 알았어. 자기이."

코맹맹이 소리까지 내며 애교를 떠는 은희의 행동에 은성은 웃음이 나오는 걸 겨우겨우 참고 있었다. 자신의 생각과는 달리 은희가 능청스럽게 나오자 윤석은 살짝 난감해졌다.

처음엔 그녀가 어떤 반응을 보일지 궁금했고 또 한편으론 얄미운 그녀를 이 기회를 틈타 실컷 놀려 줄 심산이었다. 하지만 생각과는 다르게 이 영악한 여자는 놀라기는커녕 오히려 그를 비웃기라도 하듯 기통차게 그 말을 받아치니 윤석으로서는 마치 경기에서 진 것 같은 느낌이 들었다.

"우리 자기, 사과할 겸 뽀뽀해 줄까?"

금방이라도 키스를 퍼부을 듯 입술을 내미는 그녀를 보고 윤석은 저도 모르게 몸을 뒤로 뺐다. 보다 못한 차 회장이 서너 번 헛기침을 하며 나무라듯 말했다.

"어른들 앞에서 사람 창피하게 뭐하는 짓이야?"

"아니, 뭐 어때요? 행복해 보이니 보기만 해도 좋은 걸요."

다소 어색한 분위기를 눈치챈 이 여사가 차 회장을 살짝 흘겨보며 은희를 온화하게 감싸 주었다.

이 여사가 긍정적으로 이야기하자 은희는 오히려 이 상황이 어이가 없어졌다. 아주 뻔뻔스럽게 그녀를 좋아한다고 떠들며 온갖 가식을 떠는 윤석의 모습도 보기 싫어 그녀는 대충 밥을 먹고 피곤하다는 이유를 대고서 잽싸게 이 층으로 올라갔다.

어느새 신혼 방으로 꾸며진 자신의 방을 보고 은희는 좀처럼 씁쓸한 감정을 지울 수가 없었다. 그러던 그녀는 문득 미간을 잔뜩 좁혔다. 신혼 방이란 게 무슨 의미인지 모르지 않았기에 지금 감정이 씁쓸하고 어쩌고 할 때가 아니라는 걸 새삼 절실하게 깨달으면서 퍼뜩 정신이 들었던 것이다.

"죽었다 깨어나도 저 네가지 없는 자식이랑 같이 자는 일은 절대로 없을 거야!"

굳게 다짐하며 한참 동안 곰곰이 생각에 잠기던 그녀의 얼굴이 불현듯 활짝 펴지면서 잔잔한 미소가 스며들었다.

장인어른과 한참 장기를 두고 얘기를 나누며 시간을 보낸 윤석은 그로부터 두 시간이 지나서야 그녀의 방에 올라왔다. 그런데 문을 열려고 문고리를 돌렸지만 열리지 않았다.

"차은희."

나지막이 목소리를 깔며 몇 번이나 불렀으나 그녀는 대체 죽었는지 살았는지 기척조차 없었다. 그녀가 이미 문을 잠그고 잠이 들었다면 열쇠가 없는 그는 그 방에는 들어갈 수 없었다.

"차은희."

"무슨 일이지?"

마침 자신의 방에 들어가려던 은성이 걱정스러운 듯이 물었다. 대답 대신 어색한 웃음을 지어 보이는 윤석을 흘긋 쳐다보던 은성도 뭔가 심상치 않음을 눈치챘는지 문고리를 돌려 보았다.

"얘가 벌써 잠들었나? 열쇠는?"

"방 안에 있을 겁니다."

혼잣말처럼 중얼거리며 은성이 몇 번이나 은희를 부르다가 또다시 문을 열려고 시도해 보았지만 소용없는 짓이었다. 위층에 뭔가 심상찮은 일이 있다는 걸 눈치챈 모양인지 차 회장과 이 여사도 이 층으로 올라왔다.

"아니, 백 서방 아직도 안 들어가고 뭐해?"

"그게……."

윤석이 대뜸 대답을 못하자 옆에 서 있던 은성이 대신 말해 주었다.

"아무래도 은희가 문을 잠그고 깜빡 잠이 들었나 봐요. 늘 그래 왔던 습관이라 아마도 깜빡한 것 같은데 열쇠도 다 방 안에 있어서……."

말꼬리를 흐리는 은성을 한껏 노려보며 차 회장이 버럭 소리쳤다.

"별수 있나. 당장 문을 부숴."

"아버지!"

"아이참…… 멀쩡한 문을 왜 부수라고 그러세요."

가만히 듣고 있던 이 여사도 은성의 반발에 조곤조곤 거들었다.

"아닙니다, 장인어른. 정말 괜찮습니다. 아마도 결혼에 신혼여행에

68

은희 씨가 너무 힘들고 피곤했나 봅니다."

속으로는 이를 박박 갈았지만, 윤석은 사람 좋은 근사한 미소를 지어 보이며 짐짓 예의 바르게 말했다. 은성은 아까부터 웃음이 비집고 나오려는 걸 간신히 참으며 어색하게 한마디 붙였다.

"오늘 밤은 아무래도 다른 방에서 자야 할 것 같네. 근데 그 방엔 에어컨이 고장 났는데……. 잠을 잘 수 있는 방이라곤 거기밖에 없어."

은성의 말을 듣는 순간, 윤석은 속에서 쓴 물이 올라왔다. 때는 본격적인 무더위가 기승을 부리는 8월 초, 에어컨이 없는 방에서 어떻게 잠을 잘 수 있단 말인가. 특히나 윤석은 더위를 몹시 타는 체질이었다.

윤석은 다른 사람에게 들키지 않게 은성의 옆모습을 살짝 노려봤다. 자신을 찌르듯 쏘아보는 따끔따끔한 시선을 느꼈음에도 은성은 윤석을 향해 짐짓 딱하다는 표정을 지어 보였다.

"어쩔 수 없네. 그렇다고 은희를 깨울 수도 없는 일이고, 이 밤에 문을 부술 수는 더더욱 없고……. 어쨌든 내 동생 때문에 미안하게 됐네."

왠지 고소해하는 말투처럼 불쾌하게 느껴져 윤석의 기분이 좋을 리가 없었다. 옆에서 민망했는지 이 여사는 연방 아이참, 하는 한숨 섞인 탄식만 연발했다.

은희의 어이없는 행동에 울긋불긋해진 차 회장의 눈치를 힐끔힐끔 살피던 이 여사가 안됐다는 표정을 지으며 윤석에게 말했다.

"백 서방, 이거 미안해서 어떡하지. 아니면 은성이랑 같이 자는 게……."

"아닙니다. 괜찮습니다. 에어컨이 없는 방이라도 괜찮습니다. 너무

심려하지 마십시오."

아니, 전혀 괜찮지 않았다. 혈압이 머리끝까지 치솟아 올랐고, 짜증이 머리부터 발끝까지 몸을 사로잡는 느낌이 들었다. 정말 할 수만 있다면 차 회장 말대로 문을 부수고 들어가서 은희를 방에서 쫓아내고 싶었다.

하지만 이건 어디까지나 생각일 뿐! 이런 생각을 해 봤자 뭣하랴? 달라지는 게 전혀 없는 데.

"백 서방, 더위를 많이 타나? 선풍기를 세게 틀어 놓고 자야겠네. 어쨌든 은희를 대신해서 내가 사과할게."

에어컨이 없는 방에 들어서자 은성은 그렇게 말하며 윤석을 딱하다는 듯 쳐다봤다. 마치 다 알고 있다는 느낌이 물씬 느껴져 윤석은 그저 속으로 이를 박박 갈면서 부글부글 끓어오르는 분노를 애써 삭일 뿐이었다.

"그럼, 잘 자게!"

"형님도 안녕히 주무세요."

제 어깨를 툭툭 두들기며 말하는 은성을 향해 윤석이 공손하게 허리를 굽혀 깍듯하게 인사했다. 그 모습에 가까스로 웃음을 참는 듯 은성의 양쪽 입술 끝이 치켜 올라갔다. 그 자리에 조금만 더 있다간 그만 참지 못하고 폭소를 터뜨릴 것 같았으므로 은성은 잽싸게 뒤돌아서 방을 나갔다. 그 뒤에는 윤석이 험상궂게 일그러진 얼굴로 은성의 뒷모습을 죽일 듯이 노려보고 있었다.

더위에 쪄죽을지도 모르는 신혼 밤을 보내야 하는 자신의 신세가 너무도 비참하고 억울하고 분했다. 그는 주먹으로 가슴을 탕탕 내리치며 음산하고 소름끼치는 목소리로 뇌까렸다.

"두고 봐! 차.은.희."

♡　　　♥　　　♡

[너, 어제 일부러 문을 잠그고 잔 거지? 네 신랑 참 안됐더라. 신부에게 쫓겨나 에어컨이 없는 방에서 잠을 자야 하는 신랑이 대한민국에 또 있을까? 더워나 먹지 않았는지 걱정되네.]

눈을 뜨자마자 은성에게서 온 휴대폰 문자를 확인하고 은희는 온몸을 들썩이며 배꼽을 잡고 웃기 시작했다. 얼마나 정신없이 웃었는지 눈물이 다 났다. 낭패감과 억울함, 분노 가득한 표정을 짓는 그의 모습이 눈앞에 선하게 떠오르자 은희는 도저히 웃음을 그칠 수가 없었다.

가족이 다 같이 모인 아침 식사 자리에서 윤석의 얼굴을 보자 그녀는 자꾸만 웃음이 비어져 나오는 걸 참을 수가 없었다.

"이런 자네 안색이 안 좋아 보이네. 어제 더워서 잠을 잘 못 잤나?"

은성은 걱정하는 투로 물었지만 윤석에게는 그 말의 뒷맛이 비릿하게 느껴졌다. 아무것도 묻지 않는 것보다 오히려 기분이 더 불쾌해졌다.

잠을 잘 잤을 리가 없었다. 분해서 이를 너무도 박박 갈았기에 이가 아팠고, 목구멍에서부터 끓어올라오는 울분을 애써 참느라 주먹을 불끈 쥐고 으르렁거렸기에 속이 쓰렸고, 어떻게 하면 그녀를 골탕 먹일까 밤새도록 궁리했기에 머리가 지끈거렸고 더워서 쪄 죽을 것 같은 불길한 느낌에 부채질만 하다 보니 손가락 관절이 욱신거렸다. 그럼에도 불구하고 윤석은 불쾌한 속내를 숨기며 은성을 향해 억지로 웃음을 지어 보였다.

"아닙니다. 괜찮습니다."

잠자코 듣고만 있던 은희가 갑자기 고개를 살짝 돌려 관찰하듯 윤석의 얼굴을 찬찬히 뜯어보며 걱정스런 표정으로 말했다.

"어머, 자기. 정말 괜찮아? 얼굴이 영 안 좋아 보인다."

그냥 말만 해도 괜찮은데 그녀는 손을 들어 그의 이마를 짚어 보았다. 가만히 지켜보고만 있던 차 회장이 잔뜩 못마땅한 듯 끙, 하고 헛기침을 하더니 뭔가 말하려고 입을 여는 순간 은희가 재빨리 끼어들어 그의 말을 가로챘다.

"자기야, 미안해. 나도 오늘 아침에야 알았거든. 내가 문을 잠그는 바람에 자기 어제 에어컨이 없는 방에서 잤다면서? 더위 먹지 않았어? 정말 괜찮아?"

절대 미안해하는 태도가 아니었다. '잠그는' 과 '더위' 라는 단어에 유난히 힘을 실어 강조하는 그녀의 목소리에서는 '매우 고소하다, 정말 쌤통이다.' 하는 묘한 뉘앙스가 느껴졌다.

귀여운 제스처를 취하며 애교를 떠는 은희의 행동에 은성은 마구 터져 나오는 웃음을 참느라 아주 죽을 지경이었고, 이 여사는 '저 아이가 저렇게 귀여운 면도 있었나.' 하는 새삼스러운 기분을 느꼈고, 차 회장은 그저 마뜩잖아서 이마에 굵은 주름을 잡았다. 윤석은 성질이 팍 나서 혈압이 치솟고, 속이 보글보글 끓어오르는 걸 겨우 참고 있는 중이었다.

"너는 백 서방한테 그게 무슨 말본새야? 존대를 해야지!"

반말로 지껄이는 은희에게 차 회장이 나무라는 투로 말했다.

"요즘 젊은 애들 대체로 다 그래요. 아버지."

"맞아요, 여보. 뭐, 특별하게 나이 차가 있는 경우가 아니면 오히려 이런 말투가 더 친절하고 다정하게 느껴지던데요."

은성이 은희의 편을 드는 것도 모자라서 이 여사까지 끼어들자 차 회장은 극도로 심기가 불편해진 듯 언짢은 기색을 여과 없이 드러냈다.

"당신까지 왜 이래?"

"자기야, 내가 우리 자기한테 반말하는 것 싫어? 자기가 정말 싫다면 내가 고칠게."

반말이고 어쩌고 간에 윤석은 한시라도 빨리 이곳을 벗어나고 싶은 심정이었다. 때마침 무심코 시계를 들여다보던 이 여사가 웃으며 그들을 재촉했다.

"너희들, 얼른 밥 먹고 시댁 가야지."

잠시 뒤 밥을 먹고 일어서는 그들에게 이 여사가 이바지 음식을 건네주었다. 감사합니다, 하고 인사를 건네며 은희가 막 집을 나서려는데 차 회장이 다급히 불러 세웠다.

"너, 설마 그 꼴로 갈 거냐?"

또 뭐가 마땅치 않아서 저 양반이 저렇게 못마땅해하는가 싶어 은희의 아래위를 빠르게 훑어본 이 여사가 뭔가 생각났다는 듯 조급하게 말했다.

"아이참, 내 정신 좀 봐! 은희야, 한복으로 갈아입어야지. 그게 예의란다."

또 행동이 불편하기 그지없는 한복을 입어야 하는 게 마뜩잖아서 은희의 미간이 살짝 일그러졌다. 그렇지만 하는 수 없이 한복으로 갈아입고 다시 나왔다. 어설프게 매어진 그녀의 옷고름을 다시 매어 주며 이 여사가 환하게 웃는 얼굴로 말했다.

"우리 은희가 한복을 입으니 또 달라 보이는구나."

분명 가식 없는 진심이 와 닿는 이 여사의 칭찬에도 은희는 마음껏 입을 벌리고 환하게 웃을 수가 없었다. 그 말은 진짜 엄마한테서 듣고 싶었던 말이었기 때문이다.

"내 동생 참 예쁘다. 한복이 이렇게 잘 어울릴 줄 몰랐는데."

은성의 칭찬에 수줍은 듯 은희의 볼이 발그레해졌고, 그런 그녀를 바라보는 윤석의 눈이 게슴츠레 변했다. 답답하게 느껴지는 뿔테안경을 쓰지 않으니 좀 봐줄 만한 정도였지만, 결코 은성의 말처럼 예쁘다거나 한 건 절대 아니었다. 무심코 고개를 돌리다가 그녀와 눈이 마주치자 윤석이 씩 웃어 주었다. 그것이 기분 좋은 웃음이 아니라는 걸 그녀가 모를 리가 없었다.

"갈게요. 안녕히 계세요."

"그래, 실수 없이 잘하고 와라."

바깥에 나와 시원한 공기를 들이켜니 윤석은 그제야 답답했던 속이 좀 풀리는 것 같았다. 그런데 그것도 잠시, 그녀가 보이지 않아 걸음을 멈추고 뒤를 돌아봤더니 그녀는 멀찌감치 떨어진 뒤에서 천천히, 아주 천천히 걸어오고 있었다. 안 그래도 어젯밤부터 가뜩이나 화가 나서 죽을 지경인데 그녀가 느릿느릿 행동하자 윤석은 답답함에 가슴이 꽉 막히는 것 같았다.

은희는 일부러 느릿하게 걷고 있는 것이 아니었다. 한복을 입다 보니 몸동작이 둔해져 행동이 부자연스럽고 불편했기 때문이다. 그러나 그걸 전혀 알 턱이 없었던 윤석은 발끈해 소리를 질렀다.

"당신, 지금 아장아장 걸음마 연습하나? 빨리 오지 못해? 내가 그리 시간이 많은 줄 알아?"

안 그래도 거동이 불편해서 짜증이 팍 났는데 윤석이 쓴소리를 해 대자 은희는 신경질이 확 솟구쳐 올랐다. 또 그 말을 듣고 가만히 있을 만큼 그녀는 호락호락한 여자가 아니었다.

"야, 차은희! 빨리빨리 걷지 못해?"

그가 그새를 못 참고 또 소리를 질렀지만 그 말은 듣는 둥 마는 둥 그녀는 조금 전보다 더 느릿느릿 발을 뗐다. 정확히 한 발을 떼는 데 걸리는 시간이 약 5초 정도 걸렸으니 그걸 지켜보는 윤석은 답답해서 속이 터질 것만 같았다.

정말 마음 같아서는 어깨에 둘러메고라도 가고 싶은 심정이었다. 윤석이 한숨을 깊게 내쉬는데 은희는 방싯방싯 웃는 얼굴로 조수석에 올라탔다.

"엥? 안 가요?"

그 말에 윤석이 그녀를 한번 흘끗 노려보곤 신경질적으로 차에 올라 핸들을 잡고 거칠게 액셀을 밟았다. 그래, 거기까지는 아무래도 좋았다. 저 여자가 지금처럼 입만 꾹 다물어 준다면.

그런데 차가 출발하고 얼마 지나지 않아 그녀가 갑자기 까르르 웃음을 터뜨리더니 우스꽝스러운 몸짓을 하며 흥얼흥얼 노래를 부르기 시작했다. 그것도 돼지 멱따는 소리로. 적어도 윤석의 귀에는 돼지 멱따는 소리처럼 꽥꽥 듣기 싫게 들려왔다. 게다가 가사는 또 뭔가? 대체 어느 시대 여자인지, 촌스럽게 70년대 노래를 부르지 않나?

'가짜 신부'에게 쫓겨나 찜질방을 연상케 하는 에어컨이 없는 방에서 황당한 신혼 밤을 보냈기에 내내 기분이 불쾌했던 윤석은 얼굴을 팍 찌그러뜨리더니 갑자기 급정거를 했다.

"까아악!"

비명 소리와 함께 그녀의 몸이 앞으로 홱 쏠렸다가 다시 제자리로 돌아갔다.

"죽자고 환장했어요? 죽고 싶으면 혼자 죽지, 왜 열심히 사는 사람까지 괴롭혀요? 엉?"

몹시 화가 났는지 은희가 숨을 씩씩거리며 윤석을 향해 공격적으로 쏘아붙였다.

"당신은 그리도 눈치가 없나? 눈은 장식으로 달고 다니나? 아니면 원래 그리 둔한 건가? 너 아이큐가 대체 얼마야?"

"뭐, 뭐라구요?"

또 왜 갑자기 시비를 거는 건지 전혀 알 수 없었던 은희는 그저 황당하기만 했다. 윤석은 은희에게 아예 말할 틈도 주지 않은 채 어제부터 쌓아 왔던 울분을 한껏 토해 냈다.

"그 빈 머릿속에 제발 개념 좀 채워 넣고 다니면 안 되겠어?"

"허, 헛……."

이제는 그의 입에서 막말까지 튀어나오자 은희는 너무도 기가 막혀 연거푸 헛바람 소리만 낼 뿐이었다.

"아무리 서로 원치 않는 결혼을 했다 하지만, 최소한 예의는 지켜야 하지 않겠어?"

"이봐요. 백윤석 씨!"

하지만 그녀의 말은 들은 척도 않은 채 윤석은 신랄하게 쏘아붙였다.

"그리고 날 함부로 만지지 마! 짜증나고 소름이 끼치거든."

그가 도저히 말을 멈출 기미가 보이지 않자 마침내 은희는 참지 못하고 주먹을 불끈 쥐고 있는 힘을 다해 소리 질렀다.

"야! 너 말 다했니?"

그녀의 소리가 너무 높았기에 윤석은 언뜻 귀청이 떨어지지 않았나 하는 착각이 들면서 저도 모르게 손으로 귀를 만지작거렸다. 그는 갑자기 섬뜩한 생각이 들었다. 저 미친 여자와 함께 살다간 미쳐서 죽지 않으면 난청이 생기거나 귀머거리가 될 수 있다고 말이다. 하지만 그의 그런 생각 따위는 아예 상관하지도 않는다는 듯 은희는 은희대로 화가 나서 사정없이 쏘아붙였다.

"이 남자가 보자 보자 하니 도가 지나치네, 진짜! 이봐 백윤석 씨, 당신 몇 살이야? 나보다 커 봤자 얼마나 크다고 처음부터 나한테 반말이나 찍찍 까고 그렇게 유세를 떨어? 그리고 예의? 지금 당신 나한테 예의라고 했어? 그 말 좀 웃긴다고 생각하지 않아? 먼저 예의를 지키지 않은 사람이 누구인데? 뭐? 내가 둔해? 눈은 장식으로 달고 다니느냐고? 가는 말이 고와야 오는 말이 고운 거고, 가는 떡이 커야 오는 떡도 큰 법이고, 엑 하면 떽 하는 거야. 왜? 그렇게 예의를 잘 알고 머릿속에 든 게 많다는 사람이 이런 건 또 몰랐나 보지?"

윤석은 아무런 대꾸조차 못하고 얼굴을 딱딱하게 굳혔다. 맹세컨대 절대 할 말을 잃어버려서 가만히 있는 것이 아니다. 너무나 기가 막히고 황당해서 숨통이 틱, 하니 막혀왔기 때문이다.

"첫 만남 때 백윤석 씨, 당신은 나한테 분명하게 얘기했었지. 내게 해 줄 수 있는 것이 아무것도 없다고. 그리고 우리 결혼은 거래이고 가짜나 마찬가지라고 말이야. 거지같은 결혼을 하는 것은 어쩔 수 없지만 서로 간섭하지 말자고 했거든? 왜, 그렇게 똑똑하다는 사람이 자신이 무슨 말을 했는지 전혀 기억이 나지 않나 보지? 남자가 한 입으로 두 말을 하면 안 되지. 진짜 내 남편도 아닌데 내가 왜 당신 눈치 보고 당신 기분까지 헤아려야 하지? 그렇게 살기엔 안 그래도 고달프고 힘든 인생 내가 너무 피곤하지 않을까?"

생각해 보면 틀린 말은 아니어서 윤석은 아무 대꾸도 할 수 없었다. 그때 그는 그녀에게 분명 그렇게 얘기했었다. 또 사악한 그녀는 그가 했던 말을 교묘하게 이용해서 공격을 해 왔으니 정말이지 혀를 찰 일이었다. 생각해 보면 결국은 스스로 자기 무덤을 판 꼴이 되어 버렸다.

마땅한 말을 찾지 못하는 답답함과 식도가 오그라들며 타는 듯한 갈증에 윤석은 타이를 거칠게 잡아끌어 내리고 목을 조이는 단추를 풀어 헤쳤다.

"왜? 내 말이 틀렸어? 억울하면 또 해 보시든지?"

아무리 성질을 돋운다고 해도 여자를 때릴 수도 없고, 윤석은 숨만 거칠게 들이쉬며 짐승처럼 으르렁거렸다. 그러기는 그녀도 마찬가지였다. 죽일 듯이 자신을 노려보는 그의 시선을 피하지 않고 고스란히 받아 내며 은희는 어금니를 박박 갈았다.

그렇게 두 사람이 한참 동안 서로를 노려보며 팽팽한 기 싸움을 벌이고 있는데 윤석의 휴대폰으로 전화 한 통이 걸려왔다. 그것은 천만다행이었다. 만약 그때 휴대폰이 울리지 않았다면 아마도 두 사람은 밤이 될 때까지 치열한 신경전을 벌였을 것이다.

"지금 가고 있습니다. 곧 도착할 것 같습니다. 네."

윤석의 짤막한 대꾸와 함께 통화는 곧바로 끊어졌다. 온 신경을 집중시켜 긴장감이 감돌던 그들의 팽팽한 신경전 또한 그것으로 끝이었다. 하지만 두 사람은 서로를 개 닭 보듯이 하면서 다른 곳으로 홱 고개를 돌려 버렸다. 그렇게 윤석의 본가에 도착할 때까지 두 사람 모두 끝까지 침묵으로 일관했다.

본가에 도착하자, 윤석은 그녀를 신경조차 쓰지 않은 채 차에서 내리기 바쁘게 앞으로 성큼성큼 걸어갔다. 한참을 정신없이 뛰다시피 걷던 윤석은 문득 뒤를 돌아보았다. 만약 여기가 본가가 아니라면 그녀 따위는 얼마든지 무시할 수도 있을 텐데 결국 윤석은 현실을 무시할 수 없었다.

그런데 이 여자, 해도 해도 너무한다 싶었다. 사람이 그 정도로 말을 했으면 조금은 그 말을 들어주어야 하는 게 아닌가? 여전히 거북이처럼 아주 느릿느릿 걸어오는 그녀를 보자 윤석은 또다시 얼굴이 일그러지면서 성질이 팍 났다.

　"당신이 새색시야? 사뿐사뿐 걸어오게?"

　말하고서 아차 싶었다. 뒤늦은 자신의 실수를 깨닫고 윤석은 후회막급이었다. 새색시더러 새색시냐고 묻다니 스스로 비웃음을 산 격이다.

　아니나 다를까, 그 말을 듣자, 은희는 고개를 들고 윤석을 향해 환하게 웃어 주었다.

　"어머, 백윤석 씨. 어쩌다 맞는 말씀을 하시네요. 나 새색시 맞잖아요. 호호."

　묘하게 비아냥거리는 말투에 윤석은 순간 올라오는 화를 애써 꾹꾹 누르며 그녀 앞으로 빠르게 다가왔다. 그는 거칠게 그녀의 손을 잡아끌고 너 좀 혼나 보라는 듯 허둥지둥 뛰다시피 걸었다.

　'다리 길다는 것 자랑해? 네가지 없는 자식!'

　거동이 불편해 그의 빠른 걸음을 따라잡느라 무척이나 힘들었지만, 그녀는 불쾌한 속내를 드러내지 않았다. 그러나 기는 놈 위에 뛰는 놈 있고 뛰는 놈 위에는 나는 놈이 있다고 그녀는 언제나 그보다 한 수 위였다. 더욱 으스러지게 그의 손을 잡은 은희가 방긋 웃는 얼굴로 말했다.

　"백윤석 씨, 혹시 나랑 손잡고 다정하게 걷고 싶었어요?"

　그 말을 듣는 순간 도저히 멈출 것 같지 않았던 윤석이 갑자기 걸음을 멈추었다. 그는 황당하다는 표정으로 그녀를 쏘아봤다. 그녀는 아무렇지 않은 듯 그를 향해 방싯방싯 웃고 있었다. 아까 차에서 그

를 향해 대차게 쏘아붙이던 그녀가 맞나 싶을 정도로 그녀의 얼굴에
는 어느새 노기가 다 사라지고 아이처럼 해맑은 표정으로 돌아와 있
었다. 여러 가지 가면을 쓴 그녀의 모습에 윤석은 내심 혀를 차며 신
경질적으로 그녀의 손을 홱 뿌리쳤다. 하지만 은희는 그의 뒤를 쫄래
쫄래 따라붙으며 짐짓 다정한 척 그의 팔짱을 꼈다.

"연기하려면 제대로 해야 하지 않겠어요?"

기가 막혔다. 코도 막혔다. 그뿐만 아니라 어이가 상실한 지경에
이르렀다. 윤석은 저도 모르게 웃음이 피식피식 터져 나왔다. 그것은
황당함에 못 이긴 어이없는 웃음이었다.

"안녕하세요."

"다녀왔습니다."

"그래, 어서 와라!"

시댁은 친정과는 분위기가 완전히 다르게 느껴졌다. 그나마 시아버
님은 미소를 짓고 있기에 딱히 위압감이 들지 않았지만, 시어머님은
결혼 때도 느낀 거였지만 얼굴에 아무런 감정도 표정도 없어 보여서
아무리 봐도 살아 있는 인간으로는 보이지 않았다. 말수도 거의 없
고, 눈은 텅 비어 있어 아무리 시원시원하고 거침없는 성격인 은희였
지만, 난생처음으로 사람에게 선뜻 다가갈 수 없는 거리감을 느꼈다.
마치 차가운 북풍이 휘몰아치는 겨울 땅에 서 있다는 착각이 들 정도
로 온몸이 꽁꽁 얼어붙는 듯해서 시부모님께 절을 올릴 때는 쓰러지
지 않기 위해 이를 악물어야 했다.

은희의 감정적 상태가 매우 불안정하다는 걸 눈치챈 윤석은 그녀
를 부축해 주었다. 그 행동에 조금은 놀란 듯 은희가 두 눈을 동그랗
게 뜨자 그는 아무 일도 없었던 것처럼 대뜸 그녀의 시선을 외면해
버렸다.

인사가 끝나자 시어머니는 아무런 말씀도 없이 그대로 방을 나가 버렸다. 아내의 뒷모습을 물끄러미 바라보던 백 회장이 한숨처럼 말했다.

"너희들이 네 어머니를 조금 이해해 주거라. 윤석의 형이 갑자기 쓰러지는 바람에 상심이 아주 크시다."

아버지에게서 언뜻 그 얘기를 들은 적이 있었던 은희는 그저 고개를 끄덕거렸다. 정작 말은 그렇게 했지만 실은 백 회장도 아내의 무례한 태도가 은근히 마음에 들지 않던 참이었다.

"아가, 윤석이에게서 얘기를 들었나 모르겠구나."

뭔가 심각한 분위기에 흠칫하며 다소 궁금한 표정으로 은희가 살짝 고개를 돌려 윤석을 보았지만, 그의 눈은 그녀를 보고 있지 않았다.

"분가를 하겠다고 하던데, 내가 다른 말은 하지 않겠다만 두 사람서로 다투지 말고 사이좋게 잘 지내 주었으면 좋겠다."

별 시답잖은 소릴 다 한다는 듯 윤석은 속으로 쓴웃음을 지었지만, 겉으로는 빙그레 미소를 지으며 대답했다.

"아버지 말씀, 명심하겠습니다."

분가를 한다고? 윤석은 그녀에게 그 어떤 얘기도 해 주지 않았다. 안 그래도 힘들고 고된 시집살이에 시달리면 어쩔까, 걱정이 이만저만이 아니었고 시어머니를 보자 이곳에서 함께 살다간 숨이 막혀 곧 질식할 것 같은 두려움이 느껴졌는데 분가한다는 말을 듣자, 은희는 덩실덩실 춤이라도 추고 싶었다. 그녀는 저도 모르게 웃음이 나면서 통쾌한 대답이 튀어나왔다.

"네, 아버님 말씀 명심하겠습니다. 윤석 씨랑 사이좋게 지내겠습니다."

그러나 씩씩한 대답과는 달리 두 사람은 비딱하게 생각했다. 사이 좋게? 귀신 기절하는 소리 하고 있네요, 정말!

그리고 백 회장의 목소리가 다시 들려오고 나서야 두 사람은 비로소 정신을 차렸다.

"내가 새아가랑 할 말이 따로 있으니까, 윤석인 잠시 나가 있거라."

윤석이 흠칫한 듯 눈을 휘둥그렇게 뜨고 아버지를 빤히 쳐다봤다. 싫은 기색이 여실히 드러났지만 윤석은 마지못해 몸을 일으켜 조용히 그곳을 나갔다.

이윽고 단둘만이 남게 되자 백 회장이 조용조용 입을 열었다.

"아가."

온화한 목소리에 은희는 네, 하고 다소곳하게 대답했다.

"전혀 모르는 남남끼리 만나서 부부의 인연을 맺고 길고 먼 일생을 살기란 그다지 쉬운 일은 아닐 거야. 어쩌면 윤석이 때문에 네가 힘든 부분이 많겠지만, 우리 윤석이 잘 부탁한다."

처음에는 그것이 무슨 의미인지 잘 알아듣지 못했지만, 그녀의 손을 따뜻하게 잡아 주며 온화한 눈빛을 보내는 시아버지를 보고 은희는 어렴풋이 그 뜻을 알아차렸다. 그다지 자신이 없었지만 그녀는 어렵사리 고개를 끄덕이며 방긋 미소를 지어 주었다.

백 회장은 비로소 마음이 한시름 놓이는지 얼굴에 흡족한 미소를 떠올렸다.

'한 치 앞도 내다볼 수 없는 게 사람 일인데……'

그런 생각에 나직하게 한숨을 내쉬며 시부모님 방을 나오자, 조금 지나지 않아 기다렸다는 듯 그녀의 휴대폰에서 문자 알림음이 울렸다.

[지금 당장 이 층으로 튀어 올라와!]

윤석에게서 날아온 문자를 확인하는 그녀의 눈동자에 기가 막힌다는 빛이 역력하게 떠올랐다.

'내가 네 시녀야! 오라면 오고, 가라면 가게!'

문자를 무시하려고 했지만, 조금 미안했다. 억지로 결혼한 것은 맞지만, 친정에서 자신이 너무 심하게 행동하지 않았나, 하는 생각도 살짝 들기는 했다. 그래서 이번엔 무슨 헛소리를 하려는지 한번 들어나 보자, 하며 은희는 서둘러 걸음을 옮겨 이 층으로 올라갔다.

"아버지가 뭐라 하셔?"

그의 방문을 열자마자 윤석이 밑도 끝도 없이 다짜고짜 질문을 던졌다.

그게 그렇게 궁금했을까? 대답을 재촉하는 그의 눈빛을 보노라니 은희는 또다시 장난기가 발동하고 말았다. 이 남자를 놀리는 거 은근히 재미있잖아?

"그게 그렇게 궁금해요?"

언제 한 번 그녀가 토를 달지 않는 걸 보지 못했다. 대체 무슨 여자가 저렇게 밉상스럽게 생겨 먹었는지 모르겠다고 생각하며 윤석은 또다시 짜증이 났다.

"궁금하면 뭐, 백윤석 씨가 직접 아버님한테 물어봐요."

그래, 무식하고 의사소통이 불가능한 여자랑은 아예 말을 말아야지. 괜히 말해 봤자, 본전도 못 찾을 것이 뻔한데 헛수고가 아닌가 말이다.

"됐어! 나가."

"뭐, 그렇게 궁금하다면 알려 줄 수는 있어요."

이 여자가, 정말! 누구 병 주고 약 주고 하나? 어이가 없다는 듯 윤석이 그녀를 찌릿찌릿 째려봤다. 은희는 아주 비밀스러운 얘기라는 듯 바싹 다가서며 목소리를 낮추고 말했다.

"앞으로 새아가가 윤석이 때문에 고생이 많을 것 같구나! 그래도 아가가 많이 이해하고 윤석이를 잘 교육시켜 데리고 살아 주렴. 아버님께서 이렇게 얘기하셨어요."

짐짓 엄숙한 표정을 지으며 근엄하게 얘기하는 그녀의 모습을 보고 윤석의 얼굴이 웃을 듯 말 듯 찡그려졌다. 그 와중에도 그녀의 말은 계속 이어졌다.

"그래서 제가 그랬지요. 네, 아버님 명심하겠습니다. 아이고, 윤석 씨가 얼마나 말썽꾸러기였으면 아버님께서 그런 부탁을 다 하셨을까?"

능청스럽게 말하는 그녀의 황당한 말에 이제는 익숙해져 버린 걸까, 이번만큼은 왠지 화가 나지 않았다.

초인적인 인내심으로 금방이라도 터져 나오려는 물줄기 같은 웃음을 간신히 참으며 윤석은 생각과는 전혀 다른 말을 내뱉었다.

"소설 쓰나? 혼자서 북 치고 장구 치고 생쇼 하고 있네!"

그는 쯧, 하고 혀를 내찼다. 원래는 말을 끝맺고 뒤돌아서 그의 방을 나가려고 했지만, 윤석이 그렇게 비꼬아 대자, 그녀는 걸음을 우뚝 멈추고 고개를 홱 돌렸다.

"방금 뭐라 하셨어요?"

"못 들었어? 거참 다행이네! 나 이제 말할 힘이 없으니까, 그만 나가 주시지."

그런데 그녀가 누구인가? 나가라고 말하면 고분고분 말을 들어줄 여자가 아니다. 아닌 게 아니라 그녀는 자리에 꼼짝 않고 서서 도도하게 팔짱을 끼고 그를 흘끗 노려보고 있었다.

"안 나가? 옷 갈아입을 거니까 얼른 나가!"

경고하듯 말했지만, 은희가 아예 들은 척도 하지 않자 윤석이 홱 몸을 일으켜 그녀에게로 성큼성큼 걸어왔다.

"당신 변태야? 나가란 말 못 들었어?"

결국은 윤석의 무지막지한 힘에 떠밀려 은희는 하는 수 없이 그 방을 나와야 했다.

"저걸 그냥 확!"

짜증이 팍 나도, 화가 잔뜩 치솟아도, 차마 행패를 부릴 수 없었던 은희는 꽉 닫힌 방문에 대고 주먹을 휘둘렀다.

"으, 나쁜 자식! 그래 이걸로 당신이 친정에서 당한 것 쌤쌤 합시다."

오전 내내 '어머님, 뭘 도와드릴까요?' 하고 공손하게 물어도 하는 말이라곤 '됐다.', '내버려 둬라.' 가 전부인 시어머니의 싸늘한 태도에 은희는 어떻게 해야 할지 몰라 너무도 당황했었다. 이런 집에서 잠은 어떻게 잘 것이며 또 아침 식사 준비는 어떻게 해야 하나 몹시 걱정이었는데 다행히 윤석이 신혼집에 가겠다고 강경하게 나오자, 안도의 한숨이 나오면서 천만다행이라고 기뻐하는 은희였다.

그리고 신혼집에 들어서자 그녀는 한시름 놓은 얼굴로 방문을 열고 침대에 벌렁 누웠다.

"우와, 이제야 좀 살 것 같다. 정말 편하게 잘 수 있겠다."

아직 짐도 풀지 않은 채 거실에 덩그라니 놓여 있는 그녀의 가방을 보고 윤석은 와락 이맛살을 찌푸렸다.

무슨 저런 어처구니없는 여자가 다 있는지. 짜증이 묻은 표정으로 윤석은 비딱하게 말했다.

"내 침대야! 그리고 여긴 내 방이거든!"

"어머, 그럼 나 어디서 자요?"

눈을 크게 치뜨고 묻는 은희에게 윤석이 뭘 그런 걸 묻느냐는 표정으로 퉁명스럽게 대꾸했다.

"당신 눈엔 침대밖에 안 보이나? 침대만 포기하면 방은 더 있어. 방뿐이야? 주방도 있고, 욕실도 있고. 아, 그리고 거실 바닥도 있잖아."

치사하게 느껴져 그녀는 어이없어하면서도 방긋 웃음 띤 얼굴로 농담처럼 받아넘겼다.

"안 돼요. 여자가 어떻게 바닥에서 자요? 와, 무슨 남자가 이렇게 치사해?"

"내가 치사하든, 어떻든, 당신이 뭘 보태 준 것 있어?"

"바깥에 여자도 많다면서요? 어차피 윤석 씨는 여기에 잘 들어오지 않을 거잖아요? 그럼 당연히 내가 큰방에서 큰 침대에서 자는 게 맞지."

"누가 그래? 뭔가 착각하는 것 같은데 여긴 내 집이거든."

은희는 황당한 얼굴을 하더니 이내 다시 침대에 드러누우며 '좋다, 편하다.'를 연발했다. 자신이 치사한 줄은 알지만, 막상 그녀가 태연하게 나오자, 윤석 또한 그냥 물러서지 않았다.

'그래 끝까지 해 봐! 누가 이기나!'

또다시 이유 모를 짜증이 물밀 듯이 솟구쳐 오르자 윤석은 그녀 옆에 벌렁 드러누웠다. 이쯤이면 알아서 비켜 주겠지 하고 생각했는데…… 그것은 자신만의 착각이었다.

벌떡 몸을 일으킨 그녀가 어느새 코가 닿을락 말락 한 거리까지 다가오더니 윤석의 새까만 눈동자를 빤히 들여다보며 물었다.

"왜요? 벌써 나랑 자고 싶어요?"

입에 올리기도 민망한 말을 하면서도 그녀는 조금도 부끄러워하지 않았을 뿐만 아니라 얼굴도 붉히지 않았다. 그 낯 뜨거운 말을 듣는 순간 윤석은 정말이지 그녀의 머릿속에 뭐가 들어 있을지 너무도 궁금했다. 시도 때도 없이 튀어나오는 그녀의 황당함에 이제는 화도 나지 않았고 대신 웃음이 나왔다.

그에게서 어떤 대답이 나올까, 초롱초롱 눈을 빛내는 은희의 이마를 손가락으로 콕 찌르며 윤석이 몸을 일으켜 세웠다. 그는 징그러운 벌레를 보는 듯한 경멸이 가득 담긴 눈빛으로 물었다.

"남자한테 게걸들었냐?"

뜻밖의 반격에 은희의 표정이 한순간에 멍청하게 변했다. 그런 그녀를 비웃기라도 하는 듯 뒤돌아서 나가려던 윤석이 고개를 돌려 한마디 덧붙였다.

"아, 참! 하마터면 잊을 뻔했는데 여기에 비렁뱅이들 끌어들이지 마!"

윤석의 입에서 튀어나온 '비렁뱅이'는 '다른 남자'를 빗대어 한 말이었다. 그러나 그 말뜻을 아직 알아듣지 못한 듯 여전히 어리둥절한 표정을 짓고 있는 그녀에게 윤석은 의기양양한 기색으로 말을 이어 갔다.

"비렁뱅이들과 뒹굴뒹굴 구를 것 같으면 바깥에 나가 놀아! 알겠어?"

연이은 반격에 은희는 갑자기 모든 사고회로가 정지되면서 뭐라고 되묻지도 못했고, 큰 소리로 화를 내지도 못했다. 그저 멍청한 표정으로 그렇게 뇌까리는 윤석을 바라보고 있을 뿐이었다. 그런 그녀를 보고 윤석은 금방이라도 웃음이 터져 나오려는 걸 가까스로 참으며 겨우 몸을 돌려 그곳을 빠져나갔다.

저 벙찐 표정을 좀 보라지. 윤석은 정말 눈물이 다 날 정도로 속이 쏴아, 하고 시원해졌다. 그동안 쌓여 왔던 모든 체증이 눈 녹듯이 사라지는 것 같았고, 춤이라도 추고 싶은 고소한 심정이었다.

현관문을 열고 나가는 윤석의 얼굴에 환한 웃음이 뭉게구름처럼 피어올랐다. 그것은 그가 결혼하고 나서 처음이면서도 진심으로 짓는 웃음이었다.

윤석이 나가고 문이 닫히는 소리가 들려서야 은희는 뒤늦게 퍼뜩 정신을 차렸다.

"저, 저…… 저…… 이런 망할 자식을 봤나!"

아무리 이를 으드득 갈며 욕해 봤자 당사자는 이미 나가 그림자조차 찾아볼 수 없었다. 가뜩이나 화가 나서 뒷골이 당겨 죽을 지경인데 마치 그녀를 약 올려 죽이려고 작정한 듯 휴대폰이 요란하게 울려 대기 시작했다. 인상을 팍 쓰며 휴대폰을 들여다보는 은희의 표정이 불쾌하다 못해 험악하게 일그러졌다. 받을까 말까 한참을 망설이다가 그녀는 호흡을 가다듬고 통화 버튼을 눌렀다.

"여보세요."

─ 내가 널 그렇게 보지 않았는데 너, 생각보다 꽤 무서운 년이더라.

수화기 너머에서 건너오는 목소리가 심상치 않았다. 분노와 화를 잔뜩 담은 신경질적이면서도 차가운 어조였다.

"내가 뭘요? 내가 뭘 잘못했나요?"

─ 어떻게 큰일을 치르면서도 내게는 말하지 않을 수 있니? 사람이

그러면 못쓴다. 응? 내가 널 어떻게 키웠는데.

밤이 깊어 갈 무렵, 난데없이 전화를 걸어와 은희를 날카롭게 추궁하는 여자는 다름 아니라 그녀의 이모 정 씨였다.

날 어떻게 키웠느냐고? 어떻게 키우긴, 그동안 죽도록 부려 먹지 않았느냐고? 그렇게 말하고 싶은 걸 꾹 참으며 은희는 짐짓 위로하듯 밝은 목소리로 말했다.

"그래서, 우리 이모 서운했구나. 미안해요! 난 괜히 이모한테 부담 줄까 봐 그랬죠, 뭐."

— 네 오빠한테 전화 왔더라. 그래서 네 결혼 소식을 알았다.

그때서야 어찌 된 영문인지 알겠다는 듯 은희는 아, 하며 고개를 끄덕거렸다. 어차피 사랑 없는 거지같은 결혼이므로 그녀는 자신의 결혼 소식을 이모는 물론이요, 친한 친구며, 자신이 근무했던 직장 동료에게도 알려 주지 않았던 것이다.

— 그래, 20년 넘게 코빼기도 안 비치던 인간들이 이제야 나타나는 이유가 뭐래?

마치 자신을 생각해 준다는 듯한 이모의 말이 불쾌하게 느껴져 은희는 얼굴을 일그러뜨렸다.

— 사람의 탈을 썼으면 양심이 좀 있어야지! 우리 언니 그렇게 힘들게 살게 하고 심지어 죽을 때조차도 눈 한 번 깜빡하지 않던 인간이 대체 왜 지금에야 나타난 거라니?

그 말을 듣고 더는 가만히 있을 수 없었던 은희가 버럭 소리를 질렀다.

"이모!"

그녀의 목소리가 너무도 높았는지 수화기 너머론 한참 동안 아무런 말이 건너오지 않았다.

"이모가 나한테 뭐라고 하는 건 참을 수 있어요. 지금까지도 그래 왔고. 하지만 내 가족은 안 참아요. 비록 날 버린 사람이지만 날 낳아 주신 분이에요."

말을 하다 그만 감정이 북받쳐 올라 은희의 목소리가 조금씩 격앙되었다.

— 너, 벌써 그 몹쓸 인간들한테 세뇌당했구나. 벌써 잊었니? 네 엄마가 얼마나 고생하고 비참하게 죽었는지?

"설마, 내가 잊을 리 있겠어요? 하지만 아버지랑 오빠 욕할 수 있는 건 나뿐이에요. 이모한텐 그럴 자격 없어요."

— 나쁜 년, 네가 그렇게 말하면 안 되지. 네 엄마가 죽고 나서 내가 널 13년 키웠거든? 그런데 그렇게 말하니 좀 섭섭하구나. 이래서 남의 자식 키워 봤자 다 소용없다더니.

"이모, 이모도 그렇게 말하면 안 되죠. 우리 툭 까놓고 하나하나 얘기해 볼까요?"

차분하게 으르렁거리는 목소리를 듣자 은희의 성질을 잘못 건드렸다는 걸 깨달았는지 정 씨는 뭐라 대꾸하지 않았다. 하지만 곧 얼마 지나지 않아 듣기가 거북하고 쌍스러운 욕설과 함께 정 씨의 울먹거리는 소리가 들려왔다.

— 이 나쁜 년, 인정머리 없는 년, 발칙한 계집애 같으니, 네가 어떻게 나한테 이럴 수 있어. 내가 이래도 널 십 년 넘게 키웠는데……. 흐흐흑…… 못된 계집애, 꼭 그렇게 독하게 말해야 하니? 응? 흑흑…….

은희의 입에서 한숨이 길게 쏟아져 나왔다. 다혈질이며 신경질적인 그녀의 이모 정 씨는 항상 그랬다. 말을 하다가 은희의 반격에 갑자기 말문이 막혀 제대로 대화가 안 되면 제풀에 지쳐 울음을 터뜨리기가 일쑤였다. 그러면 아무리 침착한 은희라도 서럽게 울고 있는 정 씨 앞에서는 막막하고 당황할 수밖에 없는 것이다.

- 그래, 그 나쁜 인간들과 잘 먹고 잘 살아라…… 흐흑…….

울음소리를 끝으로 전화는 끊겼지만, 이런 일이 한두 번이 아니어서 은희는 그다지 황당해하지 않았다.

다시는 그녀를 보지 않을 것처럼 냉랭하게 전화를 끊었던 정 씨는 얼마 지나지 않아 또다시 전화를 걸어왔다. 이 또한 미리 예상했던 일이다.

- 그래, 어떤 자식이랑 결혼했는데? 돈은 많아? 설마, 그 양심 없는 인간들이 무슨 나쁜 꿍꿍이를 꾸미는 건 아니겠지?

'여보세요.'라는 인사도, 사과 한마디도 없이 정 씨는 너무나도 태연하게 물어왔다.

"이모, 나 분명하게 얘기했어요. 우리 아버지와 오빠예요. 다시 한 번 그분들께 막말한다면 나 절대 가만있지 않을 거예요."

- 이년아, 제발 착한 네 엄마 닮지 마라! 눈을 크게 뜨고 세상을 똑바로 보란 말이야! 다 널 위해서 하는 말이야.

"괜한 근심하시는 것 같은데, 나 우리 엄마 안 닮았거든요."

- 그래, 그동안 어렵게 살아온 네 인생은 뭐로 갚아 준다고 하던?

왠지 말투가 점점 이상하게 느껴졌다. 갑자기 불길한 생각이 뇌리를 스쳐 가자 은희가 날카롭게 물었다.

"이모 또 무슨 일 생겼어요?"

- 은희야, 나 어떡하면 좋아? 흑…… 네 이모부가 사채를 썼더라. 그것도 몇 군데서. 그게…….

정 씨의 울먹이는 목소리에 은희는 단호하게 말했다.

"이모, 미안한데요. 난 이젠 못 도와줘요! 나 이제부터 나만의 인생을 살 거예요. 그러니 이모가 알아서 해결해요!"

칼로 무 자르듯 냉정하게 거절 의사를 밝히는 은희의 태도에 정 씨는 크게 충격을 받은 듯 숨을 거칠게 몰아쉬었다. 그러다가 마침내 북받쳐 오르는 설움을 이겨 내지 못한 그녀는 무섭게 욕을 퍼부으며 거칠게 전화를 끊었다.

– 인정머리 없는 나쁜 쌍년!

이미 통화가 끊긴 휴대폰을 멀거니 바라보다가 은희는 허탈한 숨을 내쉬었다. 끌려가지 않고 단호하게 거절했음에도 불구하고 기분이 썩 좋지 않았다. 그러나 이번만큼은 애써 외면하려고 단단히 결심한 듯 그녀는 크게 숨을 내쉬며 휴대폰 전원을 꺼 버렸다.

♡　　♥　　♡

싸가지 없는 남자와 결혼하고 나면 지옥에서 사는 거나 다름없을 거라고 늘 그렇게 생각해 왔던 은희였다. 그런데 불안하게 여겼던 게 무색하게도 그날 그렇게 신혼집을 나가 버린 남편이란 작자는 일주일이 넘도록 그림자조차 보이지 않았다. 물론 그녀에게는 좋은 일이었다.

40평 남짓한 널따란 신혼집은 혼자 살기엔 너무 넓은 데다 또 싸가지 없는 남자의 얼굴을 보지 않아서 그동안 안심하고 편하게 살 수 있었다. 이런 결혼 생활이라면 그다지 나쁘지 않아서 쭉 지속될 수 있다면 얼마나 좋을까 하고 생각했는데 세상에는 예기치 못한 일이 너무도 많이 발생한다.

그날은 주말이었다. 그래서 늦잠을 자도 괜찮다고 생각했던 은희는 전날 밤 늦게까지 드라마를 보다가 잠이 들었다. 도중에 몇 번인가 화장실에 간 것도 같았다. 그리고 다시 침실로 돌아와서 잠을 잤는데 꿈인지 생시인지 헷갈릴 정도로 아주 선명한 영상이 눈앞에 펼쳐졌다.

황금 방에 들어왔다는 착각을 불러일으킬 정도로 방 안은 온통 황금빛으로 물들어 있었다. 눈이 부셔 그녀는 감탄을 금치 못하며 연방 입을 다물지 못했다. 그동안 열심히 살아왔던 자신의 인생이 무색하지 않게 내가 끝내는 부자가 되는구나, 하고 생각하며 그녀는 오, 부처님 감사합니다, 하고 감사의 기도를 올렸다. 그런데…….

아주 오래전에 읽었던 어느 동화 속에서 나오던 무서운 괴물처럼 몸과 얼굴 전체를 시커먼 베일로 가린 남자가 나타나더니 황금 덩어리를 커다란 자루에 집어넣는 것이다.

정신을 차리고 보니 눈부시게 빛나던 황금은 분명히 자신의 것이었다. 그런데 더럽게 못생기고 징그러운 놈이 자기 것인 양 가져가려고 하고 있었다.

짜증이 확 솟구쳐 올라 그녀는 손에 잡히는 대로 뭔가를 집어 들고 도둑을 잡으려고 덤벼들기 시작했다.

"도둑이야! 도둑이야! 도둑 잡아라!"

그 시각, 막 냉장고에서 계란 하나를 꺼내 뒤를 돌던 윤석은 도둑 잡으라는 앙칼진 목소리에 미간을 와락 구겼다.

엄청난 하강세를 긋고 있는 광명반도체를 3년 내에 다시 정상으로 돌려놓겠다는 아버지와의 약속을 지키기 위해 그동안 윤석은 눈 코 뜰 새 없이 정말 바쁘게 지내왔다. 대만과 중국, 그리고 한국을 오고 가며 그는 새로 확보된 신규거래처와 대리점 계약을 맺으면서 구체적인 사업계획을 세우고 차근차근 진행해가고 있었다.

그리고 오늘도 새벽 늦게까지 일을 보다가 간만에 '신혼집'에 돌아왔던 것이다. 도착해서 시계를 보니 새벽 5시, 요새 잠을 잘 자지 못해서 가뜩이나 피곤한 상태인데 잘 자던 여자는 왜 갑자기 난리인가 말이다.

소리가 난 쪽을 신경질적으로 돌아보자 화장실 문 앞에 선 은희가 보였다. 그런데 저 꼬락서니 좀 보라지. 산발한 머리하며, 잠이 덜 깬 푸스스한 얼굴, 거기에 또 베개를 꼬나 쥔 모습이 마치 귀신이 툭 튀어나온 것처럼 느껴졌다. 높은 목소리보다 오히려 그 모습에 놀라서 윤석은 손이 미끄러져 그만 바닥에 계란을 떨어트리고 말았다.

냉장고에서 계란 하나 꺼냈다고 도둑놈 취급이라니. 윤석은 어이가 없어서 비몽사몽인 듯한 은희를 노려보았다.

"당신은 눈이 삐었나? 사람이 똑똑히 안 보이면 안경을 쓰든가? 그 머릿속에 제발 개념 좀 채워 넣으라고 몇 번이나 말했건만."

윤석이 사정없이 쏘아붙이는 말에 은희는 눈을 번쩍 떴다. 그제야 꿈이었다는 걸 깨달았는지 그녀는 크게 한숨을 내쉬었다.

"그리고 당신 머리가 그렇게 나빠? 돌탱이야? 몽둥이도 아닌 베개로 도둑을 때려잡을 수 있다고 생각하나? 멍청하긴."

이제는 대놓고 비웃는데도 아직 잠에서 채 깨지 못한 듯 은희는 여전히 반격을 하지 않았다. 윤석의 말을 듣고 그때서야 자신이 베개를 들고 나왔다는 걸 깨달은 그녀는 멋쩍은 웃음을 지으며 낮게 중얼거렸다.

"꿈이었네요. 그래도 다행이다. 정말 도둑이었음 큰일 날 뻔했는데."

윤석은 기가 막혀서 노골적으로 빈정거렸다.

"뭐, 큰일 날 것도 없어! 당신 꼴을 봤더라면 도둑도 지레 기겁해서 달아났을 테니까."

그게 무슨 말인지 알아듣지 못한 듯 은희는 의문스러운 표정을 지으며 되물었다.

"뭐라구요?"

"눈곱이나 좀 떼고 오시지. 더럽게."

그런데 이 여자, 자신의 말이 끝나기가 무섭게 그 자리에서 손으로 눈곱을 떼고 있는 게 아닌가. 당연히 깔끔한 걸 좋아하는 윤석이 그냥 넘어갈 리가 없었다. 그는 사납게 얼굴을 일그러뜨리며 버럭 고함을 질렀다.

"당장 가서 세수하고 오지 못해?"

그녀는 고분고분 윤석의 말대로 움직여 주었다. 흐느적흐느적 욕실로 걸어가는 그녀의 뒷모습을 바라보는 순간 윤석은 식욕이 싹 사라져 버렸다.

"빌어먹을."

대체 내가 전생에 무슨 천인공노할 거대한 죄를 지었기에 저렇게 희한한 여자를 만나 이리도 황당하고 어처구니없는 일을 당해야 한단 말인가? 또다시 자신의 신세를 한탄하며 윤석은 거실로 성큼성큼 걸어가 덜퍼덕 소리가 나도록 거칠게 소파에 앉아 신문을 한 장 펼쳐 들고 한숨을 푹욱 내쉬었다.

눈에 들어오지도 않는 신문을 들여다보며 앉아 있는데 어느덧 세수를 하고 옷까지 다 갈아입은 은희가 그의 옆자리에 다가와 앉으며 두 팔을 떡 벌리곤 늘어지게 기지개를 켰다.

"간만에 푹 잤더니 몸이 가뿐하네!"

보고도 못 본 척, 듣고도 못 들은 척 아예 눈길조차 주지 않는 윤석을 흘끔 곁눈질하던 은희가 갑자기 그를 향해 휙 돌아앉았다. 그녀는 예쁘게 웃으며 손을 흔들었다.

"백윤석 씨, 좋은 아침입니다."

장난기와 애교가 다분히 섞여 있는 은희의 목소리에 한순간 울지도 웃지도 못할 상황에 처한 윤석의 얼굴이 기묘하게 일그러졌다. 이상한 벌레를 쳐다보듯 은희를 바라보던 그가 정말 같잖다는 듯 코웃음을 치며 낮게 뇌까렸다.

"멀찌감치 떨어져 앉아."

아까는 하도 정신이 없어서 그로부터 그 어떤 비웃음을 받고도 가만히 있었는데 지금은 달랐다. 찬물로 세수를 마치고 나자 멍청히 나가 있던 정신이 퍼뜩 돌아왔기에 불쾌한 말을 듣고 은희는 가만히 있을 수가 없었다.

못마땅한 듯 쏘아보는 그의 눈길을 고스란히 받아 내며 은희는 아이처럼 해맑게 웃더니 그의 옆으로 바짝 다가앉았다.

"귀가 먹었나? 떨어져 앉아!"

윤석이 인상을 험악하게 쓰고 경고하듯 말했지만, 은희는 여전히 방긋 웃는 얼굴로 딴소리를 해 댔다.

"어머, 백윤석 씨도 신문을 다 보시는군요. 의외네요. 무슨 재미있는 기사라도 떴어요? 인간이 멸종한대요? 아니면 내일 전쟁이 일어난대요? 그것도 저것도 아니면 어디서 지진이 일어났대요?"

하나같이 무시무시한 소리만 하면서 혼자서 떠들어 댔지만, 아예 공기처럼 무시하는 윤석의 태도에 그녀는 약간 뿌루퉁한 표정을 지었다. 하지만 이렇게 넘어갈 은희가 아니었다. 여전히 신문에 눈을 박고 있는 윤석을 찌릿찌릿 째려보던 은희가 불쑥 물었다.

"여기 왜 왔어요?"

내가 내 집에 오는 게 이상한가, 하고 생각하며 윤석은 그저 콧방

귀를 꿰었다.

"애인한테 차였나?"

은희는 그를 놀릴 만한 거리를 하나 꺼내며 윤석의 얼굴을 요리조리 살펴보았다. 그녀는 참 안됐다는 듯 한숨처럼 내뱉었다.

"윤석 씨를 좋아하는 여자들은 참 보는 눈도 없지. 대체 어디가 좋다고 그렇게 따라붙나? 글쎄…… 얼굴은 그럭저럭 봐줄 만하다만."

'뭐? 얼굴이 그럭저럭 봐줄 만하다고? 당신 눈은 장식으로 달고 다니나? 당신 눈엔 잘생긴 내 얼굴이 고작 그 정도밖에 안 보여?'

그러나 그런 생각을 한마디 내뱉기도 전에 그녀가 빠르게 말을 가로챘다.

"예의도 없고……."

말이 채 끝나지 않았는데 윤석이 그녀를 빤히 노려봤다. 하지만 레이저 빔같이 쏘아 대는 그의 눈빛에도 은희는 조금도 물러서지 않고서 차분하게 말을 이었다.

"내가 아까 예쁘게 인사했는데, 댁이 날 본체만체했잖아요. 그리고 아까, 날 욕한 것 맞죠? 아니, 내가 일부러 그런 것도 아니고 꿈을 꾼 건데, 백윤석 씨는 뭐 꿈 안 꾸고 살아요? 그리고 이른 새벽부터 불쑥 들이닥치면 놀라지 않을 사람이 몇이나 있겠어요? 안 그래요?"

뭘 잘했다고 따지고 드는 건지 모르겠다만 그는 일부러 대꾸하지 않았다. 윤석은 대신 다른 말로 쏘아붙였다.

"그쪽은 꿈도 아주 희한한 것만 꾸나 봐? 평소에 얼마나 못된 짓을 많이 했으면 악몽을 다 꿀까나."

윤석이 노골적인 비아냥거림을 서슴지 않았지만, 은희의 표정에는 조금도 불쾌함이나 불편함이 깃들어 있지 않았다.

"백윤석 씨, 잘못 말했어요."

그녀는 잠시 말을 끊었다가 윤석의 얼굴을 뚫어질 듯 바라보며 다시금 입을 열었다.

"꿈은 반대라고 했어요. 어떤 좋은 일이 생길까 몹시 기대되는데요. 하늘에서 떡이 떨어지려나."

혼자서 북 치고 장구 치며 자기 좋은 말만 하고 있는 그녀를 보고 윤석은 어처구니없다는 표정을 지었다. 하지만 다른 때 같으면 온갖 인상을 쓰며 멍청한 거냐고 욕설을 퍼부었을 텐데 그는 짐짓 웃는 얼굴로 상냥한 척 말했다.

"이제 개풀 뜯어먹는 소린 그만하시고 아침이나 좀 차리시죠. 좋은 일 생길 꿈꾼 차은희 씨."

윤석이 반말과 존댓말을 섞어 묘하게 비꼬아 말하자, 은희는 그만 헛웃음이 나왔다.

"왜 내가 밥을 해야 하나? 그럴 이유는 없는데요."

좋게 말하고 그만 넘어가려고 했는데 그녀가 또 삐딱하게 나오자 윤석은 그만 참지 못하고 버럭 소리를 질렀다.

"당신은 밥도 안 먹고 사나?"

"그럼 이렇게 해요. 내가 밥하고, 당신이 반찬을 만들든가? 어때요? 이게 좀 공평하지 않아요? 남녀평등이잖아요."

안 그래도 불평불만이 속에서 불뚝거리는 걸 겨우 참고 있는 중인데 그녀가 점점 황당한 말만 늘어놓자 윤석은 얼굴이 붉어지며 열이 위로 솟구쳐 올라오는 듯한 느낌이 들었다. 그 모습을 가만히 지켜보던 은희가 미묘한 웃음을 지으며 물었다.

"이것도 싫어요?"

이제는 윤석이 상대하기도 귀찮다는 표정을 지어 보이자 은희는 난감한 듯 어깨를 으쓱하며 웃어 보였다.

"뭐, 그렇다면 할 수 없고. 그런데 뒤늦게 후회하지 않았으면 좋겠는데."

이건 또 무슨 말이야? 영문 모를 말에 의문을 품은 것도 잠시, 너무도 피곤했던 윤석은 옆에 앉은 은희를 쫓아내듯 밀어 내고 소파에 편하게 드러누워 눈을 감았다.

그리고 얼마나 지났을까? 뭔가 떨꺼덕떨꺼덕 시끄러운 소리가 나 참지 못한 윤석이 이를 갈듯 중얼거렸다.

"아, 시끄러워······."

그러나 잠을 깨운 소음은 마치 그런 그를 비웃기라도 하듯 점점 더 크게 들려왔다. 그러자 도저히 그대로 가만히 누워 있을 수 없었던 윤석은 벌떡 몸을 일으켰다.

그런데 이상했다. 꿈이었나, 하는 착각이 들 정도로 그 소리가 거짓말처럼 사라졌던 것이었다. 정체가 불분명한 소리를 낸 사람은 은희였다.

식탁에 아침을 다 차려 놓고 한참을 기다려도 윤석이 도무지 깨어날 기미를 보이지 않자 그녀는 숟가락으로 정신없이 식탁을 두드리며 듣기 싫은 소리를 냈던 것이다. 그런 것도 모르고 윤석은 주위를 한참 동안 두리번거리다가 다시 소파에 드러누웠다. 그런데 또 조금 전과 같은 소리가 들려왔다.

"빌어먹을."

화가 잔뜩 난 윤석은 자신의 머리를 신경질적으로 헝클어뜨리며 몸을 일으켜 세웠다. 더 이상 잠을 잘 수 없다고 판단한 그는 비틀거리며 욕실로 걸어갔다. 그 모습을 하나도 빠짐없이 지켜보던 은희는 마구 터져 나오는 웃음을 참느라 죽겠다는 얼굴을 하고 있었다.

한참 뒤 윤석이 욕실에서 나와 식탁 앞에 앉자 그녀는 진지하게 얼굴색을 바꾸며 물었다.

"엥? 백윤석 씨가 왜 여기 앉아요?"

"뭐, 뭐라고……?"

윤석은 황당함에 자기도 모르게 되물어 버렸다.

"내가 밥도 하고, 반찬도 만들었는데."

"그런데?"

"우리 서로 사생활에 간섭하지 않기로 했잖아요. 이 밥은 내가 차린 거예요. 당신은 당신 밥 차려서 먹어요."

단단히 못 박는 그 말에 윤석은 속에서 욱, 하고 뜨거운 것이 치밀어 올라왔다. 하지만 당장이라도 터질 것 같은 그의 무서운 표정에도 아랑곳없이 은희는 또박또박 말을 이어 갔다.

"은희 씨, 우리 같이 먹읍시다, 하고 예쁘게 말해 볼래요?"

"뭐, 뭐라고……?"

"말 한마디에 천 냥 빚도 갚는다잖아요. 당신이 예쁘게 말해 주면 내 마음이 바뀔지도. 이것도 싫어요?"

대답 대신 윤석은 숟가락을 식탁에 탁, 하고 내려쳤다. 난폭하게 느껴지는 그의 행동에 깜짝 놀란 듯 은희가 눈을 동그랗게 떴다. 마치 그녀를 죽일 듯이 험악하게 노려보는 그의 눈빛은 그녀를 향한 분노를 마구 표출하고 있었다.

'진짜 아니꼽고 치사하고 더럽고 유치해서 안 먹고 만다!'

그런 감정을 역력하게 드러내며 거칠게 몸을 일으키는 그를 물끄러미 바라본 은희가 조심스럽게 입을 열었다.

"백윤석 씨는 여태껏 단 한 번도 다른 사람에게 고개를 숙여 본 적 없으시죠? 꼴도 보기 싫은 인간한테 아부를 해 본 적 없으시죠?"

그런데 이상하다. 그녀는 분명히 웃고 있는 얼굴인데 뭔가 침울하고 울적한 기운이 사방에 안개처럼 피어 있는 게 느껴져 그는 그 자리에 목석처럼 굳어 버렸다.

"뭐, 그냥 궁금해서 물어봤어요. 밥과 반찬은 넉넉히 해 놓았으니 앉아서 천천히 많이많이 드세요. 난 이만 일어날게요."

그 말을 끝으로 그녀는 자리에서 일어섰다. 여전히 얼어붙은 듯 그 자리에 우뚝 서 있는 윤석에게 힐끔 시선을 주며 은희가 짤막하게 덧붙였다.

"아, 설거지하기 싫으면 안 해도 돼요."

그리고 한참 뒤 방문이 닫히는 소리가 들렸지만, 윤석은 계속 그렇게 서 있기만 했다.

자신의 성격대로라면 그는 치사하고 더러워서 그녀가 해놓은 밥을 먹지 말아야 했다. 그러나 그는 그러지 못했다. 마치 무언가에 홀린 것처럼 그는 식탁에 다시 앉았다.

파도에 휩쓸려 버리는 힘없는 나룻배처럼 세차게 일렁거리던 그녀의 목소리가 아직도 귓가에서 메아리처럼 울려 퍼졌다.

참으로 우스운 일이다. 별것이 다 신경 쓰이는구나. 자조적으로 웃으면서도 그는 꾸역꾸역 밥 한 그릇을 말끔히 다 비워 냈다. 그러고도 모자라서 또 한 그릇을 퍼먹었다. 배가 고파서가 아니라 이유 모를 부아가 자꾸만 목구멍까지 치밀어 올라와 허탈했기 때문이었다.

광명자동차는 광명그룹의 모태이자 심장과도 같은 주력 기업이었다. 그에 반해 광명반도체는 광명그룹의 계열사에 소속되어 있음에도 불구하고 극심한 홀대를 받고 있었다. 한때 번성했던 것이 꿈이었던 것처럼 엄청난 하락세를 보이며 사람들에게서 잊혔다.

계열사 중에서도 유독 냉대를 받고 있는 광명반도체의 처지와 상황이 여태껏 부모로부터 홀대를 받고 살아온 자신과 너무도 닮았다고 생각되어 윤석은 처음부터 광명반도체에 깊은 애착과 지대한 관심을 보였다.

그리고 오늘, 여태껏 전반적인 업무 흐름을 소리 소문 없이 파악하고 사업 계획을 준비해 왔던 그가 처음으로 공식 석상에 얼굴을 내비치는 날이었다. 정적만이 감도는 무게감 있는 회의실에 빼곡히 들어찬 좌중을 훑어보며 윤석은 침착하고 단정하게, 그리고 단호한 목소리로 말했다.

"안녕하십니까? 처음 뵙겠습니다. 반갑습니다. 이번에 광명반도체의 사장으로 취임한 백윤석입니다. 저는 오늘부터 여기에 계시는 여러분과 함께 호흡을 같이할 것이며 '산업의 쌀'로 불리는 반도체 분야에서 경쟁사들을 압도하는 영업 실적으로 '반도체 왕국'을 만들어 가기 위해 열심히, 죽을힘을 다해 달릴 것입니다. 그러니 여러분들도 지금껏 해 오던 대로 최선을 다해 주시길 바랍니다. 광명반도체가 없으면 반도체의 미래도 없다는 말이 나올 정도로 광명반도체가 다시 정상을 회복할 때까지 언제나 초심을 잊지 않고 여러분의 꿈과 함께하겠습니다."

젊은 사장의 패기 있는 인사가 끝나자 박수 소리가 회의실에 울려 퍼졌다. 하지만 떠들썩했던 분위기도 잠시, 윤석이 날카롭고 일목요연하게 업무 파악을 시작하자 회의실에는 또다시 팽팽한 긴장감이 감돌기 시작했다.

사장이 얼굴을 내비치기도 전에 벌써 몇몇은 쥐도 새도 모르게 감쪽같이 사라졌다고 한다. 그것도 내로라하는 오랜 베테랑이나 다름

없는 간부급 사람들이었는데 한순간에 업무 관련 납품 비리가 적발되면서 작별 인사조차 제대로 하지 못하고 무기력하게 쫓겨났던 것이다. 그래서 회의에 참석한 간부급 직원들은 행여나 자신에게 무슨 불똥이 튀지나 않을까 싶어 회의가 끝날 때까지 식은땀을 삐질삐질 흘렸다.

"차 부장님, 잠깐 얘기 좀 할까요?"

회의가 끝난 뒤 윤석이 차 부장을 자신의 집무실로 불러들였다. 갑작스런 부름에 차 부장은 다소 의아해 어리둥절한 표정으로 그를 빤히 바라봤다. 분명 미소 짓는 얼굴임에도 불구하고 왠지 날카로운 기운이 느껴졌기에 부장은 조금도 긴장을 풀 수가 없었다.

"광명반도체에서 근무한 지 어언 8년이 넘었다고 들었습니다. 보다시피 저는 아직 젊기에 많이 부족하고 모자란 놈입니다. 그러니 부장님께서 앞으로 많이 도와주시길 바랍니다."

윤석이 짐짓 공손한 태도로 예의 바르게 말했지만, 부장은 여전히 긴장한 듯 허리를 꼿꼿이 세우고 앉았다.

"부장님은 반도체가 계속 하강선을 긋고 있는 이유가 뭣이라고 생각하십니까? 반도체 경기가 회복되려면 뭘 어떻게 해야 한다고 생각합니까?"

그가 분위기에 긴장하고 있다는 걸 눈치채고 윤석은 환하게 미소를 지어 주었다.

"아, 너무 조급하게 생각하실 필요는 없습니다. 천천히 생각해 보시고 떠오르는 좋은 생각이 있으면 언제든지 말씀해 주시길 바랍니다. 제 얼굴을 보고 얘기해도 좋고, 보고서를 올려도 좋고, 하다못해 메일이라도 좋습니다."

부장은 편안한 어투로 말을 하는 윤석을 세심히 살펴보았다. 젊기에 모자란 놈이 아니라 오히려 활력과 생기가 넘쳐흐르는 놈이었다. 만만하게 보아서는 절대 안 되는 위험천만한 놈이었다. 부장이 여러 가지 생각을 하는 와중에도 윤석의 말은 계속 이어졌다.

"대강 업무 흐름을 살펴본 결과 제 생각을 말씀드린다면 스마트폰 위주로 집중하고 몇 가지 브랜드에 대한 대리 판매는 이제는 그만두어야 하지 않을까 그런 생각이 듭니다. 그다지 가격 경쟁력이 없거나 구매 process나 구매 납기가 상당히 긴 몇 가지 브랜드는 과감하게 버려야 하지 않을까 하는데 차 부장님의 생각은 어떻습니까?"

현재 회사의 상황을 정확히 파악하고 나온 해결책에 부장은 감탄했다. 자신도 같은 생각이었지만 혹시나 말실수를 할까 봐 부장은 몹시 조심스러워했고 쉽사리 말을 꺼내 놓지 못했다. 그때 누군가의 휴대폰이 울린 것은 참 다행이라고 부장은 생각했다.

"나중에 얘기하죠."

중요한 전화였던지 짧게 말을 끝낸 윤석은 휴대폰을 귓가에 가져가며 부장에게 나가 보라는 눈짓을 했다. 긴장으로 한껏 억눌린 숨을 뱉어 내며 부장은 자기 자리로 돌아왔다.

"부장님, 손님 오셨는데요?"

직원의 말에 연락받은 게 없는데 웬 손님이지 하고 의아해하며 부장은 자리에 엉덩이도 붙이지 못하고 접대실로 걸음을 옮겼다.

접대실 문을 열고 들어서자 익숙한 여자가 자신을 향해 방싯방싯 웃고 있었다. 부장은 조금 놀란 표정을 지었다.

"이게 누구야? 은희 씨 아냐?"

"안녕하세요, 부장님. 간만에 뵙겠습니다. 그동안 잘 지내셨어요?"

은희가 깍듯한 자세로 정중하게 인사를 건네자 부장은 반가움 반서운함 반으로 말했다.

"그래, 얘기 들었어. 어디 간다는 말도 없이 사표 내고 훌쩍 떠나더니만, 박민현 그 녀석이랑 회사 차렸다면서?"

"아이고, 발 없는 말이 천 리를 간다고 하더니만 벌써 소문이 쫙 났나 봐요. 앞으로 부장님께서 많이 도와주십시오."

조금은 서운해하는 부장에게 은희는 또박또박 예쁘게 말을 하고서 새로 뽑은 명함도 내밀었다. 차 부장은 미간을 구긴 채로 그것을 유심히 들여다보았다.

"그래, 인사도 없이 가 버릴 땐 언제고 갑자기 날 찾아온 이유가 뭐야?"

뭔가 잔뜩 못마땅한 듯 부장이 신경질적으로 묻는데도 은희는 시종일관 미소 띤 얼굴로 대응했다.

"어머, 부장님께서 그렇게 말씀하시면 은근히 속상하고 섭섭한데요. 제가 그동안 부장님이랑 함께해 온 세월이 얼마인데? 난 그래도 우리가 그동안 동고동락한 끈끈한 사이라고 생각했는데. 와, 진짜 섭섭하다. 그것도 간만에 찾아온 저한테 그렇게 말씀하시다니, 저 살짝 삐치려 하네요."

은근히 기분 나쁘다는 듯 입술을 삐죽 내미는 은희를 보고 부장은 기가 막힌 듯 한숨을 내쉬더니 커피를 타 주었다.

"그래 얘기해 봐. 뭘 알고 싶은데."

그녀의 얼굴에서 뭔가를 읽으려고 부장은 한순간도 은희에게서 시선을 떼지 않았다. 경계하듯 주변을 한 번 휙 둘러보고 은희는 부장 가까이 얼굴을 들이대며 낮은 소리로 물었다.

"요즘 사내 분위기는 어때요? 사장님 새로 오셨다면서요? 소문에 의하면 서른이 조금 넘었다고 하던데. 그 젊은 사장님은 어떤 분이

세요?"

아까 회의 때 발언하던 사장의 모습을 떠올리며 부장은 희미하게 미소 지었다. 뭔가를 알아내려는 듯 은희는 부장의 얼굴만 뚫어질 듯 쳐다봤다.

"올해 33세 밖에 되지 않았으니 무척 젊었지. 게다가 능력까지 있는 놈이더군. 까닥 잘못하다간 잘릴 수도 있겠더라고. 벌써 몇몇 잘렸지. 쥐도 새도 모르게 말이야."

부장이 자신의 목을 손으로 긋는 시늉을 하자 더더욱 호기심이 동한 은희는 얼굴을 바싹 들이대고 비밀을 속삭이듯 말했다.

"신규 거래처랑 대리점 계약했다는 말이 있던데요. 부장님이 좀 알아봐 줘요. 그 계약 조건에 맞춰서 우리도 다시 좀 해 보게요."

한순간 부장의 미간이 좁혀졌다. 그는 주변을 경계하며 조금은 날카롭게 물었다.

"인마, 그러다 자칫 잘못해서 내가 회사에서 잘리기라도 한다면 네가 우리 애기 우윳값 대 줄 거야?"

다분히 농담이 섞인 그의 마지막 말에 은희는 참지 못하고 키득거리더니 자신이 하고 있는 프로젝트에 대해 자세히 소개했다. 그녀의 이야기를 들으며 생각에 잠겨 있던 부장의 얼굴색이 갑자기 환하게 바뀌더니 은희에게 제안하듯 말했다.

"차은희, 여기까지 온 김에 네가 사장을 한 번 만나서 얘기해 보는 건 어때?"

"글쎄요……."

심각하게 고민을 하는 듯 그녀가 미간을 찌푸리고 있는데 방금까지 그들의 입에 오르내리던 '사장'이란 사람이 접대실에 얼굴을 내밀었다.

"부장님 여기 계셨군요."

왠지 익숙한 목소리라고 생각하며 은희는 고개를 들었다. 곧 놀란 듯 두 사람의 시선이 딱 마주쳤고 윤석은 흑, 하고 숨을 들이켰다.

그러나 두 사람이 부부라는 걸 전혀 알 턱이 없는 부장은 윤석이 접대실에 나타나자 마침 잘된 일이라고 생각했다.

자리에서 일어선 그는 윤석에게 은희를 소개하며 조금 전 그녀에게서 전해 들은 사업에 대한 얘기를 짧게 요약해서 전달했다.

"사장님, 이쪽은 이번에 창업한 지 얼마 되지 않은 신규 업체인 HG세미컨덕터 차은희 씨입니다. 중국에서 LED 부품을 직접 공급받는다고 합니다."

그러나 윤석의 귀에는 부장의 말이 잘 들어오지 않았고, 그의 시선은 주섬주섬 몸을 일으키는 은희에게서 떨어지지 않았다.

"차은희, 인사 안 하고 뭐해?"

윤석의 얼굴을 보고 두 눈을 잔뜩 부릅뜬 그녀는 흡사 귀신이라도 본 것 같은 표정을 짓고 있었다. 그러나 부장은, 그녀가 갑작스럽게 나타난 사장을 보고 아무래도 긴장해서 그런가 보다 하고 생각하며 얼른 정신 차리라고 은희의 팔을 살짝 흔들었다.

"광명반도체 백윤석입니다."

두 사람 중 먼저 제정신을 찾은 윤석이 은희에게 자신을 소개했다. 하지만 은희는 아직도 믿을 수 없다는 듯 안경을 벗더니 눈을 손등으로 마구 비벼 댔다.

"부장님, 아까 저분의 업체가 중국에서 LED 부품을 직접 공급받는다고 했습니까?"

"생산 공장과 직거래를 하고 있다고 합니다."

"차은희 씨와 좀 더 자세한 얘기를 나누었으면 하는데요."

윤석의 시선이 그녀에게 못 박힌 듯 떨어지지 않는 것을 보고 부장은 사장이 신규 업체에 대해 관심을 보이는구나, 하고 제멋대로 해석하며 속으로 미소를 지었다.

은희와 민현은 자신이 오랫동안 지켜보아 왔던 후배들이었다. 그리하여 열심히 살려고 노력하는 두 사람에게 선배로서 자그마한 힘을 보태 주고 싶었던 부장은 은희에게 잘해 보라고, 아주 낮은 소리로 속삭인 뒤 조용히 접대실을 나갔다.

"자리에 앉아서 얘기하지."

부장이 나가자 윤석이 그녀에게 자리에 앉으라고 손짓했지만 은희는 어벙한 표정으로 서 있었다.

잠시 뒤 그녀는 안경을 다시 고쳐 쓰더니 그에게 얼굴을 가까이 디밀고 윤석을 찬찬히 살펴보았다.

그런 그녀의 행동에 윤석은 황당하고 우스웠지만 잠시 아무 말도 않은 채 묵묵히 서 있기만 했다. 그러다 갑자기 어머나, 하며 다리에 힘이라도 풀린 듯 주저앉으려는 은희를 다급히 부축했다.

소스라치게 놀란 듯 그에게서 도저히 눈을 떼지 못하는 은희를 향해 윤석이 퉁명스럽게 물었다.

"당신 눈엔 내가 귀신으로 보이나?"

대답은 바로 건너오지 않았고, 대신 그녀는 몹시 놀란 표정만 지을 뿐이었다.

"뭘 그리 놀라는지, 참……."

그녀의 반응이 너무도 과장스럽게 느껴져 윤석은 어이가 없어서 코웃음을 치며 가볍게 혀를 쯧쯧 찼다.

"그, 그러, 그러니까……그, 그러니까, 저, 저기……."

얼마나 놀랐으면 그녀답지 않게 말까지 더듬거리자 윤석은 피식피식 실소가 새어 나오는 걸 겨우 참고 있었다.

"그러니까, 나와 함께 사는……."

말을 흐리며 은희는 자기 눈을 믿을 수 없다는 듯 한참 동안 윤석을 바라보더니 천천히 숨을 골랐다. 한참 후에야 그녀는 침착한 목소리로 차분하게 물었다.

"나와 함께 사는 그 백윤석 씨 맞나요? 그러니까, 다시 말하자면 나랑 결혼한 그 백윤석 씨?"

윤석은 태연하게 대꾸했다.

"대체 몇 번을 말해야 알아듣지? 당신은 귀 좀 파야겠어."

비아냥거리는 말투에 은희는 비로소 제정신으로 돌아온 듯 못마땅함이 가득한 얼굴로 그를 흘겨보며 맞받아쳤다.

"다행이다. 내가 잘못 본 게 아니었네. 난 내 눈이 잘못된 줄 알았거든요. 백윤석 씨가 맞군요."

"나가서 얘기하는 게 좋지 않을까?"

그러나 한참이 지나도록 그녀에게서 아무런 반응이 없자 윤석이 덧붙였다.

"아니면 여기서 얘기해? 당신……."

은희가 재빠르게 그의 말을 가로챘다.

"아니요. 나가서 얘기하죠."

윤석의 뒤를 따라나서며 은희는 살다 보니 참 별일이 다 있구나, 하고 신기하다는 표정을 지을 수가 없었다.

브라질 특유의 느낌이 담긴 벽화가 인상적인 정통 브라질 레스토랑.

오면서 예약해 둔 테이블에 자리를 잡고 그녀와 마주 앉자 윤석은 대충 주문을 끝낸 뒤 다짜고짜 용건부터 꺼내 놓았다.

"차은희 씨, 우리 광명반도체에 관심이 있나? 아까 듣자 하니 LED 부품을 중국 생산공장에서 직접 공급받는다면서?"

은희는 나직이 고개를 끄덕거리며 조심스럽게 대꾸했다.

"맞아요. 스마트폰이 시장에 나온 이후 반도체 경기는 전보다 많이 안 좋아졌어요. 대신 올해부턴 LED 관련 주 시장이 본격적으로 성장하고 있어요. 광명반도체에 LED를 납품해 보고 싶어서요."

뭔가 좀 아는군, 하고 작게 고개를 끄덕이며 윤석은 경쾌하게 대답했다.

"좋아. 당신 뜻대로 해 주지."

듣고도 믿지 못하겠다는 듯 은희의 눈이 휘둥그레졌다. 비비 꼬지 않고 또 질질 끌지 않고 그답지 않게 통쾌한 대답이 오히려 그녀의 의심을 불러일으켰던 것이다. 그래도 마냥 기분이 좋은지 그녀는 얼굴에 헤실헤실 웃음을 짓고 있었다. 그러나……

"하지만, 조건이 있어."

순간 은희의 얼굴에서 웃음기가 싹 사라져 버렸다. 하지만 윤석의 얼굴엔 모처럼 웃음꽃이 활짝 피어올랐다.

윤석은 솔직히 HG세미컨덕터가 어떤 회사이고 자신에게 얼마나 도움을 줄 수 있을지 그다지 관심이 없었다. 만약 은희가 아닌 다른 사람이 자신을 찾아왔다면 그는 이렇게 통쾌한 대답을 내놓지 않았을 것이다.

광명반도체를 최강의 회사로 키우기 위해 그는 지금 완전히 새롭게 조직 개편과 작업 방식 등을 갈아엎는 중이었다. 기존 거래처는 물론이고 신규 거래처에 대해서도 꼼꼼히 그리고 샅샅이 검토하고 있었다. 거래처의 사업 규모는 물론이요, 매출액 총 이익률과 영업액, 영업 이익률까지 깊숙이 파고들고 있었다. 그런 그가 이렇게 빠르고 쉽게 그녀의 요구를 들어준 데는 그만한 이유가 따로 있었다.

사람이 사노라면 먹고 자는 것은 가장 기본인데 그는 그게 충족되지 않은 것처럼 느껴졌다. 며칠 전처럼 밥과 반찬, 설거지를 하는 문제로 옥신각신하고 싶지 않았고, 또 얼마 전처럼 달걀 하나 먹으려다 도둑놈 취급을 받고 싶지 않았다.

지금도 생각하면 괘씸하고 분통이 터지는 일이지만, 무작정 화내고 성질을 부려서는 아무것도 해결할 수 없다는 걸 윤석은 아주 절실하게 깨달았다. 제명대로 못 살고 일찍 죽는 비참한 꼴을 당하지 않기 위해서는 슬기로운 지혜가 필요하다고 거듭 생각했던 것이다.

윤석은 입체사진들처럼 부딪치고 겹쳐지는 많은 생각들을 빠르게 갈무리하며 차분하게 말을 꺼냈다.

"난 오늘부터 집에 들어가서 살 거야. 알다시피 거기 내 집이거든."

코흘리개 아이들처럼 유치하고 치사하게 네 것 내 것 따질 생각은 없었는데 다른 사람도 아닌 저 차은희란 여자에게는 '내 것' 이라는 걸 똑똑히 인지시켜 주는 것이 아무래도 좋을 것 같다고 판단했다. 그런데 윤석의 말을 듣고 그녀는 또 제멋대로 상상하며 엉뚱한 소리를 늘어놓기 시작했다.

"그럼, 난 어디 가서 살아요? 살 집도 없는데."

말도 채 듣지 않고 횡설수설 떠들어 대는 그녀를 보고 윤석은 벌써부터 한숨이 푹푹 나오면서 머리가 지끈거렸다.

"이봐, 아직 내 얘기 안 끝났거든!"

짜증이 난 듯 윤석이 언성을 높이자 은희는 입을 꾹 다물어 버렸다.

"우리 집에 방이 세 개 있지. 난 남자야. 당신보다 덩치도 한참 크고 몸무게도 많이 나가는 편이야. 그래서 갑갑하고 작은 방에서 잘 수 없거든."

말해 놓고 윤석은 정말 치사하다는 생각이 들었지만 확실하게 말해 두는 게 좋을 것 같다고 판단하며 강하게 밀고 나가기로 했다.

"잠깐!"

갑자기 그녀가 소리를 지르며 손을 내젓자, 윤석의 말이 끊어졌다. 도중에 대화가 끊겨 불쾌한 감정을 고스란히 내비치는 그를 보고도 은희는 전혀 대수롭지 않은 듯 오히려 반문했다.

"설마, 나더러 욕실이나 주방에서 잠을 자라는 말은 아니죠?"

눈을 동그랗게 뜨고 정색하게 묻는 표정을 보노라니 그녀는 진짜 그렇게 생각하고 있었던 모양이다. 하도 황당해서 윤석은 실소가 터져 나올 뻔한 걸 참고서 짐짓 엄숙하게 말했다.

"차은희, 내 얘기가 다 끝나고 나서 궁금한 것 물어보면 안 되나?"

영 마음에 내키지 않았지만, 그녀는 알았다는 듯 웃으며 고개를 끄덕거렸다.

"방이 세 개잖아. 난 큰방을 쓸 테니까 당신이 작은방을 써. 당신이 사용하기엔 딱 맞는 공간이야."

은희는 뭔가 골똘히 생각에 잠긴 듯싶더니 이내 빙긋이 웃으며 대답했다.

"좋아요. 그렇게 해요."

대답이 의외로 시원하고 빠르다. 혹시 그녀가 무슨 꿍꿍이를 갖고 있는 것은 아닌가 하는 생각에 윤석은 내심 불안한 마음도 없지 않았지만 잠시 제쳐 놓은 채 말을 이었다.

"나 아직 얘기 안 끝났어! 또 있어."

은희가 또 말을 막을까 봐 그는 선언부터 하고 다시 말을 이었다.

"그리고 난 아침을 꼭 먹어야 해. 어쨌든 당신도 밥 먹고 살아야 하잖아? 식사 준비는 당신에게 그 권한을 일임하도록 하지. 저녁은 내가 필요할 때면 당신한테 연락을 주겠어."

주절주절 요구도 많다! 은희는 그렇게 말해 주고 싶은 걸 꾹 참았다.

"우리 회사와 거래하는 데에 이 정도 조건이면 넘치지 않는다고 생각하는데. 당신은 어떻게 생각해?"

반도체 산업의 시황이 많이 안 좋아지긴 해도 어쨌거나 광명반도체는 대기업에 납품하는 물량이 아직 상당하다. 그러니 광명반도체와 꾸준한 거래가 유지된다면 지금은 시작 단계에 머물러 있는 HG 세미컨덕터가 빠르게 자리를 잡는 데 큰 도움이 될 수 있을 것이다.

그가 내거는 조건이 정말 마음에 안 들긴 했지만 비즈니스 세계에서나 돈 앞에서는 영원한 동지도, 영원한 적도 없다. 그러므로 이익을 위해서는 희생할 수밖에 없지 않은가.

"그럼요, 적절한 조건이라고 생각해요."

'내가 네 종이야! 나쁜 자식!'

겉으로는 태연한 척 웃으며 대답했지만, 속은 부글부글 끓어올랐다. 곧 '시녀'가 되어야 한다고 생각하니 그렇게 원통하지 않을 수가 없어서 은희는 신경질을 부리듯이 입술을 씹다가 그만 혀를 깨물고 말았다.

"앗, 아파……."

"뭐라고?"

난데없이 아파, 하고 은희가 괴로워하며 얼굴을 찡그리자 윤석은 의문스러운 표정을 지었다.

"그렇게 하자구요. 좋아요!"

비릿한 피 냄새가 입안 가득 퍼졌지만, 그녀는 환하게 웃으며 대답했다.

"입에 피 나는 것 같은데."

윤석이 살짝 미간을 찌푸리며 묻자, 은희는 괜찮다는 듯 다급히 손을 내저었다.

"호호. 너무 좋아서 그만 혀를 깨물었거든요."

저 여자 진짜 바보 아냐? 멍청하긴! 그 말을 듣는 순간 윤석은 눈을 크게 뜨고 그녀를 뚫어져라 쳐다봤다. 그녀의 IQ가 얼마인지 너무나도 궁금했으므로.

그러나 한편으론 토 하나 달지 않고 통쾌하게 대답하는 그녀가 아무래도 수상쩍게 느껴졌다.

"살기가 그렇게 궁핍한가? 왜 그렇게 악착스레 돈을 벌지? 혹 당신 바깥에 제비 키우는 거 아냐?"

그녀에게 얼굴을 가까이 디밀고 묻는 윤석의 말이 심한 모욕처럼 느껴졌지만 은희는 조금도 불쾌해하지 않았다. 오히려 하얀 이가 드러나도록 활짝 웃으며 대답해 주었다.

"꿈이 있었어요."

"꿈?"

동문서답으로 시크하게 대답하는 그녀를 보고 윤석은 더더욱 의아함을 금치 못했다. 마치 그 궁금증을 풀어 주려는 듯 은희는 싱긋 웃으며 침착하게 입을 열었다.

"첫 번째는 좋은 사람 만나 시집가기. 두 번째는 나만의 공간에서 자기가 하는 일을 좋아하며 열심히 하는 멋진 여자가 되기. 세 번째는 명절이나 생일, 기념일에 가족끼리 모이는 것."

정작 그렇게 말하는 본인은 입가에 여유 만만한 미소까지 짓고 있는데 가만히 듣고만 있는 윤석은 원인 모를 가슴 통증을 아릿하게 느꼈다.

"다른 사람들은 어쩌면 그런 소박한 꿈을 갖고 있는 날 비웃을지 모르지만……."

그녀는 거기서 잠깐 말을 끊었다가 윤석의 눈을 빤히 들여다보더니 다시금 말을 이어 갔다.

"그런데 그것 알아요? 아무리 소박한 꿈을 갖고 있어도 결국 아무것도 이루지 못하고 허망하게 죽는 사람도 많거든요. 그렇게 살기엔 너무 억울하잖아요. 뭐 우리가 비록 결혼은 했지만 진심으로 사랑하는 부부는 아니잖아요. 그래서 1번은 이미 물 건너갔고, 또 3번은 앞으로 어떻게 될지 모르지만 2번은 아직 희망이 있잖아요. 그러니, 평생 삽질만 하다 죽는 억울한 인생을 살지 않기 위해서는 열심히 살아야죠."

지극히 평범한 말임에도 불구하고 윤석은 마음이 좀처럼 진정되지 않았다. 머릿속이 텅 비고 불쾌감이 파도처럼 밀려오면서 근원을 알 수 없는 바다으로 추락하는 이상한 기분이 들었다.

그러나 또다시 황당한 말을 늘어놓는 그녀 때문에 윤석은 울지도 웃지도 못할 상황에 처해 버렸다.

"근데 이렇게 많은 음식을 주문했는데, 누가 돈 내요?"

기가 막혔던 윤석은 뭐라 되묻지도 못하고 허헛, 하는 괴상한 소리만 연발했다.

"설마 지난번에 커피값도 계산하지 않고 도망갔던 것처럼 이번에도 그냥 내뺄 생각은 아니겠죠?"

아릿함이 언제 있었냐는 듯 또 짜증이 확 났지만 윤석은 애써 감정을 누그러뜨리며 말했다.

"제발 그런 쓸데없는 걱정은 붙들어 매시지."

그제야 천만다행이라는 듯 은희의 얼굴에 함박웃음이 피어올랐다.

"그러게요. 그래야 사장님답지요. 안 그래요? 백윤석 씨. 아, 말 잘못 했다! 아무튼, 맛있게 잘 먹겠습니다. 백윤석 사장님."

그때부터 그녀는 열심히 먹기 시작했다. 얼마나 맛있게 잘 먹던지 그다지 밥맛이 없었던 윤석마저도 저도 모르게 군침이 스르르 돌 정도였다. 그는 젓가락을 들고 원인 모를 감정들을 먹는 것으로 달래려는 듯 열심히 먹기 시작했다.

"차 부장님, HG세미컨덕터 차은희 씨와 아는 사이입니까?"

은희와 헤어진 뒤 사무실로 돌아와 차 부장을 찾은 윤석이 단도직입적으로 물었다. 부장은 잠시 고민에 잠겨 미간에 주름을 잡다가 조심스럽게 입을 열었다.

"차은희 씨는 원래 우리 회사에서 4년 넘게 근무해 왔던 직원이었습니다."

아무 생각 없이 던진 질문에, 뜻밖의 대답이 돌아오자 윤석은 깜짝 놀란 듯 눈을 휘둥그렇게 뜨고 부장을 쳐다봤다. 사장이 몹시 놀랐다는 걸 눈치챘음에도 부장은 그냥 솔직하게 터놓기로 다짐했다.

"제가 쭉 지켜본 차은희 씨는 정말 능력 있는 직원이었습니다. 부품 소싱이라든가, 위기 대처 능력이라든가. 은희 씨 때문에 클레임을 막을 때가 많았습니다."

윤석이 은희의 남편이란 사실도 모르고 부장은 흐뭇한 웃음을 지으며 은희에 대한 칭찬을 한가득 늘어놓기 시작했다. 그러다 뒤늦게야 윤석의 표정이 심상치 않다는 걸 알아차리고 부장은 재빨리 입을 다물었다.

"그런데 어찌 그런 능력 있는 직원을……."

윤석이 말을 끝맺지 않았지만 부장은 이미 그 뜻을 알고 있다는 듯 안타까운 한숨을 내쉬었다.

"갑자기 말도 없이 회사에 사표를 내더군요. 그리고 박민현이랑 새로운 회사를 차렸지 뭡니까. 젊고 능력 있는 사람들이라 한번 도전해 보고 싶었겠지요."

"박민현이요?"

윤석이 의아하게 되묻자 부장은 입가에 미소를 띠고 그 궁금증을 풀어 주었다.

"은희 씨를 후배로 생각하며 굉장히 아끼던 녀석이 하나 있었습니다."

그 순간 조용히 듣고만 있던 윤석의 표정이 일순간 날카롭게 변했다는 걸 부장은 미처 눈치채지 못했다. 단지 부장만 알아차리지 못한 것이 아니라 윤석 스스로도 확실치도 않은 불쾌한 감정의 정체를 인지하지 못했다.

"알겠습니다. 앞으로도 많은 도움 부탁드립니다. 차 부장님."

그 말과 함께 부장이 꾸벅 고개를 숙여 인사한 뒤 사장 집무실을 나가자 윤석은 곧 표정을 딱딱하게 굳혔다. 그는 입가를 살짝 비틀면서 휴대폰을 꺼내 들고 누군가에게 전화를 걸었다.

"나 저녁에 집에 가서 밥 먹을 거니까 맛있는 것 많이 해 놔."

낮고 날카로운 목소리로 명령하듯 말하자, 수화기 너머에서 긴 침묵이 이어졌다. 그 침묵이 끝도 없이 이어지나 싶더니 이윽고 여자의 새침한 목소리가 건너왔다.

– 가끔씩 콩 까는 소리 잘 하시네요.

3장.
인상 깊은 생일

"백윤석 씨. 또 보네요."

퇴근하고 마트에 들러 과일이며 채소를 가득 사 들고 걸어오던 은희는 막 정문으로 걸어 들어가는 윤석의 뒷모습을 발견하자 다급히 그를 불러 세웠다.

"백윤석 씨, 우리 오늘만 벌써 세 번이나 얼굴 보나요? 그죠? 아침에도 우리 슬쩍 봤죠. 그리고 점심에 회사에서 한 번, 그다음 지금."

윤석은 걸음을 멈추고 잠깐 그녀에게 시선을 주었지만, 이내 고개를 돌려 다시 성큼성큼 앞으로 걸어가기 시작했다. 재빨리 그의 뒤를 따라붙은 은희가 또다시 종알종알 떠들기 시작했다.

"미워도 자꾸 보면 정이 든다던데 이러다 우리 진짜 정들면 어떡하죠?"

옆에서 성가시게 구는 게 귀찮은 듯 윤석이 휙 고개를 돌려 그녀를 노려봤다. 은희는 여전히 생글생글 웃기만 했다.

"내 죽었다 깨어나도 당신이랑 절대 그런 일은 없을 테니까 쓸데없는 상상 따윈 하지 마."

냉랭한 대꾸에도 그녀는 별로 섭섭함을 느끼지 않았고 여전히 웃음 가득한 얼굴로 호들갑을 떨며 큰 소리로 말했다.

"어머머, 한 치 앞도 내다볼 수 없는 게 사람의 운명이라 했는데. 호호. 어떻게 그걸 장담해요?"

한 마디도 지지 않고 바로바로 말대꾸하는 그녀를 한참이나 뚫어질 듯 쳐다보던 윤석이 불현듯 거만한 자세로 서서 얼굴에 비소를 가득 머금고 물었다.

"너 나 좋아해?"

처음엔 못 들을 걸 들었다는 표정을 짓던 은희는 별안간 고개를 젖히며 미친 듯이 웃어 대기 시작했다. 그러나 그냥 웃는 것만으로는 부족했는지 손뼉을 짝짝 쳐 대며 '우와!' 하고 감탄사를 연발했다.

"백윤석 씨, 내가 오늘 그쪽 때문에 몇 번이나 깜놀했는지 알아요? 놀고먹는 백수인 줄 알았는데 사장이란 사실에 정말 기절할 정도로 깜짝 놀랐거든요. 또 커피값도 계산 안 하고 도망가 버린 짠돌이인 줄 알았는데 잔칫집 진수성찬 저리 가라 할 정도로 엄청난 점심을 사 준 그 인심에 경악할 정도로 놀랐고요. 그리고 지금은 세계가 빙글빙글 도는 것처럼 어지러워요. 내가 댁을 좋아할 거 같아요? 푸하하! 어쩌다가 그런 생각을 하게 된 거죠? 아, 이제 보니 백윤석 씨는 상상력도 되게 뛰어나시다. 아하하."

말을 하는 도중에도 은희는 허파에 바람 들어간 사람처럼 웃음을 흘렸다. 대체 뭐가 그리 웃기는지 눈물이 찔끔찔끔 나올 정도로 웃는 그녀를 황당하다는 듯 바라보던 윤석이 그녀에게 가까이 다가왔다. 그리고 그녀의 이마를 검지로 콕 찌르며 낮게 뇌까렸다.

"차은희, 난 당신의 아이큐가 너무 궁금해! 제멋대로 분석하고 상상하는 것 정신건강에 매우 안 좋아. 그러니 적당히 하라고!"

그의 말투에서 느껴지는 뉘앙스에 불쾌해하며 은희가 막 뭐라 대꾸하려는 찰나 그녀는 못 볼 것을 보았다는 듯 눈이 툭 튀어나올 것처럼 부릅떴다. 윤석이 그녀의 손에서 엉거주춤 비닐봉지를 받아 들었던 것이다.

혹시 잘못 보지 않았나, 그녀는 정신없이 눈을 깜빡거리다가 다다다 그의 뒤를 빠른 걸음으로 쫓아갔다.

"백윤석 씨, 정말 내가 알고 지내던 그 백윤석 씨가 맞나요? 지금 날 도와서 짐을 들어 주는 것 맞죠? 내가 잘못 본 건 아니죠? 그쵸?"

박수까지 쳐 가며 신나게 떠들어 대는 그녀에게 흘끗 시선을 주다가 윤석은 이내 고개를 돌려 버렸다.

그래, 혼자 실컷 떠들어라. 그런 표정을 지으며 그는 아예 그녀를 무시해 버렸다. 그런데도 미운 놈에게 떡 하나 더 준다는 식으로 은희는 집에 들어갈 때까지 쉴 새 없이 입을 놀리며 즐거워했다.

"됐어요. 수고했어요. 이제부턴 내가 할게요. 백윤석 씨, 생선 좋아하시죠? 내가 오늘 생선 사 왔거든요. 정성껏 맛나게 해 드릴 테니 조금만 기다려 주세요."

그녀의 말은 듣는 둥 마는 둥 하며 윤석은 들고 온 비닐 봉투 두 개를 거실 바닥에 내려놓은 뒤 끈질기게 계속 울려 대는 휴대폰을 꺼냈다.

"지금 어디야? 그래?"

한창 누군가와 매우 심각하게 통화를 하던 윤석은 갑자기 고개를 돌려 막 주방으로 들어가려는 은희를 보고 물었다.

"내 친구가 온다는데 괜찮겠어?"

물어 놓고 생각해 보니 참으로 우습기 그지없었다. 내가 왜 이런 걸 저 여자에게 허락받아야 하지. 윤석은 그런 행동을 한 자신을 이해할 수가 없어서 피식 실소를 터뜨렸다.

평소의 그답지 않게 왜 그런 걸 묻는지 의아해하며 은희는 멀뚱멀뚱 윤석을 쳐다봤다.

'뭘 잘못 먹었나? 아니면 어디가 아픈가?'

그런 뜻이 역력한 표정으로 은희는 골동품이라도 감정하듯 그의 얼굴을 요리조리 뜯어보았다. 그리고 손을 쭉 뻗어 누군가와 한창 통화를 하고 있는 윤석의 이마를 짚어 보았다.

"뭐야?"

휴대전화로 통화하느라 정신이 없던 윤석이 도끼눈을 뜨고 그녀를 노려봤다. 금방이라도 살얼음이 뚝뚝 떨어질 것 같은 그 눈빛이 제법 무서울 법도 하건만 그녀는 조금도 두려워하는 기색이 없었고 오히려 생긋생긋 웃는 얼굴로 상큼한 미소를 날리며 잽싸게 주방으로 들어가 버렸다.

그런데 주방에서 무슨 음식을 만드는지. 무언가를 정신없이 도마질 하던 시끄러운 소리가 한순간에 뚝 멎어 버리자 통화를 다 끝낸 윤석은 다소 의아해하면서도 한편으론 다행이라고 생각했다. 한데 이번엔 가느다란 신음이 흘러나오는 것이다. 무시하려고 했으나 왠지 신경이 곤두섰던 윤석은 신경질적으로 몸을 일으켜 주방으로 걸음을 옮겼다.

"또 뭐야?"

귀찮음과 짜증이 뚝뚝 떨어지는 목소리에 은희는 천천히 뒤를 돌아보았다. 그녀는 그를 향해 손가락 하나를 들어 보이더니 괜찮다는 듯 생긋방긋 웃음을 지었다.

"내가 아무래도 오늘 백윤석 씨 때문에 너무 놀랐나 봐요. 여태껏 채소를 썰면서 내가 단 한 번도 실수한 적이 없는데 오늘은 칼질하다 손가락까지 베었으니 말이지요. 호호."

손을 다치고도 뭐가 좋다고 그렇게 실실 웃는지 그 모습을 보고 윤석은 기가 막히는데 그녀의 다음 행동은 더더욱 가관이었다.

피가 뚝뚝 떨어지는 손가락을 막대 사탕을 빨듯 입안에 넣고 쏙쏙 빨고 있는 것이다. 그 모습을 보고 윤석은 그만 어처구니가 없어서 허헛, 하는 괴이한 소리가 절로 터져 나왔다.

그런데 이 여자, 진짜 사람을 신경 쓰이게 하는 재주가 있는 것 같다. 아무렇지 않은 듯 헤헤 웃으며 그 궁금증을 풀어 주려는 듯 구구절절 설명을 늘어놓는 게 아닌가.

"피가 아깝잖아요. 혹시라도 피를 너무 많이 흘려 빈혈 걸려 쓰러지면 어떡해요."

무식하면 말을 말자! 말해 봤자 괜히 머리만 깨질 듯 지끈거릴 것 같아서 윤석은 휑하니 몸을 돌려 그대로 걸어 나갔다.

자신이 한 말에 확신을 가지고 있던 은희는 피가 멎자 하던 일을 마저 하기 위해 막 돌아섰다. 그런데 조금 전 나갔던 윤석이 그녀 앞으로 성큼성큼 걸어와서 거칠게 그녀의 손을 잡아당겨 다친 손가락에 밴드를 붙여 주자 은희는 도저히 믿지 못하겠다는 듯 점멸하는 신호등처럼 쉴 새 없이 눈을 깜박거렸다.

"하여튼 멍청하긴! 쯧……."

윤석은 길게 혀를 차며 그녀에게는 시선조차 주지 않은 채 몸을 돌려 주방을 나가 버렸다. 그 뒷모습을 은희는 자리에 꼼짝 않고 서서 믿을 수 없다는 듯 오랫동안 어벙한 표정으로 지켜보았다.

잠시 뒤 초인종이 울리자 주방에서 열심히 음식을 만들던 은희는 손님이 왔나 보다, 하고 생각하며 거실로 나갔다.

"인사해."

윤석의 말에 처음 보는 듯한 낯선 남자가 빙그레 미소를 지으며 깍듯하게 인사를 했다.

"처음 뵙겠습니다. 제수씨. 저는 윤석이 친구 김병태라고 합니다. 만나 봬서 반갑습니다."

그 태도가 얼마나 진지하고 공손한지 그녀도 덩달아 고개를 꾸벅숙이며 인사를 받았다.

"반갑습니다. 차은희예요."

그런데 잘 인사해 놓고 고개를 들고 병태의 얼굴을 찬찬히 살펴보는 그녀의 표정이 심상치 않아 보였다.

그녀의 입에서 또 어떤 엉뚱하고 황당한 말이 나오나 싶어 윤석이 자못 궁금해하며 그녀의 입을 눈여겨보고 있는데 아니나 다를까 이번에도 그녀는 숨이 꼴까닥 넘어갈 뻔한 말을 쏟아 내는 것이다.

"저기 성함이 김, 김……변태 씨라고 하셨나요?"

조심스럽게 이름을 부르면서도 설마 잘못 들은 건 아닐까, 하는 생각이 들어 그녀는 고개를 갸웃거렸다. 순간 윤석은 금방이라도 터질 듯한 폭소를 필사적으로 참느라 얼굴이 붉게 달아올랐다.

백윤석을 개윤석으로 듣지 않나, 병태를 변태로 듣지 않나. 대체 어떻게 들었기에 그런 이름이 나올 수 있단 말인가. 제멋대로 이름을 지어내는 그녀의 황당한 행동에 윤석은 이젠 더 이상 기가 막히지도 않고 놀랍지도 않았다.

그저 한숨만 연거푸 내쉬면서 자리에서 몸을 일으켜 세웠다. 반면에 병태는 조금 황당하긴 했지만, 얼른 표정을 고치며 온화한 목소리로 그녀의 말을 정정해 주었다.

"저기 제수씨, 김변태가 아니라 김병태입니다. 하하."

조금 어이가 없었는지 병태는 하하, 하고 웃음을 흘렸다. 그러자 그녀는 정신을 번쩍 차리며 다급히 고개를 깊이 숙여 사과했다.

"어머머, 이런 죄송해요. 제가 아직 할매 되려면 멀었는데 가끔씩 가다가 이렇게 맛이 살짝 가 버릴 때가 있어요. 미안해요. 병태 씨."

사과를 하는 그녀의 태도는 깍듯하고 진지하기 이를 데 없었다. 오히려 그녀의 사과를 받는 병태가 미안해하며 황급히 말을 받았다.

"아닙니다. 제 이름이 좀 특이해서 자칫 잘못 들으면 그럴 수도 있는 거죠, 뭐."

어색한지 병태는 머리를 긁적거렸다. 그렇게 서로 미안하다느니, 괜찮다느니 하며 주고받는 인사는 도저히 끝날 기미가 보이지 않았기에 윤석이 대화에 끼어들었다.

"밥은 다 됐나?"

"어머, 내 정신 좀 봐! 얼른 차릴게요. 조금만 기다려요."

윤석이 묻자 은희는 자신의 머리를 탁 치며 소리를 지르더니 부랴부랴 식탁을 차리기 시작했다.

"꽤 재미있는 여자 같다."

분주하게 저녁을 준비하려고 주방으로 걸어가는 그녀의 뒷모습을 흘끔흘끔 바라보며 병태가 윤석을 향해 넌지시 말을 던졌다.

"데리고 살기엔 재밌지 않아?"

"내 제안에 대해 생각은 해 봤어?"

질문과는 전혀 다른 말을 하며 윤석은 병태의 얼굴을 뚫어질 듯 쳐다봤다.

"난, 진심으로 날 도와줄 사람이 필요해. 광명반도체를 광명자동차에 버금가는 기업으로 키워 낼 거야."

"너, 이 짜식! 일에 완전히 미쳤구나! 대체 죽자 살자 덤벼드는 이유가 뭐야?"

윤석은 얼굴에 뜻 모를 웃음을 지었다. 그의 표정에서 무언가를 알아내려는 듯 병태의 시선이 집요하게 매달렸지만, 윤석은 시종일관 아무런 감정도 드러내지 않았다.

"네가 광명그룹 후계자가 되는 건 이제 빼도 박도 못하는 사실인데 대체 뭐가 걱정되어 그렇게 죽을 둥 살 둥 기를 쓰는데?"

"궁금하냐?"

남은 궁금해서 죽겠는데 윤석은 점점 알 수 없는 말만 늘어놓았다.

"궁금하면 네가 광명반도체에 들어와서 천천히 알아내 봐."

"짜식이, 참!"

뭔가를 조금이라도 더 알아내려고 했지만, 밥 먹자는 은희의 목소리가 들려오자 병태는 잠시 그 의문을 제쳐 놓은 채 어쩔 수 없이 몸을 일으켜야 했다.

"입맛에 맞을지 모르겠지만 많이 드세요. 김병태 씨."

그녀의 태도가 어찌나 깍듯하고 공손한지 병태는 황송해서 어쩔 바를 몰라 했다. 윤석이 병태에게 그녀에 대한 감정을 시시콜콜 말해 준 적은 없었지만, 그의 오랜 친구인 병태는 둘이 서로 사랑해서 한 결혼이 아니란 걸 이미 잘 알고 있었다.

사랑? 그건 그동안 워커홀릭으로 살다시피 해온 윤석에게 진짜 지나가던 개가 웃을 소리였다. 과연 이 녀석에게 그 누군가를 사랑하는 날이 올지 병태는 실로 궁금했다.

그런데 시간이 조금 지나자 병태는 뭔가 분위기가 이상하다는 걸 감지했고, 그 느낌은 식탁 앞에 앉아 있는 시간이 길어질수록 더욱더 강렬하게 와 닿았다.

"생선을 안 먹어?"

밥을 먹다가 생선에는 아예 입도 대지 않는 그녀를 아까부터 의아하게 바라보던 윤석이 물었다.

"혹시 생선을 안 좋아해요?"

병태도 의아해서 하던 젓가락질을 멈추고 은희를 빤히 쳐다봤다. 의문스러운 눈으로 자신을 응시하고 있는 그들 앞에서 은희는 얼른 밝게 웃는 얼굴로 호들갑을 떨었다.

"전 어째 생선을 보면 그런 생각이 들어요. 저놈이 사람의 배 속에 들어가도 팔딱팔딱 뛰면서 놀지 않나. 그런 느낌을 상상하다 보면 겁나서 도저히 못 먹겠더라고요. 이래 봬도 제가 간은 콩알보다 더 작아서 말이죠."

손으로 작다는 시늉까지 해 가며 말하는 은희를 보고 병태는 재미있다는 듯 키득거렸다.

뭐? 간이 콩알만큼 작다고? 진짜 웃기는 소리 하고 있구만! 윤석은 어이가 없다는 듯 속으로 혀를 끌끌 찼다.

"제수씨, 참 재미있는 분이십니다."

농담처럼 던지는 병태의 말을 은희는 기가 막히게 받아넘기며 짐짓 귀여운 표정까지 지어 보였다.

"그죠? 제가 생각해 봐도 전 꽤 재미있는 사람 같은데 누구는 그런 저를 보고 항상 멍청하다고 하더군요."

"네?"

병태가 의아해하며 반문했지만, 그녀의 시선은 다른 곳을 보고 있었다. 밥을 꾸역꾸역 퍼먹는 윤석의 옆모습을 흘끗 바라보던 은희가 갑자기 생선 살을 발라 그의 밥사발에 얹어 주었다.

윤석이 들키지 않게 그녀를 침 찌르듯 쏘아봤지만, 그녀는 전혀 개의치 않는 듯 두 눈을 반짝이며 예쁜 미소를 지어 주었다. 밴드를 붙인 손가락을 까딱거리면서. 그 표정은 이렇게 말하는 듯했다.

'다친 내 손가락까지 신경 써 주셔서 고맙다구요.'

그때껏 아무런 대화 없이 눈빛만 오고 가는 두 사람의 모습을 하나도 빠짐없이 지켜보던 병태는 도무지 영문을 알 수 없다는 듯 고개를 저었다.

여자는 예쁘지도 섹시하지도 않았지만 그렇다고 못나지도 않았다. 아무리 요리조리 살펴봐도 주변에서 흔하게 볼 수 있는 평범한 외모였다. 어쨌든 윤석의 취향이 아닌 것만은 확실한데 알게 모르게 그녀에게 신경을 기울이는 녀석의 행동에 병태는 어떤 건지 딱히 집어낼 수 없는 이상한 느낌이 들었다.

"병태 씨, 많이 드세요. 우리 자기도 많이 먹어."

아직 배가 부르지 않았지만 은희는 눈치껏 자리를 피해 주었다.

귀여운 미소를 날리며 빠르게 그곳을 벗어나는 은희의 뒷모습을 오랫동안 바라보던 병태는 더 이상 참지 못하고 질문 세례를 퍼부었다.

"뭐야? 벌써 정들었어?"

병태의 궁금한 시선이 끈질기게 파고들었지만 윤석은 무슨 미친 소리를 하느냐는 듯 병태를 한심하다는 눈빛으로 바라보며 다른 소리를 했다.

"대충 먹고 우리 나가서 얘기하자."

은희에게 나간다는 말 한마디 없이 윤석은 그대로 집을 나가 버렸다.

그렇게 아무런 말도 없이, 나갔던 윤석은 자정이 훨씬 넘어서야 다시금 집에 돌아왔다.

술을 조금 마신 데다 이미 심신이 상당히 지쳤기에 원래는 바로 방에 들어가 자려고 했던 윤석은 두 눈을 크게 뜨며 걸음을 멈추어야 했다.

정말이지 기가 막혀 절로 한숨이 새어 나왔다. 분명 작은방을 은희의 방으로 지정해 주었던 것으로 기억하는데 그녀는 거실 소파에서 자고 있었던 것이다. TV를 보다가 잠이 들었는지 TV는 여전히 켜진 상태였다.

"차은희, 일어나!"

윤석이 발로 그녀의 다리를 툭툭 치면서 불렀다.

"들어가서 자!"

그녀가 어디서 자든 자신과는 전혀 상관없는 일이었다. 또 얼마든지 못 본 척 지나갈 수도 있는 일인데도 불구하고 자신은 왜 쓸데없는 일을 찾아 하는 걸까? 그런 자신이 우습기 그지없었지만, 윤석은 그대로 지나쳐 버릴 수가 없었다. 자신조차도 이해할 수 없는 행동을 하면서 그는 터무니없는 혼잣말로 스스로를 달랬다.

"네가 감기라도 걸리면 내가 밥을 못 먹는 개고생을 해야 하기 때문에 이러는 거야."

은희는 윤석이 세 번이나 더 불러서야 겨우 눈을 뜨며 가까스로 몸을 일으켰다. 정말 눈이 나쁜 건지 그녀는 윤석의 코앞까지 다가와 그의 얼굴을 찬찬히 뜯어보고 나서야 비로소 상대가 누군지를 알아차리고 희미한 미소를 지었다.

"왔어요?"

잠이 덜 깬 듯 비틀거리더니 기어코 그의 가슴에 얼굴을 부딪치고 말았다. 하마터면 그대로 꼬꾸라질 뻔했지만 다행스럽게도 윤석이 막 넘어가려는 그녀의 팔목을 꽉 붙잡아 주었다.

"방에 들어가서 자."

짜증이 치밀어 오르는 걸 겨우 참으며 윤석은 낮게 내뱉었다.

그런데 이 여자가 순순히 고개를 끄덕이나 싶더니 큰방으로 들어가는 게 아닌가. 방으로 들어가기 무섭게 문을 닫는 것까지 고스란히 지켜보면서도 윤석은 그 자리에 붙박인 듯 가만히 서 있기만 했다.

어이없어 총 맞은 멧돼지처럼 분노하면서도 윤석은 그녀에게 뭐라 따지지 못했고 대신 혼잣말을 중얼거렸다.

"그래, 오늘 하루만 봐준다. 두 다리 뻗고 잘 자라."

♡　　♥　　♡

그로부터 며칠 동안은 두 사람 모두 그야말로 정신없이 바쁜 나날을 보냈다. 그러다 보니 아침에 잠깐 얼굴 보는 것이 전부였고, 윤석은 지방과 해외 출장이 촘촘히 잡혀 있는 관계로 벌써 이틀이나 집에 들어오지 않았다. 물론 은희의 입장에서 이보다 더 좋은 일이 없었다. 윤석이 외박하면 식사 제대로 차릴 필요 없이 대충 끼니를 때우면 되니까.

오늘도 혼자 대충 먹고 자면 되겠구나, 하는 생각을 하며 모처럼 집에 일찍 들어온 은희는 지저분해진 집 안을 청소하기 시작했다. 그런데 아직 청소를 절반도 끝내지 못했는데 휴대폰 벨소리가 쉴 새 없이 울려 대자 그녀는 하던 일을 멈추고 전화부터 받았다.

액정 위로 뜨는 발신번호를 보고 그녀는 잠시 찌푸린 얼굴로 망설이다가 곧 귓가에 휴대폰을 가져갔다.

- 노친네가 진짜 의리가 없구만.

서운하다는 목소리에 은희는 콧잔등을 찌푸리며 내가 뭐? 하고 퉁명스럽게 되물었다.

– 결혼했다고 들었어. 말해 봐. 신혼집이 어디야?

수화기 너머에서 불쑥 그렇게 묻자 은희는 아직 마음의 준비가 되지 않아 대답을 망설였다.

전화를 걸어온 사람은 그녀의 이종사촌 동생인 김영재였다. 어머니가 죽고 나자 오갈 데 없는 그녀를 거둬 주었다는 이유 하나만으로 지금껏 자신에게 심적, 경제적 부담만 가져다준 이모네 식구들을 은희는 가급적 피하고 싶었다.

"안 그래도 한 번 초대하려고 했어. 근데 갑자기 무슨 일이야?"

말꼬리를 흐리며 묻자 수화기 너머 상대는 놀란 목소리로 말했다.

– 무슨 일이라니? 노친네, 벌써 건망증 왔어? 생일이잖아.

"뭐, 뭐라고…… 새, 생일? 내가 오늘 생일이었나?"

정말 당연한 걸 물어본다는 듯 수화기 너머에서 한심해서 혀를 끌끌 차는 소리가 들려왔다.

– 노친네, 아무리 돈이 중요한 세상이라 하지만, 이렇게는 살지 말자! 응? 얼른 말해. 내가 노친네가 세상에서 제일 좋아하는 삼겹살을 되게 많이 샀거든. 집이 어디야? 툭 까놓고 말해서 미우나 고우나 이 사랑스러운 동생들이 옆에서 노친네를 챙겨 주지 않으면 누가 챙겨 주겠어? 안 그래?

은희의 입에서 허탈한 한숨이 쏟아져 나왔다. 아무런 반응 없는 은희에게 조급증이 난 상대가 성질 급한 말투로 재촉하자 그녀는 하는 수 없이 주소를 불러 주었다. 그리고 전화를 끊었지만 가슴속에서 알 수 없는 서러움이 밀려왔다.

올해도 자신의 생일을 기억해 준 사람은 이종사촌 동생인 영재와 영아 두 사람뿐이었다. 엄마가 죽고 나서부터 지금껏 두 사람은 매년 잊지 않고 그녀의 생일을 꼬박꼬박 챙겨 주었다.

"올해는 뭔가 좀 다를 줄 알았는데."

하지만 오빠는 전화 한 통, 문자 한 통 없었고, 아버지는 아예 그녀의 생일을 기억하리라는 기대도 하지 않았다. 생일인지도 모른 채 자신도 하마터면 그냥 지나칠 뻔했다는 생각에 그녀의 눈에 눈물이 그득하니 차올랐다.

"에이 씨! 좋은 날, 눈물은 왜 처 나오고 지랄이야. 청승맞게!"

성난 멧돼지처럼 씩씩거리며 은희는 손등으로 눈물을 쓱쓱 닦고는 청소를 마저 하기 시작했다.

영재와 영아는 그녀가 청소를 다 끝내고 20분이 지나서야 그녀의 신혼집에 도착했다.

"얼른 들어와."

은희가 환한 미소로 오래간만에 얼굴 보는 동생들을 반겨 맞으며 그들이 바리바리 사 들고 온 봉지를 넘겨받았다.

현관에 들어서자마자 그녀의 얼굴을 요리조리 훑어보는 영재의 표정은 그다지 밝지 못했다.

"우리 노친네 괄시받고 사는 것 아냐? 결혼하면 더 예뻐져야 정상인데 얼굴이 어째 메주처럼 변했다."

"뭐야? 너 죽고 싶어 환장했니?"

은희가 당장 한 대 칠 기세로 주먹을 높이 쳐들었지만, 영재는 눈도 깜짝하지 않았다. 오히려 그렇지 않느냐는 표정을 드러내며 옆의 영아에게 물었다.

"내가 틀린 말 했어?"

"그러게."

은희의 얼굴 따위엔 전혀 관심이 없는 듯 영아는 건성으로 대답하곤 제집인 양 안으로 쏙 들어가더니 집 안을 휘휘 둘러보며 '우와!' 하고 감탄사를 연발했다.

"너희들, 천천히 구경하고 있어. 나 잠깐 마트 다녀올 테니까."

"그래, 알았어. 천천히 구경하고 있을 테니까 얼른 갔다 와!"

영아는 신혼집을 둘러보느라 정신이 없었고, 영재가 대신 은희와 눈을 맞추며 대답했다.

"누나, 어째 신혼 분위기치곤 영 거시기하다. 그렇지?"

은희가 문을 열고 나가자마자 영재의 입에서 흘러나온 한마디였다.

"왜? 너무 아기자기하고 보기 좋은데."

"어째 좀 이상한데. 정말 연애결혼한 거 맞아?"

"아니면 뭐 어때. 사랑이 밥 먹여 주니? 굶어 죽지 않고 살면 되지. 아, 근데 집이 참 좋다! 에효, 난 언제면 이런 곳에서 살려나?"

한탄처럼 내뱉는 영아를 흘깃 째려보며 영재가 퉁명스럽게 내쏘았다.

"누나는 집 구경하러 왔어? 노친네 생일 축하해 주러 온 거 아냐?"

"솔직하게 얘기해?"

영아는 거실 소파에 앉아 통통 튀던 것을 멈추고 영재를 돌아보았다.

"난 노친네랑 결혼했다는 남자가 너무도 궁금하거든."

"누나, 사람이 그러면 못쓴다. 응?"

영재가 한심하다는 듯 영아를 쳐다보며 혀를 끌끌 찼지만, 그녀는 오히려 내가 뭘, 하는 못마땅한 표정을 지어 보였다.

"근데 오늘 노친네 생일인데 왜 신랑이란 사람은 코빼기도 안 비치냐?"

"동생아, 너 그렇게 쓸데없는 생각만 하다간 빨리 늙는다, 응?"

영아가 영재를 흘겨보며 툴툴거렸다.

"누나, 제발 철 좀 들어라! 노친네가 불쌍하지 않아?"

"아니, 이게 어따 대고 훈계질이야? 뒤질래?"

두 사람이 옥신각신하며 한창 말싸움을 하고 있는데 문이 삐꺽 열리더니 한 남자가 들어왔다. 순간 세 사람의 시선이 마주쳤고, 영재와 영아는 마치 시간이 멈춘 듯 그대로 굳어 버렸다.

'크헉! 진짜 잘생겼다! 쩐다, 쩔어!'

남자의 얼굴을 처음 보는 순간 영아가 느꼈던 첫인상이 그랬다. 마치 화보 속에서 툭 튀어나온 것만 같은 남자의 조각 같은 외모에 그 느낌이 어찌나 강렬하던지, 영아는 좀처럼 눈을 뗄 수가 없었다.

"누구?"

영재와 윤석의 입에서 거의 동시에 같은 말이 흘러나왔다.

남자를 처음 보는 순간 영재는 그가 은희와 결혼한 남자라는 걸 직감적으로 깨달았지만, 일부러 그렇게 물었던 것이다. 남자의 정체를 알고 있는 영재와는 달리 윤석은 낯선 두 사람을 보고 일순 당혹스러움을 감추지 못했다.

머리끝부터 발끝까지 빠르게 훑어보는 남자의 시선을 담담하게 받아 내며 영재가 공손하게 허리를 굽혀 인사했다.

"처음 뵙겠습니다, 매형. 저는 우리 노친네 이종사촌 남동생이 되는 김영재라고 합니다."

뭐? 노친네? 매형? 남동생? 하나같이 매치가 안 되는 호칭에 윤석은 얼떨떨한 표정을 감추지 못했다. 어리둥절해하는 윤석에게 이번엔 영아가 소파에서 몸을 일으킨 뒤 허리를 숙여 상큼한 목소리로 깍듯하게 인사했다.

"처음 뵙겠습니다, 형부. 저는 우리 노친네 이종사촌 여동생이 되는 김영아라고 합니다."

아니, 차은희처럼 희한한 여자 하나만으로도 머리가 지끈거려 죽을 지경인데 저것들은 또 어디서 갑자기 튀어나온 화상들인지 윤석은 벌써부터 골치가 아파 왔다.

"그런데 무슨 일로?"

윤석은 아무런 인사도 없이 무뚝뚝하게 물었다. 그는 두 사람이 이곳을 찾아온 이유가 무엇이든 간에 당장 그들을 내쫓거나 자신이 집을 나가는 중 하나로 결정하기로 했다. 그런데…….

"오늘 우리 노친네 생일이거든요. 그래서 축하해 주러 왔어요."

영재가 던진 한마디가 쇠사슬이 옭아매 듯 그의 온몸을 휘어잡고 놓아주지 않았다.

'꿈이 있었어요. 첫 번째는 좋은 사람 만나 시집가기. 두 번째는 나만의 공간에서 자기가 하는 일을 좋아하며 열심히 하는 멋진 여자가 되기. 세 번째는 명절이나 생일, 기념일에 가족끼리 모이는 것. 그런데 그것 알아요? 아무리 소박한 꿈을 갖고 있어도 결국 아무것도 이루지 못하고 허망하게 죽는 사람도 많대요. 그렇게 살기엔 너무 억울하잖아요.'

언젠가 그녀가 말했던 쓸쓸한 목소리가 그의 귓가를 아프게 자극했다.

어째서? 일부러 기억하려고 한 것도 아닌데 그녀가 했던 말이 토씨 하나 틀리지 않고 아주 또렷하게 뇌리에 박혀 있었던 것이다. 아니, 그녀의 생일이라는 말을 듣는 순간 윤석은 머리가 온통 하얗게 비어 버리면서 모든 사고 회로가 정지됨을 느꼈다.

"어?"

세 사람 모두 어색해하며 서로 얼굴만 쳐다보는데 마침 은희가 들어왔다. 그녀는 몹시 놀란 표정으로 윤석을 빤히 쳐다보다가 이내 영아와 영재에게로 시선을 옮기더니 헤헤거리며 정신없이 떠들어 대기 시작했다.

"자기, 오늘은 일찍 들어왔네. 그동안 많이 힘들었지? 어머, 이를 어째? 정말 그동안 일이 많이 바빴나 봐. 얼굴 헬쑥해진 것 좀 봐!"

윤석의 얼굴을 요리조리 손으로 매만지며 과장스럽게 너스레를 떠는 은희를 보고 영재와 영아는 경악을 금치 못했다. 윤석은 더 말할 것도 없었다.

이 여자가, 정말? 곤혹스러운 듯 인상을 찌푸리면서도 그는 은희의 손을 뿌리치지 못했다.

"역시나 날 생각해 주는 사람은 우리 자기밖에 없다니까. 오늘 내 생일이라는 것 어떻게 알았어?"

윤석은 선뜻 답을 하지 못했다. 그저 당황함을 금치 못하고 있을 뿐이었다. 그 모습을 가만히 지켜보던 영재가 시큰둥한 어조로 톡 내쏘았다.

"별로 알고 온 것 같진 않은데. 선물은 준비했어요?"

그렇게 말하는 영재를 아니꼽다는 듯 흘겨본 은희가 재빨리 윤석을 온화하게 감싸 주었다.

"아니 얘 말하는 것 좀 봐. 우리 자기가 어디 너희들처럼 놀고먹는 사람인 줄 아니? 얼마나 바쁘게 지내는 사람인 줄 알아? 선물은 늦더라도 해 주는 사람이니까 신경 꺼."

그녀가 약간 불쾌해하고 있다는 걸 느꼈는지 영재는 입을 꾹 다물어 버렸다. 조금 분위기가 어색해지자 그때껏 가만히 서 있던 영아가 얼굴에 웃음을 가득 띠며 능청을 떨었다.

"자, 얼른 생일 축하 파티 하자!"

"고맙다! 우리 강아지들."

분위기 때문에 윤석은 어쩔 수 없이 그들과 함께 자리에 앉았다. 하지만 얼마 지나지 않아 윤석은 가슴을 치고 땅을 치며 한바탕 통곡이라도 하고 싶을 정도로 후회가 막심했다.

두 사람을 보는 순간 왠지 처음부터 감이 안 좋게 돌아가는 것만 같아 슬슬 불안이 밀려왔는데 아니나 다를까 두 사람이 행동하는 꼬락서니는 참으로 가관이 아닐 수가 없었다. 차은희보다 더하면 더했지 절대 덜하지 않았다.

케이크에 초를 꽂고 박수를 치며 생일 축하 노래를 불러 줄 때였다. 그들의 입에서 흘러나온 건 본래의 예의 바르고 사랑스러운 가사를 완전히 무시한 어처구니없는 것이었다.

"잘 태어났다! 잘 태어났다! 거지같고 지랄맞은 세상에 너무 잘 태어났다!"

그냥 노래만 부르면 말도 안 하겠다. 그들은 박수를 치며 고함을 지르는 것도 모자라서 젓가락으로 밥상이며 사발을 정신없이 두드리고 있었다.

황당하기 짝이 없는 그 모습을 보노라니 윤석은 벌써 기가 막혀 입이 절로 벌어지는데 그들의 지랄 같은 '쇼'는 거기서 끝나지 않았다. 게다가 세 사람 모두 술 못 마셔서 죽은 귀신이 붙은 것처럼 술은 얼마나 마셔 대는지 어느 틈에 소주 서너 병이 다 비워졌다.

"자! 매형 한잔합시다!"

영재가 따라 주는 술을 마시는 둥 마는 둥 하며 윤석은 한숨만 폭폭 내쉬었다. 다행히 아무도 그런 그에게 관심이 없는 듯했다. 하긴 다른 사람을 챙기기엔 그들이 너무 술에 취해 있었다.

"아, 다앙신은 못 믿을 사람~ 아, 당시인은 철없는 사라암~"

음정도 박자도 가사도 맞지 않고 엉터리로 부르는 그들의 노래 소리에 윤석은 금방이라도 자리를 박차고 나가고 싶은 생각이 간절했지만, 그러지 못했다.

술에 취해 완전히 맛이 가 버린 사람들을 두고 어딜 간단 말인가? 세 사람 중 어느 하나 말짱한 정신을 가진 사람이 없었다.

듣다못해, 보다 못해, 참다못해 윤석은 가까스로 화를 억누르는 듯한 음성으로 말했다.

"자, 다들 취한 것 같으니까 그만하고 들어가서 자."

그러나 누구 하나 그의 말을 듣는 사람이 없었다. 세 사람은 나란히 서서 어깨동무를 하고 약속이나 한 듯 합창을 하기 시작했다.

"같이 해! 같이 해! GO! GO! GO!"

그런데 그것이 끝이 아니었다. 마치 화가 잔뜩 난 그를 약 올리려고 작정이라도 한 듯 세 사람은 휘파람을 불고 박수를 치며 자신의 노래를 경쟁하듯 합창을 하기 시작했다.

"쿵짝쿵짝 쿵짝쿵짝 쿵짜라라짜 쿵짝짝 쿵짝쿵짝 쿵짝쿵짝 쿵짜라라짜 쿵짝짝 품바가 품바가 돌아간다……."

노래가 거의 끝나 가나 싶더니 이번엔 세 사람 모두 주먹을 높게 들고 파이팅을 외치는 것이었다.

"차은희 파이팅! 차은희 파이팅! 우리는 챔피언!"

신경질이 라면 끓듯 머리 꼭대기까지 부글부글 끓어올랐지만, 윤석은 어금니를 앙다물고 강제로 은희의 손목을 잡아 끌어당겼다.

"당신 취했어. 들어가서 자."

"아이고…… 이게 뉘시여? 우리 자기이 맞졍? 우리 자아기, 내 걱정했져용? 호호…… 역시나 날 생각해 주는 건 우리 자아기밖에 없더라잉? 잉?"

은희가 웅얼웅얼 뭐라고 하는지 하나도 알아들을 수 없었던 윤석은 짜증이 나고 화가 나서 속에서 불이 나는데 그녀는 더더욱 황당하게 굴면서 그를 미치게 만들었다. 윤석의 얼굴을 두어 번 쓰다듬더니 그의 볼을 찹쌀떡처럼 죽죽 잡아당기며 낄낄거리는 것이다.

"우리 자아기, 정말 귀엽다잉. 잉?"

이제는 화가 나다 못해 기운이 쭉쭉 빠지며 지쳐 가고 있는데 곧바로 이어지는 그녀의 한마디에 윤석은 그만 체념하고 말았다.

"그것 알아? 나, 오늘 기분 너무 좋아서 당장 죽을 것 같다. 결혼하고 나서 이렇게 실컷, 또 마음껏 웃어 본 날은 오늘이 처음이거든……."

그 말을 끝으로 은희는 앞으로 푹 고꾸라지고 말았다. 그리고 얼마 가지 않아 영아도 밥상에 고개를 처박고 말았다.

"매형, 한잔하지 않겠습니까?"

술에 잔뜩 취해 제대로 눈도 뜨지 못한 와중에도 영재가 묻자 윤석은 금방이라도 화산처럼 폭발할 것 같은 분노를 느꼈다. 하지만 영재의 다음 말에 윤석은 가까스로 감정을 누그러뜨려야 했다.

"우리 누나가 세상에서 무엇을 가장 좋아하는지, 또 무엇을 가장 싫어하는지 아십니까?"

영재의 목소리에서 진한 슬픔이 느껴졌다.

"우리 노친네 말입니다. 삼겹살 먹자 하면 자다가도 벌떡 일어나는 사람입니다. 그에 반해 세상에서 생선을 가장 싫어하죠. 그 이유는……."

그 말을 듣는 순간 윤석의 눈동자에 거센 파문이 일었다.

"생선만 보면 이제는 아주 치를 떨어요. 그건 생선을 팔면서 그만

139

큼 조롱과 모욕을 너무 많이 받았기 때문이랍니다. 손님한테 따귀를 얻어맞지 않나, 미친년이라는 소릴 듣지 않나, 사기꾼이란 누명을 쓰지 않나. 생선 장사를 할 때 유독 그런 험한 꼴을 많이 당했어요. 그래서 지금도 누나는 생선만 보면 이를 바드득 갑니다. 차암, 불쌍하게 커 온 누나예요. 누나가 15살부터 우리랑 같이 자라서 제가 잘 압니다. 정말 누나를 사, 사랑……?"

하지만, 말이 채 끝나기 도전에 영재는 밥상에 고개를 처박고 말았다. 그 말 한마디가 얼마나 윤석의 마음과 머릿속을 세차게 휘저어 놓았는지도 모르고서.

"내가 보다 보다 당신처럼 희한한 여자는 처음이야."

술에 취해 자빠진 은희를 조심스럽게 안아다 침대 위에 눕히며 윤석은 한숨처럼 말을 내뱉었다.

그런데 이 여자, 편안히 잠든 줄 알았는데 자면서 눈물을 흘리는 게 아닌가? 그것도 어미를 잃은 새끼 새처럼, 엄마를 잃은 아이처럼 그 모습이 너무도 애처롭게 보일 정도로.

"엄마, 엄마……."

"아, 정말 돌아 버리겠네! 이 여자 대체 왜 이래?"

하지만 돌아오는 대답은 없었다. 여기에 조금만 더 있다간 완전히 미치고 돌아 버려서 팔짝 뛸 것만 같았기에 윤석은 머리카락을 거칠게 쓸어 넘기며 주방으로 걸어갔다.

그는 냉장고에서 얼음을 꺼내 입에 가득 넣고 으드득으드득 깨물었다. 그런데도 뜨거운 열기가 쉽게 사그라지지 않자 그는 욕실로 뛰어 들어가 눈을 질끈 감고 온몸에 찬물을 끼얹었다.

"아이고, 나 죽네, 나 죽어!"

얼마나 잤는지, 정확히 몇 시인지도 모르는 시간에 잠에서 깬 은희는 눈을 뜨자마자 어디 할머니들이 낼 법한 온갖 신음 소리를 연발했다.

아닌 게 아니라 그녀는 정말 딱 죽을 것 같은 기분이었다. 배 속에 들어 있는 것이 금방이라도 입 밖으로 쏟아져 나올 듯 속이 울렁거리는 데다 몸도 무겁게 느껴지고 머리는 어질어질, 눈앞이 깜깜해지면서 정신이 허공에 해롱해롱거리며 맴을 돌았다. 당장이라도 쓰러질 것처럼 위태로운 제 몸을 간신히 이끌고 그녀는 어기적어기적 욕실로 들어가 찬물에 세수부터 했다.

"아이고, 나 죽네, 나 죽어. 다시는 술을 처마시지 말아야지."

은희는 또다시 혼잣말처럼 중얼거리며 금방이라도 무너질 듯 비틀거리는 몸을 이끌고 주방으로 걸어갔다. 몇 시인지는 모르지만 방 안이 밝은 걸 보니 분명 아침이었으므로 몸이 아무리 피곤해도 얼른 아침 식사를 준비해야겠다 싶어서 식탁 앞까지 걸어갔다.

식탁 앞에 당도한 순간 그녀는 흡사 못 볼 것을 본 것처럼 눈을 땡그랗게 뜨고 놀란 표정을 짓고 말았다. 누군가 이미 아침을 차려 놓았기 때문이다. 그뿐만이 아니었다. 어제 엉망으로 어질러져 있던 집 안도 어느새 깨끗이 치워진 상태였다.

"야, 김영재, 김영아……."

몇 번을 불러도 돌아오는 건 고요와 적막뿐이었다.

"윤석 씨……."

역시나 조용하다. 뒤늦게야 그녀는 집에 아무도 없이 혼자라는 걸 깨닫고 헐레벌떡 침실로 들어가 휴대폰 시계를 확인해 보았다.

하지만 이제 겨우 7시밖에 되지 않은 늦은 시간이 아니었기에 은희는 고개를 갸웃거릴 수밖에 없었다. 휴대폰을 빤히 들여다보며 전화를 할까 말까, 잠시 주춤거리던 그녀는 이내 빠르게 번호를 입력하기 시작했다.

– 엥? 노친네, 이른 아침부터 무슨 일이야?

"기특한 것들! 너희들, 못 보던 새 철들었구나!"

은희는 얼굴에 흐뭇한 미소를 짓고 있는데 수화기 너머 상대는 의문스럽다는 듯 되물어 왔다.

– 노친네, 무슨 말이야?

"너희들, 아침밥에 해장국까지 해 놓고 갔더라. 먹고 가지, 왜 그냥 갔어?"

말하고 나니 그녀는 감정이 물밀 듯이 밀려와 울컥거렸다. 그러나 그것도 잠시, 곧바로 물어오는 영재의 의아한 한마디에 은희는 재차 당황함을 금치 못했다.

– 노친네, 아직 술이 덜 깼나? 이 무슨 개구리가 폴짝 튀어나오는 소리야? 밥이라니? 해장국이라니? 우린 새벽 5시에 나왔거든?

"뭐어……?"

– 아직 정신이 해롱해롱한 것 같으니까 아무래도 발 닦고 잠이나 더 자 두는 게 좋겠다.

"정말, 너희들이 아침 차린 거 아니었어?"

– 어이, 노친네! 한 번만 술을 더 드셨음 나중에 내 이름까지 까먹겠다. 술 좀 작작 처마셔!

"아니, 이것들이! 말하는 꼬라지하곤!"

– 귀신이 아니면 매형이 했겠지, 뭐!

매형? 윤석 씨가? 설마 그럴 리가. 그건 너무 웃기잖아? 말도 안 된다는 표정으로 그녀는 피식피식 웃었다.

– 은희 누나!

갑자기 몹시도 진지하게 나오는 영재의 태도에 은희의 표정이 일순 떨떠름하게 변했다.

– 나, 이제부터 열심히 살려고. 죽을 둥 살 둥 돈 벌어서 누나가 삼겹살이 먹고 싶다면 언제든지 사 줄 수 있는 그런 착한 동생이 되어 줄 거야.

아니, 이 자식이 갑자기 왜 이래? 순간 속에서 뜨거운 것이 울컥하고 올라오면서 그녀는 목이 꽉 메어 왔다.

– 누나, 꼭 잘 살아야 돼! 알았지?

녀석의 따뜻한 음성에 은희는 결국 터져 나오는 울음을 참지 못하고 눈물을 왈칵 쏟아 냈다.

'이씨, 눈치 없는 눈물 같으니!'

속으로 투덜거리며 은희는 일부러 씩씩한 목소리로 크게 말하고 얼른 전화를 끊어 버렸다.

"영재야, 그냥 평소 하던 대로 해라! 응? 안 하던 짓 하면 빨리 뒈진다 하더라!"

전화를 끊고 나서 은희는 눈알을 좌우로 열심히 굴리며 고민하기 시작했다. 한편으론 쓸데없는 고민이나 하는 자신이 영 마뜩잖아 얼굴을 사정없이 일그러뜨렸다.

간밤의 숙취로부터 채 헤어 나오지 못해 머리가 지끈거리고, 속이 부글부글 끓고 있는데도 그녀는 선뜻 식탁에 앉아 해장국을 먹을 수가 없었다. 윤석에게 전화를 해서 고맙다는 말이라도 해야 하나 갈등하고 있는데 때마침 그녀의 휴대폰이 울렸다.

그러나 그에게서 걸려온 전화는 아니었다. 전화를 받는 그녀의 표정은 얼음장을 한 겹 씌워 놓은 듯 싸늘하게 변해 있었다.

– 은희야, 미안하다!

그 한마디에 그녀는 입가에 쓴웃음을 지었다.

– 며칠 전까지 네 생일이라는 걸 기억하고 있었는데 어제 또 깜박했어. 오빠가 미안하다, 은희야.

안타까움과 스스로에 대한 자책이 잔뜩 묻어나는 목소리였다. 몹시 괴로워하는 은성에게 은희는 조금은 무뚝뚝한 어조로 말했다.

"오빠가 뭐가 미안해? 내 생일을 친절히 기억해 준 데 대해 오히려 내가 고마워해야지. 나 어제 생일 잘 보냈거든. 영재와 영아도 왔고, 또 올해는 남편까지 내 옆에 있어 줘서 내 생에 잊지 못할 행복한 생일을 보냈어."

– 은희야…… 미안하다. 뭐 필요한 것 없어? 필요한 것 있으면 말해봐. 우리 은희가 원하는 건 이 오빠가 뭐든지 다 해줄 테니까.

말끝에 또 미안하다고 덧붙이는 은성에게 은희는 농담처럼 말하고서 통화를 끝냈다.

"아니야. 그럴 필요 없어. 안 하던 짓 하면 일찍 죽는다고, 나보다 일찍 죽으면 억울하잖아? 그러니까 오빠도 그냥 평소 하던 대로 해! 뭐, 어쨌든 늦게라도 생일 축하해 줘서 고맙네. 나 바빠서 이만 끊는다."

은성은 끊어진 전화를 내려다보며 낮게 한숨을 쉬었다. 매년 자신은 같은 패턴의 실수를 반복하고 있었다.

올해는 그녀의 생일을 꼭 잊지 말아야지 하면서도 정신없이 업무에 파묻히다 보면 또다시 그녀의 생일을 깜빡하고 지금처럼 끊임없이 자책하고 있었다.

서운함이 깔려 있던 그녀의 목소리가 귓전에서 끊임없이 맴돌아 은성은 괴로운 마음으로 방을 나섰다.

입맛이 씁쓸해 아침을 먹고 싶은 생각 따위는 없었지만 식탁 앞에 태연하게 앉아 있는 아버지를 보노라니 은성은 가슴 깊은 곳에서부터 분노가 펄펄 끓어서 올라왔다.

"어제 무슨 날인지 아버지는 알고 계셨습니까?"

뜬금없는 질문에 차 회장은 의아한 표정으로 그를 바라봤다. 역시 아버지는 아무것도 모르고 있음이 틀림없었다. 은성의 얼굴에 씁쓸한 듯 허탈한 미소가 드리워졌다.

"어제 은희 생일이었습니다."

은성이 원망하듯, 아니 어쩌면 조금은 체념한 듯 떨리는 목소리로 말했지만 차 회장의 얼굴에는 아무런 감정의 동요도 드러나지 않았다.

"저는 기억하지 못했습니다. 이번엔 꼭 챙겨 주어야지 하면서도 또 깜빡했더군요. 역시나 피는 못 속이는군요. 하나밖에 없는 여동생보다 제게도 돈과 명예와 일이 더 중요했나 봅니다. 전화를 했더니 은희가 그러더군요. 그냥 평소 하던 대로 살라고. 안 하던 짓 하면 일찍 뒈진다고 말입니다."

뒈진다는 격이 낮고 속된 말로 그는 아버지를 향해 노골적으로 분노를 터뜨렸다. 그런데도 차 회장에게는 그 어떤 감정적인 동요도 보이지 않았다. 그 모습이 오히려 은성으로 하여금 이루 말할 수 없는 혐오와 분노를 일으키게 했다.

"하지만 아버지, 이제 은희는 차 회장님의 하나밖에 없는 딸이자, 또 세상 사람들이 주목하고 있는 광명그룹 며느리입니다. 천천히 드십시오. 먼저 일어나겠습니다."

그 말을 끝으로 은성은 자리에서 일어섰다. 그는 그대로 등을 돌려 휑하니 집을 나가 버렸다.

"저 녀석이……."

이번 결혼을 계기로 은희가 대외적으로 갖게 된 위치를 걸고넘어지는 은성의 말에 차 회장은 불편한 심기를 드러냈다.

"아이참."

그때껏 살벌한 분위기 때문에 아무 말도 하지 못하고 가시에 찔린 듯한 가슴을 움켜쥐고 서 있던 이 여사가 안타까운 탄식을 토해 내더니 곧 은성의 뒤를 쫓아 나갔다.

"은성아."

미세하게 떨리는 이 여사의 목소리에 은성이 걸음을 멈추고 의아한 표정을 지으며 뒤돌아섰다.

"내가 그 아이를 챙겨 주고 보듬어 주고 싶구나. 내가 그래도 되겠니?"

은성의 얼굴에 웃음인지 비웃음인지 애매한 표정이 번졌다.

"너는 내 아들이나 마찬가지였다. 그러니 은희도 내게는 친딸이나 마찬가지라고 생각한다. 많이 늦었는지는 모르겠지만 지금부터라도 내가 그 아이를 보듬어 주고 싶구나."

얼굴 표정이나 말투에서도 진심이 느껴졌지만, 은성은 대뜸 고개를 끄덕일 수도, 환한 미소를 지어 줄 수도 없었다. 그저 씁쓸하다는 듯 공허한 눈빛으로 허공을 바라보다가 입을 열었다.

"안 하던 짓 하면 일찍 죽는다는 말을 들었을 때 뭐라 대꾸할 말이 없었습니다. 생각해 보니 저는 어디까지나 차 회장의 아들이었을 뿐, 차은희의 오빠는 아니었더라고요."

"은성아……."

그렇게 말하는 은성이 너무도 안타깝고 가슴이 아파서 이 여사는 목이 꽉 잠긴 목소리로 그를 불렀다.

물론 그녀의 마음을 너무 잘 안다. 비록 저를 낳아 주신 친어머니는 아니지만 그 이상으로 자신에게 많은 걸 가르쳐 주시고 너무나 세심한 부분에 많은 관심과 사랑을 베풀어 주신 고마운 분이라는 걸. 그러나…….

"그것도 그 아이가 원하면, 그때 해 주세요."

싸늘하고 냉정하기 그지없는 목소리로 그 말을 내뱉은 은성은 곧바로 몸을 돌려 차가 주차된 곳으로 걸어갔다.

그리고 차에 올라탄 은성은 차의 시동을 걸지 않은 채 휴대폰을 꺼내 누군가에게 전화를 걸었다.

– 여보세요.

특유의 차분한 음성이 건너오자 은성은 호흡을 고르며 천천히 말을 내뱉었다.

"백 서방한테 한 가지 부탁이 있어서 전화했어. 오늘 말이야…….”

"백윤석 씨, 오늘 일찍 오시나요? 뭐 특별하게 먹고 싶은 것 있어요?"

– 내가 신이야? 그걸 어떻게 알아? 잘 모르겠으니까, 나 신경 쓰지 말고 당신이 알아서 먹어!

"뭐, 뭐라구요?"

– 또 할 말 남았나? 없으면 끊어! 바쁘니까.

"아, 아니. 이봐요……. 아니? 이 남자가 뭘 잘못 처드셨나?"

뚜뚜, 이미 전화가 끊긴 신호음만 들려오는 휴대폰을 죽일 듯이 매섭게 노려보며 은희는 화가 나서 씩씩거렸다.

원래는 기분 좋게 미소 지으며 통화하려고 했다. 어제 아무런 연락도 없이 뜻밖에 나타난 그녀의 동생들을 보고 제법 황당할 만도 했을 텐데 그는 전혀 그런 티를 내지 않았고 정말 다정한 남편의 모습을 보여 주었다. 그리고 아침에는 술에 취한 그녀를 위해 해장국까지 끓여 놓았다.

그래서 퇴근길에 마트에 들른 은희는 그에 대한 고마움으로 맛있는 거라도 해 주고 싶은 생각에 어렵사리 마음을 먹고 전화를 했던 참이었다. 그런데 가는 말이 고와야 오는 말이 곱다고 윤석의 싸가지 없는 한마디는 순식간에 그에 대한 고마움으로 가득했던 그녀의 마음을 바꿔 놓고야 말았다.

"에이 씨! 마트까지 어려운 발걸음을 하셨는데 이 사람이 진짜!"

분한 듯 입술을 짓이기며 그녀는 원래의 계획과는 달리 빵, 컵라면 등 인스턴트 식품만 카트에 담고서 계산대로 향했다.

"싸가지 없는 자식! 말하는 꼬라지하곤!"

집에 도착하고 나서도 생각하면 할수록 분통이 터진다는 듯 그녀는 거칠게 욕설을 날리며 비밀번호를 입력하고 문을 열었다.

그런데 그때였다. 어둑어둑한 방 안이 순식간에 환해지면서 불쑥 나타난 두 남자가 그녀의 코앞에 케이크를 내밀었다.

"생일 축하 합니다. 생일 축하 합니다. 사랑하는 우리 은희 씨 생일 축하합니다. Happy birthday to you. Happy birthday to you……."

"아!"

전혀 예기치 못한 상황에 마주친 그녀가 놀란 듯한 표정으로 쉴 새

없이 감탄사를 쏟아 냈다.

"늦었지만 생일 축하한다, 은희야. 자, 이건 선물!"

"오, 오빠……."

아침에 서운한 목소리로 통화하던 그녀가 맞나 싶을 정도로 은성을 바라보는 은희의 눈빛은 너무도 애틋하고 따뜻해 보였다.

"올해도 네 생일을 까먹어서 미안하다! 생일 축하한다."

"우리 자기, 생일 축하해. 자 선물!"

은성이 말을 끝내기 무섭게 윤석이 주머니에서 무언가를 꺼내 그녀의 목에 걸어 주었다. 꽃 모양 팬던트가 로맨틱해 보이고 조명을 받으면 더욱 화려하게 빛나는 굉장히 비싸 보이는 다이아몬드 목걸이였다.

집에 늦게 들어올 줄 알았는데 전혀 생각지 못한 생일 이벤트에 그리고 선물까지 준비한 그를 바라보는 은희의 얼굴에 도저히 믿을 수 없다는 빛이 떠올랐다.

하지만 멍청하고 몽롱한 정신을 미처 추스르기도 전에 윤석이 그녀의 이마와 뺨에 그리고 입술과 손등에 차례로 입맞춤을 해 오자 그녀의 머릿속은 아예 백지 상태가 되어 버렸다. 윤석의 그런 행동이 낯설어 당황하긴 했지만, 그리 싫은 기분은 아니었다.

윤석이 그녀에게서 잠시 떨어지자 기다렸다는 듯 은성이 그녀를 꽈악 안아 주었다.

"아, 너무너무 행복하고 좋아서 어떡해? 나 설마 너무 행복해서 내일 당장 죽어 자빠지는 것은 아니겠지?"

그렇게 말하며 살랑살랑 포즈를 취하는 그녀의 모습이 얼마나 귀엽게 보였던지 윤석과 은성은 마침내 참지 못하고 웃음을 쿡쿡 터뜨렸다.

"지금 이 순간이 내가 지금껏 살아오면서 가장 행복한 시간인 것 같아! 흐흐."

울지 않으려고 입술을 꾹 깨물며 은희는 단숨에 촛불을 훅 불었다. 박수 소리와 함께 생일축하 노래 소리가 집 안에 길게 울려 퍼졌다.

"흐, 고마워, 오빠! 고마워, 우리 자기!"

즐겁게 파티가 끝난 뒤 식탁에서 밥을 먹으며 은성이 미안한 마음으로 그녀에게 이것저것 음식을 권했다. 그런데 은희가 통통한 갈치구이와 멸치에는 아예 젓가락질하지 않자 은성은 조금은 의아하게 생각하며 일깨워주듯 말했다.

"이런 것 많이 먹어야 좋다던데. DHA가 많이 있어서 말이야."

순간 윤석의 얼굴이 어두워졌지만 두 사람은 아직 눈치채지 못했다. 은희는 생선을 전혀 꺼려하는 티를 내지 않고서 은성의 밥사발에 통통한 갈치구이 살을 발라 얹어주며 미소 지었다.

"오빠나 많이 먹어. 난 요새 너무 많이 먹어서 질렸거든."

그럴 수도 있겠다, 하고 은희의 말을 별로 개의치 않게 여기던 은성은 더 이상 생선을 권하지 않았다. 그리고 두 사람을 방해하고 싶지 않았기에 다른 약속이 있다는 핑계를 대고 몸을 일으켰다.

"형님, 긴히 드릴 말씀이 있습니다."

인사하고 나가는 은성의 뒤를 빠르게 따라잡은 윤석이 그를 다급히 불러 세웠다. 흠칫 놀란 은성이 다급히 몸을 돌려 그와 마주 섰다.

"은희는 생선을 좋아하지 않습니다."

아까 밥을 먹을 때 은희에게 갈치구이와 멸치를 권하던 것을 말하는 것이었다. 그녀가 꺼려하는 것이 보여 마음이 불편했던 윤석은 처음 듣는 소리라는 듯 의문스러운 표정을 짓는 은성에게 조용히 말을 이어 갔다.

"은희는 생선이라면 치를 떤답니다. 생선 장사를 하면서 모욕적인 상황도 많았고 상처받을 일도 많이 있었기 때문이라더군요. 그러니 앞으론 생선은 사 오지 마십시오."

처음 듣는 이야기였다. 은성은 순간 가슴에 회오리바람이 세차게 불어침을 느꼈다.

"그럼 살펴 가십시오."

충격을 받은 듯 혼란스러운 얼굴로 멍하니 서 있는 은성을 뒤로한 채 윤석은 제 말만 끝내곤 몸을 돌렸다. 엘리베이터를 향해 걸어가는 그의 얼굴에는 뜻 모를 미소가 슬쩍 떠올랐다. 아까부터 목구멍을 간질간질하게 만들었던 그 말을 내뱉고 나니 왠지 속이 시원한 느낌이 들었다. 왜 이렇게 시원한지 그 이유는 알 수도 없고 알고 싶지도 않았지만, 그는 작은 희열을 느꼈다.

'그깟 이유 따위 뭐가 중요해! 내 기분이 중요한 거지!'

그런 생각을 하며 그는 더없이 경쾌한 걸음으로 걸어갔다. 콧노래까지 흥얼거리며 가벼운 마음으로 집에 들어왔지만 눈앞의 상황에 그는 경악을 금치 못했다. 조금 전까지 좋아서 방방 뛰던 그녀가 글쎄 손으로 케이크를 정신없이 집어 먹으면서 펑펑 눈물을 쏟고 있는 것이다.

"흑……."

"차은희!"

'이씨, 눈치 없기로서니.'

울고 있던 은희는 윤석의 목소리에 당황하여 눈물을 훔치고 스스로에게 욕을 바가지로 퍼부으며 몸을 일으켰다. 그런덴 급히 일어나다 삐끗했는지 잠시 비틀거리나 싶더니 몸이 앞으로 푹 고꾸라지면서 그만 케이크에 얼굴을 처박고 말았다.

'아, 쪽팔려!'

다른 건 몰라도 눈물과 콧물과 케이크로 범벅이 될 모습은 자기가 생각해도 창피해서 은희는 케이크에 얼굴을 처박은 채 미동도 하지 않았다.

순간적으로 흐름이 멈춘 듯 몇 초 동안 무시무시한 정적이 흘렀다. 윤석은 정말 미치겠다는 듯 고개를 절레절레 흔들었다. 당장이라도 웃음이 터져 나올 것 같았지만 그녀가 몹시 민망해할 거라는 생각이 들자 윤석은 '진짜 미치겠군!' 하고 조그맣게 중얼거리며 현관문을 열고 나갔다.

탕, 문이 닫히는 소리가 신호라도 되는 듯 그때서야 은희는 천천히 고개를 들었다.

"아 나, 진짜 쪽팔리게시리!"

자기가 생각해도 쪽팔린다는 듯 그녀는 꽁지에 불붙은 강아지처럼 재빨리 욕실로 뛰어갔다.

"내가 진짜 차은희 당신처럼 황당하고 가지가지 하는 여자는 처음이야."

현관문에 등을 기대고 서서 윤석은 혼잣말처럼 중얼거렸다. 어제는 황당하면서도 가슴 한구석이 쓰리게 아파 왔다면, 오늘은 마음이 훈훈하면서도 뜻 모를 웃음이 피어날 정도로 기분이 좋았다.

왜 좋은지 그 이유는 모르겠다. 이유 같은 건 딱히 알고 싶지 않았지만, 적어도 그 순간까지 그는 정말 기분이 좋았다.

잠시 뒤 윤석이 다시 집에 들어갔을 때 은희는 조금 전 창피한 일을 겪었던 그녀답지 않게 너무도 태연한 모습을 하고 있었다.

"백윤석 씨."

그녀를 흘끗 쳐다본 뒤 곧바로 자신의 방으로 걸어가는 윤석을 은희가 다급히 불러 세웠다. 걸음을 멈춘 윤석에게 빠르게 다가간 은희가 그의 손에 무언가를 건네주었다. 그것은 오늘 자신이 생일선물이라고 말하며 그녀에게 건네주었던 다이아몬드 목걸이였다.

"어제하고 오늘 참 고마웠어요. 백윤석 씨 성의만 받을게요. 그러니까 이건 받을 수 없어요. 내 것이 아니잖아요. 이렇게 소중한 건 아무에게나 함부로 주는 게 아니래요."

전혀 예기치 않은 상황에 처한 윤석의 눈빛이 세차게 흔들렸다. 무척이나 화가 난 듯한 서늘한 눈으로 자신을 쳐다보는 그를 향해 은희는 말을 이어 갔다.

"이렇게 소중한 건 자신이 정말 좋아하고 사랑하는 사람에게 주는 거래요. 언젠가 백윤석 씨가 진심으로 사랑하고 절대로 놓치고 싶지 않은 여자를 만난다면 그 사람에게 주세요. 정말 그때가 온다면 내가 어떻게든 해서 당신을 자유롭게 해 줄게요."

그 말을 끝낸 뒤 은희는 그에게 등을 보이며 뒤돌아섰다. 그리고 방으로 들어가 버리나 했더니 등을 보인 채로 다시 입을 열었다.

"백윤석 씨, 나 너무나도 잘 알아요. 마음에도 내키지 않는 일을 해야 한다는 게 얼마나 힘들고 고통스러운지. 그런데 어제도 오늘도 당신은 싫은 내색 한 번 내지 않았어요. 진심으로 고마워요. 덕분에 난 어제와 오늘 내 생애 가장 행복한 날을 보냈어요. 이번 생일을 영원히 잊지 못할 것 같아요."

말을 하고 나니 갑자기 눈물이 나왔다. 참으려고 해 봤지만 멈추지 않았다. 정말 왜 이렇게 눈물이 쉴 새 없이 나오는지 스스로도 정확히 알 수 없었다.

"차은희!"

막 걸음을 떼려는 그녀를 불러 놓고도 윤석은 정말이지 너무도 어처구니가 없어서 그다음 말을 잇지 못했다. 그녀의 생일이라고 해서 비싼 선물을 준비하고 게다가 금쪽같이 아까운 시간까지 낭비해 가며 그것도 난생처음 이벤트라는 걸 다 준비했건만 저 희한한 여자는 저런 소리나 하고 있으니 윤석은 그저 기가 막힐 따름이었다.

마치 샘물을 손으로 막는 것처럼 막을수록 북받쳐 올라오는 감정을 가까스로 억제하려는 듯 윤석은 크게 숨을 들이쉬었다 내쉬기를 반복하다가 천천히 입을 열었다.

"난 당신의 머릿속에 뭐가 들어 있는지 정말 궁금해. 항상 제멋대로 상상하고 착각하고 생각하고 결론 내는 것, 그게 병인가? 당신이 뭔가를 아주 심하게 착각하고 있는 것 같은데 연기하려면 좀 제대로 더 그럴듯하게 해야 하지 않겠어?"

이런 말을 하려고 했던 게 아니었다. 하지만 근원을 알 수 없는 불쾌한 기운이 스멀스멀 피어올라 그를 화나게 만들었다.

"내게 다이아몬드 목걸이는 한낱 껍딱지 정도에 불과할 뿐이야. 아무것도 아냐. 그러니 내게 고마워할 필요 없어. 우린 서로 win-win 해야 하는 관계이니까. 그리고 혹시나 해서 이것까지 미리 말해 두는데, 내가 죽었다 깨어나도, 세상에 천지개벽이 일어나도 내가 당신처럼 희한한 여자를 사랑하는 일은 절대 없을 거라고 장담하지! 그러니 미리 김칫국부터 마시지 마. 아, 하마터면 잊을 뻔했는데 아침에 밥과 해장국을 해 놓고 갔던 이유는 당신을 배려해서가 아니야. 내가 먹으려고 끓였을 뿐이니까 고마워할 필요 없어."

그의 말이 기어코 그녀의 속을 뒤집어 놓고 말았다. 그때껏 가만히 서 있기만 하던 은희가 손등으로 눈물을 쓱쓱 닦으며 몸을 돌려 그를 향해 마주 서서 애써 웃는 얼굴로 입을 열었다.

"백윤석 씨, 나도 뭔가 오해가 있는 것 같아서 미리 말해 두는데요. 내가 죽었다 깨어나도, 세상에 천지개벽이 일어나도 내가 당신을 사랑하는 일은 절대 없을 거예요. 아니 난, 절대로 사랑 따위는 하지 않을 거야. 남자를 사랑하는 일 당신 만나고 보니까 굉장히 어리석은 일인 것 같아. 그러니까 내가 누군가를 사랑하거나 좋아하는 일은 결코 일어나지 않을 거예요. 아, 그리고 백윤석 씨가 뭔가 착각하는 것 같은데 고맙다는 말을 하지 않으면 내가 너무 많은 걸 한꺼번에 받아서 내일이라도 당장 뒈질까 봐 걱정되어서예요. 그러니 너무 심각하게 생각하지 마세요."

이렇게 매몰차고 냉랭한 말을 하려고 했던 게 아니었다. 그에게 진심으로 고마웠다. 하지만 은희는 미처 자각할 새도 없이 어느 순간 확 치솟은 충동적인 감정을 좀처럼 주체할 수가 없었다. 조금만 그 자리에 더 서 있다간 울컥 치솟는 울분을 참지 못하고 통곡이라도 할 것 같았기에 그녀는 '잘 자요.' 라는 말을 남겨 둔 채 황급히 뒤돌아서 자기 방에 쏙 들어가 버렸다.

윤석은 충격을 받아 넋이 나간 듯 자리에 멍하니 서 있었다. 기분이 이루 말할 수 없을 정도로 불쾌했다. 왜 이리도 불쾌한지, 왜 이리도 가슴이 아려 오는지 그는 도저히 그 이유를 알 수가 없었다. 그녀가 했던 한 마디 한 마디가 그의 가슴을 세차게 후려치고 지나가면서 그를 지옥 같은 혼란스러움에 빠트렸다.

"빌어먹을!"

입술을 찌그러뜨리며 툭하고 욕을 내뱉은 윤석은 그녀가 자신의 손에 떠넘기듯 쥐여 준 목걸이를 바닥에 집어 던지곤 휭하니 바깥에 나가 버렸다.

금방이라도 미칠 것 같은 참혹한 심정으로 차에 올라탔지만 그는 즉각 시동을 걸지 못했다. 스스로도 왜 이렇게 화가 나는지 알 수 없어서 그는 얼굴을 팍 일그러뜨리며 주먹으로 핸들을 사정없이 내리쳤다.

"이런 제기랄!"

또 한 번 욕설을 내뱉은 윤석은 힘껏 액셀을 밟으며 거칠게 핸들을 꺾었다. 그와 동시에 차는 정신없는 속도로 미친 듯이 앞을 향해 달리기 시작했다.

'첫 번째는 좋은 사람 만나 시집가기. 두 번째는 나만의 공간에서 자기가 하는 일을 좋아하며 열심히 하는 멋진 여자가 되기. 세 번째는 명절이나 생일, 기념일에 가족끼리 모이는 것. 그런데 그것 알아요? 아무리 소박한 꿈을 갖고 있어도 결국 아무것도 이루지 못하고 허망하게 죽는 사람도 많대요. 그렇게 살기엔 너무 억울하잖아요. 뭐 우리가 비록 결혼은 했지만 진심으로 사랑하는 부부는 아니잖아요.'

'이렇게 소중한 건 자신이 정말 좋아하고 사랑하는 사람에게 주는 거래요. 언젠가 백윤석 씨가 진심으로 사랑하고 절대로 놓치고 싶지 않은 여자를 만난다면 그 사람에게 주세요.'

자꾸만 끼어드는 목소리 때문에 그는 숨이 막히고 심장이 달음박질치며 뇌에 극심한 압력이 가해짐을 느꼈다.

왜, 왜……? 그녀의 한마디에 깊이를 알 수 없는 깊은 수렁 속으로 한없이 떨어져 가는 그런 음울한 기분을 느껴야 한단 말인가?

왜 그녀의 한마디에 뼛속까지 파고드는 아픔과 심장이 칼에 베인 듯한 날카로운 통증을 느껴야 한단 말인가?

"빌어먹을! 빌어먹을! 빌어먹을!"

그의 입술을 비집고 끊임없는 욕설이 흘러나왔다. 끽! 소리를 내며 차를 급정거하고서 그는 혼란스러운 마음을 정리하려 애써 숨을 골랐다.

어지러운 생각의 조각들을 차근차근 정리하며 담배 한 대를 다 피우고 나서야 윤석은 비로소 마음이 평온해짐을 느꼈다. 담배를 끄는데 문득 조수석에서 서류를 하나 발견했다. 오래전에 보다가 팽개쳐 둔 것이었다. 윤석은 그것을 펼쳐 들었다.

『성명: 차은희
출생: 198x년 8월 25일
신체: 168cm, 45kg
가족: 1남 1녀 중 둘째
가족사항: 3살 때 부모님의 이혼으로 어머니와 같이 지내 왔으나 199x년 어머니가 사망하자 이모 집에 얹혀살아 왔음
학력: H대학교 경제학과
경력사항: 2006년 대양물산
2009년 광명반도체』

꼼꼼하게 서류를 훑어 내려가던 그의 고개가 갸웃거려졌다. 자꾸만 뭔가가 부족하다는 느낌을 떨쳐 낼 수가 없어서 윤석은 휴대폰을 꺼내 어딘가로 전화했다.

"백윤석입니다. 부탁이 있습니다. 저를 좀 도와주시겠습니까?"

수화기 너머에서 굵직한 음성이 건너오자 윤석은 흡, 하고 숨을 몰아쉬다가 천천히 입을 열었다.

"차은희에 대한 신상 프로필에 대해 하나도 빠짐없이 자세하게 부탁합니다."

상대방이 몹시 놀란 듯 급하게 숨을 들이켰지만, 윤석은 아랑곳없이 말을 이어 갔다.

"도와주시겠습니까? 비밀은 꼭 지켜 주시기 바랍니다."

그 말을 끝으로 전화를 끊는 그의 눈빛은 섬뜩하리만치 차갑게 빛났다. 그렇게 캄캄한 밤하늘을 주시하며 그는 오래도록 깊은 생각에 잠겼다.

4장.

차은희, 당신을 알고 싶다

"이봐, 차은희. 얼른 집에 와."

그녀와 대화다운 대화를 하는 게 꼭 6일 만이었다. 그녀의 생일 이후 윤석은 될 수 있으면 그녀와 마주치지 않으려고 일부러 그녀를 피해 다녔다.

그녀의 얼굴을 보면 왠지 이유 모를 아픔이 밀려오면서 심기가 몹시 불쾌하고 난폭한 기분이 드는 걸 떨쳐 낼 수가 없어서 요사이 그는 아침엔 그녀가 눈을 뜨기 전에 집을 나갔고, 저녁이면 그녀가 잠들고 나서야 집에 돌아오곤 했다.

그렇게 6일째 되는 날인 오늘, 퇴근 시간보다 한참 전에 집에 들어온 윤석은 은희에게 전화를 걸었다. 먼저 전화를 걸면서도 윤석은 그런 자신의 행동을 매우 못마땅하게 생각했다.

'정말 별것이 다 귀찮게 하는구나!'

불쾌한 감각에 몸서리를 치는데 하아, 어이없다는 투의 한숨 쉬는 소리가 수화기 너머에서 건너왔다.

– 백윤석 씨, 어디 아파요? 지금 몇 시인 줄 알고 그런 말을 해요?

퇴근하기에는 이른 시각이었으므로 그녀가 놀란 반응을 보이는 것은 당연지사였다. 그런데도 윤석은 짐짓 능청스럽고 뻔뻔하게 굴었다.

"당신이 없으면 세상이 돌아가지 않아? 당신은 혼자서 모든 일을 다 하나? 무슨 회사가 그래? 당장 때려치워."

– 아, 아니…… 이 사람이, 심심해서 정신이 돌았나?

무례하기 그지없는 말에 단단히 화가 난 듯 수화기 너머에서 이를 바드득바드득 가는 소리가 들렸다.

"그래, 맞아. 나 요사이 제대로 먹지 못해서 몸도 아프고 머리도 아프고 정신도 좀 안 좋아. 요새 잘 먹지 못한 영양을 한껏 보충해야겠어. 그러니까 빨리 들어와서 밥하라고."

– 어머머, 나 진짜 기가 막혀 말이 안 나오네!

"그럼 아무 말도 하지 말고 집에나 일찍 들어와."

그러나 윤석의 말을 절대 거역하지 않고 고분고분 따를 그녀가 아니다. 아니나 다를까 화가 잔뜩 난 듯한 살기 어린 목소리가 윤석의 귀청을 찢었다.

– 백윤석 씨, 미쳤어요?

잠시 뒤 그녀는 조금 전보다 한 옥타브 낮춘 목소리로 총알 쏘듯 다다다 말을 쏟아 냈다.

– 백윤석 씨, 우리 입은 비뚤어도 말은 바로 합시다, 네? 누가 밥 먹지 말라 그랬어요? 밥 먹지 말라고 협박하며 당신을 몽둥이로 두드려 패기라도 했나? 진짜 말도 안 되는 소리 하고 자빠지셨네요!

아니, 이 여자가 보자보자 하니! 뭐? 자빠져? 상스러운 말에 듣기가 거북했지만 윤석은 예전처럼 발끈 화를 내지 않았다. 오히려 목소리 톤을 낮추고 시를 읊듯 느릿느릿 말했다.

"당신에게 전혀 책임이 없다고는 말 못 하지!"

뜻이 분명치 않은 말에 은희는 불같이 화를 냈다.

– 이 사람이 대체 무슨 미친 소리를 하는 거야?

"차은희, 메주처럼 못생겼으면 머리라도 좋든가? 우리의 거래 조건을 벌써 까먹었어?"

– 뭐, 뭐, 뭐라구요?

예기치 못한 반격에 적잖이 황당한 은희는 그녀답지 않게 말을 더듬거렸다.

"아, 머리가 나쁘니 똑바로 말해 주는 게 좋겠군! 당신네 회사와 거래하는 대신 내가 조건을 하나 걸었는데 벌써 까먹었나?"

수화기 너머에서 분노 섞인 숨소리가 크게 들려왔다. 으르렁거리는 그녀의 모습이 눈앞에 선하게 그려져 윤석은 얼굴에 까닭 모를 웃음을 지었다.

"차은희, 당신이 뭔가 잘 모르는 것 같아서 확실하게 얘기해 두는데 나 그렇게 친절한 사람이 아니야. 당신이 제대로 이행하지 못하면 계약은 파기되는 거야. 글쎄, 과연 누가 더 손해를 볼까? 아, 당신은 머리가 나빠 재깍재깍 판단할 수도 없겠구나. 이런 쯧……."

윤석이 짐짓 안타깝다는 듯 중얼거렸지만, 한동안 수화기 너머론 아무 말이 없었다. 아마도 너무 기가 막혀서 할 말을 잃은 듯했다.

"나중에 땅을 치고 후회하지 않으려면 지금 알아서 잘해."

그 말과 함께 윤석은 흡족한 듯 만면에 웃음을 띠며 전화를 끊었다. 그러나 기분 좋은 웃음을 지은 것도 잠시, 집 안을 휙 둘러보니 집 안 꼴이 말이 아니었다.

원래 깔끔한 길 좋아하는 윤석이었기에 과자 봉지며 세탁할 옷이며 만화책들이 여기저기 어질러져 있는 것을 보고 그는 몹시 짜증이 난 듯 인상을 구겼다. 생각 같아서는 그녀가 돌아올 때까지 두고 싶었지만, 그는 어지러운 집 안을 가만히 보고 있을 만큼 느긋한 성격이 못 되었다.

어쩔 수 없는 한숨을 폭 내쉰 윤석은 욕을 한 바가지로 쏟아부으며 몸을 일으켰다. 그리고 한참 열심히 집 안을 청소하고 있는데 초인종이 울렸다.

아무런 반응 없는 상대에게 항의라도 하듯 초인종은 쉴 새 없이 울려 댔다. 처음엔 은희가 장난을 치는 거라고 생각했지만, 초인종이 쉬지 않고 계속 울려 대자 윤석은 하던 일을 멈추고 현관문을 향해 빠르게 걸어갔다.

"누구신지요?"

문을 여니 웬 낯선 중년 여인이 떡하니 서 있었다. 윤석은 의아한 듯 물었다. 윤석 못지않게 그녀도 놀랐는지 한참 동안 그를 훑어보다가 더듬거리며 물었다.

"호, 혹시 조카사위?"

처음 듣는 호칭에 불쑥 반감이 든 윤석은 경계하는 듯한 시선으로 중년 여인을 샅샅이 훑어 내렸다. 싸늘하고 차갑고 아무 감정이 없는 그 눈빛에 흠칫 놀랐는지 중년 여인이 약간 두려움이 섞인 표정을 짓는가 싶더니 곧 어설프게 웃으며 말했다.

"나, 은희 이모예요. 우리 은희 남편…… 맞지요?"

또다시 그녀와 관련이 있는 사람이 나타나자 윤석은 벌써부터 머리가 지끈거렸다. 원래는 은희의 이모라고 자칭하는 이 중년 여인을 자기 집에 들여놓으려고 하지 않았는데…… 그녀의 입에서 흘러나온 한마디가 그의 마음을 할퀴고 지나가는 바람에 윤석은 내쫓을 수가 없었다.

"우리 은희가 좋아하는 포기김치랑 총각김치랑 부추김치랑 된장이랑 잔뜩 가져왔는데……. 근데 은희는 집에 없나요?"

"일단 안으로 들어오시죠."

그를 가만히 보고 있다가 고개를 쓱 내밀고 집 안을 둘러보는 은희의 이모를 향해 윤석이 말했다.

'집이 참 좋구나!'

눈을 동그랗게 뜨고 집 안을 두리번거리며 정 씨는 짧게 탄성을 내질렀다. 며칠 전 딸인 영아와 통화를 하다가 은희의 소식을 우연히 전해 들었다.

남자의 얼굴이 누가 봐도 끝내주게 잘생긴 데다 돈도 많고 집도 잘사는 것 같고 무엇보다 은희에게는 그렇게 잘해 주더라는 소리를 하면서 영아는 연방 감탄사를 쏟아 냈다.

은희가 잘사는 집 남자와 결혼했다는 소식은 은성을 통해 들었지만, 은희의 신혼집에 직접 와서 보니 절대 거짓말은 아닌 것 같다고 거듭 생각하며 정 씨는 속으로 의뭉스러운 웃음을 지었다.

"이쪽으로 앉으시죠. 뭐라도 드시겠습니까?"

그들의 신혼집을 구경하느라 정신이 없는 정 씨에게 윤석은 예의 바르게 자리를 권하며 공손하게 물었다.

"아니, 그렇게까지 신경 쓰지 않으셔도 되는데."

정작 말은 그렇게 했지만 윤석이 그녀에게 녹차를 권하자 정 씨는 거절하지 않았다. 그가 건네주는 녹차를 받으며 정 씨는 미안하다는 표정을 지었다.

"그런데 우리 집사람에게 무슨 볼일이라도 있습니까?"

단지 김치만 전해 주려고 은희를 찾아온 것 같지 않았다. 뭔가 다른 속셈이 있는 것 아니냐는 의심의 눈초리를 보내며 윤석은 감정 없는 메마른 목소리로 물었다. 그런데 이 여자도 사람을 미치게 하는 재주가 있지 않은가. 덥석! 정 씨는 윤석을 손을 잡고서 눈물을 뚝뚝 흘리기 시작했다.

"아, 아니, 저기 이모님……."

"우, 우리 언니가 이제는 두 눈을 감을 수 있다고 생각하니 이 늙은 것이 너무 주책없어서 눈물이 먼저 나오는군요. 흑……. 그 어린 것을 두고 어떻게 눈을 감았을까 하는 생각을 하면 그저 내 가슴이 찢어질 듯 아팠는데……. 이제는 우리 은희가 좋은 사람 만나 행복하게 사는 것 같아서 마음이 놓입니다. 흑."

황당하기 그지없는 광경에 윤석은 그만 입이 쩍 벌어졌다.

"15살에 엄마를 잃고 우리 은희가 별의별 고생을 다 한 걸 생각하면 내 이 가슴이 미어질 듯 아픕니다. 흑흑."

정 씨는 주먹으로 가슴을 탕탕 내려쳤다.

그녀는 단 한 번도 은희가 불쌍하다고 생각한 적이 없었다. 아버지에게 버림받고 어머니조차 잃은 은희가 박복하고 기구한 삶을 살아오게 된 데는 은희 자신이 지지리 복도 운도 없고 선천적으로 타고난 팔자 때문이라고 생각하는 정 씨였다. 그런데 속마음과는 전혀 다른 새빨간 거짓말을 술술 하면서도 정 씨는 조금도 양심의 가책을 느끼지 않았다.

"그 아버지란 작자도 그렇고, 오빠라는 사람도 그렇고 다 인간들이 아니야. 인간의 탈을 쓰고 그렇게 살면 안 되지. 아무리 전처를 미워해도 그렇지, 어떻게 이혼하고 양육비 한 번 보내 주지 않을 수 있단 말입니까? 우리 언니가 고생하고 그 어린것이 불쌍하게 자라온 것 생각하면 얼마나 가슴이 아프고 안쓰러운지 모르겠어요. 흑."

그 내용은 토씨 하나 틀리지 않고 정확했지만, 은희를 향한 정 씨의 감정은 안쓰러움이나 측은지심이 아니었다.

"그래도 그 오빠라는 인간은 아버지란 작자에 비하면 아주 조금 양심이 있는지 남몰래 돈을 조금씩 보내오더군요. 그러면 뭐해? 아주 코딱지만 한 정도인데. 그래도 그 어린것이 일찍 철들어서 얼마나 어른스럽게 구는지 그 재미로 시간을 보냈지요. 에휴…… 내가 고생하는 것이 안쓰럽다고 아무리 말려도 주말이나 방학만 되면 돈을 벌었지요. 신문 배달, 우유 배달에 과일 장사에 생선 장사까지 다 했어요. 우리 은희 고생한 것 일일이 다 말하자면 몇 날 며칠이 걸릴지도 모를 정도랍니다."

그때껏 가만히 앉아 듣기만 하던 윤석의 눈빛이 세차게 흔들렸다.

정 씨의 입에서 쏟아져 나온 은희의 이야기가, 그녀의 고단한 삶이 마치 손에 잡힐 듯 생생하게 느껴지자 윤석은 울컥 가슴에서 치솟는 이유 모를 감정 때문에 괴로웠고 불쾌했고, 그러면서도 마음 한구석이 시리게 아파 왔다.

"그 어린것이 복 없는 제 어미를 닮아서 평생 죽을 때까지 기구하고 박복하게 살다가 갈 줄 알았는데 그래도 좋은 사람 만난 것 같아서 다행이예요. 흑……."

정 씨는 또다시 나오지도 않는 눈물을 억지로 쥐어짜 내고 있었다. 은희에게 굉장히 친절하고 잘해 주더라는 영아의 한마디가 뇌리에 깊숙이 꽂혀 그녀는 이따금씩 눈동자를 빠르게 움직이며 은근히 윤석의 눈치를 살피고 있었다.

"조카사위, 우리 은희 정말 불쌍하게 살아왔어요. 그러니……."

"우리 집사람에게 볼일이 있다고 하지 않았습니까?"

수선을 떠는 정 씨의 말을 끊은 윤석이 감정이 담겨 있지 않은 딱딱한 목소리로 물었다. 갑자기 차갑게 변한 그의 태도에 정 씨는 잠시 놀라는가 싶더니 이내 미안해하는 얼굴을 하고 입을 열었다.

"늙으니까, 왜 여기저기가 자꾸만 아픈지. 아니, 그냥 추석도 다가오고 또 결혼식 때도 은희 얼굴을 보지 못해서…… 그러니까……."

말을 잠시 끊은 정 씨는 갑자기 윤석의 손을 꼭 잡고서 슬프게 울음을 터뜨렸다.

정 씨의 어이없는 행동에 윤석은 머리에 열이 차오르는 것을 느꼈지만 애써 마음을 다스렸다.

"올해는 농사를 망친 데다 몸까지 자꾸 아프니 살 수가 있나. 아이고, 늙으면 빨리 죽어야 하는데……. 그래도 우리 은희……."

앞뒤가 맞지 않은 말들이 정 씨의 입에서 떠듬떠듬 흘러나왔다. 그때껏 정 씨의 이야기를 집중해 듣던 윤석은 순간 정신을 차리고 무언가를 알아내려는 듯한 눈빛으로 그녀의 얼굴을 꼼꼼히 살펴보았다. 단순히 은희에 대한 이야기를 하는 것 같지 않았기에 윤석이 긴가민가하며 물었다.

"돈이 필요하군요. 맞습니까? 얼마나 필요합니까?"

혹시나 싶었는데 결과는 역시나였다. 놀란 듯 눈을 둥그렇게 뜨고 자신을 빤히 바라보는 정 씨에게 윤석이 속으로 비웃음을 매달며 물었다.

"3억이면 가능하겠습니까?"

"……네, 네에?"

"부족합니까?"

정 씨의 귓가에 서늘한 바람이 불어오고 있었다. 알 수 없는 위엄과 한기가 느껴지는 목소리에 정 씨는 움찔 몸을 떨면서도 머리를 굴려 빠르게 계산해 보았다.

천도 아니고 3억이라니, 3억……. 듣고도 도저히 믿을 수 없다는 표정을 짓는 정 씨를 향해 윤석이 선언하듯 말했다.

"내일 오전에 종로상가 근처까지 와 줄 수 있습니까? 제 사무실이 그곳에 있습니다."

꿈을 꾸는 듯 몽롱해서 정 씨는 대답은 못하고 멍청하게 고개만 끄덕거렸다.

"은희가 올 시간이 됐습니다. 집사람은 차라리 이 사실을 몰랐으면 하는데 이모님 생각은 어떻습니까?"

그 말뜻에는 용건이 끝났으면 얼른 꺼지라는 듯한 뉘앙스가 담겨 있었다. 그러나 정 씨는 3억이라는 숫자를 듣는 순간 머리가 멍해졌기에 그 어떤 불쾌감도 느끼지 못했다.

괜히 오래 있어 봤자 눈치만 보이고 또 남자가 생각을 바꿀지도 몰랐기에 그녀는 의례적인 인사를 끝낸 뒤 부랴부랴 모습을 감추어 버렸다.

조금 전까지 정 씨가 앉아 있던 자리를 뚫어질 듯 노려보던 윤석은 휴대폰을 꺼내 전화를 걸었다.

"백윤석입니다. 며칠 전 제가 부탁드린 것은 어떻게 되었습니까? 조금 서둘러 주었으면 좋겠습니다. 네, 감사합니다."

매우 정중한 태도로 공손하게 말을 끝내면서 윤석은 얼굴에 싸늘한 표정을 지었다.

매번 다른 사람의 입을 통해 그녀에 대한 이야기를 들을 때마다 그는 불편하고 불쾌한 감정을 느끼며 이유 없이 화가 나고 주체할 수 없는 분노가 치밀어 오르곤 했다.

그럴 바엔 차라리 자신이 먼저 그녀를 알아 두는 게 좋겠다고 판단하고 누군가에게 부탁을 했는데 자꾸만 결과가 늦어지자 그는 몹시 못마땅한 듯 인상을 찌그러뜨렸다.

"진짜 별것이 다 신경 쓰이네!"

은희는 그로부터 40분이 지난 뒤에야 집에 도착했다.

"내 말이 말 같지 않아? 빨리 오라는 소리 못 들었어?"

은희가 집에 들어서기 무섭게 윤석은 잔소리를 한 바가지 쏟아 냈다. 그러나 윤석에겐 단 한 번의 눈길도 주지 않은 채 은희는 생글생글 웃으며 딴소리를 해 댔다.

"어머, 김치? 이게 웬 김치예요?"

정 씨가 가져온 것도 모르고 은희는 거실 탁자에 놓인 김치를 보고 방방 뛰면서 혼자서 좋아하며 떠들어 댔다.

"나 김치 진짜 좋아하는데. 포기김치, 총각김치, 부추김치…….어?"

조잘조잘 잘도 말하던 그녀가 갑자기 침묵하더니 윤석을 바라보며 어리둥절한 표정을 지었다.

"누가 왔다 갔어요? 김치는 어디서 났어요?"

"당신이 밥을 제대로 차리질 않으니 돈 주고 사서 먹어야 하지 않겠어? 당연히 사 왔지."

한심하다는 듯 혀를 끌끌 차는 윤석을 은희는 어이없는 얼굴로 한참이나 바라보다가 더 이상 상대할 가치도 없다는 듯 주방으로 쏙 들어가 버렸다.

"백윤석 씨, 식사하세요."

정성껏 차려 놓은 식탁 앞에 앉은 그의 표정이 썩 좋지 않아 보였다.

"생선을 갖다 버려! 그리고 앞으론 다시 생선 하지 마."

"뭐라구요? 백윤석 씨는 생선을 되게 좋아했었잖아요?"

"이젠 입맛이 바뀌었어. 다시 안 먹을 거야."

남은 퇴근하기 바쁘게 땀을 뻘뻘 흘리며 꽤 정성스레 식탁을 차려 놓았건만 이 망할 놈의 남자는 반찬 투정이나 하고 있으니 은희는 그 저 기가 막힐 따름이었다.

또 그걸 가만히 지켜보며 참고 있을 그녀가 아니었기에 은희는 식 사가 끝날 때까지 불평스런 투덜거림을 멈추지 않았다. 이럴 땐 가만 히 있는 게 상책이고 자신에게 도움이 된다는 걸 잘 알고 있었기에 윤석은 밥만 수걱수걱 퍼먹었다.

그러자 과연 그의 생각처럼 윤석이 별 대꾸를 하지 않자 은희도 더 이상 태클을 걸지 않았다.

그런데 잠시 후 깔깔거리며 웃는 소리가 어찌나 신경을 박박 긁어 놓는지 밥을 다 먹은 뒤 자기 방에 돌아간 윤석은 도저히 참을 수 없 어서 다시 거실로 나가야 했다.

"아이고, 저런 나쁜 놈을 봤나. 아니, 저 남자는 대체 뭐야? 야, 인 마! 너 그러면 못쓴다. 응? 나중에 천벌받지. 아니, 저 여자는 대체 뭐가 모자라서 저런 찌질이랑 같이 산대? 아이고, 참……. 아니, 저 여시 같은 년은 대체 왜 저러는데? 저런, 저런……."

드라마를 보는 내내 누군가를 마구 욕하는 은희의 황당한 행동에 보다 못한 윤석은 그녀 옆에 털썩, 소리 나게 앉았다. 그러나 얼마나 텔레비전에 정신이 팔렸는지 은희는 아직 윤석의 존재를 의식하지 못 했다.

"아니, 저 시어머니는 또 뭐라니? 아이참, 대체 왜 저렇게 거지같 게 사느냐고!"

드라마를 보면서 그녀는 화가 나서 고함을 지르는가 하면 신경질이 나서 당장이라도 베개를 집어 던지려는 듯 팔을 높이 쳐들었다. 그 모습을 빠짐없이 지켜보던 윤석은 너무도 어이가 없어서 혀를 끌끌 찼다.

그러다가 얼결에 고개를 절레절레 흔들던 그녀와 눈이 마주치고 말았다. 은희가 그를 향해 히죽 웃어 주었다.

그 괴이한 모습에 윤석은 기가 차서 한숨을 내쉬는데 은희는 같이 드라마를 시청해 주고 호응해 주고 있다고 생각했는지 윤석의 곁으로 바짝 붙어 앉았다. 그리고 친근하게 그의 팔을 툭툭 두드리며 병아리가 삐악삐악거리듯 드라마 내용을 설명하기 시작했다.

"저 남자, 되게 나쁜 놈이거든요. 바람피우잖아요. 그것도 아내의 친구 되는 여자랑. 아이참, 꼭 생긴 것도 기생오라비처럼 생겨 가지고선 왜 저렇게 밥맛 떨어지게 찌질이처럼 노는지. 참……."

그리고 윤석을 한 번 흘끗 쳐다보더니 한마디 덧붙였다.

"우리 윤석 씨처럼 끝내주게 잘생겼으면 말도 안 하겠는데 말이죠."

"당장 채널 돌려."

윤석이 한심하다는 얼굴로 그녀를 똑바로 쳐다보며 명령조로 말했다. 은희는 그의 반응에 대번에 흥미가 떨어졌다는 듯 고개를 획 돌려 버렸다. 그러고는 다시금 텔레비전에 시선을 고정시켰다.

"귀먹었어? 채널 돌려!"

윤석이 언성을 높였지만, 그녀는 묵묵부답, 요지부동이었다. 보다 못한 윤석이 그녀의 손에 쥐어져 있던 리모컨을 낚아채듯 빼앗아 갔다.

"어?"

그에게 빼앗긴 리모컨을 멍하니 바라보며 은희는 어서 달라는 듯 손을 내밀었다. 그러나 윤석은 그녀에게 시선조차 주지 않은 채 소파에 다리를 꼬고 앉아 몇 초에 한 번씩 리모컨 버튼을 누르며 이리저리 채널을 돌렸다.

그 모습을 가만히 지켜보며 은희는 어처구니없다는 듯이 손을 들어 제 이마를 짚고 중얼거렸다.

"아니 이 남자가⋯⋯."

그녀의 죽일 듯이 쏘아보는 눈총을 곁눈으로 느꼈음에도 불구하고 윤석은 꿈쩍도 하지 않았다. 기가 찬 은희는 한숨을 흘리더니 리모컨을 빼앗으려 그에게 와락 달려들었다. 그런 그녀의 움직임을 미리 예상한 듯 윤석은 재빨리 몸을 틀어 피했다.

"안 볼 거면 이리 내놔요!"

화가 나서 씩씩거리는 그녀를 향해 윤석은 숨결 하나 흐트리지 않고 말했다.

"여기 내 집이거든? 내 맘대로 하는데 뭐가 잘못됐어?"

"허헛."

기가 막혀 하는 것 같기도 하고 화가 난 것 같기도 한 이상한 소리가 그녀의 입에서 와그르르 쏟아져 나왔다.

"백윤석 씨, 정말 치사빤쯔다! 응?"

못 본 척 못 들은 척 윤석이 가만히 있는데 오히려 그것이 더 그녀를 자극한 듯 은희는 순순히 물러서지 않았다. 잠깐 거친 숨을 몰아쉬더니 아까보다 더 무시무시한 기세로 그에게 덤벼들었다.

한 사람은 요리조리 피하고 또 한 사람은 상대방의 손에 있는 것을 빼앗기 위해 으르렁거리며 필사적으로 덤벼드는 모습이 어른이라고는 도저히 믿을 수 없을 만큼 유치찬란하기 그지없었다. 그러나 당사자들은 그것을 전혀 모르고 있는 듯했다.

"윽!"

어느 순간 갑자기 윤석의 입에서 고통의 신음이 나직하게 흘러나왔다. 은희가 악에 받쳐 물불을 가리지 않고 마구 덤벼들다 보니 어느덧 윤석의 배 위에 올라타 위에서 열심히 엉덩방아를 찧고 있었던 것이다.

윤석의 입에서 고통스러운 신음 소리가 새어 나와서야 은희는 비로소 사태가 심상치 않음을 깨달았다. 하지만 얼른 일어날 생각은 않고 얼굴을 일그러뜨리는 윤석을 향해 또 엉뚱한 소리를 해댔다.

"어머나, 백윤석 씨. 설마 급소 다친 건 아니죠? 그럼 안 되는데, 잘못하면 고자 되는데. 백윤석 씨, 괜찮아요? 병원 안 가 봐도 돼요?"

"얼른 못 비켜?"

윤석이 잔뜩 억눌린 음성으로 은희를 노려보며 으르렁거렸다. 그런데도 그녀가 몸을 일으키지 않은 채 걱정스러운 듯 내려다보자 윤석은 힘겹게 상체를 일으켜 다급히 그녀를 밀어냈다. 제 딴에는 아주 살짝 밀어냈다고 생각했는데 몹시 놀랐는지 그만 중심을 잃은 그녀의 몸이 기우뚱 뒤로 넘어갔다.

"어머나, 어어어!"

그 소리와 동시에 막 넘어가는 그녀를 붙잡으려다가 윤석도 바닥을 구르며 나자빠졌다. 아니, 정확히는 그녀의 몸 위로 넘어지면서 그녀의 입술에 제 입술을 겹치고 말았다.

펑펑! 팡팡! 쿠르릉! 꽝꽝!

두 사람의 머리 위에서 가슴에서 무시무시한 핵폭탄이 연달아 터지고 있었다.

정적, 정적, 또 정적······.

서로의 입술을 겹친 자세 그대로 무시무시한 정적과 긴장이 약 몇 초간 흘렀다.

그런데 참 별일이다. 예기치 못한 충격적 상황에 놀람과 불쾌함을 느껴야 할 것 같은데, 이상하게 떨리고 두근거리니 참으로 어이가 없었다.

너무도 낯설고 생소하고, 그렇지만 너무나 친근하게 다가오는 그 느낌이 싫지는 않아서 그녀는 딱 울고만 싶어졌다. 마치 달콤한 꿈을 꾸는 듯한 그 황홀함에 은희는 축 처지고 흐물거리는 몸을 정신력으로 가까스로 지탱하며 그를 힘껏 밀쳐 냈다. 그리고 나서 얼굴이 화끈거려 정신없이 일어나 도망치듯 방으로 들어가다가 그만 문에 이마를 부딪치고 말았다.

윤석은 아픈 제 이마를 슥슥 문지르며 들어가는 그녀의 뒷모습을 넋 나간 얼굴로 멍하니 바라보았다.

여자는 예쁘지도 섹시하지도 않다. 그렇다고 자신의 취향은 더더욱 아니다. 쉽게 설명하자면 늘 사람을 휙 돌아 버리게 할 정도로 엉뚱한 소리나 해 대지 않으면 황당하기 그지없는 행동으로 옆의 사람을 화나게 만드는 재주를 가진 희한한 여자다.

그런데 왜······? 단지 입술만 서로 겹쳤을 뿐이었는데 그 순간 윤석은 강력한 전류가 척추를 타고 온몸을 훑어 내려가는 짜릿함을 느꼈다.

어디 그뿐인가? 이제 막 사춘기를 벗어나 사랑이니 이성이니 하는 사람처럼 괜스레 가슴 설레고 두근거리니 정말 미치고 팔짝 뛰고 환장할 노릇이었다.

너무 터무니없다는 생각을 하면서도 그 당시 선뜻 겹친 입술을 떼지 못했던 자신에게 이율배반적인 심리를 느끼며 윤석은 오랫동안 그렇게 서 있었다.

♡　　♥　　♡

　　다음 날 아침, 식탁에 마주 앉은 지 한참이 지났는데도 두 사람 모두 아무 말이 없었다. 그저 고개를 숙인 채 수걱수걱 밥만 퍼먹고 있을 뿐이었다. 이따금씩 은희가 곁눈질로 흘끔흘끔 그를 살펴보긴 했지만 쉽사리 입을 떼지 못하고 있었다.

　　어제는 그 망할 놈의 키스 때문에 단 한숨도 제대로 자지 못했다. 무슨 영문인지 자꾸만 신경 쓰여 잠이 오지 않았다. 밤새 이리 뒤척 저리 뒤척 하다가 이런저런 생각에 끝내는 눈을 붙이지 못하고 동이 트자 부스스 일어났다.

　　물론 그가 일부러 그런 행동을 한 건 아니겠지만, 잠을 이루지 못한 것이 왠지 그 때문인 것 같아서 은희는 괜히 심통이 나 우물쭈물 망설이다가 어렵게 입을 뗐다.

　　"저기……."

　　그녀의 나직한 부름에 윤석이 의아해하며 고개를 들었다.

　　"어제 우리 뽀뽀한 것 맞죠? 아니다, 키스라고 해야 하나?"

　　은희가 아무렇지도 않은 말투로 눈을 동그랗게 뜨고 묻자, 윤석은 한순간 말문이 막혀 버렸다.

　　어떤 여자가 저런 이야기를 저렇게 아무렇지도 않게 꺼낼 수 있는지 모르겠다.

　　윤석이 이상한 것을 보는 듯이 쳐다보고만 있으면 그녀도 그쯤에서 그만하면 참 좋겠는데 그녀는 또 엉뚱하고 기발한, 황당하기 그지

없는 말을 한 보따리 늘어놓기 시작했다.

"백윤석 씨, 숨겨 놓은 애인 여럿 되죠? 문어 다리쯤 돼요?"

이번에도 그에게서 아무런 반응이 없자 은희는 흘끔 그를 쳐다보더니 고개를 좌우로 흔들었다.

"백윤석 씨도 얼굴값 하느라 고생이겠어요. 백윤석 씨, 바람둥이 맞죠? 툭하면 여자한테 먼저 키스부터 하고 다음에는 작업 걸죠? 그죠?"

안 그래도 어젯밤 잠을 설쳐 정신이 하나도 없는데 그녀가 쉴 새 없이 참새처럼 종알거리자, 윤석은 심한 불쾌감과 함께 머리가 욱신거렸다. 그래도 아무런 내색도 내지 않고 가까스로 참고 있는데 그녀의 다음 말에 마침내 그의 기나긴 인내심이 폭발하고 말았다.

"혹시 어제 나랑 키스하고 싶었어요? 그러다가 정말 정들면 어떡하려구요?"

그 말을 하고 나서 은희는 심장이 떨리고 숨이 막혀 죽는 줄 알았다. 그러나 그녀를 잠 못 들게 했던 고민을 어떻게든 해결하고, 또 확인해 보고 싶어서 태연한 척하며 애쓰는 것이었다.

"왜? 어제 그 키스가 좋았나 보지? 원한다면 얼마든지 해 줄 수 있는데."

아무렇지 않은 것처럼 태연하게 말했지만, 정작 윤석의 속마음은 달랐다.

아닌 게 아니라 정말 그녀의 말처럼 그녀에게 홀러덩 빠질 것 같은 두려움이 밀물처럼 밀려왔다. 그래서 그런 부정적인 생각을 애써 털어 내기 위해서라도 능청스럽게 굴 수밖에 없었다.

그런데 이 여자는 언제나 자신보다 한 수 위였다. 호기심 가득한 두 눈을 반짝반짝 빛내며 그를 빤히 쳐다보더니 또 어이없는 말을 장황하게 늘어놓는 게 아닌가.

"글쎄…… 그리 나쁘지는 않았는데 담에는 미리 내 허락을 구했으면 하는데요. 우리가 진짜 사랑하는 사이도 아닌데, 그래도 예의는 지키는 게 좋지 않을까요? 안 그래요?"

어이없어 그만 할 말을 잃은 듯 한숨을 짓는 그에게 은희는 한마디 더 덧붙이며 자리에서 일어섰다.

"그럼 아침밥 많이 드시고 천천히 나와요! 나 먼저 갈게요."

막 뒤돌아서는 그녀를 윤석이 불렀다.

"기다려, 같이 가!"

가방을 들고 현관을 향하던 은희가 멈칫했다. 에이, 잘못 들었겠지 하고 고개를 갸웃거리면서도 은희는 천천히 몸을 돌려 윤석을 바라봤다. 그녀는 믿지 못하겠다는 듯 눈을 똥그랗게 뜨고 재차 물었다.

"금방, 같이 가자 했어요? 나랑? 혹시 내가 잘못 들었나요?"

또 엉뚱한 소리만 주절주절 늘어놓는 은희를 보고 윤석은 자신도 모르게 깊은 한숨이 새어 나왔다. 그러나 화를 내지 않으려고 그는 심호흡을 크게 하면서 조용조용 말했다.

"늙은이도 아닌데 벌써부터 귀가 어두우면 어떡해? 귀머거리가 되기 전에 병원 가 봐야 하지 않겠어?"

갑자기 그의 코앞까지 다가온 은희 때문에 윤석의 고개가 뒤로 획젖혀졌다. 윤석은 놀란 얼굴로 은희를 뚫어져라 쳐다봤다.

"열이 나는 건 아닌데."

윤석의 앞에 허리를 굽혀 다짜고짜 손을 뻗어 그의 이마를 짚어 보던 은희는 혼잣말처럼 중얼거리더니 냄새를 맡아 보려 그의 얼굴 가까이 코를 들이댔다.

"그렇다고 또 술을 마신 것도 아니고……."

그녀는 그의 얼굴을 요리조리 뜯어보더니 눈을 가늘게 뜨고 물었다.

"백윤석 씨, 어제 고작 뽀뽀 한 번 했다고 벌써 나한테 반했어요?"

만약 평소 같았다면 그는 진즉 인상을 쓰거나, 제발 미친 소리 그만하라고 버럭 소리를 질렀을 것이다. 그러나 그래 봤자 결국 자신만 손해라는 걸 깨달았기에 윤석은 마음을 차분하게 다스리며 침착하게 말했다.

"어쩌다 인심 좀 쓰려 했더니. 싫은가? 뭐, 싫으면 말고."

질문의 내용과는 전혀 맞지 않는 엉뚱한 대답을 하는 윤석을 가만히 바라보다가 은희는 도저히 그의 심중을 알 수 없다는 듯 고개를 갸웃거렸다. 하지만 이내 호호 웃음을 흘리며 능청스럽게 되물었다.

"갑자기 안 하던 짓을 하니까 이상해서 그랬죠. 정말 회사까지 태워다 주실 거예요?"

"속고만 살았나?"

불쾌하다는 표정을 지으며 거칠게 대꾸하는 그를 향해 은희는 궁금증이 가득한 눈빛을 보냈다.

"근데 갑자기 왜 나한테 이렇게 잘해 줄까? 벌써 정들었나?"

제멋대로 생각하고 지껄이는 그녀의 말에 윤석은 황당하기 짝이 없었지만 예전처럼 짜증을 내지 않았다. 대신 그녀의 이마를 손가락으로 콕 찌르며 낮게 뇌까렸다.

"꿈 깨!"

"아니, 이 사람이 정말!"

한 마디 남기고 먼저 집을 쏙 나가 버리는 뒷모습에 볼멘 듯이 툴툴거렸지만, 그래도 회사까지 태워다 주겠다고 하는 그의 호의에 앞서 티격태격하던 것들은 다 잊었는지 은희는 방긋방긋 웃는 얼굴로 얼른 그의 뒤를 쫓아갔다.

"백윤석 씨, 같이 가요!"

윤석은 운전석에 앉아 조수석에 은희가 올라타는 것을 보며 심각한 고민에 빠졌다.

왜 불쑥 태워 주겠다는 말을 꺼냈는지 그는 도저히 그 이유를 알 수 없어 답답했다. 하지만 은희는 뭐가 그리도 좋은지 헤벌쭉 웃으며 흥얼흥얼 노래를 부르기 시작했다.

지난번엔 자신이 잘 알지도 못하는 뽕짝을 부르더니 이번엔 어린 아이들처럼 올챙이 송을 흥겹게 부르는 그녀를 보고 윤석은 어이없어 하며 속으로 혀를 끌끌 찼다. 그러다가 얼결에 윤석과 눈이 마주치자 그녀는 생긋 웃음을 지어 주더니 진지하게 무언가를 음미하듯 천천히 입을 열었다.

"우리 엄마가요, 살아 계셨을 때 내가 이렇게 노래를 불러 주면 엄청 즐거워하고 행복해했거든요."

노래만큼이나 발랄하고 가벼운 어조로 말했지만 그 속에서 윤석은 아련한 그리움이 느껴져 속으로 혀를 차던 것을 멈추었다. 또다시 울컥 가슴 깊은 곳에서 무언가 치밀어 오름을 느꼈던 윤석은 노래를 부르는 그녀의 목소리가 아주 듣기 싫었음에도 뭐라 나무랄 수도 없었다.

"우리 딸, 노래 참 잘 부르네. 엄마가 늘 입버릇처럼 말씀하셨어요."

자신이 생각해도 참 우습다는 듯 그녀가 갑자기 풋, 하고 웃음을 터뜨렸다.

"지금 들었으니까 아시겠지만 나 노래 진짜 못해요. 그래도 엄마는 내가 노래 부르는 걸 좋아하셨어요. 우리 딸 노래 한 번 불러 주렴, 엄마가 그렇게 말하면 나 진짜 신이 나고 가수가 된 듯 좋아했는데. 나중에야 알았죠. 내 노래로 엄마는 외로움을 달래고 있었다는 걸요."

그렇게 말하는 본인은 전혀 아무렇지 않은 듯 입가에 웃음까지 매달고 있는데 가만히 듣고만 있던 윤석은 마음 한구석이 아파 오는 것을 느꼈다.

"그래서 지금도 자꾸만 그런 생각이 들잖아요. 엄마는 비록 옆에 없지만 내 노래를 들으면 어딘가에서 행복해하겠구나, 우리 딸 잘 살고 있구나. 엄마가 그런 생각을 하고 있는 것만 같아요."

서글프게 느껴지는 한마디로 윤석의 마음을 쑥대밭으로 만들어 놓았다는 사실도 모르는 채 은희는 또다시 노래를 흥얼거리기 시작했다. 그러다 잠깐 그와 눈이 마주치자 그녀가 불쑥 물었다.

"나 노래 잘하죠?"

바로 조금 전에 자신은 음치라고 분명하게 말했던 그녀였다. 그런데도 간절한 눈빛을 보내는 그녀를 보고 윤석은 그만 헛웃음이 나왔다. 그러나 속마음과는 전혀 다르게 그는 감탄하듯이 크게 고개를 끄덕거리며 대꾸했다.

"음, 아주, 아주 잘해."

그게 새빨간 거짓말이라는 걸 모르지 않았지만, 은희는 조금도 내색하지 않은 채 함박웃음을 머금고 감사의 뜻을 표했다.

"어머머, 과찬이십니다. 답례로 난 뭘 드려야 하나, 즐겁게 생각해 볼게요. 아니면 백윤석 씨가 원하는 걸 말씀해 보세요."

말을 하는 와중에 어느덧 차가 구로 유통 상가에 도착하자 은희는 얼른 차에서 내리고는 깍듯하게 고개를 숙이며 고마움을 표시했다.

"어쨌든 여기까지 태워다 주셔서 고마워요. 백윤석 씨!"

그 인사와 함께 손을 흔들며 조금씩 멀어져 가는 그녀의 뒷모습을 오랫동안 바라보다가 윤석은 방향을 틀었다.

♡　♥　♡

은희의 이모 정 씨는 오전 9시 30분이 조금 넘은 시간에 윤석을 찾아왔다.

종로상가 근처 모 커피숍에서 윤석과 마주 앉은 정 씨는 그의 눈치를 살피느라 여념이 없었다. 혹시나 생각이 바뀌지 않았는지, 그녀는 그의 얼굴을 흘끔흘끔 훔쳐보며 마른침을 연거푸 삼켰다.

그녀가 몹시 초조하고 불안해하고 있다는 걸 모르지 않았지만 윤석은 일부러 그녀의 애를 태우듯 느긋하게 앉아 한참 동안 커피를 홀짝거리다가 수표가 든 봉투를 그녀 앞에 내밀었다. 그걸 보고 바로 봉투를 낚아채듯 가져가려는 정 씨의 손을 윤석이 덥석 움켜잡았다.

"이모님."

그의 나직한 부름에 정 씨는 눈을 반짝 빛내며 그를 빤히 쳐다봤다.

"1억을 더 넣었습니다. 총 4억입니다."

화들짝 놀란 듯 정 씨의 눈이 커다래졌다. 듣고도 꿈인지 생시인지 도저히 분간하기가 어려워 정 씨는 살그머니 제 팔뚝을 꼬집어 보았다.

벌써부터 눈앞에 엄청난 숫자의 만 원짜리 지폐가 날아다니고 있었다. 그녀를 갑갑하게 조여 오던 은행 대출도, 남편의 도박 빚도 갚을 수 있고, 자신이 그토록 갖고 싶었던 명품도 곧 살 수 있다고 생각하자 정 씨는 너무도 좋아서 입을 다물 수가 없었다. 하지만 그녀는 그런 기색을 애써 감추고 나오지 않는 눈물을 억지로 짜내려고 힘들게 감정을 모았다.

"대신, 조건이 있습니다."

그 한마디에 그녀의 심장이 덜컥거렸다. 무슨 뜻일까. 그의 표정을 읽으려고 아무리 그의 얼굴을 뚫어질 듯 쳐다봤지만, 아무것도 알아낼 수 없었다. 쳐다보면 쳐다볼수록 그 눈빛이 너무도 서늘하고 차가워서 정 씨는 저도 모르게 몸을 흠칫 떨었다.

"제 조건은 아주 간단합니다."

간단하다는 마지막 말에 정 씨는 긴장이 조금 풀렸는지 들키지 않게 작은 한숨을 내쉬었다.

"은희와 연락을 끊고 살 수 있겠습니까?"

무례할 법한 그의 말에도 정 씨는 조금도 섭섭하지 않았다. 그동안 언니 대신 거둬 키운 것에 대한 보상이 섭섭지 않았기 때문이다. 그러나 정 씨는 그런 속마음을 조금도 내비치지 않은 채 억지로 서운하다는 표정을 지어 보이며 눈물을 뚝뚝 흘렸다.

"솔직히 은희에게 우리는 짐짝과도 같겠죠. 잘 알아요. 안다구요. 흑……."

그게 가식인 것이 뻔히 보였지만 윤석은 짐짓 모르는 척 태연하게 대응했다.

"이모님께서 섭섭하게 생각하지 않았으면 좋겠습니다. 4억이면 그럭저럭 살아가기엔 넉넉하지 않겠습니까?"

정 씨는 그저 눈물만 펑펑 쏟다가 한참 후에야 겨우 고개를 끄덕거렸다.

"만약 이 약속을 어길 경우엔 제 방식대로 처리하겠습니다, 이모님."

웃고 있는 얼굴과는 대조적으로 그의 눈빛은 차갑게 가라앉아 있었다. 그 눈빛이 너무도 섬뜩해 그녀는 몸을 움츠리고 말았다.

"그럼 전 이모님만 믿겠습니다."

말을 끝맺으며 윤석은 그녀를 향해 차가운 시선을 던졌다. 소름 끼치도록 서늘한 그 눈빛은 얼른 눈앞에서 사라지라는 무언의 압력 같았다.

그래서 정 씨는 '우리 은희를 잘 부탁한다.' 는 의례적인 인사도 하지 못하고 부랴부랴 커피숍을 나가 모습을 감추어 버렸다. 그 뒷모습을 허탈한 듯 바라보는 윤석의 얼굴에 그녀를 향한 경멸과 비웃음이 조롱조롱 달려 있었다.

저 사람만 봐도 알 만하다. 한 지붕 밑에 있지만, 타인보다 더 먼 가족의 밑에서 자랐을 그녀가 얼마나 고생하면서 힘겹게 살아왔을지. 그 모습이 눈앞에 선하게 그려지자 또다지 원인 모를 통증이 가슴을 두드렸다. 그의 손은 어느새 휴대폰을 꺼내 은희에게 전화를 걸고 있었다.

마치 물방울이 통통 튀는 듯한 맑고 상큼한 목소리가 건너와서야 그는 비로소 아차, 하면서 후회를 하기 시작했다. 하지만 후회는 아무리 빨라도 늦는 법, 너무 늦었다.

– 어머머, 오늘 웬일이래? 나한테 반한 것 맞네요. 그죠? 백윤석 씨. 에이, 자꾸만 튕기지 말고 얼른 인정하시라고요. 내가 그렇게 보고 싶었어요? 아니면 어제 뽀뽀하더니 정이라도 든 거예요?

"점심을 같이 먹을까 하는데."

– 진짜요? 왜요? 솔직히 얘기해 봐요. 무슨 꿍꿍이가 있는 것 맞

죠? 정말 그럴 리는 없겠지만, 설마 절 좋아해요?

"차은희, 김칫국부터 마시지 말라고 했을 텐데. 알다시피 며칠 있으면 추석도 다가오고. 예전에는 당신이 어떻게 지냈는지는 모르겠지만, 지금은 다르잖아. 명절이면 어른들한테……."

윤석의 말을 가로막으며 그녀는 이상한 소리를 내질렀다.

– 아이고, 나 죽네! 나 죽어!

"뭐, 뭐야?"

이 여자가 정말! 할머니가 낼 법한 소리를 수화기에 대고 냅다 지르는 은희 때문에 윤석은 그저 황당했다.

– 백윤석 씨는 남자라서 잘 모르겠구나! 명절은 여자들이 개고생을 하는 날이거든요. 어아, 벌써부터 삭신이 쑤시는 느낌이라구요! 아이고, 나 죽네! 나 죽어!

"당신이 자다가도 벌떡 일어나는 삼겹살을 사 줄 테니 종로까지 나와!"

더 듣고 있자니 귀가 아파 왔기에 윤석은 거칠게 내뱉은 후 얼른 전화를 끊어 버렸다.

도톰한 삼겹살이 그릴 팬에서 지글지글 구워지고 있었지만, 은희는 눈길조차 주지 않은 채 윤석만 빤히 바라봤다. 그의 얼굴을 관찰하듯 찬찬히 살피며 그녀가 짧게 탄성을 내질렀다.

"알고 보니 백윤석 씨에게 제법 기특한 면도 있었네요."

그러나 잠시 뒤 그녀는 그에게 얼굴을 바싹 디밀고 또 이상한 소리를 주절주절 늘어놓기 시작했다.

"혹시 어디 아픈 거 아니에요? 왜 갑자기 안 하던 짓을……."

그때 난데없이 그다지 귀에 설지 않은 목소리가 날아오자 그녀의 말이 뚝 끊겨 버렸다.

"어머머, 이게 누구여? 우리 자기를 이곳에서 다 만나다니!"

친근하면서도 반가움이 느껴지는 여자의 목소리였다. 여, 여자? 난데없는 여자의 목소리에 윤석은 한순간 몸을 흠칫 떨었다. 그러나 곧이어 남자의 굵직한 목소리도 끼어들었다.

"차은희, 이제는 인정머리도 없구먼! 응? 여기까지 왔으면서 왜 연락 안 해?"

"부장님, 제가 잘못 본 거 아니죠? 우리 차은희 씨가 확실한 거죠?"

아직 윤석을 발견하지 못한 듯 남자와 여자는 번갈아 가며 목소리 밑바탕에 서운함을 깔고 한마디씩 톡톡 쏴 주었다.

"그래, 부장님 말씀이 맞아. 자기랑 우리랑 함께해 온 세월이 얼마인데 여기까지 왔으면서 어떻게 연락도 안 할 수가 있어?"

노골적으로 섭섭하다는 표정을 짓는 그들을 잠시 쳐다보다가 은희는 몸을 일으켰다. 그녀는 두 사람을 향해 정중하게 허리 굽혀 사과의 뜻을 표했다.

"섭섭하게 해서 정말 죄송합니다. 이만 노여움을 푸시고 철없는 후배를 용서해 주시길 바랍니다."

하지만 진지했던 표정도 잠시, 은희는 허리를 꼿꼿이 세우며 짐짓 귀여운 너스레를 떨었다.

"아이고, 말도 마세요. 제가 떼돈 벌려고 그동안 뼈 빠지게 일하느라 정신없이 바빴답니다. 하루하루를 얼마나 바쁘게, 정신없이 보냈는지 시간이 어떻게 흘러가는지도 몰랐다구요. 그러니 두 분께서 넓은 아량으로 너그럽게 이해해 주세요."

장난스러우면서도 진지한 말투로 과장스런 몸짓을 곁들여 말하는 은희를 보고 마침내 두 사람은 참지 못하고 킥킥거렸다.

"우리 자기는 어째 여전하다!"

34살 유부녀 반주미가 은희의 어깨를 톡톡 두들기며 낮게 속삭였다.

"재미있는 자기가 그렇게 가고 나니까 난 요사이 사는 맛도 없어졌다니까."

"에이 무슨 그런 말씀을 하세요? 사람 사는 게 다 그렇지. 어떻게 만날 재밌기만 하겠어요."

'다들 놀고 있네!'

연방 하하 호호 웃음이 끊이지 않는 그들을 보고 윤석은 못마땅한 듯 속으로 꿍얼거렸다.

"근데 언니와 부장님은 어쩌다 여기서 점심을?"

"호호, 내가 신세 한탄을 좀 했더니 우리 부장님이 웬일로 점심을 사 주겠다고 하잖아. 이 좋은 기회를 놓치면 안 되지. 안 그래?"

"어머, 부장님. 오늘은 해가 서쪽에서 떴나 봐요? 나한테는 사탕 한 알도 안 사 주시더니 이거 은근히 섭섭하다고요."

서운하다는 듯 뾰로통한 표정을 짓는 은희의 어깨를 톡톡 치며 부장은 능청스럽게 대꾸했다.

"야, 인마! 넌 아직 시집도 안 갔잖아. 괜한 오해를 만들고 싶지 않아서 그랬지. 반주미 씨는 유부녀니까."

은희가 결혼했다는 사실을 알 리가 없는 부장은 변명하듯 말했다.

"싫으면 싫다고 하시지 왜 변명만 늘어놓으세요! 섭섭하다구요! 부장님."

"허, 거참! 근데 넌……."

갑자기 부장이 흠칫 놀라더니 말꼬리를 흐렸다. 그의 시선은 은희의 맞은편에 있는 윤석에게로 향해 있었다. 그때서야 주미도 뭔가 이상하다는 걸 눈치챘는지 약속이라도 한 듯 부장을 따라 시선을 옮겼다.

"사장님? 아니 근데 사장님이 왜 은희 씨와…… 아, 아니 죄송합니다. 식사 중이신데 실례했습니다. 그럼 저흰……."

윤석을 보고 부장과 주미가 몹시 당황해서 안절부절못하며 횡설수설하자 은희가 뒤늦은 수습에 나섰다.

"저기, 괜찮으시다면 같이 합석할까요?"

조심스레 묻는 은희에게 윤석은 대답 대신 빙그레 웃으며 고개를 끄덕여 주었다. 속으론 몹시 못마땅했지만.

"안 그래도 백 사장님이랑 식사가 끝나는 대로 두 분 찾아뵈려고 했었어요. 호호. 자, 얼른 앉아요!"

윤석의 존재를 의식한 뒤부터 긴장한 듯 몸을 굳히고 여전히 눈치를 보고 있는 두 사람에게 은희는 변명하듯 말하며 자리를 권했다. 그제서야 두 사람은 비로소 자리를 찾아 앉았다. 그런데 어떻게 하다 보니 주미는 윤석의 옆에, 부장은 은희의 옆에 나란히 앉게 되었다.

"차은희, 대단해! 그새 사장님이랑 친해진 거야?"

자리에 앉자마자 부장이 은희의 귀에 대고 낮게 속닥거렸다. 그런 두 사람의 모습이 왠지 친근하고 다정하게 느껴져 순간 윤석은 알 수 없는 묘한 불쾌감을 느꼈다.

"자기, 요즘 하는 일은 잘돼 가? 박민현 선배가 잘해 주던?"

처음에는 사장이란 거대한 존재감 때문에 조금 불편해하는 눈치였지만, 은희가 능수능란하게 분위기 메이커 역할을 톡톡히 해 준 데다 뜻밖에도 사장이 편하게 나오자, 그들은 언제 긴장했나 싶을 정도로 스스럼없이 즐겁게 대화를 주고받고 있었다.

"어째, 오랜만에 봐서 그런가? 우리 자기 그새 예뻐진 것 같다. 부장님 안 그래요?"

주미가 부장을 흘끗 건너다보며 묻자 은희의 얼굴을 무심코 쳐다보던 부장이 고개를 끄덕거렸다.

"자기, 혹시 연애해?"

"뭐, 뭐, 뭐라구요……? 여, 연애……?"

"민현이 그 녀석이랑 연애하는 것 아냐?"

"글쎄, 여자는 사랑을 하면 예뻐진다고 하던데. 어째 자기 수상하다."

'아, 다들 왜 이러세요? 나 이미 결혼했다구요.'

그래, 그 말을 하려고 했었다. 하지만 두 사람은 잠시도 은희에게 말할 틈을 주지 않았다. 그러다 보니 그녀는 자연히 말할 기회를 놓치고 말았다.

"자기도 얼른 좋은 사람 만나 시집가야지. 글쎄 결혼이 모두 행복한 건 아니지만, 음, 그래도 늘그막에는 서로 의지할 반려가 있어야 한다고 생각하거든."

"민현이 그 녀석 여자 없는 것 같던데 한번 잘해 봐!"

'아, 아니, 부장님 왜 이러세요. 아이참!'

눈앞에 번연히 남편이란 사람이 앉아 있는데 그들이 아무것도 모르고 제멋대로 떠들어 대자 은희는 그저 죽을 맛이었다.

뭔가 망설이는 듯, 우물쭈물하면서도 끝까지 결혼했다는 말을 꺼내지 않는 은희를 윤석이 찌릿찌릿 째려보고 있었다. 두 사람이 번갈아 박민현이라는 남자의 이름을 들먹일 때마다 윤석은 원인 모를 짜증이 밀려오면서 이상스레 속이 거북해졌다.

"자, 주문하셔야죠."

듣다못해 윤석이 중간에 한마디 하자 그제서야 그들의 대화가 잠시 멈추었다. 머쓱해하며 메뉴판을 집어 들고 빠르게 훑어보던 부장과 주미가 동시에 입을 열었다.

"우리 차은희 씨는 삼겹살을 굉장히 좋아하지?"

"맞아요. 반대로 우리 자기는 생선을 무지 싫어한다지요."

"그럼 삼겹살로! 사장님, 오늘 점심은 제가 사겠습니다."

윤석을 향해 그렇게 말하고 난 부장이 은희를 흘끗 돌아보더니 곧 친근한 미소를 지었다.

"차은희, 내가 오늘 삼겹살 잔뜩 주문해 줄 테니, 많이 먹고 가! 그리고 제발 시집 좀 가라!"

그 말에 불쾌한 듯 윤석은 눈썹을 찡그렸다. 차마 말은 못하고 속으로만 끙, 앓는 소리를 삼키던 은희는 이내 환하게 웃으며 애교를 떨었다.

"호호, 역시 절 생각해 주는 사람은 부장님밖에 없다니까요. 부장님, 사랑해요!"

뭐? 사, 사랑? 저 여자가 정말! 어떻게 다른 남정네한테 저런 말을 함부로 할 수 있단 말인가? 게다가 두 손을 머리 위에 대고 하트를 그리는 제스처까지.

윤석은 정말이지 어이가 없었다. 아니, 황당함을 넘어 근원을 알 수 없는 분노가 해일처럼 일어나고 있었다. 그러나 주미는 애교 넘치는 은희의 모습이 새삼스럽지 않아 신경도 쓰지 않았고, 항상 들어왔으면서도 적응을 못 한 부장은 오늘도 새빨갛게 물든 얼굴로 버벅거리며 말했다.

"야, 차은희! 난 진짜 우리 와이프가 들을까 봐 겁난다!"

"에이, 우리 부장님·은근히 부끄럼 타신다."

언제나처럼 생기발랄한 은희의 모습을 바라보는 주미의 입가에 절로 미소가 생겨났다. 그렇게 한참을 흥미진진하게 그 모습을 지켜보던 주미가 문득 윤석을 돌아보고 물었다.

"사장님은 아직 결혼 전이시죠?"

주미의 뜬금없는 질문에 부장도 궁금하다는 듯 윤석을 물끄러미 쳐다봤다. 은희는 괜히 속이 뜨끔해져 얼른 시선을 다른 곳으로 옮겼다.

"전 이미 결혼했습니다."

"어머, 언제요?"

전혀 예기치 못한 말에 주미가 놀란 듯 눈을 크게 뜨고 반문했다. 의아해하는 그들의 시선 앞에서 윤석은 일부러 눈길을 피하는 은희를 똑바로 쳐다보며 말했다.

"광명반도체에 들어오기 전에 이미 결혼했습니다. 한창 신혼이라고 말할 수 있지요. 그런데……."

왠지 말꼬리를 흐리는 품새가 이상해서 은희는 마른침을 꿀꺽 삼켰다. 하지만 도저히 윤석의 얼굴을 똑바로 쳐다볼 수가 없어서 그녀는 일부러 고개를 숙여 물을 마시는 척했다.

"결혼 생활이 생각보다 참 고달픕니다. 왜 여자들은 그리도 잔소리가 많은지, 요즘은 잔소리를 바가지로 듣고 다닌답니다."

아, 아니 이 남자가 대체 무슨 얼토당토않은 소리를 하는 거야? 능청스런 말을 술술 늘어놓는 윤석을 흘끗 노려보다가 은희는 또다시 고개를 숙여 컵에 입을 가져다 대었다. 하지만 그 말을 못마땅하게 생각하는 두 여자와는 달리 부장은 크게 공감한다는 듯 힘차게 고개를 끄덕였다.

"아까도 잠깐 통화를 했는데 명절은 여자들이 개고생을 하는 날이라고 할머니들처럼 나 죽네 소리를 연발하더라고요."

콜록콜록! 그때껏 가만히 듣고 있던 은희는 풉, 하고 마시던 물을 내뿜으며 사레가 들려 연방 기침을 해 댔다.

"아, 콜록콜록, 컥컥! 에, 에취!"

"어머, 이를 어떡해? 자기 괜찮아?"

"그러게, 천천히 마셔야지. 쯧. 차은희, 괜찮아?"

걱정스러운 듯 묻는 주미의 말이 끝나자 부장이 곧이어 입을 열면서 은희의 등을 토닥토닥 두드려 주었다.

"괜찮습니까?"

못내 걱정된다는 듯 윤석이 주머니에서 손수건을 꺼내 그녀에게 건네주며 물었다.

'이, 나쁜 자식아! 너 때문이잖아!'

그렇게 말하고 싶었지만, 은희는 얼른 기침을 수습하며 능청스럽게 대응했다.

"괜찮을 리가 있겠습니까? 전혀 괜찮지 않습니다."

"네에?"

그 말에 떨떠름해진 건 오히려 윤석이었다. 부장과 주미도 의아함을 띤 시선으로 은희를 물끄러미 쳐다봤다.

"다들 하도 시집가라고 해서 어디 좋은 남자 없나 열심히 찾아보고 있었거든요. 근데 마침 끝내주게 잘생긴 사장님을 만나서 좋아하고 있었는데 임자 있는 몸이시라니 안타깝기 그지없네요. 제가 아무리 간이 부어 배 밖으로 삐져나왔다 해도 감히 유부남을 꼬드길 정도는 아니거든요."

언젠가는 그들이 부부라는 사실이 들통이 날 텐데도 은희는 짐짓 아무렇지 않은 듯 태연하게 말했다. 맞받아치는 말에 윤석이 눈을 빛내며 대꾸했다.

"아이고, 이런! 칭찬으로 듣겠습니다. 하지만 이 일은 비밀로 해
주시죠. 제 와이프가 굉장히 시기와 질투가 많아서 말입니다. 자칫하
다간 밥도 얻어먹지 못할까 봐 걱정입니다."

시기와 질투? 내가? 은희는 윤석의 말에 황당해져 눈을 휘둥그
레 떴다. 하지만 윤석은 은근슬쩍 그런 은희의 반응을 즐기고 있었
다.

당신이 먼저 거짓말했잖아? 윤석은 눈빛으로 그렇게 말하며 은희
를 뚫어져라 쳐다봤다. 왠지 모르게 분위기가 이상하게 흐르자 주미
와 부장은 아무런 말도 하지 않고 윤석과 은희를 번갈아 쳐다보다가
서로의 눈치만 살피고 있었다. 하지만 주위의 이목 따위는 아예 신경
쓰지 않는 듯 두 사람의 대화는 계속 이어졌다.

"뭐, 사모님이 틀린 말씀을 하신 것은 아니잖아요? 툭 까놓고 얘기
해서 명절은 여자들이 개고생을 하는 날이 맞죠. 안 그래요? 언니?"

"어, 어, 으응?"

멍하니 앉아 있다가 은희의 갑작스런 질문에 당황한 듯 주미가 머
뭇거리며 대답했다.

"남자나, 여자나 고생하는 건 똑같습니다. 여자들은 안에서, 남자
들은 밖에서 고생하지요. 안 그렇습니까? 차 부장님."

부장은 동조의 뜻으로 크게 고개를 끄덕거렸다. 더 이상 말을 이어
가다간 괜히 분위기를 망칠 것 같은 느낌에 은희는 환하게 웃으며 얼
른 화제를 바꾸었다.

"자, 남자든, 여자든 얼른 개고생이 끝나고 평화로운 삶을 위해 우
리 건배합시다. 점심이라 술은 안 되겠지만, 대신 보리차로 하시죠?"

그러고 나서 은희는 슬며시 한마디 덧붙였다.

"앞으로 우리 HG세미컨덕터 잘 부탁드리겠습니다, 백윤석 사장님."

"우리 은희 씨는 언제 봐도 생기가 넘친다니까?"

다시 살아나는 분위기를 틈타 주미가 발랄한 한마디를 던지며 은희를 따라 건배를 했고 그런 분위기가 싫지 않은 듯 윤석은 오래도록 미소를 지우지 못했다.

5장.
미운 정 고운 정이
들어 버렸다

"아이고, 나 죽네! 나 죽어! 대체 명절이란 건 어느 망할 놈이 만들어 내서는!"

올해도 어김없이 추석이 돌아왔다. 예전에는 추석 날 혼자 있거나 아니면 이모네 집에 가서 뼈가 빠지게 일을 해야 했다.

그러나 올해는 달랐다. 함께 즐겁게 보낼 가족들이 있어 시끌벅적하고 활기가 넘쳤다. 이번에도 두 사람은 시댁에서 잠을 자지 않았고 그저 인사치레로 추석 인사를 다녀왔다. 물론 그녀로서는 좋은 일이었다. 안 그래도 윤석과의 관계가 애매한 상황에서 싸늘한 한기가 감도는 시댁에는 단 1초도 더 머무르고 싶은 마음이 없었다.

그런데 이번엔 별로 힘든 일도 하지 않았는데 친정 식구들과 함께 식탁에 앉자마자 그녀는 죽는소리를 해 댔다. 그런 그녀를 보고 아버지 차 회장은 헛기침으로 심기가 불편함을 노골적으로 드러냈고, 새어머니 이 여사는 은희의 모습이 귀여워서 온화한 미소를 지어 주었고, 오빠 은성은 속으로 웃음을 삼키고 있었다.

아버지의 못마땅한 시선이 느껴졌음에도 불구하고 은희는 피곤한 듯 애꿎은 어깨를 한 손으로 툭툭 두드리며 여전히 죽는소리를 연발했다.

"아이고, 나 죽어!"

"자기, 많이 아픈 거야? 어디? 어깨?"

윤석이 묻자 은희는 당장이라도 죽는시늉을 하면서 고개를 끄덕거렸다.

그런데 이 남자, 정말 엉큼하고 나쁜 놈이다. 마사지를 해 주는 척하면서 살을 꼬집는 게 아닌가. 은희는 움찔 놀라며 가까스로 비명을 참았다.

"어때? 시원해?"

그렇게 묻더니 윤석은 또다시 그녀의 팔을 주물러 주는 척하며 살며시 꼬집었다. 그러면서도 또 태연한 척 묻는다. 얼굴에 빙그레 웃음을 지으면서.

"어때? 좋지?"

그 얄미운 얼굴을 보고 은희는 속으로 이를 박박 갈았지만, 어찌해 볼 도리가 없었기에 애써 웃음을 지어 주었다.

'으, 분하다!'

다정하고 애틋하게 느껴지는 두 사람의 모습에 은성은 순간적으로 밀려오는 의구심을 떨쳐낼 수가 없었다.

'그 사이에 정말 마음이 변한 건가…….'

은희의 생일 때도 느낀 거였지만, 왠지 은희를 바라보는 윤석의 눈빛이 예사롭지 않아 보였다. 애틋함, 따뜻함, 그리고 자상한 느낌도 들었다. 콕 집어서 설명할 수 없는 무언가가 있다는 것을 느꼈다.

차 회장의 생각도 은성과 크게 다르지 않았다. 자신의 딸이 그다지 만만한 여자가 아니라는 걸 모르지 않았기에 처음엔 사랑이 없는 결혼 생활이 과연 순탄할까 걱정도 없지 않았지만 두 사람의 다정해 보이는 모습을 보노라니 괜한 근심을 한 것 같았다.

그때껏 두 사람의 애틋한 모습을 인자한 눈빛으로 지켜보던 이 여사가 불쑥 물었다.

"너희들은 아직 소식이 없니?"

무슨 뜻인지 대뜸 알 수 없었으므로 은희는 의아한 표정을 지었다.

소식이라니? 알아듣지 못한 것은 윤석도 마찬가지였다. 말뜻을 몰라 대답 없이 멀뚱거리는 그들이 답답했는지 차 회장이 덧붙였다.

"아기 말이다."

"음, 시댁에서도 은근히 기다릴 텐데?"

이 여사가 나서서 또 한마디 거들자 잠시 멍청한 표정을 짓던 은희는 그만 들고 있던 숟가락이며 젓가락을 바닥에 떨어뜨렸다. 가까스로 정신을 가다듬고 떨어뜨린 물건을 주우려고 몸을 숙이다가 이번엔 식탁 모서리에 쾅 하고 이마를 부딪쳤다. 게다가 혹이 날 것 같은 머리를 움켜쥐고 몸을 일으켜 의자가 넘어간 것도 모른 채 앉다가 엉덩방아를 크게 찧고 말았다.

"까악!"

"밥상 앞에서 뭐하는 짓이야?"

보다 못한 차 회장이 발끈하며 소리를 질렀다. 남은 아파 죽겠는데 괜찮으냐고 묻는 대신 소리를 지르니 은희의 기분이 좋을 리가 없었다. 그녀는 입술을 지그시 깨물었다.

"이런! 은희야, 괜찮은 거야? 어디 다친 데는 없고?"

"괜찮은 거야?"

이 여사의 말이 끝나기 무섭게 윤석이 바로 물었다. 그러면서 넘어진 그녀를 부축하려 했지만, 은희는 그 손을 걷어 냈다. 손으로 아픈 엉덩이를 문지르며 그녀는 잔뜩 찡그린 얼굴로 자리에 앉았다. 그 모습을 하나도 빠짐없이 지켜보던 은성은 금방이라도 폭소가 터져 나오는 걸 참느라 미칠 것만 같았다.

윤석도 마찬가지였다. 아픈 이마를 문지르며 괴로워하는 그녀를 보면 웃을 일이 아님에도 자꾸만 저도 모르게 웃음이 쿡쿡 새어 나와서 참느라 몹시도 힘들었다.

"하품하다가 파리 집어삼키는 소리 하니까 깜짝 놀라서 그랬죠."

아버지를 향해 조롱하는 듯 농담 섞인 말을 태연하게 던지면서 은희는 손으로 이마를 문질렀다.

"뭐야?"

차 회장은 노기를 띤 음성으로 말했지만 은희는 아버지의 화난 모습에도 전혀 개의치 않아 하는 눈치였다.

"그건 아버지가 저한테 재촉하실 일은 아니죠. 재촉할 사람은 따로 있는데."

은희는 은성을 뚫어져라 쳐다봤다. 여전히 그에게 시선을 고정시킨 채 은희는 느릿느릿 읊조렸다.

"내가 차씨 가문을 이을 사람도 아닌데, 하고 있는 일 미루면서까지 아이 낳을 생각 없는데요."

"이 녀석이 지금 뭐라고 하는 거야?"

은희가 한마디도 지지 않고 말대꾸를 하자 차 회장은 어지간히 심기가 뒤틀린 모양이었다. 대체 저 녀석은 누구를 닮았기에 저다지도 발칙하고 건방지단 말인가? 그는 노기 가득한 얼굴로 은희를 노려봤다.

"애가 낳아 놓기만 하면 오이처럼 쭉쭉 자라나요? 엄마가 직접 키워야지. 그런데 전 지금 막 사업을 시작한 참이고 일이 생각보다 잘 풀리고 있어요. 대기업이랑 계약도 했고 앞으로 해야 할 일도 태산이라구요."

당분간 다시는 저 이야기를 듣고 싶지 않았던 은희는 따박따박 자신의 의견을 이어 갔다. 차 회장은 인상을 찌푸린 채 그녀의 이야기를 듣고 있었다.

"그럼 내가 아이를 낳으면 아버지가 키워 주시겠어요?"

자신을 빤히 쳐다보며 천연덕스럽게 묻는 은희를 보고 차 회장은 또다시 할 말을 잃고 말았다. 굉장히 심기가 불편한 듯 그의 미간에 더욱 깊은 주름이 그려졌다. 그런데도 은희는 물러서지 않았고, 더더욱 짓궂게 굴었다.

"아버지가 예쁘게 손주를 키워 주신다면 제가 한번 진지하게 고민해 보고요. 먼저 일어나겠습니다. 천천히 드십시오."

자리에서 일어서는 은희를 보고 차 회장이 입을 열었다.

"자고 가라."

그녀의 입술 끝이 묘하게 비틀어졌다. 그것은 명백한 비웃음이었다. 아버지의 눈빛과 마주치자 그녀는 차가운 어투로, 그러나 웃는 얼굴로 말했다.

"물론입니다. 자고 가야죠. 올해의 추석은 제게도 잊지 못할 명절이었으니까요. 너무도 특별한 날이라 평생 잊지 못할 것 같습니다."

그 한 마디 한 마디가 얼음처럼 무척이나 차갑게 느껴져 듣는 사람 모두가 숨을 죽이고 있었다. 하지만 차 회장은 언제나 예외였다. 망설였던 것도 아주 잠시, 그녀를 똑바로 쳐다보며 그가 손을 내밀었다.

"네 방 열쇠 하나 주거라."

처가에서 보낸 첫날밤, 에어컨이 없는 방에서 밤을 보냈던 윤석의 모습이 떠오른 은성이 소리 죽여 웃음을 흘렸다. 무심코 시선을 돌리다가 마침 숨죽여 웃음을 삼키는 은성의 모습이 눈에 띄자 윤석은 속으로 어금니를 박박 갈았다.

기가 막혀 어이없는 표정을 짓는 은희에게 차 회장이 조금 전보다 더 단호한 어투로 말했다.

"열쇠 두고 가."

마음이 불편해 몸까지 별로 안 좋아져 피곤한데 차 회장이 저렇게 나오니 은희는 슬슬 짜증이 났다. 하지만 그녀는 벌겋게 상기된 표정을 애써 누그러뜨리며 짐짓 웃는 얼굴로 능청스럽게 대응했다.

"아버지, 쓸데없는 걱정만 하시다간 빨리 늙습니다. 오래오래 사셔야죠."

그 말을 하면서 은희는 '오래오래' 란 단어에 유난히 힘을 주어 강조했다. 그러곤 조금은 신경질적인 어조로 덧붙였다.

"예쁜 아기 낳으면 손수 키워 주신다고 하시니 제가 오늘 밤 열심히 해 볼게요. 그러니 제발 쓸데없는 걱정 좀 붙들어 매세요."

자신의 마지막 말에 식탁에 남겨진 사람들이 얼마나 황당해하는지도 모르는 채 그녀는 할 말 다 끝났다는 듯 방으로 올라가 버렸다.

자기 방에 올라왔지만, 그녀는 쉽사리 잠을 이룰 수가 없었다. 어찌 안 그렇겠나. 오늘은 문을 잠글 수가 없다. 그렇다고 좋은 침대를 두고 차가운 바닥에서 잘 수도 없는 일이었다. 아니 내가 왜 바닥에서 자야 하는데? 그런 억울한 생각이 들어 신경을 잔뜩 곤두세우고 있었지만, 바쁜 하루로 인해 누적된 피로로 폭풍처럼 밀려오는 졸음을 도저히 이겨 낼 수 없었던 그녀는 침대 위에 몸을 던지자마자 그대로 정신없이 잠에 빠져들었다.

윤석은 그로부터 두 시간이 지나서야 그녀의 방에 들어왔다. 잠시 고민하듯이 바닥과 침대를 번갈아 바라보는 그의 입에서 깊은 한숨이 새어 나왔다. 아니, 내가 왜 바닥에서 자야 하는데? 조금 전 은희와 똑같은 생각을 하며 윤석은 자리에 서서 극심하게 갈등하다가 그녀 옆에 살며시 누웠다.

그러나 서로 바짝 달라붙어 누운 게 아니라 조금의 접촉이라도 용납하지 않겠다는 듯 그녀와 사이를 두고 떨어져 누웠다. 내가 아무리 이 여자랑 같은 침대에서 잔다고 해도 절대 불미스런 일은 일어나지 않을 거라고 다짐하며 눈을 감았다. 하지만 그 생각이 실수였음을 깨닫는 데는 그리 오래 걸리지 않았다.

나른한 잠에 빠져 있는데 느낌이 너무 좋고 따뜻하다. 안으로 깊숙이 파고들수록 그 느낌이 너무도 강렬해서 빠져나오고 싶지 않았다. 누군가가 자신의 머리를 쓰다듬고, 또 자신의 살결을 어루만지는데도 은희는 조금도 거부감이 느껴지지 않았다.

"너무 따뜻해."

윤석은 잠결에 여자의 입에서 나직하게 흘러나온 소리를 들었던 것도 같았다. 피부에 와 닿는 느낌이 너무 부드럽고, 손에 와 닿는 감촉도 좋아서 도저히 손을 뗄 수가 없었다. 게다가 코끝에 맴도는 기분 좋은 향에 취해 윤석은 더더욱 힘주어 누군가를 끌어안았다. 그 부드러운 감각은 곧 그의 몸을 뜨겁게 만들었다.

"아!"

감탄인지 탄식인지 모를 소리가 누군가의 입에서 튀어나왔다. 그것이 마치 신호라도 되는 듯 두 사람의 입술이 서로 겹쳐졌다. 여전히 눈을 감은 상태로 두 사람은 몸이 이끄는 대로, 본능에 이끌리는 대로 몸을 바짝 밀착하며 뜨거운 키스를 주고받고 있었다. 맞닿은 입술이 벌려지고, 입천장과 치열을 훑다 서로의 혀가 감기고 서로의 숨과 타액이 오가고 있었다. 그렇게 한참을…….

그러다 어느 순간 갑자기 약속이라도 한 듯 두 사람의 눈이 번쩍 떠졌다. 마치 뜨겁고 불타는 밤을 보낸 것처럼 서로를 꽉 부둥켜안은 모습에 두 사람은 놀라움과 충격을 금치 못했다.

"이, 이……."

정신이 쭉 빠진 듯, 완전히 넋이 나간 듯 멍청한 표정으로 말을 잇지 못하는 은희를 보고도 윤석은 여전히 그녀를 꽉 끌어안은 채 놓아주지 못하고 있었다.

"이, 이……."

몹시 놀란 듯 여전히 말을 잇지 못하던 은희가 빠르게 그에게서 떨어지더니 윤석을 향해 냅다 주먹을 한 방 날렸다.

퍽!

"앗!"

전혀 무방비 상태로 얼결에 그녀에게 얼굴을 얻어맞은 윤석은 고통스러운 짧은 신음을 흘렸다.

아니, 무슨 여자가 주먹이 강철도 아니고, 손이 이렇게 매운 건지 모르겠다. 이 희한한 여자와 함께 살다간 자신이 정말로 제 명에 못 살고 죽을 수도 있다는 섬뜩한 생각이 뇌리를 스쳐 가자, 그는 온몸에 소름이 돋았다.

하지만 몹시 고통스러워하는 그에게는 눈길조차 주지 않은 채 은희는 시선을 이리저리 옮기며 자신의 옷차림을 살피느라 여념이 없었다. 옷이 조금 구겨진 것 말고는 크게 이상이 없었다. 그것에 안도했는지 그녀는 한숨을 크게 푸욱 내쉬었다.

"아앗……."

아픔 섞인 신음이 들려오자 그제야 그녀는 눈을 들어 윤석을 빤히 쳐다봤다. 맞은 얼굴을 부여잡고 자신을 아주 찢어 죽일 듯한 강렬한 눈빛으로 쏘아보는 그의 시선에도 아랑곳하지 않고 그녀는 도도하게 팔짱을 끼고 대꾸했다.

"우리 이걸로 퉁칩시다! 어제 그쪽도 날 마사지해 주는 척하면서 꼬집었잖아요. 나 어제 생살을 도려내는 것처럼 아팠다구요."

"차은희!"

몹시 화가 난 윤석이 그녀의 이름을 버럭 외쳤다.

"따지고 보면 백윤석 씨가 먼저 잘못한 거잖아요. 바닥에서 잤더라면 이런 일도 없을 텐데."

바닥을 흘끗 내려다보며 그렇게 중얼거려놓고 은희는 쏙 방을 빠져나갔다.

윤석은 화끈거리는 얼굴을 계속 문지르면서도 멍하니 그녀가 빠져나간 방문을 쳐다보았다.

"안 갈 거예요?"

차 회장과 늦게까지 장기를 두다가 오후 늦게서야 평창동을 나와 차에 올라탄 지 한참이 지났는데도 윤석이 도무지 출발할 기미가 보이지 않자, 은희가 의아한 표정을 짓다가 문득 뭔가 생각났다는 듯 미안해하며 말했다.

"휴, 미안하다구요. 아직도 많이 아파요? 봐 봐요."

그때 윤석의 휴대폰이 무섭게 울리자 은희는 잠시 말을 끊었다. 잠깐 그녀에게 향했던 시선을 거둔 윤석이 살짝 미간을 찌푸리며 전화를 받았다.

"네, 백윤석입니다."

왠지 통화하는 그 모습이 다소 심각해 보여 은희는 귀를 쫑긋 세웠으나 상대의 소리가 너무 낮았기에 잘 들리지 않았다.

"알겠습니다. 잠시 후에 뵙겠습니다. 감사합니다."

짧게 말을 끝낸 윤석은 싸늘하게 표정을 굳히며 한껏 액셀을 밟았다. 그리고 집에 도착할 때까지 아무 말도 하지 않았다.

"늦을 것 같으니까, 기다리지 말고 먼저 밥 먹어."

집에 도착하자마자 그 한마디를 남겨 둔 채 윤석은 다시 차를 몰고 어딘가로 떠나갔다.

"왜 저래?"

그의 표정이 평소와 달리 무겁고 어두워 보였기에 은희는 오랫동안 자리에 서서 의아함을 감추지 못했다.

'저 남자 아침에 있었던 일 때문에 삐친 것 아냐?'

사실 아침의 일이 아무렇지도 않았던 것은 아니었다. 얼떨결에 때려 놓고 더 어찌해야 할지 몰라 평소대로 해야겠다는 생각만이 앞서서 제대로 된 사과를 못했던 것이다. 미안한 마음에 전화라도 해 볼까 싶어 휴대폰을 만지작거리는데 기다렸다는 듯 휴대폰이 울려 대자 그녀는 발신번호도 보지 않고 전화를 받았다. 하지만 기다렸던 상대가 아니었기에 그녀의 미간이 이지러졌고, 목소리도 신경질적으로 변해 버렸다.

"왜?"

- 네 남편 돈 엄청 많은 부자인가 보더라. 너는 좋겠다! 좋은 남편

만나 팔자 고쳐서 말이야.

비아냥거리는 목소리는 영아였다. 은희의 입가에 어이없다는 웃음
이 맺혔다.

"넌 술 마셨니? 갑자기 무슨 헛소릴 하는 거야?"

– 나 고민 중이거든! 4억으로 성형 수술 받고 비싼 명품으로 도배
하면 돈 많은 남자를 낚을 수 있지 않을까. 나 오늘 또 차였단 말이
야. 그 나쁜 자식이 그러잖아. 내가 눈이 작고 팔에 흉터 있다고. 자
기 취향이 아니래. 흑.

"뭐? 지금 실연당했다고 나한테 전화한 거야? 성형은 무슨, 그런
남자 때문에 울지 마."

– 4억이면 충분히 그럴 수 있지 않나? 4억! 자그마치 4억이라구.

처음엔 술주정인 줄 알았다. 워낙 이모를 닮아 허영심이 많고 낭비
를 좋아하는 영아였기에 실연의 아픔으로 헛소리를 하는가 보다 생각
했다. 그런데, 왠지 들을수록 불길한 느낌이 가슴을 싸하게 만들었다.

"김영아, 너 뭐 있지. 4억이면 충분해? 그게 무슨 소리야?"

그리고 수화기 너머에서 곧 이어지는 한탄과 불만이 섞인 목소리
에 은희의 얼굴이 사정없이 일그러졌다. 손에서는 힘이 풀려 휴대폰
이 바닥으로 굴러떨어졌다.

"맙소사!"

무슨 정신으로 이곳까지 왔는지 모른다. 영아가 술에 잔뜩 취해 하
는 말은 횡설수설이었지만 그 뜻만은 명확하게 전달되었다. 그 말을
듣는 순간부터 은희는 마치 뒤통수를 호되게 얻어맞은 것처럼 아무
생각을 할 수 없었다. 그래서 전화를 끊기 무섭게 헐레벌떡 영아가
사는 옥탑방까지 찾아갔다.

과연 짐작대로 영아는 꼴이 말이 아니었다. 그사이 술에 잔뜩 취해 제대로 눈도 뜨지 못하고 흐느적거리면서도 그녀는 술 못 먹어 죽은 귀신이 붙은 것처럼 정신없이 술을 퍼마시고 있었다. 안주라고 해 봤자 마른오징어와 과일 몇 조각, 그리고 땅콩이 전부였다.

"김영아, 똑바로 말해! 그게 다 무슨 소리야? 이모가 정말 돈을 받았니?"

"이게 누구야? 우리 노친네 왔구나! 아니다, 이제는 부잣집 사모님이겠구나!"

영아는 무슨 말인지 제대로 알아듣기가 힘들 정도로 웅얼거렸다. 갑작스럽게 생긴 돈을 보고 미주알고주알 캐묻는 영아에게 모두 실토한 정 씨만큼이나 영아 역시 입이 무거운 편이 아니었다. 자신이 얼마나 큰 실수를 저지르고 있는지도 몰랐고 또 절대 해서는 안 되는 말을 꺼내고 있다는 것도 몰랐다.

"김영아! 정신 차리고 대답해!"

화가 잔뜩 나서 소리를 질러도 영아가 제대로 몸도 가누지 못할 정도로 취해 정신을 차리지 못하자 은희는 그녀의 등짝을 세차게 후려쳤다.

"아!"

"누구한테서 그 돈을 받았다고? 네 엄마가 받았어? 4억을 받았다고 했니? 어?"

정 씨가 윤석에게서 엄청나게 많은 돈을 받아 갔다는 그 말을 듣는 순간부터 은희는 눈에 뵈는 게 없었다.

뻔뻔한 것도 정도가 있지, 어떻게 그 많은 돈을 아무렇지 않게 꿀꺽할 수 있단 말인가? 어려서부터 자기가 벌어다 바친 돈이 얼만데! 생각할수록 기가 찰 노릇이었다. 만약 아버지나 오빠에게서 받은 돈이라면 또 모르겠다. 그런데 윤석에게서 돈을 받았다고 하자, 은희는 미친 듯이 화가 났다.

대체 왜……? 그녀는 그가 무슨 의도로 그런 행동을 했는지 도저히 알 수 없었다. 동정심인가?

그것이 언제부터인지는 정확하게 알 수가 없었지만 철이 들 무렵부터 은희는 불쌍하단 소리와 사람들의 동정 어린 눈빛과 목소리를 가장 싫어했다.

'엄마까지 잃고 불쌍해서 어떡해?'

'대체 무슨 놈의 팔자가 이렇게 기구해서는 불쌍하기도 하지. 쯧쯧……'

그런 동정이 끔찍하게도 싫었다. 걱정해 준다고 하는 말은 그녀에게 오히려 상처가 되었고 대부분은 말뿐인 가식적인 동정이었다. 그런 말보다 '이 빌어먹을 년!' '이 나쁜 년!' '이 못된 계집애!' 같은 소리를 듣는 편이 훨씬 낫다고 생각했다.

"뻔뻔한 것들! 못된 것들!"

악을 쓰듯 바락바락 소리를 지르며 은희는 손이 아픈지도 모르고 영아를 마구 때리기 시작했다.

"악! 뭐야! 아파!"

"정신 못 차릴래? 더 맞을래?"

처음엔 영문도 모른 채 은희에게 얻어맞기만 하던 영아는 더 이상은 참기 힘들었는지 은희의 머리카락을 휘어잡았다.

"왜 때려! 왜!"

두 사람은 아프도록 머리카락을 휘어잡고 눈물범벅을 한 채 발버둥 치며 격렬하게 싸우기 시작했다. 밖에 나갔다가 마침 옥탑방에 돌아온 영재가 그 모습을 보고 기겁하며 눈썹이 휘날리도록 뛰어와 두 여자의 싸움을 뜯어말렸다.

"왜 이래? 둘 다 미쳤어? 그만 못해?"

영재가 필사적으로 매달리며 싸움을 뜯어말려서야 두 여자는 겨우 서로에게서 떨어졌다. 그래도 분이 풀리지 않았는지 둘은 서로를 잡아먹을 듯이 노려보며 집이 떠나가라 고래고래 소리를 지르고 있었다.

"은희 누나, 대체 무슨 일이야?"

영재는 아직 그 사실을 모르고 있었기에 몹시 화가 난 은희를 보고 의아할 수밖에 없었다.

은희의 이런 모습은 아주 오랜만이었다. 아무리 어려운 일에 부딪쳐도 그녀는 웬만해선 괴로워하거나 우울해하지도 않았고 이렇게 심하게 화를 내거나 슬프게 울지 않았다. 하지만 일단 누군가가 그녀의 자존심과 성질을 잘못 건드리면 그녀는 화산이 폭발하듯 참았던 분노를 터뜨리곤 했다. 그때가 되면 그 누구도, 심지어 성격이 괴팍한 정씨마저도 걷잡을 수 없을 정도로 폭주하듯 거침없이 화를 내는 그녀를 감당해 낼 수가 없었다. 바로 지금처럼.

영재를 죽일 듯이 쏘아보는 그녀의 눈빛에는 엄청난 분노가 담겨 있었다.

"은희 누나!"

그 눈빛이 너무도 소름 끼치도록 무섭게 느껴져 영재는 감히 노친네라는 익살스런 호칭을 쓸 수가 없었다. 대신 은희의 손목을 힘주어 꽉 잡고 답을 재촉하는 눈빛을 보냈다.

"이거 놔!"

"누나!"

"너희들, 아니 너네집 식구 다 미워! 죽을 만큼 밉다고!"

이로 씹듯이 내뱉은 은희는 자신을 간절하게 부여잡는 영재의 손을 매몰차게 뿌리친 뒤 옥탑방을 나왔다.

♡　♥　♡

　바쁜 것도 서두를 일도 없었지만, 윤석은 자신이 부탁했던 서류를 건네받자마자 정신없이 차를 몰고 한달음에 집에 달려왔다. 그런데 이 여자는 한밤중에 혼자 어딜 싸돌아다니는지 그림자조차 비치지 않았다.

　그녀를 기다리는 동안 서류를 펼쳐 보는데 읽으면 읽을수록 자신의 생각보다 더 기구하고 파란만장했던 은희의 삶이 마치 TV 다큐멘터리를 보는 듯해 바늘에 찔린 듯 심장이 따끔따끔 아파 왔기에 결국은 다 읽지 못하고 덮어 버렸다.

　은희는 그로부터 30분 뒤에 도착했다. 산발한 머리에 눈물과 콧물과 땀으로 얼룩진 파리한 얼굴이었다. 그 몰골에 깜짝 놀란 윤석이 자리에서 벌떡 일어났다.

　"어디서 한바탕하고 왔나?"

　윤석을 바라보는 그녀의 눈빛이 증오와 분노로 이글거렸다.

　"이 나쁜 자식아!"

　앙칼진 목소리와 함께 그의 얼굴을 향해 가방을 내던지며 은희는 주먹으로 그를 마구 때리기 시작했다.

　"왜? 내가 만날 실없는 농담이나 하고 호호 하하 웃으니까 만만하게 보였니? 아니면 거지처럼 보였어?"

　갑작스런 행동에 윤석은 그저 놀라서 때리는 대로 그녀를 가만히 두었다.

"나, 돈 많은 사람이다. 그렇게 대놓고 돈 자랑하니? 네가 그렇게 잘났어?"

윤석으로서는 알 수 없는 말을 하며 그녀는 잠깐 멈췄던 손을 다시 움직여 그를 때리기 시작했다.

"대체 왜 미친년처럼 화를 내는 건데?"

화가 났는데도 불구하고 그때껏 아무 말 없이 잠자코 서 있던 윤석은 그녀의 손목을 우악스럽게 잡으며 물었다.

"네가 무슨 짓을 했는지 몰라? 백윤석 씨, 당신 원래 그렇게 기억력이 나빠?"

평소에 늘 보아 오던 장난스런 모습이 아니었다. 자신이 아무리 화를 돋우어도 꿈쩍도 안 하던 그 뻔뻔한 모습은 눈 씻고 찾아봐도 없었다.

지금의 그녀는 온몸으로 화난 감정을 표현하고, 온몸으로 분노를 터뜨리고, 온몸으로 슬퍼하고 울고 있었다. 윤석은 답답하면서도 그 모습에 안타까운 마음이 먼저 들었다.

"왜? 그렇게 돈이 많으면 더 주지, 왜 고작 4억만 줬는데? 당신 대체 뭐야? 대체 뭔데 내 일에 끼어들어? 왜? 사랑하는 사람도 아니고, 진짜 아내도 아닌데 네가 왜 내 일에 함부로 끼어드는데? 어? 이 나쁜 자식아!"

그때서야 윤석은 뭔가 모호했던 상황에 가닥이 잡혔다. 그 와중에도 그녀의 악다구니는 계속되었다.

"나쁜 자식! 대놓고 바보처럼 날 무시해?"

"왜 나한테 와서 행패지?"

차분하면서도 낮은 목소리에 그녀의 말이 끊겼다. 기가 막혀 하는 그녀를 보고 윤석이 차갑게 내뱉었다.

"당신이 깔끔하게 처리했다면 이런 일도 없었을 거 아니야."

"뭐, 뭐어……?"

대체 왜 그녀가 이토록 화를 내는지 윤석은 도무지 알 수 없었다. 또 자신이 무엇을 그렇게 잘못했는지는 더더욱 알 수 없었다. 딱 보아하니 돈 때문에 괴롭힘 좀 당하고 자란 것 같아 차단해 줬을 뿐이라 억울하다는 생각만 들었다. 그러다 보니 의지와 상관없이 본의 아니게 험한 말들이 봇물처럼 터져 나왔다.

"그래, 버림받은 당신이 불쌍했어. 그저 죽을 둥 살 둥 돈만 버는 당신이 안쓰러워서 지나가는 거지를 돕는다 생각하고 해 준 것뿐이야! 아무리 생각해도 불쌍하고 가여워서 말이야!"

불쌍하다, 가엾다, 딱하다가 이 세상에서 은희가 가장 듣기 싫어하는 말이었다. 그 냉랭하고 차가운 한마디가 기어코 그녀의 자존심을 건드렸다는 걸 윤석은 미처 알지 못했다.

그녀의 눈에서 둑이 터지듯 눈물이 걷잡을 수 없이 쏟아져 내렸다.

"이 나쁜 자식아!"

은희는 사납게 소리를 내지르며 그에게 가까이 다가가는 듯하더니 냅다 정강이를 걷어차 버리고는 몸을 돌려 집을 휙 나가 버렸다.

홀로 남겨진 윤석은 충격받은 얼굴로 한참을 멍하니 서 있다가 분을 못 이겨 주먹으로 벽에 걸린 액자를 모조리 박살 내 버렸다. 와장창 하는 굉음과 함께 유리조각이 사방으로 흩어졌다. 파편 때문에 상처가 난 손에서 피가 났지만 그는 신경도 쓰지 않고 그녀가 나간 문만 쳐다보고 있었다.

벌써 몇 잔째인지 모른다. 머리는 헝클어져 산발이 되었고, 얼굴은 땀과 눈물, 콧물로 얼룩져 있었다. 은희가 안주는 아예 먹지 않고 물 마시듯 소주를 정신없이 들이켜자 포장마차 아주머니는 불안해서 어쩔 줄을 몰라 했다. 그러나 당사자는 그걸 아는지 모르는지 슬픔을 가득 머금은 듯 훌쩍훌쩍 흐느끼면서도 소주 한 병을 더 주문했다.

"아줌마, 소주 한 병 더 갖다 줘요."

"이봐, 아가씨. 이제 그만 마셔! 그러다 속 버려!"

그 말이 못마땅하게 느껴져 은희는 새치름한 눈빛으로 아주머니를 흘겨보더니 피식 웃으며 꼬이는 발음으로 대꾸했다.

"왜요? 내가 돈 안 내고 도망갈까 봐 걱정돼요?"

"에구, 그 말이 아니잖아."

당황하며 말하는 아주머니를 향해 은희는 손을 휘휘 내저었다.

"에이, 뭘 그렇게 놀라세요. 그냥 농담 좀 해 봤는데."

술에 취해 술주정하는 것 같기도 하고 또 그녀의 말처럼 흘러가는 농담 같기도 해서 아주머니는 이러지도 저러지도 못한 채 그저 곤란한 표정을 지으며 마지못해 소주 한 병을 더 내주었다.

"그래도 적당히 마셔, 에구구······."

아주머니가 건네주는 소주병을 들고 한참 동안 이리저리 살펴보던 은희는 막 돌아서려던 아주머니를 붙잡고 또 이상한 소리를 해 대기 시작했다.

"아줌마, 이거 혹시 가짜 아니에요? 왜 이리 맛없지? 물 같잖아."

"이봐, 아가씨. 벌써 취했어?"

은희는 나무라는 투로 말하는 아주머니를 향해 의미를 알 수 없는 배시시한 웃음을 지어 주었다.

"에이, 또 이러신다! 호호. 아줌니, 너무 귀여우세요. 호호."

"단단히 취했구먼! 얼른 집에 돌아가! 부모님 걱정하게 만들지 말고!"

"부, 부모님?"

그 말을 씁쓸하게 되풀이하면서 은희는 헛헛한 웃음을 흘렸다.

"부모? 호호. 나를 걱정해 주는 부모? 나한테 그런 부모가 있었던가?"

뭐라 알아들을 수 없는 말을 웅얼거리던 은희가 갑자기 큰 소리로 외쳤다.

"아줌마!"

"에구, 깜짝이야!"

그녀의 목소리가 하도 높았기에 언뜻 귀청이 떨어지지 않았나 의심하며 아주머니는 흠칫 놀란 표정을 지었다.

"계속 저를 아가씨라 부르시던데, 아줌니, 나 결혼했어요. 결혼했다구요. 엄연한 유부녀라고요. 흑흑."

"에구, 참!"

그녀가 히죽히죽 웃던 걸 멈추고 다시 울기 시작하자 아주머니는 애가 타서 발만 동동 굴렀다. 걱정스러운 듯한 아주머니의 시선이 그녀의 몸을 훑어 내렸다.

"그래, 새댁. 내가 새댁 속상한 건 알겠는데 이렇게 울기만 해선 아무것도 할 수 없다고. 부부싸움은 칼로 물 베기라고 하잖아! 그런 건 둘이 풀어야지, 술은 아무런 도움이 안 돼!"

남편과 한바탕 싸우고 집을 뛰쳐나온 여자로 착각한 모양이다. 아주머니는 은희의 어깨를 토닥토닥 두드리며 차분하게 설득조로 말하고서 얼른 눈물을 닦으라고 휴지를 건네주었다. 하지만 은희는 그 손길을 뿌리쳤다. 그녀는 초점 잃은 눈빛으로 아주머니를 빤히 쳐다보더니 갑자기 오열을 터뜨렸다.

"에휴, 이를 어쩌나? 새댁! 그만 울어!"

마음씨가 고와 은희를 모른 척할 수가 없는 아주머니의 심정은 아는지 모르는지 은희는 더더욱 그녀를 황당하게 만들었다.

"아줌니, 참 예쁘세요. 우리 엄마만큼 너무 예뻐요. 흑흑."

그녀는 또 훌쩍거리더니 아주머니의 얼굴이며 머리며 손등을 부드럽게 어루만졌다.

"그 빌어먹을 돈 때문에 아줌니도 늦게까지 참 고생 많으시네요. 근데요, 무엇보다 건강이 최고예요. 그러다 병에 걸리기라도 하면 다 쓸데없다구요. 말짱 도루묵이야! 그러니, 아줌니 건강하게 오래오래 사세요. 뭐니 뭐니 해도 아이들에게는 엄마가 최고야! 엄마 없는 아이는 마치 시든 풀 같으니까!"

그것은 결국 자신에게 하는 말이기도 했다. 엄마를 잃고 난 뒤 자신은 지금껏 시든 풀과도 같은 인생을 살아왔으니까.

"그래, 잘 알았으니까, 얼른 눈물 그쳐. 응?"

아주머니가 건네주는 휴지를 집어 들고 은희는 코를 풍풍 풀어냈다. 그 모습이 우스꽝스럽기도 하고 기가 막혀서 아주머니는 어쩔 수 없다는 듯 체념의 웃음을 지었다.

"새댁, 이제 제발 그만 좀 마시고 가! 응? 그러다 정말 속 버려."

"아이고, 우리 아줌니. 걱정도 팔자시다!"

은희는 저를 걱정해 주는 아주머니가 귀엽다는 듯 그녀의 볼을 죽죽 잡아당겼다가 문질렀다.

"에효, 참……!"

그녀의 황당한 행동을 웃어넘긴 아주머니는 길게 한숨을 내쉬면서 자리를 피해 주었다. 그래도 내심 걱정되는 마음에 일을 하면서도 그녀의 불안한 시선은 내내 은희에게서 떠나지 않았다.

이윽고 은희가 테이블에 고개를 처박자 아주머니는 황망한 표정을 지으며 그녀에게 다가갔다.

"새댁! 이봐, 새댁!"

몇 번을 불러도 답이 없자 아주머니는 하는 수 없이 그녀의 주머니를 뒤졌다. 그녀의 바지 뒷주머니에서 아주머니가 찾던 휴대폰이 나왔다. 휴대폰 전화부를 열고 번호를 확인하는 아주머니의 표정이 점점 뜨악하게 변해 갔다.

[가시내 010-90xx-01xx, 꿀꿀 돼지 010-80xx-09xx, 미운 양반 010-87xx-00xx, 바가지 선배 010-91xx-12xx, 쌍둥이 엄마 010-68xx-43xx…….]

"아니, 무슨 이름들이 이래?"

알 수 없다는 듯 아주머니는 멀뚱멀뚱 술에 곯아떨어진 은희를 건너다보며 난처한 표정을 지었다. 그러다가 '왕싸가지 남편 010-76xx-00xx'이라고 적힌 마지막 연락처를 확인하는 순간 아주머니의 표정이 환하게 밝아졌다. 다른 해괴한 이름들로는 전혀 관계를 예상할 수 없었지만 '남편'만큼은 확실한 호칭이었기 때문에 가족이 틀림없다고 생각하는 아주머니였다.

아주머니는 여전히 미동도 없는 은희를 내려다보다 왕싸가지 남편으로 저장된 번호를 눌러 전화를 걸었다.

벽에 걸린 액자를 모조리 박살 낸 후 답답함을 도저히 견딜 수 없어 집을 뛰쳐나온 뒤 지금껏 차 안에 혼자 틀어박혀 있던 윤석은 벌

써 세 번째 끈질기게 울리는 휴대폰을 받지 않았다.

그런데 마음은 받지 않으려고 해도 귀는 자꾸만 쫑긋 섰다. 제딴에는 잘한 짓이라고 생각했는데 그녀에게 맞은 게 꽤나 기분이 상했음에도 그 당시 너무 슬픈 얼굴을 하고 있었던 그녀의 표정이 마음에 걸렸던 윤석은 계속 울려 대는 휴대폰을 거칠게 집어 들었다. 그리고 귓가에 가져가며 버럭 소리를 질렀다.

"왜? 아직도 더 때려야 속이 풀리겠어?"

─ 저기…… 혹시 이 휴대폰 번호 주인의 남편 되시는 분?

은희가 아니었다. 알지 못하는 여자의 목소리가 조심조심 그에게 질문을 던졌다. 그의 표정이 순식간에 날카롭게 변했다.

"누구십니까?"

수화기 너머의 낯선 여자가 이런저런 상황 설명을 했다. 은희가 술에 취해 곯아떨어졌다는 말을 듣자 윤석은 깊은 한숨을 탁 내뱉었다.

"거기가 어딥니까?"

위치를 확인한 윤석은 재빨리 전화를 끊고 차에 시동을 걸어 급하게 출발시켰다.

"차은희!"

허름한 포장마차 안에 들어서기 무섭게 고래고래 소리를 지르는 윤석에게로 다급히 다가온 아주머니가 조심스럽게 물었다.

"이 번호가 맞습니까?"

바로 그 번호로 전화를 해보면 그가 술에 취해 쓰러진 여자의 남편이 맞는지 아닌지 금방 확인할 수 있는데도 아주머니는 일부러 그렇게 물었다.

'뭐? 왕싸가지 남편? 이 여자가 정말!'

윤석은 대답 대신 고개를 끄덕이며 아주머니에게서 은희의 휴대폰을 건네받았다. 거기에 저장된 이름을 보자 어이가 없었다. 그는 성큼성큼 걸음을 옮겨 쿨쿨 자고 있는 은희에게로 걸어갔다.

"남편이 얼마나 미웠음 왕싸가지로 저장했을까? 에휴……."

그들의 자세한 사연을 전혀 알 턱이 없는 아주머니는 심히 못마땅한 표정을 지으며 혼잣말처럼 중얼거렸다. 하지만 그 말은 윤석의 귀에도 닿았다.

윤석은 그냥 못 들은 척하고 널브러진 그녀를 안아 일으키려 했다. 그러자 은희가 잠시 눈을 뜨나 싶더니 욱 하고 윤석의 옷에 토를 해 버렸다.

"차은희!"

단단히 화가 나 잔뜩 억눌린 음성으로 그녀를 불렀지만 그녀는 또다시 테이블에 고개를 박고 잠을 자고 있었다. 쿨쿨 코를 골면서.

그에 깊은 한숨을 내쉬던 윤석은 축 늘어진 빨랫감처럼 흐느적거리는 은희를 둘러메고 바깥으로 나갔다. 아무리 억울하고 분해도 그렇다고 그녀를 길가에 버리고 갈 수는 없었기에 윤석은 그저 이를 박박 갈았다.

그런데 그의 수난은 그것이 끝이 아니었다. 가까스로 그녀를 차에 태웠건만, 이번에는 차에다 토를 해 버렸다. 그녀를 길가에 버리고 가고 싶은 마음이 굴뚝같았지만 차마 그럴 수 없었던 윤석은 아까까지 느꼈던 일말의 애틋함도 밀어 두고 있는 대로 화를 냈다.

"너 이게 무슨 짓이야! 제기랄!"

하지만 끊임없이 욕설을 퍼부으면서도 윤석은 쓰러지다시피 한 은희를 잘 챙겨 침대에 눕히고 이튿날 아침까지 성실하게 그녀 곁을 지켜 주었다.

"여보세요."

– 여보세요, 차은희 씨 휴대폰 아닙니까?

너무 피곤하고 지쳐서 어렴풋이 잠이 들었던 윤석은 요란하게 울리는 휴대폰 소리에 슬며시 눈을 뜨며 전화를 받았다. 그런데 수화기 너머에 조금 의아해하며 묻는 남자의 목소리가 건너오자 윤석은 왠지 불쾌해져 퉁명스럽게 물었다.

"그렇습니다만, 제 아내한테 무슨 볼일이라도 있습니까?"

수화기 너머에선 한동안 말이 없었다. 한참이 지나서야 남자는 몹시 조심스러워하며 말을 꺼냈다.

– 아, 저는 차은희 씨랑 함께 일하는 박민현이라고 합니다. 저기, 차은희 씨랑 통화를 좀 할 수 있을까요?

윤석은 입가에 비웃음이 섞인 듯한 미소를 지으며 지극히 딱딱하게 대응했다.

"오늘 아무 데도 나갈 수 없을 것 같습니다. 집사람이 아픕니다."

– 은희가 아프다구요? 어디가요? 많이 아픈가요?

은희를 향한 남자의 관심에 윤석은 굉장히 심기가 불편한 듯 눈썹을 구기더니 시건방진 말투로 내뱉었다.

"결혼한 여자한테 웬만하면 관심 끄시죠."

그는 그 말을 끝냄과 동시에 휴대폰을 침대 위에 내리꽂듯 던졌다.

"궁금한 것도 많군."

아직도 깊은 잠에 빠진 은희를 물끄러미 내려다보며 그렇게 내뱉은 윤석은 휙 몸을 돌려 방을 나가 버렸다.

책상에는 결재할 서류가 산더미처럼 쌓여 있는데도 윤석은 도저히 정신을 집중할 수가 없었다. 그것이 잠을 자지 못해서였는지, 아니면 아침부터 전화해 은희를 걱정하던 남자와의 통화 때문이었는지, 그것도 저것도 아니면 술에 취한 그녀에게 해장국을 끓여 주지 않고서 그냥 집을 나와 버린 것에 대한 찝찝함 때문인지 모르겠다.

박민현인지, 하는 그 남자의 전화만 아니었다면 미친 짓 또 한 번 한다 치고 해장국을 끓여 주려고 했는데 그 남자의 전화를 받는 순간 그런 생각은 말끔히 사라져 버렸다. 그래 놓고 이제 와서 그는 속이 아주 많이 불편했다.

생각해 보면 은희가 술 먹고 속 쓰린 게 다지만 그런 그녀를 수습하느라 윤석도 몸 고생 마음고생을 했다. 그런데 자신이 왜 이런 걱정을 해야 하는지 스스로도 알 수 없어서 윤석은 못마땅한 듯 인상을 찌그러뜨렸다.

"미친 게 틀림없어."

그럴수록 자꾸만 생겨나는 혼란스러운 감정을 주체할 수가 없었던 윤석은 겨우겨우 결재 서류를 모두 처리했다. 그리고 퇴근 시간까지 조금 남았지만 그는 벌떡 몸을 일으켜 의자에 걸쳐 있는 재킷을 들고 사무실을 나가 주차장으로 향했다.

한편으론 간밤의 숙취로 인해 지금쯤 무척 괴로움에 시달리고 있을 것이 분명한 그녀가 걱정되고, 다른 한편으론 그녀와 허심탄회한 대화를 한 번 나눠야겠다 싶어서 윤석은 정신없이 차를 몰고 집에 돌아왔다. 그런데…….

집안 꼴이 말이 아니었다. 그새 뭘 했는지 바닥이 온통 물로 범벅이 되어 있어 윤석은 하마터면 대차게 미끄러질 뻔했다.

"차은희!"

현관에서 이름부터 불러 봤지만 대답은 없었고 대신 끙끙 앓는 신음 소리만 들려올 뿐이었다. 소리가 들려오는 곳으로 걸음을 옮기며 윤석은 난장판이 된 집 안 꼴을 다시 한 번 찬찬히 훑어보았다.

"대체 뭘 하고 있었지?"

방문에 기대서서 윤석은 바닥에 널브러져 있는 은희를 내려다보며 한심하다는 듯 물었다.

"왜? 요즘 사는 게 그렇게 심심했나? 어제는 사람을 개 패듯 두들겨 패고 나가더니 술에 떡이 되어 돌아오지 않나. 오늘은? 수영을 하고 싶으면 수영장에 가서 하든가. 여기가 수영장이야? 엉?"

윤석이 비웃음이 가득한 어조로 나무랐지만 은희는 아무런 대꾸조차 하지 않았다. 대신 고통스러운 신음 소리를 연발할 뿐이었다.

대답 없는 그녀를 향해 뭔가 더 말을 하려던 찰나였다.

"윤석 씨……. 흑흑……."

그녀가 세상이 무너진 듯 절망스러운 얼굴로 왈칵 눈물을 쏟기 시작했다.

"뭐야? 다, 당신 지금 울어?"

이상하게도, 또 우습게도 그녀의 울음소리에 심장이 미친 듯이 뛰기 시작했다. 불안해서 윤석이 몇 번이나 되물었는데 그녀는 여전히 끅끅대며 흐느끼고 있었다.

"왜 우느냐고 묻잖아? 왜 대답을 안 해? 무슨 일인데?"

조급증이 난 윤석이 그녀의 얼굴을 샅샅이 살피며 물었지만 은희는 더욱 서럽게 울기만 했다.

작지만 분명한 그녀의 목소리가 웅얼웅얼 흘러나온 건 그로부터 조금 지난 뒤였다.

"아까 욕실에서 미끄러져 넘어졌는데 아무래도 뼈가 부러진 것 같아요. 뚜둑 하고 소리가 나더라고요. 그래서 벼, 병원에, 빨리……."

은희의 말이 끝나기도 전에 윤석은 재빠르게 휴대폰을 꺼내 들고 곧바로 119에 신고를 했다.

앰뷸런스에 실려 병원으로 향하는 내내 그녀는 쉽사리 울음을 그치지 않았다. 펑펑 울면서 음산하고 무시무시한 소리만 한가득 늘어놓았다. 만에 하나 다리 한쪽을 못 쓰게 되면 어떡할지, 자신의 인생은 이제 완전히 다 끝났다고 하면서 대성통곡을 하는 것이었다.

그리고 병원에 도착해 MRI와 엑스레이를 찍는 와중에도 그녀는 시종일관 불안함을 금치 못했다. 사람이 그리 많은데도 창피한 줄도 모르고 어린아이처럼 엉엉 울어 댔다. 처음엔 놀라 심장이 벌렁거렸던 윤석이었지만 그 순간만큼은 도끼눈을 치켜뜨고 조용히 하라고 경고했을 정도였다. 물론 소용없는 짓이었지만.

"MRI 판독 결과 차은희 씨가 다친 무릎인대는 완전히 끊어진 것은 아니고 일부가 상한 정도입니다. 다행히 수술은 필요 없지만 최소 4주 동안은 깁스를 해야 합니다."

중년으로 보이는 남자 의사의 한마디에 그때껏 훌쩍거리던 은희가 고개를 쓱 내밀고 사뭇 진지하게 물었다.

"그러면 괜찮나요? 뭐, 평생 다리를 못 쓴다거나 그럴 가능성은 없겠죠?"

꽤 오버스럽게 느껴지는 그녀의 행동에 이제 윤석도 지쳤는지 체념한 듯 한숨을 길게 내쉬었다.

"네, 물론입니다. 나중에 깁스를 풀고 경우에 따라 보조기를 사용하거나 재활치료 잘 하면 완전히 회복될 수 있어요."

긍정적인 답을 들었음에도 불구하고 그녀는 못 믿겠다는 듯 고개를 갸우뚱거리며 재차 확인했다.

"어머, 진짜요? 그렇게도 뼈가 다시 이어지나 봐요."

아까는 세상 다 끝난 사람 같은 표정을 짓더니만 지금은 의사의 말에 신기하다고 눈을 반짝반짝 빛내는 그녀를 보고 윤석은 어처구니가 없어서 얼굴을 기묘하게 일그러뜨렸다.

"아, 진짜! 십년감수했네! 진짜 다리 한쪽 잃는 줄 알았잖아."

최소한 4주 정도 깁스를 해야 해서 그동안 꼼짝할 수 없다는 사실은 그새 잊었는지 은희는 철렁했던 가슴을 쓸어내리며 언제 울었나 싶을 정도로 얼굴에 함박웃음을 짓고 있었다.

그러나 처음 뼈가 부러진 것 같다는 말을 들었을 때 하늘이 샛노래지는 암담한 기분이 들었던 윤석은 표정이 환하게 밝아진 그녀를 보고 어이가 없어 그만 할 말을 잃고 말았다. 하지만 그것보다 더 어처구니가 없는 일은 곧 뒤에 있다는 걸 그는 미처 알지 못했다.

집에 도착해 무릎을 다친 그녀를 배려한답시고 윤석은 두말없이 은희를 안아 들고 자신의 방 침대에 앉혀 놓았다. 병원에서 받아 온 목발까지 한꺼번에 들고 올라와 침대 옆에 기대 놓았다. 윤석을 빤히 바라보던 은희가 무슨 할 말이라도 있는지 입술을 달싹거렸다.

"당분간 이 방을 써. 그렇다고 너무 감동받을 건 없어! 나중엔 고스란히 받아 낼 테니까."

윤석이 선수를 치듯 먼저 입을 열었다. 그의 마지막 말이 재미있다는 듯 피식 웃던 그녀는 곧 미안한 표정을 지으며 우물거렸다.

"저기……."

'또 왜?' 하는 표정을 짓는 윤석에게 은희가 기어들어 가는 소리로 말했다.

"내가 이불이란 이불은 다 빠는 바람에 저녁에 덮고 잘 이불이 없어요."

말을 해 놓고 나서 자기 딴에도 미안했는지 그녀는 계속 곁눈질로 그의 눈치를 살피고 있었다. 아니나 다를까 윤석의 표정이 심상치 않게 일그러졌다.

"뭐? 금방 뭐라고 했지?"

"오늘 보니까 이불이랑 좀 더러워진 것 같더라고요. 백윤석 씨는 원래 깔끔한 걸 좋아하잖아요. 그래서……."

윤석은 이제 허, 하는 헛웃음을 흘렸다. 이 여자의 황당함은 정말 한도 끝도 없는 것 같았다.

"정말 미안해요. 백윤석 씨, 아무래도 내가 어제 술을 너무 많이 마시는 바람에 정신이 나갔었나 봐요. 화 많이 났어요? 미안해요."

하아! 한참을 푸스스, 웃으며 기가 막혀 자리에 서서 그녀를 쳐다보던 윤석은 체념한 듯한 목소리로 대답했다.

"잘 알았으니까, 잠이나 자."

방을 나온 윤석은 그대로 집을 나섰다. 주차장으로 향하며 윤석은 자신을 비웃었다. 저 여자는 자신과 전혀 상관도 없는 사람일 뿐이었다. 그런데 어제는 불같이 화를 내고 집을 뛰쳐나간 그녀를 걱정했고, 술에 떡이 된 그녀의 수발을 고스란히 들어 주었다. 그리고 오늘은 숙취로 괴로워할 그녀가 걱정되어 미친놈처럼 달려왔으며 또 이 한밤중에 두말없이 이불을 사러 백화점에 가고 있다.

어디 그것뿐인가? 아까 그녀를 병원에 데리고 갈 때는 그녀가 하도 무시무시한 소리를 하는 바람에 그 역시 불안함을 금치 못했었다. 정말 그녀의 말처럼 조금이라도 잘못되지 않을까, 두려움을 느끼기까지 했으니 생각할수록 참으로 기가 막힐 노릇이었다.

그런데 그런 자신을 그렇게 비웃고 마뜩잖게 생각하면서도 윤석은 도저히 나 몰라라, 내뺄 수 없었다. 대체 왜……?

또다시 알 수 없는 혼란스러운 감정에 그는 괴로운 듯 얼굴을 일그러뜨리며 욕을 한 바가지 퍼부었다.

이불이며, 침대 시트를 사 들고 윤석이 집에 돌아왔을 때 그녀는
지쳤는지 이미 잠이 들어 있었다. 제 딴에도 미안했는지 은희는 깁스
한 다리가 불편했을 텐데도 굳이 방에서 나와 거실 소파에서 자고 있
었다.

체념한 듯 한숨을 길게 내쉬며 주변을 둘러보니 작게 접혀서 테이
블 위에 놓여 있는 종이쪽지가 눈에 들어왔다.

『백윤석 씨, 오늘 나 때문에 고생 많으셨어요. 많이 힘들었을 텐데도
그 어떤 불평불만 없이 보살펴 주셔서 고마워요. 난 그렇게 파렴치한 사
람이 아니거든요. 이 은혜 꼭 갚을게요. 하지만 무릎이 다 나을 때까지
는 염치없지만 신세 좀 질게요. 아, 이건 막대사탕이에요. 애들이나 먹
는 거라고 절대 얕잡아 보면 안 돼요. 달콤한 사탕이 사르르 녹으면 기
분도 그만큼 좋아질 거예요! 그럼 맛있게 드시고 얼른 화 푸세요. 날
너무 미워하지 마시고요.』

"이 여자가 진짜. 내가 애인 줄 아나."

그러나 시큰둥하게 내뱉은 말과는 달리 그의 얼굴은 웃고 있었다.
아까는 너무 어이가 없고 경황이 없어서 잘 몰랐지만, 다시 돌이켜
보니 너무도 우스워서 웃음이 실실 새어 나왔다. 웬만해선 울지 않는
독종 같은 여자가 무릎을 다치고 얼마나 두려웠으면 하늘이 무너진
것처럼 서러운 울음을 터뜨렸을까 하는 생각이 들자 윤석은 크게 소
리 내어 웃기 시작했다.

"차은희. 내가 진짜 살다 살다 당신처럼 이상한 여자는 처음이야."

원래는 그냥 버리려고 했던 막대사탕을 입안에 넣고 굴리면서 윤석은 또 한 번 웃음을 터뜨렸다.

"그래, 내가 또 한 번 미친 짓 한다 치고 당신의 다리가 나을 때까지 보살펴 줄게."

그는 그녀를 조심스럽게 안아다 자신의 방 침대에 눕히며 혼잣말처럼 중얼거렸다. 그리고 사 온 이불을 펼쳐 그녀에게 덮어 준 뒤 조용히 그곳을 벗어났다.

♡　　♥　　♡

어젯밤, 그녀가 빨다 만 이불을 마저 빨아 널고 물바다가 된 바닥과 욕실의 물기까지 제거한 뒤 잠자리에 누운 시간이 새벽 3시였다.

그런데 이제 겨우 서너 시간 잤을까 싶은데 어딘가에서 들려오는 온갖 소음에 윤석은 그만 눈을 뜨고 말았다. 잠이 깬 게 화가 나서 신경질을 팍팍 부리면서도 윤석은 주방에서 흘러나오는 소리 때문에 다시 자리에 눕지 않았다.

'아니, 이 여자가 이른 아침부터 또 뭘 하는 거지?'

윤석은 몸을 일으켜 성큼성큼 주방으로 걸어갔다. 깁스를 해서 거동이 불편하면서도 아침을 준비하는 그녀를 보자 윤석은 기나긴 한숨이 새어 나왔다.

"지금 여기서 뭘 하는 거지?"

비로소 기척을 느끼고 천천히 뒤를 돌아본 은희가 윤석을 향해 싱긋 웃으며 손을 팔랑팔랑 흔들었다.

"어머, 윤석 씨. 벌써 일어났어요? 좋은 아침."

좋은 아침이고 자시고 간에 지금 그쪽 인사를 받을 기분이 아니잖아! 속으론 굉장히 마뜩잖았지만, 윤석은 인내심을 갖고 폭발하려는 성질을 누그러뜨리며 침착하게 다시 물었다.

"지금 여기서 뭐하는 거지?"

딱 보면 아침을 준비한다는 걸 뻔히 알 텐데도 그가 일부러 묻자 은희는 살짝 고개를 갸웃거렸다. 그러나 곧 환하게 웃으며 대꾸했다.

"사람이 그래도 양심이란 게 있어야 하잖아요. 어젯밤에도 본의 아니게 신세를 졌는데 그렇다고 계속 이렇게 신세만 질 수는 없잖아요. 내가 다행히 손은 안 다쳐서 식사 정도는 차릴 수 있다구요. 우리 어제 저녁도 안 먹었잖아요. 윤석 씨는 그냥 앉아서 기다리기만 하면 돼요. 내가 다 차리면……."

어이없게 느껴지는 그녀의 대꾸에 기가 찬 듯 한숨을 폭폭 내쉬던 윤석이 그녀의 말을 가로챘다.

"누가 당신보고 아침밥 차려 달라고 했나? 얼른 나와!"

윤석이 화가 난 듯한, 잔뜩 억눌린 음성으로 말했다. 의아하다는 듯 윤석을 빤히 바라보던 그녀가 물었다.

"나한테 화났어요? 내가 뭘 잘못했어요? 아, 시끄러운 소리 때문에 잠을 깼구나! 미안해요. 조심한다 하면서도 내가 좀 덤벙거려서."

자기 의도를 모르고 자꾸 다른 소리만 하는 은희 때문에 답답한 윤석은 가슴속에서부터 터져 나오는 무거운 한숨에 크게 심호흡을 했다.

"생각은 아주 기특한데, 당신은 아무것도 하지 않는 것이 오히려 날 돕는 거야. 그리고 나 화난 거 아니니까 얼른 나와."

은희는 여전히 망설이고 있었다. 그러다가 그의 말에 수긍하며 목발을 짚고 힘겹게 한 걸음을 떼는데 익숙하지 않아서인지 몸이 위태롭게 휘청거렸다.

"까아악!"

목발이 요란한 소리를 내며 바닥에 떨어짐과 동시에 은희는 비명을 내질렀다. 어제는 다리를 다치더니 이번엔 코가 깨지려나! 하고 생각하며 눈을 질끈 감았다. 그런데…….

뇌리를 스쳐 가는 불길한 예감과는 달리 그녀는 멀쩡했다. 막 엎어지려는 찰나, 윤석이 그녀의 몸을 부축하며 자신의 품으로 강하게 끌어당겨 안았기 때문이다. 엷게 느껴지는 비누 향과 그의 체취에 화들짝 놀란 은희가 다급히 몸을 떼려는데 윤석이 그녀의 허리를 감싼 팔의 힘을 풀지 않았다.

그렇게 잠시 서 있던 윤석은 그녀를 조심스럽게 안아다가 식탁 앞에 앉혔다. 그리고 그녀를 못마땅하게 바라보며 퉁명스럽게 툭 한마디를 내던지곤 주방으로 들어갔다.

"제발 부탁인데, 다리가 나을 때까지 쓸데없는 짓 하지 마. 그게 날 돕는 거야."

은희는 뭐라고 항변이라도 하고 싶었지만, 조금은 피곤하고 지친 듯한 그의 뒷모습에서 애잔함이 느껴져 꾹 눌러 참았다.

그리고 얼마나 지났을까? 주방 쪽에서 한참 동안 들려오던 달그락거리는 소리나 수돗물 쏟아지는 소리가 어느 순간 뚝 멈추더니 윤석이 나왔다. 그는 식탁 위에 음식을 차린 뒤 자신도 그녀의 맞은편에 앉았다.

식탁을 둘러보던 은희의 눈이 휘둥그레졌다. 식탁에는 그녀가 즐겨 먹는 계란말이도 있었고, 가지양파볶음도 있었고, 오이생채도 있었다. 한참을 들여다보고도 도저히 믿지 못하겠다는 듯 은희는 식탁에 올라온 반찬과 윤석을 번갈아 쳐다봤다.

"당신은 밥은 안 먹고 사람 구경하나?"

225

윤석이 못마땅한 듯 미간을 찌푸리며 투덜거렸다. 은희는 신기하다는 눈초리로 그를 빤히 처다봤다.

"백윤석 씨가 밥도, 반찬도, 찌개도 이렇게 잘할 줄 누가 알았겠어요? 음…… 오래 지내보니까 백윤석 씨가 나쁜 사람은 아닌 것 같아요. 당신의 운명 상대는 정말 행복할 것 같아요. 그 사람이 어떤 여자가 될지는 모르지만. 요즘 같은 때에도 여자를 위해 기꺼이 밥해 주는 남자들이 그리 흔치 않거든요."

은희가 이별을 고하는 듯한 심정으로 말하자, 윤석은 왠지 속이 거북했다. 솔직히 그는 단 한 번도 그녀와의 이별을 생각해 본 적이 없었다. 그런데 지난번 그녀의 생일에도 그렇고, 또 이번에도 그녀의 입에서 나온 말들이 심장을 쿡쿡 찔러 와 그는 가슴이 저리듯 아파 왔다. 하지만 그런 그의 마음을 전혀 알 턱이 없는 은희는 해맑게 웃으며 고마움을 표시했다.

"어쨌든 고마워요. 맛있게 잘 먹을게요."

젓가락으로 계란말이 하나를 집어 입안에 넣고 오물오물 씹던 은희가 별안간 짧은 탄성을 내질렀다.

"우, 맛있다! 백윤석 씨, 진짜 맛있는데요? 솔직히 나보다 더 잘해요. 웬만한 요리사 저리 가라 할 정도인데요? 아, 난 요리 잘하는 남자들 진짜 멋지더라니까!"

그 말이 사탕발림처럼 느껴져 웃음이 났지만, 윤석은 애꿎은 헛기침을 두어 번 내뱉으며 무뚝뚝하게 말했다.

"그래, 칭찬은 고마운데 그렇게 맛있는 음식 조용히 입 다물고 먹어 주었으면 더 좋겠는데."

평소 같으면 비웃으며 허튼소리 하지 말라고 했을 텐데 말투가 그렇게 곱지는 않았지만 뜻밖에도 그가 상냥한 태도로 나오자 은희는 정말 알 수 없다는 표정을 지었다. 비록 내색은 하지 않았지만 윤석도 그런 자신의 모습이 놀랍기만 했다.

같이 있으면 생각도 닮아 가고, 행동도 닮아 간다고 하더니만 나도 점점 미쳐 가나 봐! 그런 생각에 윤석은 살짝 당황한 듯 얼른 고개를 숙이고 밥을 수격수격 퍼먹었다.

"먼저 일어날게. 천천히 먹어. 그리고 제발 부탁인데……."

"알았어요. 알았다구요. 꼼짝 않고 그냥 가만히 있을게요. 에이, 아줌마처럼 잔소리는!"

말해 놓고 스스로도 웃긴 듯 은희는 호호 웃음을 흘리며 다시 정정했다.

"아니다, 아저씨인가?"

혼자서 북 치고 장구 치고 떠드는 그녀를 어이없다는 듯 바라보다가 윤석은 의자에 걸쳐 두었던 슈트 상의를 집어 들고 현관문을 향해 걸음을 옮겼다.

"백윤석 씨!"

열린 현관 문고리를 잡은 채 고개를 돌린 윤석이 의아해하며 그녀를 바라봤다. 그녀의 얼굴에 짓궂은 웃음이 떠올랐다.

"백윤석 씨, 오늘도 아자아자 파이팅! 아침밥 챙겨 줘서 고마워요!"

그녀의 배꼽인사에 어이없어하면서도 그래도 싫지는 않은 듯 문을 열고 나가는 윤석의 얼굴에 빙그레 웃음이 떠올랐다.

은희는 밥을 먹으면서 눈물을 뚝뚝 흘렸다. 살아 보니 그랬다. 아플 때마다 옆에 아무도 없음을 느낄 때 얼마나 서럽고 외롭던지 차갑고 날카로운 서릿발이 목을 들쑤시는 기분이 들었던 은희였다.

이모네 집에서 눈칫밥을 먹고 다닐 때는 자칫 감기라도 걸리면 이모는 늘 못마땅해하곤 했다. 무슨 계집애가 만날 병든 닭처럼 아파서 골골대느냐고. 또 병원 진료비와 약값이 얼마나 비싼지 아느냐고 타박하면서 그녀를 괴롭혔다. 고시원이나 옥탑방 같은 곳에서 혼자 지낼 때는 아무리 아파도 그 아픔을 어디에 호소할 곳이 없었다.

그 누가 자신에게 따뜻한 밥 한 끼 챙겨 주었으며 그 누가 아파서 고통에 허덕이는 자신을 병원에 데리고 갔던가?

그런데 왜 하필이면 저 남자……. 윤석이 느꼈던 것처럼 은희 역시 복잡하고 알 수 없는 감정에 혼란스럽고 곤혹스러웠다. 태어나 처음 느껴 보는 떨림과 혼란의 감정에 눈물을 주르륵주르륵 흘리면서도 그녀는 고개를 숙인 채 정신없이 밥을 먹었고, 밥알 한 톨 남기지 않고 밥그릇을 깨끗이 비워 냈다.

잠시 낮잠을 잔 뒤 은희는 거실 소파에 가만히 앉아 TV를 보고 있었다. 배가 슬슬 고프다 싶었는데 시간을 보니 점심시간이었다. 그때, 휴대폰이 울림과 동시에 발신자가 윤석임을 확인하자 그녀는 입가에 쓴웃음을 지었다.

내가 사고치지 않고 얌전히 잘 있는지 감시하려고 전화했나보다 하고 생각하며 은희는 통화 버튼을 누르기 무섭게 속사포처럼 말을 쏟아냈다.

"저 진짜 백윤석 씨 말대로 얌전한 고양이처럼 가만히 앉아 있거든요. 그러니 너무 걱정 마세요."

뜬금없이 던져진 말에 수화기 너머 윤석은 잠시 침묵을 지키다가 무뚝뚝하게 물었다.

― 짜장면 좋아해?

"왜요, 백윤석 씨?"

― 좋아해? 안 좋아해? 토 달지 말고 그것만 대답해.

"나 생선만 빼고 다 잘 먹어요."

은희의 대답에 수화기 너머 윤석은 알았다는 말 한마디 없이 바로 전화를 끊겨 버렸다. 뚜뚜거리며 제 귀를 울리는 소리에 은희는 한참 동안 얼빠진 표정을 지었다.

"이 남자 뭐야?"

영문을 알 수 없다는 듯 고개를 갸우뚱거리며 생각에 잠겼다. 그러나 그것도 잠시 점심은 어떻게 해결할지 고민하고 있는데 초인종이 울렸다.

누굴까? 마땅히 올 사람이 없는데. 짐짓 이상하게 여기면서도 은희는 몸을 일으켜 천천히 목발을 짚으며 한 번에 한 걸음씩 걸어 나갔다.

"짜장면 배달 왔습니다."

은희가 힘겹게 현관에 도달해 문을 열자 짜장면을 배달한 직원은 '맛있게 드세요.' 란 인사만 남기곤 홀연 모습을 감추어 버렸다.

전혀 생각지도 못했는데 윤석이 점심까지 신경 써서 챙겨 주자 은희는 가슴이 뭉클해졌다. 또다시 눈물이 터져 나왔다. 짜장면 한 그릇을 다 비울 때까지 그녀의 눈물은 마르지 않는 샘물처럼 자꾸만 솟아올랐다.

[덕분에 짜장면 잘 먹었어요. 고마워요.]

문자를 발송했지만 그에게서 답장은 오지 않았다. 대신 그는 퇴근 시간보다 일찍 집에 들어왔다.

생각보다 퍽 일찍 돌아온 그를 보고 은희가 깜짝 놀란 듯 연거푸 눈을 깜박거렸다.

"백윤석 씨, 혹시 나 때문에 땡땡이쳤어요?"

분명히 그녀가 걱정되어 일찍 들어온 게 맞는데도 윤석은 애써 부정했다.

"미리 김칫국부터 마시지 말라고 했을 텐데? 배고파서 일찍 들어왔을 뿐이야."

일부러 시선을 피하는 그를 보고 은희가 재미있다는 듯 키득거렸다.

"아니, 누가 뭐래요? 그냥 농담으로 말했는데."

"삼겹살 사 왔는데."

그 말이 또 한 번 그녀를 깜짝 놀라게 만들었다. 지극정성으로 챙겨 주는 그의 모습이 몹시도 낯설었지만, 그녀는 애써 복잡한 감정을 감추며 일부러 쾌활한 척 손뼉을 짝짝 쳤다.

"어머머, 정말이요? 오늘 정말 왜 이래요? 해가 서쪽에서 떴나?"

혼잣말처럼 중얼거리던 그녀는 문득 윤석을 빤히 쳐다보더니 또 무시무시한 소리를 늘어놓기 시작했다.

"혹시 오늘 전쟁 났어요? 아니면 지구가 곧 멸망한대요?"

"차은희!"

윤석이 심히 못마땅한 듯 인상을 구기자 그제야 그녀는 알았다는 듯 고개를 끄덕거렸다. 그러더니 그에게 얼굴을 바싹 디밀고 겁에 질린 귀여운 표정을 지어 보였다.

"아이구, 무서워라! 주인님, 잘못했어요."

그의 반응을 은근슬쩍 관찰하며 그녀가 물었다.

"안 웃겨요? 재미없어요?"

솔직히 그녀의 과장스런 표정이 재미있어 금방이라도 웃음이 터져 나올 것 같았다. 하지만 윤석은 언제나처럼 손가락으로 그녀의 이마를 꾹 누르며 툭하고 한마디 던지고서 필요한 반찬과 양념, 삼겹살을 구워 먹는 데 필요한 도구들을 가지러 주방으로 걸음을 옮겼다.

프라이팬에 노릇노릇 구워지는 삼겹살을 들여다보며 그녀가 입술을 조그맣게 움직여 말을 할 듯 말 듯 한참을 망설이다가 조심스럽게 입을 뗐다.

"나 이제야 알 것 같아요. 왜 백윤석 씨를 좋아하는 여자가 그리 많은지?"

나한테 여자가 많다고? 그녀가 왜 그렇게 확신에 찬 말을 하는지 의아스러웠지만 윤석은 잠자코 가만히 있기만 했다.

"끝내주게 잘생긴 데다, 또 밥 꼬박꼬박 챙겨 주는 센스까지 있으니까, 당연히 여자들한테 인기가 많겠죠. 진짜 몰랐거든요. 백윤석 씨에게 이런 모습이 있을 줄은."

"당신 지금 나한테 아부하나?"

"맞아요. 저 지금 아부하는 거 맞아요. 제 다리가 다 나을 때까지 절 괄시하지 말고 잘 챙겨 달라고요."

은희가 까르르 웃음을 터뜨리며 말하자 윤석은 못 말린다는 듯 그 웃음에 따라 크게 웃어 버렸다.

"처음에는, 나 되게 말도 안 되는 결혼을 했다고 생각했는데요. 날이 갈수록 왠지 내 생각이 틀린 것 같아요. 물론 이게 영원하지는 않겠지만, 내 선택을 후회하지 않을 것 같아요. 왜냐하면 난 지금 행복하니까요."

그녀의 목소리에서 물기가 느껴졌다. 그렇게 말하는 그녀가 안타까워 윤석은 따뜻한 시선으로 은희를 바라봤다. 그러나 그녀의 시선은 다른 곳을 향해 있어 그 눈빛을 미처 보지 못했다.

이모가 윤석에게서 돈을 받았다는 걸 영아를 통해 알게 된 그날, 본의 아니게 화를 내서 미안하다는 말을 해야 하는데 선뜻 입이 떨어지지 않았던 은희는 조금 전에 싸 놓은 쌈을 하나 그에게 내밀었다.

"자! 다리가 다 나을 때까지 잘 부탁드립니다. 백윤석 씨!"

하지만 윤석은 냉큼 그걸 받아먹을 수 없었다. 살짝 얼굴을 붉히며 주저하는 그를 재미있다는 듯 지켜보던 은희가 능청스럽게 물었다.

"왜요? 부끄러워요? 에이, 숫총각처럼 쑥스러워하긴!"

농담이라는 걸 알면서도 약간 미간을 찌푸린 윤석은 그녀의 말을 무시할 수 없었다. 그런데 모르는 척 덜컥 받아먹자니 괜히 이상한 기분이 들었고, 그냥 두자니 이 여자가 쉽게 손을 거두어들이지 않을 것 같았다. 어찌할까 고민하다 얕은 한숨을 내뱉는 그때, 그의 입술이 벌어진 틈을 놓치지 않고 은희가 냉큼 쌈을 그의 입안에 집어넣었다. 그녀는 대단히 만족스러운 듯 씨익 미소를 지으며 손뼉을 짝짝 쳤다.

"백윤석 씨, 꼭꼭 씹어서 드세요. 잘못하다간 체한다구요."

말해 놓고 뭐가 그리 좋은지 그녀는 헤실헤실 웃었다. 평소의 그였다면 본인이나 잘 챙겨 먹으라며 화를 냈을 것이다. 그런데 그는 말잘 듣는 착한 아이처럼 그녀의 말대로 꼭꼭 씹어서 삼켰다. 그 모습이 재미있어 죽겠다는 듯 은희는 배꼽을 잡고 마구 웃더니 한마디를 덧붙였다.

"아이고, 백윤석 씨, 말 잘 들어서 넘 기특한데요?"

못 말린다는 듯 그녀를 따라 웃으며 윤석은 속으로 중얼거렸다.

'나도 드디어 미쳐 가나 보군.'

그래도 싫지는 않은 듯 기분 좋게 웃는 그녀를 바라보는 그의 얼굴에는 웃음이 뭉게뭉게 피어올랐다.

"엥? 아줌마가 여긴 어쩐 일로?"

신혼집에 난데없이 나타난 중년 부인을 보고 은희는 의아함을 금치 못했다. 온다는 연락조차 없었고 윤석 역시 그녀에게 아무것도 말해 주지 않았다.

그 중년 부인은 윤석의 본가에서 오랫동안 일해 온 가정부였기에 은희는 놀라움을 감추지 못했다. 의문스러운 표정을 짓는 은희에게 아주머니 고 씨는 온화한 웃음을 띤 얼굴로 대답했다.

"도련님께서 연락을 하셨어요. 오늘 늦을 것 같다고 하면서 저한테 저녁 식사를 부탁하더군요."

알았다고 고개를 끄덕거렸지만 윤석이 늦게 들어온다는 말을 듣자 그녀는 약간 실망한 듯 어깨를 축 늘어뜨렸다.

딱히 언제부터인지는 모르지만, 알게 모르게 그에게 의지하는 자신을 발견했다. 오늘이 깁스한 지 딱 2주였다. 지난 2주 동안 윤석은 단 한 번도 거르지 않고 그녀에게 식사를 챙겨 주었고, 또 이틀에 한 번씩 머리도 감겨 주면서 그녀를 정성껏 보살펴 주었다. 그의 도움을 받고 그의 보살핌을 받는 생활에 벌써 습관이 들었는지 오늘 어쩌다 그가 늦는다는 소식을 듣자 벌써부터 은희는 가슴 한구석이 텅 빈 것 같은 허전함을 느꼈다.

차은희답지 않게 왜 이래. 무거운 생각을 떨쳐 내려는 듯 그녀는 크게 숨을 내쉬며 세차게 고개를 흔들었다.

"얼른 정신 차리자!"

아까부터 자기 혼자 뭐라 뭐라 중얼거리면서 우스꽝스러운 동작을 반복하는 은희의 모습을 살그머니 훔쳐보던 고 씨는 이상하다는 듯 고개를 갸웃거렸다.

그 시각, 윤석은 고급 중식당에서 누군가를 만나고 있었다. 제삼자의 방해를 받지 않는 단독 룸에서 윤석은 테이블을 사이에 두고 그와 마주 앉았다.

주문한 요리가 나올 때까지 두 사람은 모두 침묵으로 일관했다. 꽤 오랫동안 지속되는 침묵을 견디지 못하고 먼저 입을 뗀 사람은 맞은 편에 있던 남자, 차 회장이었다.

"자, 백 서방, 한 잔 받게."

윤석에게 도수 높은 중국 술 한 잔을 가득 따라 주며 차 회장이 넌지시 물었다.

"그래, 백 서방이 어쩐 일로 갑자기 날 보자고 한 겐가? 혹시 우리 은희에게 무슨 일이라도 있는 건가?"

대체 무슨 일로 이렇게 따로 자신을 만나자고 한 것인지, 도저히 눈앞에 있는 남자의 심중의 읽을 수가 없었던 차 회장은 은근슬쩍 윤석의 눈치를 살피고 있었다.

"고맙습니다. 장인어른."

차 회장이 따라 주는 술을 받아 단숨에 들이켠 뒤 윤석은 그와 눈을 마주치며 천천히 입을 열었다.

"실은 은희가 다쳐서 깁스를 했습니다. 아, 그렇다고 너무 걱정하지 않으셔도 됩니다."

그 말에 차 회장의 눈썹이 살짝 꿈틀거리는가 싶더니 곧 무표정으로 돌아왔다. 그는 아무렇지 않은 듯 너무도 덤덤하게 말했다.

"그 아이가 워낙 덤벙거리는 성격이네. 자네가 고생이 많군."

얼마나 다쳤는지 지금은 괜찮은지, 걱정해도 모자랄 판에 친아버지란 사람이 아무런 걱정도 없는 낯빛으로 동요도 없다니. 윤석은 일순 말문을 잃었다. 뭐라 형언할 수 없는 감정에 윤석은 그만 씁쓸함을 금치 못했다. 하지만 겉으로는 전혀 내색하지 않은 채 빙그레 웃어 보이며 말을 받았다.

"고생이랄 것까지야 없습니다. 남편으로서 그건 당연한 거라고 생각합니다."

언뜻 들으면 무언가에 단단히 화가 난 것 같기도 하고 또 질책하는 듯한 목소리였지만, 차 회장은 곧 자신만의 착각이라고 생각했다.

"장인어른, 한 잔 받으세요."

윤석이 예의를 갖춘 정중한 표정을 짓고서 차 회장의 술잔에 술을 따라 주며 농담처럼 지나가는 투로 말했다.

"사실 은희는 덤벙덤벙 사고뭉치 같은 성격이 매력이죠."

말이 끝나자 두 사람의 눈이 마주쳤다. 자신의 표정을 읽으려고 애쓰는 차 회장의 눈동자가 흔들리는 게 윤석이에게도 똑똑하게 느껴졌다. 윤석은 모호한 웃음을 지어 보이며 양복 안주머니에서 무언가를 꺼내 차 회장 앞으로 내밀었다. 그것은 은희의 눈물겨운 사연이 모두 들어 있는 차은희 프로필 서류였다.

'이게 뭔가?' 하고 눈빛으로 묻는 차 회장에게 윤석은 공손하게 대답했다.

"장인어른께서는 꼭 알고 계셔야 할 것 같습니다. 왜 쓸데없는 짓을 하고 다녔느냐고 이유를 묻는다면 저는 그 어떤 답도 드릴 수 없습니다. 저는 원래 변명이나 핑계나 이유 같은 것은 좋아하지 않습니다. 그것은 거짓말을 은폐하기 위해 자신을 정당화하기 위한 치사하고 비열한 짓이니까요."

다시 술 한 잔을 들이켠 윤석은 더없이 진지한 표정으로 차 회장을 바라보며 말했다.

"장인어른께 부탁이 있습니다. 앞으론 은희에게 상처 주는 일은 하지 말아 주셨으면 합니다. 그리고 잊지 마십시오. 차은희는 제 아내이자 또 세상이 주목하는 광명그룹 며느리입니다."

부탁이 아니라 경고의 의미였다. 웃음기 하나 없는 심각한 표정을 하고 있는 윤석을 바라보는 차 회장의 얼굴에 수많은 감정이 스쳐 지나갔다. 뭐라고 말로 표현할 수 없는 복잡함, 그리고 놀라움이……

"무례를 범했다면 죄송합니다. 은희가 다쳐 거동이 불편하기에 먼저 일어나겠습니다."

그 말을 끝으로 다급히 룸을 빠져나가는 윤석의 뒷모습을 하염없이 바라보면서도 차 회장은 입도 벙긋하지 않은 채 목석처럼 앉아 있었다. 한참이 지나서야 그의 입에서 저, 저, 하는 소리가 흘러나왔다.

그러나 윤석의 무례한 태도에 심기가 몹시 불편한 표정을 지은 것도 잠시, 서류들을 다 꺼내 놓고 한참을 들여다보던 그는 조금씩 얼굴이 붉으락푸르락해지더니 마침내 참지 못하고 불같이 화를 내면서 주먹으로 테이블을 쾅쾅 내려쳤다.

"이런 쓰레기 같은 것들이 감히, 감히…… 내 딸을……"

자신이 그 아이를 버렸던 파렴치한 짓은 이미 까마득하게 잊어버린 듯 그는 분노했다. 그래도 같은 핏줄이라고 기구하고, 안쓰러운 삶을 살아온 은희가 불쌍한 모양이었는지 그는 오래도록 주먹을 움켜쥐고 부르르 전신을 떨었다.

식당을 빠져나와 차에 올라탄 윤석은 두 손으로 머리를 짚고 한참 동안 생각에 잠겼다. 과연 이게 잘한 짓인지 묻는 스스로의 질문에 똑 부러지게 대답을 할 수는 없지만, 마음이 홀가분한 것만은 확실히 알겠다.

"이게 과연 최선일까?"

차 회장에게 은희의 프로필을 넘길까 말까 그는 오랫동안 고민해 왔고 생각했다. 하지만 아버지로서 차 회장은 자신의 딸이 지난 세월 동안 겪어온 온갖 고생과 불행과 고통을 반드시 알아야 한다고 판단 했다.

왜 그녀를 위해 자신은 이렇게까지 하는 건지 이유 같은 건 잘 모른다. 그저 가슴이 탁 트이는 시원하고 강렬한 느낌이 남는다는 것만 확실하게 인지했다.

집에 돌아왔을 때 시간은 이미 자정을 훌쩍 넘어 있었다. 언제나처럼 주위를 둘러보니 거실 테이블 위에 곱게 접은 쪽지 한 장과 초콜릿이 놓여 있었다.

"지난번엔 막대사탕이더니 이번엔 초콜릿이야? 이 여자가 정말, 내가 진짜 애인 줄 아나?"

그러나 툴툴거리는 말투와는 달리 쪽지를 펼치는 윤석의 얼굴에는 즐겁고 행복한 웃음이 가득 넘쳤다.

『백윤석 씨, 오늘도 고마워요. 이렇게까지 신경 안 써 주셔도 되는데, 아주머니한테 식사를 부탁했더군요. 누누이 얘기했지만, 신세 꼭 갚을게요. 오늘은 얼굴 보고 고맙다는 인사를 직접 못할 것 같아서 초콜릿으로 열심히 아부합니다. 맛나게 드세요.』

"내가 애야?"

또다시 그 말을 뱉어 내며 기가 막혀 하면서도 윤석은 초콜릿 한 조각을 입에 넣고 음미하듯 깨물었다. 그리고 그녀가 자는 방으로 조심스럽게 걸어갔다.

침대에 곱게 누워 잠이 든 은희의 머리를 쓰다듬어 주다가 잠깐 한숨을 내쉬곤 이불을 어깨까지 덮어 준 뒤 그는 조용히 뒷걸음질 쳐 방을 나왔다.

6장.
주인과 몸종

　이제는 차츰 겨울이 다가오고 있음을 알리는 차가운 바람이 불어오고 있었다. 추위는 딱 질색이었지만 오늘 그녀의 얼굴에는 그 어느 때보다 웃음꽃이 활짝 피어 있었고, 입은 쉴 새 없이 참새처럼 종알거리고 있었다. 아까부터 영문을 알 수 없었던 윤석은 그녀에게 아침을 차려 주며 슬쩍 물었다.

　"무슨 좋은 일이라도 있나?"

　"어머머, 윤석 씨, 오늘 무슨 날인지 몰랐어요?"

　전혀 관심 없다는 듯 그는 시큰둥하게 반문했다.

　"내가 알 필요가 있나?"

　은희는 정말 한심하다는 듯 그를 바라보며 고개를 절레절레 흔들었다.

　"이런, 쯧. 오늘 깁스 푸는 날이잖아요."

　은희는 너무 좋아서 완전 하늘을 날 것 같은 기분인데 윤석은 뭔가 아쉽고 마뜩잖은 듯 천천히 미간을 구겼다.

"벌써 시간이 그렇게 됐나?"

그의 목소리에서 아쉬움이 잔뜩 묻어났다. 하지만 은희는 그의 속마음을 엉뚱하게 이해하며 제멋대로 해석했다.

"아니, 벌써라뇨? 내가 그동안 다리가 불편해서 얼마나 고생을 했는데. 한 번도 겪어 보지 못한 사람은 그 고통과 불편함을 모르지. 내가 그동안 고생한 것 생각하면 정말 치가 떨려."

뭐? 고생? 누가 할 소리를 누가 하고 있는가. 정말이지, 그 말을 듣는 순간 윤석은 어처구니가 없어서 아무 말도 나오지 않았다.

지난 4주 동안 그녀의 몸종 노릇 한 걸 생각하면 조금 억울했지만, 그는 뭐라 하지 않았다. 그러나 참으려던 그의 인내심이 바닥을 치는 데는 그리 오래 걸리지 않았다.

그의 차에 올라타 병원에 가는 도중에도 은희는 뭐가 그리 좋은지 생글생글 웃으며 알아듣기 힘든 노래를 흥얼거렸다. 그 목소리가 신경 쓰여 운전하는 데 불편함이 없지 않았지만, 그는 뭐라 나무라지 않았다. 그저 못마땅한 듯 짧게 흘겨본 게 전부였다.

혼자서 한참 노래를 부르던 은희는 갑자기 흥미가 떨어졌는지 뿌루퉁하게 있다가 별안간 휴대폰을 꺼내 어딘가로 전화를 걸었다.

- 여보세요.

그녀의 휴대폰에서 들려오는 남자의 목소리에 윤석의 눈썹이 살짝 치켜 올라갔다. 그녀를 흘낏흘낏 째려보는데도 은희는 전혀 눈치채지 못한 듯 함박웃음을 지으며 말을 쏟아 냈다.

"선배 그동안 잘 지냈어요? 그동안 내가 많이 보고 싶지 않았어요?"

뭐? 보고 싶어? 무슨 개떡 같은 소리야? 웬 남정네랑 다정하게 통화하는 은희의 모습을 보고 윤석은 울컥했다.

"우리 선배 그동안 정말 수고가 많았겠다. 뭐 먹고 싶은 것 있어요?"

대충 통화 내용을 들어 보니 함께 일하는 파트너 같다는 직감이 들었다. 즐겁게 웃으며 통화하는 시간이 길어질수록 윤석의 심기는 더더욱 불편해져 갔다.

"우리 선배는 뭐 좋아하더라? 아, 맞다. 김밥을 기똥차게 좋아하시는 것 맞죠. 나 오늘 깁스 풀거든요. 내일부터 열심히 일할게요."

– 차은희, 정성은 고마운데 사양하련다.

"어머, 왜요?"

수화기 너머에서 뭐라 대답하는 소리가 들려왔고, 얼마 지나지 않아 전화는 끊어졌다. 뚝 끊겨진 전화가 몹시 불쾌한 듯 은희는 인상을 찌푸렸다.

"이 선배 웃긴다! 내가 뭘 어쨌다고 히스테리야? 하여간 내 올해 안으로 당신을 꼭 장가보낸다!"

만약 다른 사람이 이 말을 들었다면 그녀가 그 자식의 엄마라도 되는 줄 알겠다. 짜증을 부리는 그녀를 보고 윤석은 웃기면서도 좀 씁쓸한 기분이 들었고, 황당하면서도 속이 상했다.

"차은희, 다른 남정네 걱정까지 하느라 사는 게 꽤 바쁘겠어?"

맞는 말이라는 듯 그녀는 크게 고개를 끄덕거리며 대꾸했다.

"웬 놈의 팔자가 이렇게 바쁜지 나도 정말 모르겠단 말이죠. 누구는 너무 편하게 살아서 발바닥에 털이 날 정도로 행복하다고 하더니만, 나는 뭐가 이렇게 매일 바쁜지."

보는 사람이 딱할 정도로 울상을 지으면서 말하는 그녀를 보고 윤석은 황당함을 감추지 못했다. 아니, 진심으로 묻고 싶었다.

지난 4주 동안 당신은 발뒤꿈치에 털이 돋아날 정도로 편하게 지내지 않았느냐고. 뻔뻔해도 정도가 있지! 그러나 윤석은 그런 탐탁지 않은 생각은 일절 내비치지 않은 채 갓길에 차를 세우고 종이 한 장과 펜을 꺼냈다.

"아니, 병원 안 가고 뭐해요?"

"차은희, 당신이 우선 나한테 각서 한 장 써 줘야겠어."

잘못 듣지 않았나, 귀를 의심하며 어리둥절한 표정을 짓던 그녀가 멍청하게 중얼거렸다.

"뭐라구요? 가, 각서? 각서라뇨? 무슨 각서?"

무슨 이런 웃기는 소리가 다 있느냐는 듯 그녀는 자꾸만 헛웃음을 흘렸다.

"아니, 이 남자는 가만히 있다가 갑자기 왜 이런다니?"

몹시 어이없어하는 그녀를 보고도 윤석은 얼굴에 아무런 표정을 드러내 보이지 않았다.

"당신이 그랬지. 다리가 다 나으면 은혜를 꼭 갚겠다고 말이야."

"맞아요. 내가 그렇게 말했죠."

"근데 내가 그 말을 어떻게 믿지?"

처음엔 의아한 듯 눈을 동그랗게 뜨던 은희가 갑자기 고개를 젖히며 큰 소리로 웃기 시작했다.

"내 말을 믿지 못하겠단 말인가요? 백윤석 씨, 지금껏 속고만 사셨나?"

"난 확실한 것만 좋아하거든."

전혀 예기치 못한 사태에 마주치자 은희는 속으로 이를 빠드득 갈았다. 어찌 보면 스스로 무덤을 판 꼴이 되어 버렸기에 그녀는 몹시 불쾌했음에도 뭐라 반박할 수가 없었다.

그를 한껏 노려보며 얼굴을 일그러뜨렸다 입술을 잘근잘근 씹어 댔다 하는 그녀 앞으로 윤석이 펜과 종이를 내밀었다.

"자, 얼른 받아 적어. 당신이나 나나 모두 사업가들이잖아. 안 그래? 말보다는 서류가 더 정확한 법이지."

욱 하고 심통이 난 듯 은희는 신경질적으로 윤석의 손에 들린 종이와 펜을 낚아챘다. 그녀는 마지못해 그가 불러 주는 대로 받아 적기 시작했다.

『각서:

1. 내일부터 4주 동안 차은희는 기꺼이 백윤석의 몸종이 되겠습니다.

2. 내일부터 4주 동안 차은희는 백윤석을 '주인님'으로 모시고 무엇이든 원하는 대로 해 드리겠습니다.』

다 적어 놓고 나서 은희는 못마땅한 얼굴을 한껏 찌그러뜨렸지만 윤석은 흐뭇한 듯 함박웃음을 지었다.

"이제야 한시름 놓이는군."

"백윤석 씨, 당신 그렇게 안 봤는데 정말 무서운 사람이다. 응? 에효, 하여간 세상에 공짜는 없다고 하더니만."

신세 한탄을 하는 것처럼 작게 한숨도 쉬고, 어푸어푸 하는 이상한 소리까지 내며 불만을 표시하는 그녀를 바라보는 윤석의 얼굴에 뜻 모를 웃음이 피어났다. 속으론 아주 좋아서 죽을 것 같았지만 그는 내색하지 않았다.

'그래, 4주라는 시간 동안 너를 향한 내 마음이 도대체 무엇인지 그 정체를 알 수 있지 않을까?

하지만 그런 생각과는 달리 윤석은 그녀에게 얼굴을 바싹 들이밀고 차분하게 말했다.

"요즘 세상이 얼마나 흉흉한데 겨우 이 정도 가지고 뭘 그래? 무서운 게 아니라 계산에 철저하다고 말해야지."

그녀는 어색하게 웃으며 수긍할 수밖에 없었다.

"흐흐, 그래요, 뭐! 까짓것 해 준다! 젠장!"

그래도 도저히 불쾌한 감정은 감출 수가 없어서 그녀는 말끝에 욕을 덧붙였다.

"S 호텔엔 무슨 일로?"

깁스를 풀고 병원을 나오며 은희가 집이 아닌 S호텔로 가 달라고 말하자 윤석의 입꼬리가 씨익 올라갔다.

"아이고, 내가 그동안 얼마나 답답했는지 알아요? 오랜만에 나왔으니 당연히 시원한 공기를 들이켜고 멋진 영계들이랑 데이트하고 들어가야지요."

"누구를 만나는데?"

"말할 때 뭐 들었어요? 영계 만난다니까요."

윤석이 운전석에 올라타며 적잖이 불쾌한 표정으로 묻자 은희는 짐짓 위로하듯 그의 어깨를 툭툭 쳤다.

"우린 저녁에 봅시다! 내가 저녁에 거하게 한턱 쏠게요. 웅?"

지금 한턱 쏘고 어쩌고 간에 그게 중요한 게 아니잖아! 그녀가 대체 누구를 만나는지 이상하게 거슬리는 느낌이라 그는 자꾸만 신경이 쓰였다.

그리하여 잠시 뒤 S호텔에 도착해 호텔 정문으로 들어가는 그녀의 뒷모습을 바라보면서도 그는 스멀스멀 고개를 내미는 의구심을 쉽사리 잠재울 수 없었다.

"저 여자가 제비라도 키우나. 매주 주제에 정말 웃기는군."

비웃음 가득한 어조로 혼잣말로 중얼거린 윤석은 가시방석에 앉은 듯 안절부절못하며 오래도록 망설이다가 겨우 그곳을 벗어났다.

윤석에게 영계를 만난다고 했던 말과는 달리 S호텔 VIP룸으로 걸음을 옮기며 은희는 자못 비장한 표정으로 삼 일 전 그와의 짤막한 통화를 떠올렸다.

– 무슨 일이냐?

신호가 걸리기 무섭게 그는 짧은 인사조차 없이 대뜸 무슨 일이냐고 물어 왔다.

'돈이 필요합니다.'

– 얼마나?

훅, 하고 숨을 들이켜는 소리가 들리나 싶더니 곧바로 질문이 날아왔다.

'4억이요.'

의외로 엄청나게 큰돈이었는지 생각에 잠긴 듯 수화기 저편에서 잠시 침묵이 흘렀다. 다시금 그의 목소리가 들려오기까지는 조금의 시간이 걸렸다.

– 어디에 쓸 돈이냐?

'제가 꼭 말해야 합니까?'

– 4억이 어디 애들 장난인 줄 알아?

'돈이 아깝다는 뜻인가요?'

그녀의 냉랭한 음성에 수화기 너머 상대는 잠깐 한숨을 내쉬더니 곧 선언하듯 말했다.

– 얼굴 보고 얘기하자! 시간은 네가 정해라!

그것이 그날 은희와 그가 나눈 대화의 전부였다.

VIP룸에서 걸음을 멈추고 문을 열고 들어서니 탁 트인 거실이 눈에 들어왔다. 외국의 럭셔리 호텔을 연상시키는 화려한 인테리어에 은희는 살짝 눈살을 찌푸렸다.

"앉아라."

윤석에게서 딸인 은희가 다리를 다쳤다는 사실을 전해 들었음에도 차 회장은 아무것도 묻지 않았다. 하다못해 다친 다리는 괜찮은지, 그 짧은 한마디조차 건네지 않았다. 대신 지극히 딱딱하고 사무적인 태도로 그녀를 대했다. 그런데도 은희는 별로 불쾌한 기색 없이 그의 맞은편에 앉았다.

"돈은 준비하셨습니까?"

숨결 하나 흐트러뜨리지 않은 채 그를 똑바로 바라보며 담담하게 말을 꺼내는 은희의 표정 또한 딱딱했다.

"그 돈을 어디에 쓸 것인지 용도에 대해 알고 싶다. 알다시피 적은 돈이 아니다."

그의 목소리는 잔뜩 곤두서 있었고, 힘이 들어가 있었다. 그 말에 정말 우습다는 듯 은희가 피식 입꼬리를 말아 올렸다.

"용도를 제대로 밝히지 않는다면 한 푼도 줄 수 없다는 얘기군요."

그를 비웃듯 사정없이 비꼬아 대는 그녀에게 차 회장이 강경하게 말했다.

"당연하지. 나는 알아야겠다."

그녀가 항변하듯 소리 내어 외쳤다.

"지금 한 입으로 두말하십니까? 결혼을 조건으로 저한테 죽을 때까지 마음대로 쓸 수 있는 돈을 주겠다고 약속했습니다."

"그랬지. 그렇게 약속했지. 하지만 네가 아닌 다른 사람들한테는 단 한 푼도 줄 수 없다."

은희가 4억으로 하려는 일을, 차 회장이 알고 있는 것 같았다. 그녀가 얼음처럼 서늘한 눈으로 아버지를 노려봤다. 그럼에도 차 회장은 그녀의 시선을 피하지 않은 채 담담하게 받아 냈다. 그렇게 단 한마디의 말도 없이 뚫어질 듯 서로를 응시한 채 잠시 무거운 침묵이 흘렀다. 그러다가 먼저 입을 뗀 건 은희였다.

"3살에 당신한테 버림받고, 15살에 어머니를 잃고 오갈 데가 없는 저를 거두어 준 사람에 대한 은혜값으로 쓰려구요."

속마음을 감추고 입으로는 전혀 다른 말을 하면서 은희는 아버지를 관찰하듯 뚫어져라 쳐다봤다. 그 순간 수많은 감정이 그의 눈동자를 스쳐 갔다. 분노, 짜증, 불만, 한심함, 증오…….

더는 인내할 수 없었는지 차 회장은 얼굴을 일그러뜨리며 버럭 소리를 질렀다.

"그 양심 없고 거지같은 인간들한테는 단 한 푼도 줄 수 없다."

그 말을 들은 은희는 정말 너무 우습고 재미있다는 듯 몸을 숙여 배를 움켜잡곤 마구 웃어 대기 시작했다. 그러다 어느 순간 웃음을 뚝 그치고 격분하여 시뻘게진 얼굴로 말을 토해 냈다.

"금방 뭐라고 하셨습니까? 양심이 없다고 하셨습니까? 거지같은 인간들이라고 하셨나요?"

그래 놓고 그녀는 정신 나간 사람처럼 또다시 웃다가 표정을 싸늘하게 바꾸더니 악다문 잇새로 내뱉었다.

"차 회장님께서 그 말을 할 자격이 있다고 생각합니까? 이거 너무 웃기지 않습니까? 지나가던 개가 웃을 일이라구요."

그녀의 목소리에는 아버지를 향한 분노와 증오와 비웃음과 경멸이

247

가득 담겨 있었다. 자신을 죽일 듯이 노려보는 그녀의 시선에도 차 회장은 표정 하나 변하지 않았다. 오히려 한심하다는 눈빛으로 그녀를 바라보며 조용조용 입을 열었다.

"속이 없는 거냐? 아니면 착한 척하는 거냐? 그 거지같은 인간들이 널 어떻게 대했는데?"

"하하하!"

그녀는 왠지 웃음밖에 나오지 않았다. 한참을 기막힌 듯 웃던 은희가 조소하며 물었다.

"사는 게 꽤나 심심하셨나 봅니다. 제 뒷조사까지 하셨어요? 왜요? 저한테 갑자기 관심이 생겼나요?"

대놓고 비아냥거리는 그녀의 표정에도 차 회장은 아무 말이 없었다. 더는 상대하기 싫다는 듯 은희는 단도직입적으로 물었다.

"그래서 결론은 줄 수 없다는 얘깁니까?"

"그렇다."

그의 대답은 단 1초의 머뭇거림도 없이 바로 튀어나왔다. 그녀의 입가에 다시 씁쓸한 웃음이 걸렸다. 그러나 그것도 잠시, 그녀는 표정을 싹 지운 채 그를 향해 섬뜩한 경고를 날렸다.

"내일 한 번 멋지게 헤드라인을 장식해 보시겠어요? 그러면 대한민국이 참으로 떠들썩하고 발칵 뒤집어지겠는데 말이죠. 원래 대중매체란 자그마한 사실을 가지고도 얼마든지 과장해서 표현하는 법이 잖아요. 별의별 스캔들이 다 터질 텐데요. 그러면 꼴이 참 좋겠는데 말입니다. 이참에 매스컴에 이 못난 얼굴 한 번 비쳐 볼까요?"

말해 놓고 은근슬쩍 그의 반응을 살피자 아니나 다를까 차 회장은 몹시 불쾌한 심기를 드러내며 얼굴을 심각하게 찌그러뜨렸다.

"차은희!"

그녀의 이름을 토막토막 짧게 끊어 부르는 그의 목소리에도 분노가 잔뜩 묻어 있었다.

"건방지구나!"

"왜요? 그건 또 두려운가 봅니다? 하기사 그럴 만도 하겠죠."

화가 나면서 머리가 지끈거리고 울렸지만, 차 회장은 뭐라 반박하지 않았다. 다만 미리 준비했던 봉투를 그녀 앞에 내밀었다.

"갖고 가라! 하지만, 그 거지같은 인간들을 위해 쓰는 거라면 이번이 끝이다."

그녀의 얼굴에 쓴웃음이 떠올랐다. 무겁고 깊은 한숨을 내쉬는 아버지를 잠시 바라보다 은희는 봉투를 가방에 쑤셔 넣으며 몸을 일으켜 고급스런 문을 향해 걸음을 뗐다.

"은희야, 미안하다."

문고리를 잡고 문을 열려고 하는 순간, 그녀의 등 뒤로 차 회장의 목소리가 건너왔다. 낮지만 분명했고, 또 목소리에서는 깊은 회한과 자책이 묻어 있었다. 은희가 홱 몸을 돌려 그를 쏘아봤다.

"방금 미안하다 하셨습니까? 제가 잘못 들었나요? 미, 미안하다 하셨어요?"

서러움을 넘어 분노와 원망이 한데 뒤섞인 목소리에 차 회장은 침묵했다.

"미안하다. 딱 네 글자입니다. 그런데 그 네 글자를 발음하는 데 걸리는 시간은 1초도 소요되지 않습니다. 그 1초도 채 걸리지 않는 네 글자로 지난 15년을 오직 당신만을 사랑하고 그리워하고 아파하면서 비참하고 외롭게 살다가 돌아가신 한 여자의 삶과 운명을 돌이킬 수 있다고 생각하나요? 그 1초도 소요되지 않는 너무도 짧은 네 글자로 지난 31년 동안 상처와 눈물로 얼룩진 내 삶은요? 과연 다시 돌이킬 수 있을까요? 이제 와서 미안하다고 말하면 이미 죽은 사람이 다시 살아온답니까? 너무 늦었다는 생각이 들지 않으세요?"

나지막하면서도 침착한 목소리. 그러나 거기에 담긴 울음이 너무도 슬프고 아프고 처량해서 차 회장의 가슴을 먹먹하게 만들었다.

"이제 와서 억지로 바꿀 생각 하지 말고 계속 살던 대로 사십시오. 꼴 보기 싫다구요. 창피합니다. 또 제 마음이 바뀌지도 않는다구요. 하지만……."

잠시 말을 끊은 은희는 아버지를 똑바로 바라보며 짤막하게 덧붙였다.

"오래오래 사세요."

'당신이 아프거나 병이 든다면 내 마음이 약해지니까요. 하지만 하늘이 두 쪽 나는 한이 있어도 당신이 내 아버지란 사실만은 변하지 않으니까요.'

그러나 그 뒷말은 삼킨 채 그녀는 뭔가 슬픈 표정을 짓는 아버지를 뒤에 남겨 두고 문을 쾅, 닫고 나왔다.

♡　　♥　　♡

'설마 여기서?'

동대문 근처에 있는 허름한 포장마차 주변을 둘러보며 윤석은 마음에 들지 않는 듯 미간을 구겼다. 그런 그의 마음을 읽기라도 한 듯 은희가 생긋방긋 웃으며 말했다.

"내가 상경한 후로 자주 오던 곳이에요. 정겹고 따뜻한 느낌이 마치 엄마와 함께 살던 내 집 같잖아요."

마치 주술과도 같았다. 조금 전까지만 해도 가슴이 답답해져 이곳

에서 벗어나고 싶은 생각이 간절했는데 그녀의 짧은 한마디에 윤석은
얼굴을 활짝 펴면서 자리를 찾아 앉았다.

"백윤석 씨, 닭볶음탕 좋아해요? 매운 닭발은요?"

"당신이 알아서 주문해."

건성으로 대답하는 그를 보고 은희가 새치름하게 웃으며 말했다.

"그럼 내가 알아서 할 테니까 나중에 딴지 걸기 없기예요."

그녀는 곧 아주머니를 불러 무언가를 잔뜩 주문했다.

"아줌마, 소주하고 땅콩 먼저 주세요."

잠시 뒤 소주가 나오자 은희는 윤석의 잔에 술을 넘치도록 따르며
입을 열었다.

"백윤석 씨, 우리 건배할까요?"

말 잘 듣는 아이처럼 윤석은 순순히 그녀의 요구에 응하며 잔을 부
딪쳤다.

"아, 시원하고 좋다!"

단번에 술 한 잔을 비워 낸 그녀의 입에서 감탄 섞인 탄성이 쏟아
져 나왔다.

"전에 나 꿈이 있었다고 말한 적 있죠? 좋은 사람 만나 시집가겠다
는 꿈을 이뤄 줄 사람을 만난다면 이런 곳에서 다정하게 얘기를 나누
며 데이트하고 싶었거든요. 그 꿈은 영원히 이루어지지 않을 줄 알았
는데 살다 보니 이런 날도 있네요. 끝내주게 잘생긴 백윤석 씨랑 이
런 데이트를 하게 될 줄 누가 알았겠어요? 비록 우리가 진짜 사랑하
는 사이는 아니지만, 난 당신이랑 이 순간을 함께하는 거 후회 안 해
요."

그녀가 도대체 무슨 의도로 이런 말을 꺼내는지 윤석은 쉽게 감을
잡을 수가 없었다. 불길한 예감이 빠른 속도로 뇌리를 스쳐 가 그는

도저히 은희에게서 눈을 뗄 수가 없었다. 하지만 은희는 여전히 생긋 웃는 얼굴로 그의 잔에 술을 찰찰 넘치도록 따랐다.

"지난 4주 동안 정성껏 보살펴 주셔서 감사합니다. 백윤석 씨. 자, 그럼 이번엔 고맙다는 의미에서 우리 또 한 번 건배할까요?"

그녀의 말을 들으면 들을수록 알 수 없는 불안함은 더욱 커져 갔지만 윤석은 겉으로는 내색하지 않은 채 그녀의 요구대로 묵묵히 술을 들이켰다. 그의 술잔은 비워지기 바쁘게 바로바로 채워졌고, 은희는 여전히 의미 모를 웃음을 지으면서 그와 끊임없이 술잔을 부딪쳤다.

"나, 세 살에 아버지한테 버림받았어요."

순간 윤석은 그 자세 그대로 얼음이 되어 버렸다. 처음 듣는 얘기가 아닌데도 그녀의 입을 통해서 듣자 마치 처음 듣는 이야기인 것 같았다. 그는 무척 충격받은 듯 멍한 표정을 지었다. 그러나 정작 당사자는 정말로 괜찮은 듯 아무렇지 않게 미소를 매달고 있었다.

"비록 버림은 받았지만, 난 단 한 번도 내가 불쌍하다는 생각을 해본 적 없었어요. 나의 어머니는 상냥하고 온화하고 아름다운 분이셨어요. 내가 만약 엄마를 닮았다면 상당한 미인이었겠지만."

말해 놓고 나서도 스스로의 얘기가 재미있다는 듯 은희는 낮은 웃음을 흘렸다.

"결코 사랑이 부족하다거나 그런 생각도 해 보지 못했어요. 그런 생각이 들지 않을 만큼 엄마는 날 위해 많은 희생을 하시고 많은 사랑을 보여 주었으니까요. 그런데 나를 쳐다보는 다른 사람들은 그렇지 않나 봐요. 사람들은 아마도 아빠 없는 내가 안쓰럽고 불쌍해 보였을 거예요. 하지만 난 싫었어요. 설사 그것이 순수한 동정심이든, 무엇이든 간에 그런 눈빛 자체가 싫었거든요."

처음이었다. 아무런 거리낌 없이 누군가에게 자신의 이야기를 솔직하게 터놓는 것은. 윤석은 아무 말 없이 그녀의 이야기에 귀를 기울였다.

"15살, 엄마가 돌아가셨을 때도 하늘이 무너지는 기분은 느꼈지만, 난 내가 불쌍하다거나 안쓰럽다는 생각을 해 본 적 없었어요. 불쌍한 걸로 따지면 나보다 훨씬 불쌍하고 가여운 아이들이 더 많잖아요. 태어나자마자 친부모에 의해 거리에 쓰레기처럼 버려진 아이들, 지금 이 순간에도 지구 어딘가에서 하루하루 살아가기 위해 힘들게 살아가는 사람들, 그리고 굶주려서 아프고 병들어 죽어 가는 아이들. 그래도 난 그런 아이들에 비하면 정말 행복하잖아요. 적어도 난 15년을 엄마와 함께 살았으니까요."

말하다 목이 말랐는지 그녀는 소주 한 잔을 들이켜고 나서 다시 입을 열었다.

"그런데 사람들은 그렇게 생각하지 않나 봐요. 안쓰럽다, 불쌍하다, 그런 눈빛이 싫어서 난 그 누구보다 열심히 살아왔어요. 비록 자랑은 아니지만, 또 최고는 아니었지만 그 누구보다 최선을 다해 살아왔다고 자부할 수 있어요. 그래서 말인데요. 백윤석 씨."

또다시 말을 끊고서 은희는 윤석의 얼굴을 빤히 쳐다봤다. 그 표정이 뭔가 망설이는 것 같기도 하고, 뭔가 고민을 하는 것 같기도 했다.

조금은 곤혹스러워하는 그녀의 시선과 담담하게 마주하면서도 윤석은 조용히 그녀의 다음 말을 기다렸다. 하지만 그녀는 다시 입을 여는 대신 가방에서 무언가를 꺼내 그에게 건네주었다.

"나의 이런 행동에 백윤석 씨가 기분 나빠 하지 말았으면 좋겠어요. 내게 마지막으로 남은 건 자존심밖에 없어요. 그런데 만약 내가 이 돈을 받는다면, 지금껏 우리 엄마의 자랑스러운 딸로 살아왔던 내 삶이 풀 한 포기 나지 않는 메마른 사막으로 변해 버릴 것 같아요. 아무런 가치도, 아무런 의미도 부여할 수가 없는, 그런 기생충 같은 인생으로 변할 것 같아서 두려워요."

남의 이야기하듯 아주 담담하게 말하는 그녀를 보면서 윤석은 심장이 아팠고, 머리가 아팠고, 가슴이 아팠다.

"우리가 이렇게 부부 아닌 부부처럼 살게 된 것도 미친 짓인데 거기에 더해 당신과 돈으로 얽히는 일은 절대로 하고 싶지 않아요. 그렇게 되면 내가 정말 불쌍해 보일까 봐요."

터져 나오는 울음을 참는 듯 그녀의 목소리에서 물기가 느껴졌다. 그 모습에 한없이 애처로운 생각이 들며 윤석은 금방이라도 다가가 그녀를 꼬옥 안아 주고 싶은 마음이 굴뚝같았다.

"백윤석 씨, 저희 이모한테 주셨던 돈, 죄송하고 고마웠어요. 하지만 그런 일은 다시는 없을 거예요. 내일부터 4주 동안 열심히 당신의 몸종 노릇 해 드릴게요. 나 오늘 진짜 행복했어요. 고마워요."

그녀는 간다는 말 한마디 없이 조용히 일어나 깍듯하게 허리를 굽혀 인사를 하곤 뒤돌아서 앞으로 천천히 걸음을 뗐다. 소리 없이 눈물방울이 그녀의 볼을 타고 아래로 흘러내렸다.

너무도 이상하다. 솔직하게 터놓고 한바탕 울고 나면 시원할 줄 알았다. 그런데 정작 터놓고 나니 가슴이 미어지게 아파 왔다.

'난 지금 착각하고 있는 거야. 너무 외로워서 누군가에게 의지하고 싶어서 이러는 거야. 난 차은희야! 예전에도 그랬고 지금도 그렇고 앞으로도 영원히 나만의 인생을 멋지게 살 거야!'

다시금 찾아오는 낯선 떨림과 고개를 치켜드는 생경한 감정에 그녀는 당황하여 속으로 몇 번이나 다짐하듯 중얼거렸다. 그런 복잡한 마음을 다스리려는 듯 그녀는 주먹을 꽉 움켜쥐었다.

그런데도 눈물은 그녀의 의지를 배신한 채 계속 흘러넘쳤다. 가슴이 쥐어짜듯이 아프면서 극심한 통증이 느껴졌지만 그녀는 걸음을 멈추지 않았다.

말을 끝내자마자 뒤돌아서 멀어져 가는 그녀의 뒷모습을 지켜보면서도 윤석은 아무것도 못 한 채 얼음처럼 굳어 버렸다. 마치 이별을 고하듯 마지막처럼 느껴지는 그녀의 인사에 정말 몸서리칠 만큼 화가 나면서도 윤석은 딱히 뭐라 대꾸할 수가 없었다.

자존심이 전부라고 말하는 그녀의 한마디에 뭐라고 한단 말인가? 몸이 가늘게 떨려 왔다. 머릿속은 하얗게 탈색되고 속만 부글부글 끓는 느낌이었다. 마치 마음속에서 폭풍이라도 부는 듯, 속이 쓰려 왔다.

이제야 알 것 같았다. 그녀를 향한 이 생소한 감정의 정체가 무엇인지. 눈물 흘리는 그녀의 슬픈 모습을 보면 자신의 마음도 따라 아프고, 환하게 웃는 그녀의 모습을 보면 자신도 모르게 미소를 짓는다. 웃기지만, 정말 인정하고 싶지 않지만, '그깟 사랑'이라고 늘 비웃어 왔지만, 이제는 더 이상 부인할 수가 없었다.

하지만 너무도 갑작스럽게 찾아온 깨달음에 윤석은 당황하면서도 새삼 놀라웠고, 황당하면서도 큰 충격을 받았다. 그리하여 그는 점점 멀어져 가는 그녀를 망연하게 지켜보면서도 다급히 불러 세우지 못했다. 대신 빠르게 걸음을 내디디며 은희의 뒤를 부지런히 쫓기 시작했다.

그녀가 빨리 걸으면 그도 빨리 걸었고 그녀가 조금 발걸음을 늦추면 그도 보폭을 줄였다. 또 그녀가 택시에 올라타자, 윤석도 따라서 택시를 잡아탔다.

그렇게 집까지 도착하는 내내 은희는 자신의 뒤에서 조용히 따라오는 윤석의 기척을 전혀 감지하지 못했다.

"거참, 인정머리가 없네. 데이트가 끝나면 다정하게 손을 꼭 잡고 집에 돌아오는 걸로 마무리해야지. 혼자서 먼저 가 버리다니, 무드가 없는 여자네."

현관문을 열고 집에 들어서는데 문득 등 뒤에서 익숙한 목소리가 들려오자 은희는 움찔하면서 온몸이 뻣뻣하게 경직되었다. 그러나 이내 생글생글 웃는 얼굴로 몸을 돌려 그와 마주 서서 언제 슬프게 울었나 싶을 정도로 쾌활한 목소리로 변명하듯 말했다.

"아니, 나는 백윤석 씨가 여자 찾으러 간 줄 알았지요. 그동안 내 시중드느라 다른 여자랑 데이트도 마음껏 못했잖아요. 그래서 눈치껏 자리를 피해 준 건데."

울어서 부은 눈으로 밝게 웃으려 노력하는 은희를 바라보며 윤석은 안타까우면서도 기가 막혔지만 그런 티를 조금도 내지 않고 거짓 말로 대꾸했다.

"헤어졌어."

은희는 조금 놀란 표정을 짓더니 후우, 하고 한숨을 내뱉으며 딱하다는 듯 말했다.

"이런, 안됐네요."

"뭐, 그렇게 딱한 처지는 아니야."

윤석은 은희의 의아한 눈빛을 받으며 설명하듯 말했다.

"왜냐하면 다른 여자가 생겼거든."

"그새 다른 여자 생겼다구요? 속도 진짜 겁나게 빠른데요?"

새삼 대단하다는 듯 감탄하며 은희는 그를 향해 엄지손가락을 내밀어 보였다. 그러다가 갑자기 의아하다는 듯 물었다.

"근데 왜 그 여자 찾으러 안 가요?"

"그 여자는 좀 둔하거든. 내가 자기를 좋아하는 걸 모르고 있더라고."

알 만하다는 듯 고개를 끄덕이는 은희를 향해 윤석이 한숨처럼 말했다.

"메주같이 생겼으면 머리라도 좋든가. 어찌나 둔하고 답답한지 딱 곰팅이 같다니까."

윤석은 그녀의 반응을 살피듯이 은희의 얼굴을 가만히 바라봤다. 그녀의 얼굴에 의문의 빛이 떠올랐다. 불현듯 그녀가 그에게 얼굴을 바짝 들이대고 넌지시 물었다.

"근데 메주같이 생긴 사람이면 나보다 더 못생겼어요?"

예전 같았으면 손가락으로 그녀의 이마를 쿡 찌르며 뭐라고 비웃었을 텐데 윤석은 그러지 않았다. 아무 말도 없이 코가 닿을락 말락 한 거리까지 다가왔다. 그 때문에 오히려 깜짝 놀란 건 은희였다.

너무도 놀라서 그녀의 몸이 지나치게 뒤로 젖혀지면서 심하게 기우뚱거렸다. 하마터면 뒤로 넘어갈 뻔한 아찔한 순간이었지만, 다행히 윤석이 팔을 뻗어 그녀의 허리를 잡더니 그대로 끌어안듯 그녀를 잡아 주었다.

"고, 고마워요. 하마터면 뒤통수를 찧을 뻔했는데. 내, 내가 이렇게 덤벙거려서. 에휴…… 조, 조심할게요."

그의 가슴팍에 얼굴이 닿자 그녀의 심장이 고장 난 듯 심하게 요동을 쳤다. 단지 심장만 고장 난 게 아니었다. 그녀의 온몸이 경련을 일으킨 듯 가느다랗게 떨리고 있었다. 그 떨림이 생생하게 느껴졌지만, 윤석은 모르는 척 그녀의 허리를 잡은 손에 힘을 주며 그녀의 귀에 대고 낮게 속삭였다.

"그래, 앞으론 조심해. 두 번 다시 당신의 몸종 노릇 하고 싶은 생각은 손톱 끝만큼도 없으니까."

자신의 귓가에 훅 하고 뿜어지는 뜨거운 입김에 은희는 온몸에 힘이 빠지는 느낌이 들었다.

"아, 알았어요. 아, 앞으론 조심할게요."

어색하게 웃으며 그녀는 그에게서 빠져나가려 몸을 틀었다. 그런 그녀를 물끄러미 바라보다가 윤석이 한숨 어린 중얼거림으로 말했다.

"잘 자."

윤석은 그녀를 놓아주며 망설임 없이 뒤돌아 자신의 방으로 걸음을 옮겼다. 그리고 그 뒤에는 기진맥진한 몸을 겨우 추스르며 은희가 그의 뒷모습을 우두커니 바라보고 서 있었다.

"차은희, 나 들어간다."

손등으로 가볍게 두어 번 노크를 한 뒤 은희의 방문을 열고 들어간 윤석은 아직도 깊은 잠에 빠져 있는 그녀를 깨웠다.

"차은희, 얼른 일어나!"

그렇게 두세 번 불렀지만, 은희는 여전히 요지부동이었다. 하는 수 없었던 윤석은 그녀의 뺨을 톡톡 두드리며 잠을 깨웠다.

"이봐, 차은희. 그만 자고 얼른 일어나!"

비로소 은희는 잠에서 깨어난 듯 잠시 눈을 뜨는가 싶더니 다시 눈을 감고는 반대쪽으로 몸을 틀어 돌아누웠다.

"지금 몇 시인데요? 조금만 더 자다가 아침 준비할게요."

잠에서 덜 깬 듯한 목소리에는 못마땅함이 잔뜩 묻어 있었다. 윤석은 한 걸음도 물러서지 않고 그녀의 눈앞에 무언가를 내밀었다.

"자, 이거 봐."

여전히 눈길 한 번 주지 않는 그녀의 얼굴에는 귀찮다는 기색이 역력했다.

"당신이 나한테 써 준 각서야. 설마 벌써 잊었어? 오늘부터 당신은 내 몸종이거든. 각서에 쓰인 내용이 뭐였더라?"

느릿느릿 읊조리는 그의 말에 그녀는 잠이 순식간에 달아나 버렸다. 짜증이 급격히 밀려오면서 참을 수 없다는 듯 은희는 벌떡 몸을 일으켰다. 그녀는 고개를 들어 윤석을 원망스러운 눈빛으로 노려봤다. 그렇게 한참 동안 그를 노려보던 눈길을 거두며 은희는 화를 억누르는 듯한 목소리로 물었다.

"지금 몇 시예요?"

"새벽 다섯 시."

왠지 잠이 많이 모자라다 싶었는데 새벽 다섯 시란다. 해가 뜨려면 한참 먼 것 같은 시간이라는 걸 확인하곤 은희는 기가 차다는 표정을 지었다.

오늘은 그간 깁스 때문에 쉬었던 회사에 나가야 하는 날이다. 좋은 컨디션으로 출근하려고 했는데 새벽부터 윤석이 망쳐 버린 것 같았다.

"백윤석 씨, 벌써 배고파요? 혹시 아기 가졌어요? 꼭두새벽부터 이게 뭔 짓이래?"

그녀의 마지막 말은 거의 으르렁거림에 가까웠다. 하지만 그녀의 그런 표정 따위는 전혀 개의치 않는 듯 윤석은 거만하게 서서 팔짱을 끼고 말했다.

"각서에 이런 내용이 있었지. 차은희는 백윤석을 '주인님'으로 모시고 무엇이든 원하는 대로 해 드리겠습니다. 나 지금 아침 산책하러 나갈 거야. 그런데 혼자는 너무 심심하잖아. 그래서 당신이 같이 가

줘야겠어."

"뭐, 뭐, 뭐라구요?"

그녀는 몹시 어이없어하고 있었다.

"아, 아니, 무슨 남자가 이렇게 치사해? 아, 나 참! 기가 막혀!"

해도 해도 너무 심해서 기도 안 찬다는 표정을 지으며 은희는 허, 참내! 하는 소리만 연발했다.

"아, 역시 각서 받아 두길 잘했군. 각서를 쓰고도 발뺌하기에 급급한데, 만약 안 썼으면 어쩔 뻔했어?"

아무리 생각해도 자신이 잘했다는 듯 윤석은 손가락 끝으로 종이를 톡톡 건드리며 어깨를 으쓱했다. 그리고 똑똑히 보라는 듯 각서 내용이 적힌 종이를 그녀의 코앞에 내밀었다.

은희는 너무도 기가 막히고 황당해서 그만 말문을 잃은 듯 허한 웃음을 흘리더니 신경질적으로 이불을 걷어차고 침대에서 내려왔다. 한바탕 욕을 퍼부으려고 했던 그녀는 멈칫했다. 지난 4주 동안 그 어떤 불평불만 없이 정성껏 자신을 보살펴 준 그에게 너무 미안하면서도 또 고마웠던 것이다.

'그래, 받은 만큼 돌려주는 거라고 생각하자!'

은희는 씩씩거리며 욕실로 들어갔다. 몹시 마뜩잖아 하는 그녀의 뒷모습을 바라보는 윤석의 얼굴에는 재미있어 하는 기색이 역력했다.

잠시 뒤 퉁퉁 부은 못마땅한 얼굴로 욕실에서 나오는 은희를 물끄러미 바라보고 윤석은 뜻 모를 웃음을 지으며 집을 나섰다.

"아침 공기가 참 좋군!"

그렇게 말하며 산책길을 앞장서서 걷는 윤석의 뒤통수를 빤히 노려보며 은희는 의아한 듯 생각에 잠겼다.

저 남자 어제 데이트를 하더니 머리가 포맷이 되었나? 아니면 어젯밤 꿈을 잘못 꿨나? 어떻게 하루 사이에 사람이 저렇게 변할 수가 있지?

조금 춥기도 하고 졸리기도 해서 은희는 하품을 하며 그의 뒷모습에 대고 주먹을 휘둘렀다. 근데 하필이면 그때 그가 뒤돌아볼 줄이야!

"뭐하는 거지?"

한 대 치려는 기세로 하늘 높이 치켜든 그녀의 조그마한 주먹을 보고도 윤석은 일부러 모르는 척 물었다.

"설마 그때처럼 두들겨 패려는 건 아니겠지?"

심중을 들킨 은희는 호호 웃으며 급하게 손사래를 쳤다.

"백윤석 씨, 은근히 웃긴다. 어떻게 그런 썰렁한 농담을 다 하세요? 호호. 진짜 누가 들었으면 내가 깡패인 줄 알겠어요."

"그래?"

그녀의 말을 믿어 주는 척하며 윤석은 다시 고개를 돌려 느릿느릿 걸었다. 이따금씩 두 팔을 양옆으로 벌리고 쭉쭉 펴 스트레칭을 하면서.

잠시 후 산책이 끝나고 그녀가 분주하게 준비해 놓은 아침을 먹을 때였다. 알 수 없는 콧노래를 흥얼거리며 얼굴 가득 미소 짓는 그를 의아하게 쳐다보던 은희가 슬쩍 물었다.

"어제 기분 좋은 꿈 꿨어요?"

자못 궁금하다는 표정을 짓는 은희에게 윤석이 웃으며 짧게 대꾸했다.

"응."

반짝이는 눈빛으로 묻는 은희의 얼굴을 뚫어지게 쳐다본 윤석이 농담처럼 덧붙였다.

"메주 안고 자는 꿈."

윤석의 말에 어이없다는 듯 은희의 얼굴이 살짝 찡그려졌다. 재미없다는 듯 그녀는 시들하게 말했다.

"개꿈이네! 꿈에 돼지를 보면 또 모를까? 그것도 아니면 똥을 온몸에 뒤집어쓰거나 깊이 빠진다거나 밟는 꿈이면 또 몰라."

평소 같으면 더러워서 어떻게 밥을 먹겠느냐고, 당신은 그렇게 개념이 없느냐고 하면서 분명히 화를 냈을 텐데 왠지 그는 그 말을 듣고도 가만히 앉아 있었다. 아니, 뭐가 그리도 좋은지 얼굴에 웃음까지 머금고 있었다.

평소와 퍽 다른 이상하기 짝이 없는 모습에 은희는 의아함을 금치 못했다.

"그런 꿈을 꾸면 좋은 일이 생기나?"

정말 궁금하다는 듯이 묻는 그에게 은희가 한심하다는 표정을 지으면서 고개를 가로저었다.

"어머, 그것도 몰랐어요? 대통령 꿈, 아니면 돼지 꿈, 그리고 더러운 꿈, 그런 꿈은 대부분 횡재가 생길 꿈이거든요. 근데 백윤석 씨는 참 희한한 꿈을 꾸네요."

어이없는 얼굴로 길게 혀를 차던 그녀가 혼잣말처럼 낮게 중얼거렸다.

"애인이 보고 싶었나?"

그래 놓고 자신의 혼잣말에 화들짝 놀라며 은희는 그의 시선을 슬쩍 피해 버렸다. 더 이상 별다른 대화가 생각나지 않아서 그녀는 밥을 먹는 둥 마는 둥 하다가 슬그머니 숟가락을 놓고 일어섰다.

"백윤석 씨, 천천히 드세요. 나 먼저 갈게요."

그녀가 짐짓 깍듯하게 말했는데도 윤석은 뭔가 못마땅한 듯 눈썹을 구겼다.

"누구 맘대로?"

"엥? 뭐라구요? 누구 맘대로라니?"

"차은희, 당신이 당신 손으로 직접 쓴 각서야. 벌써 발뺌하면 안되지. 기다려. 나랑 같이 나가."

"아, 아니? 허, 헛……."

이 남자 보자 보자 하니 너무 무서운 인간 아닌가. 다짜고짜 각서를 꺼내 보이며 명령조로 말하는 그를 보고 은희는 그만 할 말을 잃은 듯했다.

그저 고개를 도리도리 흔드는 그녀를 보고도 윤석은 별다른 표정 변화 없이 밥을 다 먹고 일어섰다.

그래도 거기까지는 아무래도 좋았다. 비록 억울하고 황당하고 괘씸하지만, 그다지 밑지는 장사가 아니니까. 그런데…….

세상엔 공짜가 없다고 하더니만 그 말이 정말 거짓이 아니었음을 그녀가 깨닫는 데는 그리 오래 걸리지 않았다. 백윤석, 그는 타고난 사업가였고, 그런 그에게 제대로 코가 꿰였다고 생각하는 은희였다.

그의 진정한 의도가 뭔지도 모르는 채 은희는 제멋대로 생각하며 이를 바드득 갈았다. 속으론 온갖 욕설을 다 퍼붓고 비방하면서. 나쁜 놈, 치사한 놈, 악한 놈, 뻔뻔한 놈, 더러운 놈!

"운전할 줄 알아?"

운전석에 올라탄 윤석이 옆에 앉은 그녀를 돌아보며 물었다.

"안 배웠어요. 난 오래오래 살고 싶다구요. 자칫 교통사고라도 나서 일찍 죽고 싶지 않거든요."

퉁명스러운 대꾸에 윤석은 피식 웃음을 짓는가 싶더니 곧 근엄하게 명령했다.

"그럼 이참에 배워."

그녀에게 모든 걸 다 해 주고 싶었던 윤석이다. 자상하게 운전도 가르쳐 주고, 차도 한 대 뽑아 주고 싶은 생각이 굴뚝같았다. 그러나 그런 그의 마음을 전혀 알 리 없는 은희는 못마땅한 기운이 서린 얼굴을 더욱 일그러뜨렸다.

"와! 백윤석 씨, 당신 알고 보니 진짜 무섭다, 무서워! 으악, 소름이 쫙 끼쳐."

그녀는 정말 무섭다는 듯 겁에 질린 표정을 지어 보였다. 소름이 돋은 듯, 팔을 슥슥 문지르는 동작을 곁들이면서.

"지금 운전 배워서 나 기사로 써먹으려는 거죠? 세상에 돈도 많다면서 그렇게 운전이 귀찮으면 차라리 기사를 고용하시죠?"

비웃는 듯한 목소리인 것 같기도 하고, 기운이 없는 것 같기도 느껴졌지만 윤석은 몹시 흥미로워했다. 문득 그가 그녀를 향해 돌아앉더니 손을 뻗어 그녀의 머리를 쓰다듬었다.

"아, 아니 이 남자가 어딜 함부로 만지는 거야?"

툴툴거리는 말투에도 윤석은 웃는 얼굴로 천연덕스럽게 대꾸했다.

"주인이 몸종 머리 만져 보면 안 되나?"

황당한 얼굴로 연방 손부채질을 하며 미간을 좁히는 그녀에게 윤석이 말을 이어 갔다.

"내가 원래 밑지는 장사는 안 하거든. 이제 와서 하는 말인데 내가 그동안 당신한테 당한 게 어디 한두 번이어야지. 성공의 50가지 법칙 중에 기회는 왔을 때 잡으라는 말이 있지. 이런 기회는 그리 흔한 게 아니잖아."

기가 막혀서, 또 너무나도 황당하기 짝이 없어서 은희의 입이 조금 벌어졌다. 그렇다고 화를 낼 수도 없어서 그녀는 그만 웃고 말았다.

"에휴, 그래. 대기업 사장님은 아무나 되는 게 아니지! 백윤석 씨, 당신 참 대단합니다. 아무튼 태워다 주셔서 대단히 감사합니다."

나쁜 악당 같으니라고. 속으론 굉장히 마뜩잖았지만 그녀는 애써 웃음을 지어 보이며 회사에 도착한 것을 확인하고 조수석 문을 열려고 했다. 불현듯 윤석이 그녀의 손을 탁 잡았다. 또 뭡니까, 하고 눈을 치뜨고 노려보는 그녀에게 윤석이 무뚝뚝하게 응수했다.

"내게 고마워할 것까지는 없어. 톡톡히 받아 낼 테니까."

"이 사람이 정말!"

에이씨, 하고 그녀는 또다시 욕을 짓씹으며 조수석 문을 열고 내렸다. 신경질적인 걸음걸이로 걸어가는 그녀의 뒷모습을 바라보는 윤석의 얼굴에 짓궂은 웃음이 떠올랐다.

장난기 가득한 표정을 지으며 윤석은 펜과 종이를 꺼내 4주를 알차고 뜻깊게 보내기 위한 계획을 세우기 시작했다.

"요즘 연인들은 어떤 데이트를 하지?"

그러나 지금껏 변변한 연애 한 번 못해 본 그가 여자들의 로망이나 낭만적인 생각을 알 리가 없었다. 도움을 받고자 친구인 병태에게 전화를 해 보았으나 돌아오는 건 타박뿐이었다.

"요즘 여자들은 어떤 데이트 좋아해?"

— 이 자식아! 내가 연애를 해 봤어야 알지! 시끄러워, 내 일만 해도 버거워 죽겠는데 무슨 데이트. 얼른 전화 끊어!

원래는 뭐라고 툭 하고 쏘아붙이려 했던 윤석은 평소의 병태답지 않은 힘없는 목소리에 걱정스럽다는 듯 물었다.

"왜? 무슨 일 있어? 목소리 왜 그래?"

— 우리 집 늙은이가 나보고 결혼하란다.

"그럼 결혼하면 되지. 그게 무슨 큰일이라고."

나름 심각한 목소리에 윤석은 어깨를 으쓱하며 대수롭지 않게 응수했다.

- 네 일이 아니라고 함부로 말하지 마. 난 심각하단 말이야. 지금이 무슨 조선 시대도 아니고 연애 한 번 제대로 못 해 보고 부모 뜻대로 정략결혼을 해야 한다니. 우리가 뭐 제물이야?

몹시 원통해하는 녀석의 모습이 눈앞에 선해 윤석은 쿡쿡 웃음을 터뜨렸다. 그러자 수화기 너머에선 병태의 짜증 섞인 목소리가 건너왔다.

- 너 뭐야? 왜 웃어?

기가 막혀 하는 병태에게 윤석은 한심하다는 듯 혀를 쯧쯧 찼다.

"등신 같은 놈."

- 뭐, 뭐야?

어지간히 화가 났는지 병태는 말까지 더듬거렸다. 그런 그에게 윤석은 마치 철없는 아이를 타이르는 듯한 말투로 말했다.

"정략결혼 말이야. 생각보다 그리 나쁜 편은 아니더라."

- 뭐라고?

수화기 너머 반신반의하며 되묻는 목소리에 윤석은 조용조용 말을 이었다.

"미운 정이 더 무섭다고 들 하잖아. 이제는 그 말뜻이 어떤 건지 알 것 같다."

- 혹시 제수씨랑 그새 정들었냐?

윤석은 대뜸 대답하지 못했다. 그의 침묵을 긍정으로 받아들인 모양인지 수화기 너머로 몹시 놀라워하는 목소리가 건너왔다.

- 어라, 진짜 세상 오래 살고 볼 일이다! 짜식, 진짜 잘됐네. 하긴, 제수씨처럼 귀여운 여자는 데리고 살면 재미있을 것 같긴 하더라. 축

하한다.

키득거리며 웃던 병태는 갑자기 뭔가 생각이 난 듯 말했다.

– 아, 이제야 알겠다. 그래서 짜식이 이상한 것만 물었구나. 그럼 애교가 듬뿍 담긴 문자를 보내는 건 어떨까?

애교가 듬뿍 담긴 문자? 왠지 흥미를 느낀 윤석이 휴대폰을 귀에 바싹 붙이고 있는데 느끼하기 그지없는 병태의 목소리가 건너왔다.

– Oh my darling I love you so. 어때? 나름 닭살…….

더 이상 들어줄 수 없다는 듯 윤석은 냉큼 꺼져, 하고 욕을 내뱉으며 전화를 끊어 버렸다.

그런데 전화를 끊은 지 얼마 되지 않았는데 딩동, 하고 문자음이 크게 들려오자 윤석은 의아한 표정으로 휴대폰을 들여다봤다.

[모르겠으면 인터넷 검색해 봐.]

병태에게서 온 문자를 확인하자마자 윤석은 스마트폰으로 부지런히 검색하며 서둘러 무언가를 적기 시작했다.

1. 팝콘 먹으며 영화 보기?

"음, 괜찮군!"

2. 여행 가기?

검색한 것을 옮겨 적다 신혼여행도 가지 않았다는 생각이 문득 뇌리를 스쳐 가자 그는 가슴이 울컥 저려 왔다.

"어디가 좋을까?"

혼잣말처럼 중얼거리는데 불현듯 평범한 것을 좋아한다던 그녀의 말이 귓가를 맴돌았다. 화려한 휴양지 같은 데에 가는 것보다 산 좋고 물 좋은 시골이 더 좋지 않을까, 하고 생각하며 그는 고민하듯 미간을 좁히다가 곧 웃음을 지었다.

"음, 좋아!"

3. 주말마다 운전 가르치기.

자신이 생각해도 이 계획은 아주 기특하다는 듯 윤석은 어깨를 으쓱했다.

"또 어떤 것이 평범하지?"

4. 수영하기.

"그런데 이 여자가 수영은 할 줄 아나 모르겠네."

그 후로도 그의 진지한 고민은 한참이나 계속되었다. 그러다 보니 그는 처음으로 늦게 회사에 도착했다. 늘 9시 정각에 도착하던 사람이 9시 45분에 도착하자 다른 직원들은 놀라운 얼굴로 그를 맞이했다. 그렇지만 자신의 계획표를 들여다보는 그의 얼굴에는 흐뭇한 웃음이 가득했다.

점심시간이 되어 갈 무렵 윤석에게서 전화가 걸려왔다.

― 차은희, 우리 같이 점심 먹자.

통화가 연결되자마자 그가 다짜고짜 꺼낸 첫마디였다. 어이없기도 하고 조금은 뜻밖이기도 해서 이해가 안 된다는 듯 물었는데 또다시 치사하게 각서를 운운하는 윤석 때문에 은희는 한참 동안 기가 막혀 제대로 대답도 하지 못했다.

– 점심시간에 맞춰 내가 그쪽으로 가지. 그렇게 알고. 내가 전화하면 나와.

명령하듯 말하는 그에게 은희가 싫은데요, 하고 딱 잘라 말하자 그는 또다시 각서대로 이행하지 않으면 악덕 사기꾼으로 취급하겠다고 협박을 해 왔다.

그렇다고 그의 말에 지레 겁을 집어먹고 그와 같이 점심을 먹으러 나온 것은 절대 아니다. 마음 한편을 차지하는 고마움 때문에 어쩔 수 없이 여기까지 나온 참이었다.

지글지글 소리를 내며 불판 위에서 노릇노릇 익어 가는 삼겹살의 고소한 냄새가 코를 찔러 왔지만, 은희는 눈길조차 주지 않았다. 다른 때 같으면 삼겹살을 먹느라고 바빠서 정신이 없을 텐데 그녀는 아까부터 윤석의 얼굴을 관찰하듯 샅샅이 훑어보았다.

"저기, 내가 알던 백윤석 씨가 맞나요?"

은희의 말에 윤석은 내가 그리 변했나? 하는 생각을 하며 시치미를 떼고 물었다.

"뭐가 이상한가? 왜 그렇게 묻지?"

"요즘 세상이 흉흉하잖아요."

동문서답식 대꾸에 그녀의 입에서 또 어떤 엉뚱한 말이 튀어나올지 정말 궁금했던 윤석은 반찬을 집다 말고 은희를 빤히 쳐다봤다. 그런데 아니나 다를까 이번에도 그녀의 입에서는 가히 상상을 초월하는 말들이 쏟아져 나왔다.

"요즘은 얼굴도 얼마든지 바꿀 수 있잖아요. 그래서 말인데 우리가

269

언제 결혼했는지 기억하나요? 아, 그리고 친정집에서 어떤 일이 있었는지 기억하나요? 아, 친정집에선 많은 일이 있었지. 그냥 간단하게 묻죠. 우리 어제 뭐했죠?"

엉뚱한 소리를 늘어놓는 그녀의 모습을 보고 윤석은 터져 나오는 폭소를 참느라 아주 죽을 지경이었다. 하지만 사람들로 북적거리는 삼겹살집에서 마구 웃을 수도 없었으므로 그는 귀엽다는 듯 손을 뻗어 그녀의 머리를 헝클어뜨렸다.

"아니, 이 남자가 자꾸만 어딜 만지는 거야?"

"상상력이 너무 좋은데? 그러니까, 지금 내가 백윤석이랑 똑같이 성형수술한 다른 사람이라는 말이야?"

그 말이 비웃음처럼 느껴져 은희가 어딘지 벙찐 표정을 짓자 윤석이 얼굴을 가까이 디밀고 속삭이듯 말했다.

"우리가 그동안 신경을 좀 덜 쓰고 있었는데, 우리 주변에는 우리가 어떤 위치의 사람들인지 알고 있는 사람들이 많다고. 그 사람들에게 우리가 다정한 부부라는 걸 보여 줘야 하지 않겠어?"

한순간 말문을 잃을 만큼 어이없는 표정을 지은 것도 잠시, 그녀는 정말 맞는 말이라는 듯 고개를 크게 끄덕거리며 생글생글 웃음을 지었다. 음흉한 속내를 감춘 채.

"호호, 역시 부자는 아무나 되는 게 아니구나. 우리 자기는 참 대단하단 말이야!"

그리고 그녀는 잽싸게 쌈을 싸서 그의 입에 넣어 주었다. 그가 입안에 넣은 쌈을 다 먹지도 못했는데 은희는 또 하나를 싸서 그의 입안 가득 넣어 주었다. 속으론 너 어디 혼나 봐라 하고 사악한 미소를 지으면서.

하지만 그런 속내와 달리 겉으론 웃는 얼굴로 은희는 다정한 목소리를 꾸미면서 말했다.

"자기야, 천천히 꼭꼭 씹어 먹어! 잘못하다간 체한다."

그녀의 사악한 꿍꿍이를 모르지 않았지만, 윤석은 화를 내거나 짜증을 부리지 않았다. 오히려 그런 그녀가 사랑스러운 듯 머리를 쓰다듬어 주었다.

"고마워."

"헉!"

전혀 예기치 못한 반응에, 황당해서 그리고 너무도 놀라워서 은희의 입이 딱 벌어졌다.

"역시 날 생각해 주는 건 우리 은희밖에 없어."

어이없어 고개를 살랑살랑 흔드는 그녀를 향해 윤석은 사랑스러운 눈빛을 보냈다. 그리고 부드럽게 미소 지으며 그녀의 머리를 쓰다듬으려 했다.

"이봐요! 내가 강아지야? 왜 자꾸 머리를 만져?"

반말과 존댓말을 섞어 말하며 은희는 윤석을 살짝 노려봤다.

그런데 이 남자, 보자 보자 하니 너무 능청스러운 게 아닌가. 함부로 만지지 말라는 경고를 날린 것인데 이번엔 끈적끈적한 손놀림으로 뺨을 살며시 어루만지는 것이었다.

"전에 사극을 좀 봤는데 거기서 말이야. 몸종이 기특하다고 주인이 머리나 뺨을 만지더군. 당신은 머리를 만지는 것은 싫다고 했으니, 뺨을 만지지 뭐."

"허헛."

윤석의 황당한 대꾸에 은희는 어이가 없었지만 뭐라 대꾸하는 대신 좋아하는 삼겹살만 부지런히 집어먹었다. 그리고 어느 정도 배가 부르자 몸을 일으켰다.

"백윤석 씨, 난 이미 배가 불렀는데요. 먼저 일어날게요."

"같이 가지."

'에이씨, 저걸 확!'

그런데 미운 놈은 무슨 짓을 해도 미운 법이라 했다. 안 그래도 얄미워 죽을 지경인데 윤석은 은희에게 강하게 못을 박아 두듯 말했다.

"저녁에도 같이 퇴근해. 내가 데리러 올게."

'아오, 정말 열 받아 죽겠네! 지가 진짜 주인인 줄 아네!'

속으론 끊임없이 투덜대고 욕설과 불평불만을 가득 쏟아 냈지만 겉으로는 고마워하는 표정을 지으며 깍듯하게 인사한 뒤 그와 헤어졌다.

그리고 퇴근 시간이 다가올 무렵 그녀는 휴대폰 전원을 의도적으로 꺼 버리고 나 몰라라 하고 먼저 집으로 가 버렸다.

– 고객님의 전화기가 꺼져 있어 음성사서함으로……

몇 번을 시도해도 계속 똑같은 기계음이 흘러나오자 윤석은 하는 수 없이 통화를 포기하고 곰곰이 생각에 잠겼다.

"이 여자가 진짜."

약간 당혹스럽게 중얼대던 윤석은 문득 좋은 생각이라도 떠오른 듯 흡족한 웃음을 입가에 물고서 재빠르게 시동을 걸어 차를 출발시켰다.

그의 차는 막힘없이 달려 그와 은희의 신혼집에 도착했다. 한 치의 오차도 없는 깔끔한 주차를 마치고 그는 바로 집으로 올라갔다.

"차은희!"

집에 들어서기 무섭게 윤석은 일부러 화가 난 듯 크게 소리 내어 그녀를 불렀다. 그때 마치 기다렸다는 듯 그녀가 툭 뛰어나오더니 그를 향해 마주 섰다.

"주인님, 잘못했어요. 잘못한 것 잘 아니까 벌을 받을게요. 손들고 벌을 설까요?"

고개를 깊이 조아린 은희는 싹싹 빌다가 손을 높이 쳐들었다. 한편으론 그의 눈치를 힐끔힐끔 살피면서.

"그래도 화가 풀리지 않는다면 날 한 대 치세요, 주인님."

그녀는 황급히 주위를 두리번거리더니 소파에 놓인 쿠션을 그에게 건네주었다.

"이걸로 치세요. 아, 아니다. 이건 전혀 아프지 않겠구나."

그녀는 어딘가로 달려가더니 다시 쪼르르 달려와 숟가락을 윤석의 손에 건네주었다.

"그럼 이걸로 한 대 때리세요."

그러나 또 뭔가 마음에 들지 않는 듯 미간을 좁히더니 그의 얼굴을 빤히 쳐다보고 물었다.

"이것도 별로 아프지 않겠다. 그죠? 파리채? 아니면 빗자루 갖다 드릴까요?"

그때껏 은희의 일거일동을 흥미로운 눈길로 묵묵히 지켜보던 윤석이 팔짱을 끼고 말했다.

"개그 쇼는 다 끝났나?"

얼렁뚱땅 넘어가 보려 했지만 그에게 통하지 않자 은희는 어리둥절한 표정을 지었다. 그런 그녀를 장난기 가득한 얼굴로 바라보며 윤석이 말을 이어 갔다.

"이것보다 더 재미있는 벌이 있는데. 그걸로 하는 게 어때?"

무슨 뜻인지 몰라 여전히 의문스러운 표정을 짓는 그녀를 향해 윤석이 손가락을 까딱해 보였다.

"이리 와 앉아."

윤석은 그렇게 말하면서 소파를 가리켰다. 은희는 썩 내키지 않는 마음으로 그의 옆자리에 가서 앉았다.

그러자 이 남자가 소파 팔걸이에 머리를 베고 누워 자신의 허벅지 위로 두 다리를 올려놓는 것이 아닌가!

"지, 지금 뭐하자는 거예요?"

"벌이야. 달갑게 벌을 받겠다고 당신이 원하지 않았어? 다리를 주물러."

"이런 것도 해야 되요?"

투덜거리는 은희에게 윤석이 명령하듯 말했다.

"꼬집지 말고, 때리지 말고 살살 주물러. 알았나?"

"네! 주인님! 분부대로 하겠습니다."

하지만 그녀는 절대 그 말에 순순히 따를 여자가 아니었다. 처음엔 열심히 그의 다리를 주물러 주는 척했다.

그러다 시간이 조금 지나 윤석이 조금씩 졸더니 이내 잠이 들어 버리자 은희는 히죽히죽 웃으며 그의 다리에 숭숭 돋은 털을 한 가닥씩 뽑기 시작했다. 털을 뽑을 때마다 움찔거리는 다리가 너무 재미있어 더더욱 열중했다.

털을 뽑는 데 얼마나 열중했는지 잠을 자는 척하던 윤석이 몸을 일으켜 그녀를 빤히 쳐다보고 있는 것도 모를 정도였다.

"지금 뭐하는 거지?"

"엄마야, 깜짝이야! 놀랐잖아요!"

갑자기 상체를 일으킨 윤석이 다리 털을 뽑던 자신의 손을 잡자 그녀는 깜짝 놀라 하며 소리를 질렀다.

"어? 이거 안 놔요?"

은희가 으르렁거리듯 말했지만, 윤석은 그녀의 말에 따르는 대신 악동 같은 웃음을 지었다. 왠지 그가 순순히 놓아줄 것 같지 않았기에 은희는 잡힌 손목을 비틀어 빼내려고 했지만 그럴수록 그는 점점 더 강하게 죄어 왔다.

"아니, 이 남자가."

어디 한번 해 보자는 생각으로 은희는 잡히지 않은 손으로 그의 다리 털을 뽑기 시작했다.

"차은희, 이건 반칙이야."

"그러니까 이거 얼른 놔요."

윤석의 말에 질세라 은희가 맞대꾸하자 두 사람 사이에 실랑이가 벌어졌다. 그런데 어떻게 하다 보니 소파 위로 서로의 몸이 겹쳐지는 이상한 자세가 되어 버렸다. 키스하기엔 딱 알맞은 자세였다. 윤석의 밑에 깔린 은희가 급 쑥스러워하며 다급히 몸을 일으키려고 했지만 그가 순순히 놓아주지 않았다.

"키스해도 돼?"

자신을 빤히 들여다보며 묻는 그의 표정은 결코 농담이나 장난을 하는 것처럼 보이지 않았다. 그의 눈빛은 그 어느 때보다 진지했으며 한 점 흐트러짐 없이 단호했다. 하도 그 눈빛이 강렬해서 은희의 심장이 튀어나올 듯 미친 듯이 쿵쿵거렸다.

또다시 찾아오는 생경한 떨림에 은희는 극도의 혼란스러움을 느꼈다. 정말 모르는 척 미친 짓 한 번 한다 치고 그의 키스를 받아들이고 싶은 생각이 들었다. 머릿속에 수많은 생각이 스쳐 가서 그녀는 헷갈렸다. 그래서 일부러 부끄러운 척 두 손으로 얼굴을 가리며 짐짓 과장스럽게 말했다.

"엄마야, 부끄러워라! 그런 낯부끄러운 말을 물어보면 어떡해요?"

윤석은 진지하게 말한 건데 그것을 일종 농담처럼 여기며 은희가 장난을 치자, 그의 표정이 일순 굳어 버렸다. 그 틈을 타서 은희는 잽싸게 몸을 일으켜 그에게서 빠져나왔다.

"나, 윤석 씨가 좋아한다는 그 메주 아가씨 아니거든요? 아무튼 남자들 엉큼하네요?"

능청스레 타박하면서 거실로 나가는 은희를 보면서 윤석은 웃음이 나지 않았다. 대신 괜히 물어봤다고 가슴을 치며 후회했다. 모르는 척 그냥 키스하면 될 것을 왜 그런 걸 물어봤는지 스스로도 마음에 들지 않아 윤석은 허공에 대고 길게 한숨을 토해 내며 속으로 중얼거렸다.

'미련곰탱이 같은 여자네.'

"휴, 하마터면 심장이 떨어질 뻔했잖아!"

저녁을 준비한다는 핑계로 재빠르게 주방으로 들어간 은희는 놀란 가슴을 쓸어내렸다. 그런데도 마음은 쉽사리 진정되지 않았고 눈치 없는 심장이 주인의 의지를 배반하고 요란하게 쿵쾅거렸다. 정말 미치고 팔짝 뛸 노릇이었다.

게다가 어찌나 손이 덜덜 떨리는지 그녀는 허둥대다 일 분에 한 번씩 손에 들고 있던 무언가를 바닥에 떨어트렸다.

'아씨, 이 남자는 나를 좋아하는 것도 아닌데 왜 갑자기 키스하고 싶다고 해서는 사람 헷갈리게 만드는 거야!'

가까스로 정신을 원위치로 추스르며 은희는 식탁에 음식들을 차리기 시작했다.

"백윤석 씨, 식사하세요!"

마음의 동요가 일어나고 있다는 걸 들키지 않기 위해 은희는 일부러 큰 소리로 불렀다.

그때까지 윤석은 그대로 목석처럼 굳은 채 소파에 앉아 있었다. 자신을 부르는 그녀의 목소리에 그제야 윤석은 시선을 돌렸다.

성큼성큼 다가오는 윤석을 보고 은희는 가슴속에서 끓어오르는 감정을 애써 숨기느라 억지로 웃음을 만들며 혼자 히죽히죽 웃었다. 하지만 윤석은 다르게 생각한 모양인지 못마땅한 듯 살짝 눈썹을 찌푸렸다.

그런 어색한 분위기에서 밥을 다 먹고 설거지까지 마친 뒤 은희가 소파에 앉아 한창 TV를 보는 윤석의 옆에 다가가 앉았다. 그러고는 그에게 노트와 펜을 건네주었다.

'뭐하자는 거지?'

눈빛으로 묻는 그를 향해 은희는 생글생글 웃는 얼굴로 대답했다.

"나도 확실한 걸 좋아하거든요. 여기에 남은 날짜를 적어 가도록 해요. 4주면 28일이니까 28-1=27 이렇게 적어 주세요."

그런데 거기서 문제가 생겼다. 뭔가 마뜩찮은 듯 윤석의 얼굴이 심각하게 변하더니 그녀를 빤히 쳐다보며 물었다.

"누가 그래? 4주가 28일이라고?"

생뚱맞게 튀어나온 말에 은희의 표정이 의아하게 변해 갔다. 은희는 한참 동안 말이 없다가 윤석을 뚫어질 듯 쳐다보며 물었다.

"백윤석 씨, 머리 아파요? 똑똑하다는 사람이 대체 왜 이래요? 학교 다닐 때 뭐 배웠어요? 4주는 28일이 맞거든요?"

"4주는 한 달이잖아. 한 달이면 28일도 있고 31일도 있지. 아닌가?"

그런 계산법은 처음 본다! 그러나 저렇게 진지하게 말하니까 왠지 맞는 것같이 느껴졌다. 머리가 어지러워 은희는 손으로 이마를 짚었다.

"아, 머리 아파!"

열이 올라 화끈화끈한 얼굴을 식히려는 듯 그녀는 열심히 손부채질을 해 댔다.

하지만 그런 그녀와는 다르게 윤석은 몹시도 흥미로워하는 기색이었다. 은희는 한숨을 내쉬며 손부채질을 했다가, 끄응, 하는 신음 소리를 내뱉더니 손을 들어 이마를 짚었다. 그런 그녀를 가만히 바라보는 윤석의 입가에 걸린 미소가 더더욱 짙어졌다.

"자, 그럼 이렇게 하는 게 어때요?"

입술을 깨물며 턱에 손을 괴고 열심히 눈을 데구루루 굴리던 그녀는 한참 후에야 말을 꺼냈다.

"뭘?"

"가위바위보로 결정해요. 세 번의 대결 중 만약 내가 세 번 다 이기면 28일로 하고 두 번 이기면 29일로 하고……."

채 끝나지 않은 은희의 말을 윤석이 곧바로 이어받았다.

"내가 세 번 다 이기면 31일로 해."

얼굴에 불평불만이 가득한 표정으로 그녀는 마지못해 고개를 끄덕였다.

"그런 게 어디 있어요!

은희가 발끈했지만 윤석은 여유롭게 웃어 보였다.

"그럼 29일부터 시작할까? 그나마 28일, 29일, 31일인 거잖아. 당신한테 유리한 거 아냐?"

오늘은 왠지 자꾸 윤석에게 휘말리는 느낌이다. 은희는 더 불리해지기 전에 오케이를 외쳤다.

은희의 말과 함께 가위바위보 게임이 시작되었다. 무조건 이기고 싶은 마음에 은희는 마치 경기에 나가는 선수처럼 긴장된 표정을 지었다. 그녀는 윤석의 얼굴과 손에서 눈을 떼지 않았다.

소매를 둘둘 걷어 올리고 가위, 바위, 보를 큰 소리로 외치는 그 모습이 어찌나 귀여워 보이던지 윤석은 터져 나오는 웃음을 참느라 얼굴이 시뻘겋게 달아올랐다.

"가위바위보! 가위바위보! 악!"

하지만 자신이 아무리 목이 터져라 외쳐도 세 번 모두 윤석에게 패하자 은희는 도저히 믿을 수 없다는 듯 고개를 설설 저었다.

"이 남자 대체 뭐야? 어떻게 세 번 연속 이길 수 있지? 당신 속임수 썼지?"

온갖 의심을 해 가며 혼자서 뭐라뭐라 떠드는 그녀를 힐끗 쳐다보다가 윤석은 노트에 '남은 날짜=30일'이라 적은 뒤 은희에게 건네주었다.

"자, 그만 떠들고 얼른 들어가 자. 나 먼저 잘게."

먼저 몸을 일으켜 자기 방으로 걸어가던 윤석은 돌연 걸음을 멈추고 그녀를 돌아보며 말했다.

"아, 오늘 게임 재밌었어. 잘 자!"

지극히 평범한 말인데도 왠지 그 한마디가 친근하고 다정하게 느껴져 은희는 또다시 심장이 두근거렸다.

"아씨! 대체 뭐야?"

일부러 입술을 있는 대로 내밀며 툴툴거리는 말을 내뱉었지만 윤석의 방문을 바라보는 그녀의 눈빛은 깊었고, 또한 복잡하기 그지없었다.

"차은희, 내가 말할 땐 뭐 들었어? 머리가 둔한가?"

"아, 그러니까 누가 이딴 걸 배우겠다고 했어요? 기사는 고용해서 쓰시라니까요!"

모처럼 쉬는 주말인데 오랜만에 실컷 늦잠 자려고 했더니만 운전을 가르쳐 주겠다는 윤석의 말에 은희는 어쩔 수 없이 공터까지 끌려 나온 참이었다.

각서를 운운하는 그의 한마디는 명령이나 다름없었다. 절대 안 나간다고 우격다짐으로 버티면 그도 어쩔 수 없어서 포기했을지도 모르지만 무슨 영문인지 그녀는 그렇게 하지 않았다. 그와 함께 있고 싶은 마음과 또 그렇지 않은 마음이 공존하는 느낌에 은희는 이율배반적인 미묘한 감정에 사로잡혔다. 그래서 가뜩이나 마음이 심란하고 복잡한데 윤석이 옆에서 뭐라뭐라 나무라자 은희는 더더욱 기분이 나빠졌다.

솔직히 그녀는 운전 따위엔 아예 관심이 없었고, 아직까지는 지하철이나 버스를 타거나 걷는 게 빠르고 편하다고 생각했다.

그런데 운전은 흥미도 없는데 어렵기까지 해서 이걸 대체 어따 쓰나 하는 못마땅한 생각이 들면서 그녀는 도통 의욕이 나지 않았다. 그러다 보니 그때껏 윤석이 입이 아프도록 열심히 설명한 내용을 하나도 제대로 알아듣지 못했다.

감정에 이끌려 나와 버린 걸 후회하며 은희는 한숨을 길게 내쉬었다. 하지만 그 모습을 보고 윤석은 조금 다르게 이해한 모양인지 그녀의 어깨를 툭툭 치며 말했다.

"괜찮아. 처음엔 다 그래."

'두 번만 괜찮으면 제 명에 못 죽겠네!'

은희는 원망스러운 감정이 섞인 눈빛으로 그를 바라보며 죽을상을 지어 보였다.

"뭐 마실래?"

뭘 마시고 싶은 마음은 둘째 치고 당장이라도 집에 들어가서 자고 싶은 생각이 굴뚝같았다. 아니, 괴로워서 엉엉 울고 싶은 심정이었다.

그런데 하늘이 그런 자신을 아무래도 측은하게 여긴 모양이다. 윤석이 막 마실 것을 사러 가기 위해 조수석 문을 열려고 하려는 찰나 그의 휴대폰이 울렸다. 휴대폰 액정 위로 뜨는 발신번호를 바라보는 그의 표정이 조금 마뜩잖아 보였다.

"네, 백윤석입니다. 장 사장님께서 이 좋은 주말에 어쩐 일로……."

그녀의 귀가 쫑긋 세워졌다. 수화기 너머에서 웬 남자의 굵직한 음성이 들리더니 곧 윤석이 되물었다.

"골프요?"

윤석의 목소리는 오히려 난감하다는 듯이 들렸다. 통화를 하면서도 그는 간간이 은희를 힐끔힐끔 쳐다봤다. 하지만 몹시 난처해하는 윤석과는 달리 은희는 마침 좋은 기회다 싶은 생각이 들었다.

안 그래도 어떻게 하면 운전하는 법을 배우지 않고 집에 들어갈까 하고 궁리를 하고 있던 참이었는데 마침 그런 전화가 걸려왔으니 그녀는 금방이라도 날아갈 듯한 기분이 들었다. 그래서 일부러 큰 소리로 애교를 떨었다.

"어머머, 자기야! 약속이 있었어? 나 괜찮아! 내 걱정 말고 얼른 갔다 와! 응?"

급하게 휴대폰을 손으로 가렸지만 분명 이 여자의 큰 목소리가 전달됐을 게 분명했다. 아직 할 게 많은데 이렇게 자신을 보내려고 애쓰는 그녀가 원망스럽고 야속해서 윤석이 한숨을 삼키는데 수화기 너머에서 다시금 남자의 목소리가 건너왔다.

"알겠습니다. 그럼 거기서 뵙겠습니다."

윤석이 전화를 끊고 나자 기다렸다는 듯 은희가 그의 어깨를 다정스레 두들겼다.

"어째 날이 갈수록 백윤석 씨 점점 기특해 보인다. 난 또 백윤석 씨가 따로 약속이 있다는 것도 몰랐죠."

윤석은 속에서 끓어오르는 짜증을 억지로 참고 있는 중이었다.

"내가 오늘 사골 사다 푹 고아 드릴게요. 근데요, 그 메주처럼 못생겼다는 여자랑은 아직도 진도 못 나갔어요?"

자신을 힐끗 쳐다보는 그의 얼굴이 조금 어둡게 느껴져 은희는 또 제멋대로 해석하며 안됐다는 듯 혀를 쯧쯧 찼다.

"표정 보니 그렇군요. 와락 덮치지 그래요?"

순간 윤석의 눈빛이 야릇하게 빛나는 것도 눈치채지 못하고 은희는 계속해서 횡설수설 떠들었다.

"혹시 또 모르죠. 그게 계기가 돼서 그 여자도 백윤석 씨에 대해 좋은 감정이 생길 수도 있지 않겠어요?"

그가 좋아하는 여자가 바로 자신이라는 것도 모르고 은희는 스스로 무덤을 파고 있었다. 가만히 그녀의 말을 듣고 있던 윤석이 불쑥 물었다.

"당신도 혹시 와락 덮치는 남자를 좋아해?"

"뭐, 다들 그렇지 않나? 엥? 그, 금방 뭐라고 했어요?"

혼자서 뚝딱 잘도 이어 가던 그녀의 말이 뚝 끊겼다. 자신에게서 눈을 떼지 않는 윤석을 보고 흠칫 놀라는 표정을 짓던 그녀는 다급히 양손으로 얼굴을 가리며 몸을 배배 꼬았다.

"엄마야, 그런 걸 물어보면 어떡해요? 너무 부끄럽잖아!"

그녀의 능청에 윤석은 울지도 웃지도 못한 채 손으로 지끈거리는 이마를 붙잡았다.

"무슨 뜻인지 충분히 알아들었으니까 부끄러움은 그만하자."

그러고서 그녀와 자리를 바꿔 운전석으로 옮겨 앉으며 윤석은 시동을 걸어 차를 출발시켰다. 옆에 앉은 은희가 그의 말이 무슨 뜻인가 싶어 고개를 갸웃거렸지만 윤석은 짐짓 모르는 척 눈길을 주지 않았다.

7장.
우리 진짜 부부처럼 살자

"아줌마, 안녕하세요. 저 차은희예요. 오늘 시간 괜찮으세요?"

단골 정육점에 들러 푸짐하게 사 온 사골을 보며 은희는 시댁에서 일하는 가정부 아주머니에게 전화를 걸었다.

은희가 다리를 다친 그 기간, 윤석이 늦게 귀가할 때면 그녀를 돌봐 주고 식사도 챙겨 주셨던 분이다. 비록 윤석의 부탁을 받고 한 일이라고는 하지만, 그래도 본의 아니게 신세를 졌다고 생각했다. 또 일부러 의도한 것은 아니었지만 어쩌다 보니 사 온 사골의 양이 두 사람이 먹기엔 너무 많았던 것이다.

– 아, 작은사모님, 그동안 안녕하셨어요? 다친 다리는 다 나았나요?

반갑게 대답해 주는 아주머니에게 은희는 단도직입적으로 말을 꺼냈다.

"저녁에 잠깐 저희 집에 들러 줄 수 있으세요?"

– 혹시 어디가 불편하세요?

"아니, 아니요. 그게 아니구요. 실은 제가 시골을 정말 많이 사 와서 나눠 드리려구요. 제가 다리를 다쳤을 때 아줌마한테 신세를 진 게 너무 고맙고 미안해서요. 제가 또 남에게 신세를 지고는 못 사는 사람이거든요. 그러니 너무 부담 갖지 마시고 저녁에 잠깐 들러 주실래요?"

– 이거 너무 고마워서 어떡하죠? 그냥 작은사모님의 예쁜 마음만 받을게요. 제가 요사이 맘대로 움직일 수가 없어서.

고마워하며 꺼내 놓은 고 씨의 마지막 말이 왠지 마음에 걸렸다.

"맘대로 움직일 수 없다뇨? 어디 편찮으세요?"

걱정하는 은희에게 고 씨는 다급하게 말을 꺼내 놓았다.

– 아니, 그건 아니구요. 요즘 사모님께서 편찮으셔서 그래요.

"어머님이요? 어디가 어떻게요? 많이 편찮으신가요?"

은희가 조금은 걱정스러운 목소리로 숨도 쉬지 않고 연달아 물었지만, 고 씨는 대뜸 대답을 해 주는 대신 한숨을 길게 내쉬었다. 그녀는 무슨 비밀이라도 속삭이듯 목소리를 잔뜩 낮추었다.

– 아무래도 큰도련님 때문에 마음의 병이 깊어져서 그럴 거예요. 큰도련님에 대한 사모님의 사랑이 자별하셨거든요. 에휴…….

은희는 무슨 말을 했으면 좋을지 몰라 입술을 달싹거렸다. 그녀가 막 입을 열려는 찰나 고 씨의 초조한 목소리가 건너왔다.

– 저기 미안한데, 사모님이 찾고 계셔서 내가 나중에 다시 전화할게요.

"아, 네! 알았어요."

하지만 전화를 끊고 나서도 은희는 마음이 편해지지 않았다. 시어머니께서 편찮으시다는 소식을 듣지 못했으면 또 모를까? 듣고도 모르는 척, 알면서도 모르는 척하자니 뭔가 마음에 걸렸다. 아무리 애매한 부부 사이라 하더라도 어쨌든 그분은 자신의 시어머니이니까.

그러나 매서운 북풍한설이 휘몰아치는 듯한 시댁의 차가운 분위기가 걸려 은희는 어떻게 하면 좋을지 선뜻 마음을 잡을 수가 없었다. 얼마간 주저하는 기색을 보이다가 은희는 마침내 결심을 내린 듯 사골을 가득 담은 비닐봉지를 들고 집을 나섰다.

"그래, 절대 겁먹을 것 없어!"

택시를 타고 시댁의 큰 저택 대문 앞에서 내린 은희는 크게 심호흡을 하며 천천히 초인종을 눌렀다.

"어떻게 여기까지?"

온다는 말도 안 하고 느닷없이 나타난 은희를 보고 고 씨는 자못 놀라워했다.

"헤헤, 저 보고 싶지 않았어요, 아줌마?"

은희가 장난스러운 미소를 지으며 천연덕스럽게 묻자 고 씨는 온화한 표정을 지었다.

"얼른 들어와요. 작은사모님."

반갑게 맞아 주는 고 씨를 향해 은희가 어두운 표정을 지으며 물었다.

"어머님께선 방에 계시나요?"

"지금 막 주방으로 나오셨어요."

"그렇군요. 그럼 저 먼저 들어가 볼게요."

'와 봤자 좋은 소리는 별로 못들을 텐데. 휴, 어떡하지?'

고 씨는 안타깝고 불안한 마음으로 저만치 앞서 걸어가는 은희의 뒷모습을 바라보면서도 차마 마음속 말을 꺼내지 못했다. 어째서인지

286

는 몰라도 사모님이 백윤석을 아들로 취급하지 않는다는 사실은 그 누구나 다 알고 있었다. 그래서인지 고 씨는 혼자서 나타난 은희를 보고 더더욱 불안함을 감추지 못했던 것이다.

"어머님, 그동안 안녕하셨어요?"

침대에 누워만 있다가 시간에 맞춰 약을 먹으려고 주방으로 나와 있던 한 여사를 향해 은희는 허리를 굽혀 깍듯하게 인사했다.

처음엔 잘못 보지 않았나 하고 자기 눈을 의심하던 한 여사는 이내 표정을 딱딱하게 굳히고 차갑게 물었다.

"여긴 왜 왔니?"

사람의 온기라곤 전혀 찾아볼 수 없을 정도로 새하얀 눈처럼 시린 그녀의 표정을 마주하고도 은희는 조금도 주눅 들지 않은 모습으로 공손하게 말했다.

"어머님께서 편찮으시다고 들었어요. 지금은 좀 어떠세요?"

은희의 말을 마치 고양이 쥐 생각해 주는 것처럼 위선적으로 느낀 한 여사의 얼굴에 차가운 비웃음이 떠올랐다.

"윤석이가 가 보라고 하던? 내가 죽을 날이 얼마나 남았는지 알아 오라고?"

"네?"

"돌아가서 내 말 그대로 전해라! 내가 죽을 날은 아직 멀었다고."

날카로운 말들에 기가 죽어 은희는 아무 말도 할 수가 없었다.

"이 말도 똑똑히 전해라! 그 녀석의 꿍꿍이는 잘 알고 있으니까 허튼수작 부리지 말라고. 어디 어른 보기를 우습게 알고."

그녀의 입에서 나오는 말들이 무슨 뜻인지는 잘 모르겠지만, 어쨌든 윤석을 뼛속까지 미워하고 있다는 것만은 잘 알겠다. 여전히 멍한 채로 혼이 빠져나간 듯 자신을 바라보는 은희에게 한 여사가 싸늘하게 덧붙였다.

"광명그룹 후계자가 되겠다는 야심 따윈 꿈도 꾸지 말라고 전해! 너도 꼴도 보기 싫으니 이만 돌아가."

그 말을 끝으로 은희에게 눈길 한 번 주지 않은 채 한 여사는 매몰차게 등을 돌려 곧 자기 방으로 돌아갔다. 은희는 상당히 충격을 받은 듯한 얼굴로 망연자실하게 서 있었다.

"아가!"

요즘 또다시 우울증 증세를 보이는 한 여사 때문에 아내의 주치의 강 박사를 만나고 막 돌아온 참이었던 백 회장이 은희를 불렀다. 그는 아까부터 두 여자가 주고받는 대화를 하나도 빠짐없이 들었다. 한 여사의 입에서 나온 한 마디 한 마디가 아내의 자세한 사연을 알리 없는 은희에게 상처를 주었을지도 모른다고 생각하자 백 회장은 몹시 괴로워하며 스스로를 자책하고 있던 중이었다.

"아가!"

처음엔 잘못 듣지 않았나, 생각하며 은희는 천천히 고개를 들었다. 자신을 향해 복잡한 표정을 짓는 백 회장에게 그녀는 착잡한 속내와는 달리 경쾌한 목소리로 인사를 건넸다.

"아버님, 그동안 안녕하셨어요?"

매우 공손한 자세로 90도로 허리를 굽혀 인사하는 은희에게 성큼 다가간 백 회장이 자신의 품으로 그녀를 끌어당겨 안았다.

"아버님."

"내가 너희에게 많이 미안하구나."

진심으로 미안하다며 그가 거듭 사과를 해 오자, 은희는 참았던 눈물이 쏟아져 나왔다. 그런 그녀의 어깨를 토닥토닥 다독여 주며 백 회장이 조심스레 물었다.

"아가, 만약 시간이 괜찮다면 자리를 옮겨 얘기를 좀 나눴으면 좋 겠구나. 괜찮겠니?"

"네, 아버님."

그녀는 눈물을 훔치며 밝게 웃는 얼굴로 대답했다.

"고맙다."

잠시 뒤 근처에 있는 전통찻집으로 자리를 옮겨 은희와 마주 앉은 백 회장이 간단히 주문을 끝낸 뒤 천천히 말을 꺼내 놓았다.

"우리는 윤석이한테 죄인이나 다름없단다."

침울한 목소리로 시작되는 이야기에 은희는 긴장해서 마른침을 삼 켰다. 말똥말똥 눈을 뜨고 자신을 보는 은희에게 백 회장이 무거운 음성으로 이야기를 꺼내 놓았다.

"집사람은 윤석이를 낳고 얼마 지나지 않아 여자로서 모든 걸 포기 해야 하는 삶을 살아야 했었지."

그 말을 시점으로 이야기는 한참이나 계속되었다. 은희는 아무 말 없이 그의 이야기에 귀를 기울였다.

윤석의 어머니 한 여사는 그를 낳은 지 얼마 지나지 않아 유방암 수술을 받아야 했다. 수차례 항암치료를 받으며 심적, 육체적인 고통 에서 겨우 벗어날 수 있었지만, 그녀의 불행은 그것이 끝이 아니었다.

그로부터 2년 후, 그녀는 자궁암이란 진단을 받고 큰 충격과 혼란 에 휩싸였다. 종국에는 자궁 전체를 들어내는 자궁 적출술을 받아야 했으니 그 당시 그녀가 겪었을 심적 고통 또한 적지 않았고, 천 길 낭 떠러지로 추락하는 기분은 이루 말로 표현할 수가 없었을 것이다.

극심한 혼돈과 절망스러운 삶에서 도저히 벗어날 수 없었던 그녀 는 스스로 목숨을 끊으려 했지만 매번 가족에 의해 발견돼 실패했다. 그 후로 심한 우울증을 겪으면서 한동안은 정신병원 신세를 지기도 했다. 그녀는 윤석을 낳고 나서 계속되는 질병에 그 탓을 윤석에게로 돌리기 시작했다. 그 때문에 유방암이 생겼고, 그가 자랐던 자궁에도 문제가 생겼다면서. 가족들과 의사가 아무리 설명해도 그녀의 생각은 점차 믿음이 되어 갔다.

백 회장은 은희 앞에서 지금껏 비밀로 숨겨 왔던 모든 이야기를 스스럼없이 터놓았다.

그리하여 윤석은 자라면서 어머니의 따뜻한 시선을 받아 본 적도, 품에 안겨 본 적도 없었다고 했다. 백 회장 또한, 안으려고만 하면 한 여사가 불안증세를 보여 제대로 챙겨 주기가 어려웠다고도 덧붙였다.

"어, 어떻게 그런 일이……."

너무도 충격적인 이야기에 은희는 다급히 손으로 입을 가리며 말을 잇지 못했다. 자신이 겪었던 물리적, 육체적, 심적 고통 때문에 윤석을 탓하고 욕하고 미워하는 한 여사의 마음을 전혀 이해 못 하는 바는 아니지만 그래도 그것이 윤석의 잘못은 아니지 않은가.

갑자기 은희는 마음 한구석이 비수에 찔린 듯 아파 왔고, 눈가가 시큰거렸다.

"그래, 잘 알아. 그것이 윤석이의 잘못이 아니라는 걸. 그런 데다가 형인 윤철이는 어제나 모범생이었지만, 윤석이는 커 가면서 말썽만 일으켰으니, 그래서 미운털이 더 단단히 박혔을 것이다. 너무 미안하구나. 윤석이한테도, 그리고 너에게도."

너무도 당황해 은희는 무슨 말을 해야 좋을지 몰라 어물거리며 뺨을 붉혔다.

'그랬구나! 그거였어!'

이상하게도 그런 생각이 머릿속을 맴돌았다. 은희는 자신이 느끼고 경험했던 감정이 그에게서 몇 번이나 엿보였다고 생각했었다.

찢어질 듯한 아픔과 외로움, 가슴 터질 듯한 슬픔과 서러움, 몸서리칠 만큼 섬뜩한 두려움과 무서움이……. 그래도 뭔가 말해야만 할 것 같아서 은희는 필사적으로 생각하다가 차분하게 입을 열었다.

"아버님, 부탁이 있습니다. 꼭 들어주셨으면 합니다."

고개를 끄덕거리는 백 회장을 향해 은희는 자신이 생각했던 바를 천천히 터놓기 시작했다. 그 대화는 그녀의 휴대폰이 요란스럽게 울리자 잠시 끊어졌다.

휴대폰 액정 위로 뜨는 발신번호를 확인한 은희는 백 회장의 눈치를 살피며 받지 않고 계속 무시했지만 끝까지 울려 대는 진동에 그녀는 한숨을 내쉬었다.

"윤석이냐? 얼른 받아 보아라. 괜찮다."

백 회장이 온화한 눈빛으로 말하자, 은희는 마지못해 전화를 받았다.

"여보세요."

─ 차은희, 이제는 아주 네 맘대로구나! 그새 어디로 사라졌지?

"아, 백윤석 씨, 화나셨어요?"

─ 그걸 지금 말이라고. 아, 머리가 나빠서 그런가? 각서 내용이 뭐였더라?

몹시 화가 난 듯 목소리가 어찌나 우렁차고 높은지 제삼자가 똑똑히 들을 수 있을 정도였다. 듣다못해 백 회장이 은희를 향해 손을 내밀며 휴대폰을 달라고 눈짓으로 말했다. 백 회장이 재촉하자 그녀의 얼굴에 낭패감이 스쳐 갔다. 그렇다고 또 그 뜻을 거부할 수는 없었으므로 은희는 어쩔 수 없이 휴대폰을 백 회장에게 건네주었다. 그런 것도 모르고 윤석은 거침없이 말을 쏟아 냈다.

─ 차은희, 당신 인제 보니 진짜 사기꾼 아냐? 내가 안 보인다고 감

히 땡땡이를 치는데, 각서 따위 너무 우습게보지 말라고! 설마 몸종이 무슨 뜻인지 모르고 있는 건 아니겠지?

'백윤석 씨, 이건 절대로 내 잘못이 아니에요. 내가 일부러 휴대폰을 아버님한테 넘겨준 것 아니란 말이에요. 날 탓하지 말아요.'

안타까움에 속으로 애타게 부르짖었지만 윤석은 계속해서 말을 쏟아 냈고, 백 회장은 가만히 듣고만 있었다. 백 회장은 그로부터 한참이 지난 뒤에야 입을 열었다.

"애비다!"

그 말이 들려옴과 동시에 은희는 눈을 지그시 감았다. 마치 가시방석에 앉은 듯 불편해서 견딜 수가 없었다.

수화기 너머의 윤석은 적잖이 놀란 듯 한참 동안 말이 없다가 신경질적으로 내쏘았다.

― 도대체 뭐하시는 겁니까? 왜 당신이 은희랑 같이 있느냐고요?

호칭도 말투도 무엇 하나 마음에 들지 않았기에 백 회장의 미간이 찡그려졌다. 하지만 그런 불편한 속내를 애써 숨기며 백 회장이 침착하게 대답했다.

"새아기랑 차 마시는 중이다. 무슨 문제라도 되느냐?"

― 꽤나 심심하셨나 봅니다.

"이 녀석이!"

윤석의 비딱한 어투에 백 회장은 마침내 참지 못하고 언성을 높이며 손으로 자신의 머리를 짚었다. 화를 누그러뜨리려고 애쓰는 기색이 역력한 얼굴로 백 회장은 다시금 입을 열었다.

"넌 새아가한테 그게 무슨 말본새냐? 아가가 네 몸종이냐?"

― 우리는 이렇게 놉니다. 그러니 신경 끄시죠! 거기가 어딥니까?

"윤석아……."

– 거기가 어딥니까?

재촉하는 말투에 백 회장은 체념에 가까운 한숨을 내쉬며 하는 수 없이 위치를 알려 주었다. 그러자 전화는 끊어졌다.

"아가, 윤석이 때문에 네가 마음고생이 많겠구나!"

미안한 기색으로 말하며 휴대폰을 건네주는 백 회장을 향해 은희는 절대 그렇지 않다는 듯 다급히 손사래를 쳤다.

"어머, 아니에요. 고생이라뇨? 실은 백윤석 씨 알고 보면 참으로 따뜻하고 순수하고 자상한 사람이에요."

도저히 믿을 수 없다는 듯 백 회장의 표정이 점점 의아하게 변해 갔다. 은희는 계속해서 말을 이었다.

"지난번에요, 제가 그만 조심하지 않아서 다리를 다쳐 깁스했는데요. 꼬박 4주 동안 백윤석 씨가 저를 보살펴 주고 돌봐 주었거든요. 얼마나 따뜻하고 자상하다구요. 머리도 감겨 주고, 밥도 해 주고 그랬어요. 와, 밥도 얼마나 맛있게 하던지 솔직히 제가 한 것보다 더 맛있었다구요."

그 녀석에게 그런 면도 있었나? 처음 듣는 얘기에 백 회장의 얼굴에 복잡한 빛이 떠올랐다. 그러다 그는 자신을 뚫어져라 바라보고 있는 은희를 마주 보았다. 윤석을 감싸려고 열심히 그를 두둔해 주고 있는 그녀가 참 예뻐 보여 흐뭇해짐을 느꼈다.

"우리 아가가 윤석이를 많이 사랑해 주는구나."

혼잣말에 가까운 낮은 중얼거림이었지만 은희는 분명히 들었다. 일순간 그녀의 표정이 멍청하게 변했지만, 다른 생각에 잠겨 있던 백 회장은 아직 깨닫지 못한 듯했다.

'사랑?'

처음 듣는 것처럼 느껴지는 생경한 단어에 그녀는 당황했고, 멋대로 생겼다가 사라지는 알 수 없는 감정에 혼란스러웠다.

"우리가 주지 못한 사랑을 줘서 너무너무 고맙구나. 그리고 미안하고."

그 말이 끝나고 얼마 지나지 않아 윤석이 나타났다. 벌컥 문을 열고 들어와서는 아버지께 그 어떤 인사도 없이 은희의 손목을 덥석 잡더니 반강제로 끌어 일으켰다.

"저놈이……."

그의 태도가 거슬렸음에도 백 회장은 윤석을 나무라지 않았다. 그는 씁쓸한 듯 한숨을 내쉬며 하는 수 없이 몸을 일으켰다.

"아버님! 다음에 또 뵙겠습니다."

끌려가지 않으려 버티는 은희의 인사를 받고 난 백 회장은 그녀의 어깨를 툭툭 치며 고맙다는 말을 남기곤 바깥으로 나갔다.

윤석은 아버지가 완전히 모습을 감출 때까지 노려보듯 바라보던 시선을 거두지 않았다.

"윤석 씨도 부모님이 많이 미우시죠? 야속하고 서럽고, 원망도 많이 들구요."

백 회장이 떠난 후 조용히 밖으로 나온 은희가 차에 탄 윤석을 따라 조수석에 올라타며 물었다.

"그만해."

윤석이 몹시 화가 난 듯 낮게 깔린 음성으로 말했다. 그렇지만 은희는 말을 멈추지 않았다.

"그런데 왜 부모님이 윤석 씨를 미워하는지 그 이유를 알고 싶다는 생각은 해 본 적 없으세요?"

"그만하라고!"

조금 전보다 높은 음성으로 윤석이 버럭 고함을 질렀다.

"나도요. 어머니와 날 버린 아버지가 사무치게 미웠어요. 이유를 알고 싶다는 생각도 여러 번 했거든요. 그런데 항상 용기가……."

"그만하라는 말 못 들었어? 귀가 먹었어?"

어지간히 화가 난 모양이다. 윤석이 그녀의 어깨를 우악스럽게 움켜잡으며 씹듯이 말을 내뱉었다. 그러고는 몸을 돌리고 빠르게 시동을 걸어 차를 출발시켰다.

그가 꽉 움켜쥐었던 어깨가 아릿하게 아팠지만 그녀는 내색하지 않았고, 둘은 집에 도착할 때까지 침묵으로 일관했다.

"아까…… 화내서 미안하다."

지금껏 침묵을 지켜왔던 윤석이 자기 방문 앞에 서서 내뱉은 첫마디였다.

외로웠던 사람, 정에 굶주려 왔던 사람, 그래서 고독했던 사람. 같은 아픔과 슬픔이 느껴져 그녀는 자신도 모르게 앞으로 두어 걸음 내디뎠다. 하지만 윤석에게 가까이 다가가지 못한 채 그의 등을 바라보고 말했다.

"저기, 부탁할 게 하나 있는데."

윤석이 몸을 돌려 그녀와 마주 섰다. 뭘? 하는 의문의 눈빛을 보내는 그를 향해 은희는 애써 밝은 미소를 지으며 말을 이어 갔다.

"주말에 나랑 백화점 같이 가요."

"……그래, 알았어."

"고마워요. 그럼 잘 자요, 백윤석 씨."

은희는 고마워하며 90도로 깍듯하게 허리를 굽혀 인사하고 몸을 돌렸다. 무작정 화를 낸 게 미안했던 윤석은 안쓰러운 마음으로 그녀의 뒷모습을 오래도록 바라보다가 자기 방으로 들어갔다.

♡　　♥　　♡

'얘, 넌 뭐니?'

그로부터 며칠 뒤. 그날은 주말이었다. 또다시 나타난 은희를 향해 한 여사는 대단히 불편한 눈빛을 노골적으로 보였다.

"왜 또 왔니?"

한 여사가 단단히 화가 난 음성으로 짧게 물었다. 그녀의 얼굴 어디에도 감정이라곤 눈곱만치도 찾아볼 수 없을 정도로 냉랭하기 그지없었지만 은희는 시종일관 침착함을 유지했다.

"어머님이 걱정되어 찾아왔어요. 오늘은 좀 어떠세요?"

자신을 표독스레 쏘아보는 한 여사 가까이 다가가 그녀의 손을 따뜻하게 잡아 주며 은희가 침착하게 물었다. 흠칫 놀라는 그녀의 몸이 느껴졌지만, 은희는 마치 준비라도 한 듯 말을 쏟아 냈다.

"저는 어머님께서 왜 백윤석 씨를 그렇게 미워하시는지 그 감정에 대해 잘 알지 못합니다. 하지만 윤석 씨를 미워하면 할수록 어머님의 마음이 그리 편치 않다는 것만은 잘 알고 있습니다. 누군가를 미워한다는 건 그만큼 힘든 일이라는 걸 알거든요."

거기서 잠시 말을 끊은 은희는 한 손을 들어 자신의 가슴에 얹었다.

"백윤석 씨에게 매번 분노를 느낄 때마다, 그이를 욕할 때마다, 저주할 때마다, 어머니도 여기가 몹시 아플 겁니다. 머리가 터질 듯이 아프고, 살이 찢어질 듯이 아프고 가슴이 찢어질 듯이 아프면서도 또 안타깝고 서러울 거예요. 왜냐하면 당신은 백윤석 씨를 낳아 주신 세상에 단 한 분밖에 없는 그이의 어머니니까요. 누군가 그런 말을 했어요. 자식과 부모는 빛과 그림자와 같다고. 자식이 너무 말을 듣지 않아 어쩔 수 없이 때려야 할 때, 그 어떤 부모라도 아픈 마음은 모두 똑같다고요."

다시금 은희의 말이 중간에 끊어졌다. 어제 백 회장에게서 들은 얘기를 돌이키는 그녀의 가슴속에서 뭔가가 끓어오르는 듯한 격한 감정이 복받쳐 올랐다. 그러다 보니 저도 모르게 눈물이 주르륵주르륵 흘러내렸다. 그런데 더 이상한 것은 그토록 차갑고 싸늘하다고 느꼈던 한 여사가 울음을 쏟아 내고 있는 것이다.

"또 10개월이란 임신 기간 엄마의 정서 상태는 태아에게 그대로 전달된다고. 어머니가 슬프면 아이도 슬프고, 어머니가 아프면 아이 또한 아픔을 느끼며, 어머니가 기쁠 때는 아이도 기뻐한다고 했어요. 그만큼 엄마에게 아이는 세상 전부와도 바꿀 수 없다고 하더군요. 이 세상 그 어떤 어머니라도 자식에 대해 느끼는 감정은 다 똑같다고 생각해요. 그래서 자꾸만 밀어내는 어머님 때문에 백윤석 씨도 여기가 많이 아플 거예요! 엄마가 느끼는 감정을 태아도 같이 느끼는 것처럼 어른이 되어서도 마찬가지랍니다. 어머님 마음이 아픈 만큼 백윤석 씨 또한 많이 아파할 거예요."

그래 놓고 은희는 한 걸음 물러서며 고개를 깊이 숙여 사과했다.

"편찮으신데 너무 많은 말을 해서 죄송합니다. 하지만 밀어내지 않고 끝까지 들어 주셔서 감사합니다. 어머님. 얼른 쾌차하시길 바랍니다. 다음에는 윤석 씨랑 같이 찾아뵐게요."

지극히 공손한 어투에도 한 여사는 내내 울기만 했다. 마치 오랫동안 참아왔던 눈물을 한꺼번에 쏟아 부으려는 듯이 감정을 주체하지 못한 채 눈물을 펑펑 쏟았다. 은희는 뒷걸음질로 조용히 그곳을 빠져나왔다.

자기에게 아무 상관이 없는 남자인데 자신은 왜 이렇게 무모한 짓을 했을까? 정확한 이유는 잘 모르지만 하나만은 분명히 알 것 같았다. 그것은 바로 자신이 느꼈던 감정과 똑같은 소리 없는 눈물과 외로움이었고, 슬픔이었으며 아픔이었고 분노였고 씁쓸함이었다. 그래서 연민이 느껴졌던 것이다.

시댁을 나온 뒤 은희는 큰 결심이도 한 듯 윤석에게 전화를 걸었다.

은희의 전화를 받자마자 한달음에 백화점에 도착한 윤석은 거의 3시간 남짓 백화점 안을 돌고 있는데도 대체 뭘 사느라고 그렇게 진지하게 고민하고 신중하게 선택하는지 알 수가 없었다. 처음엔 다른 생각에 잠겨 백화점을 도는 데 얼마나 긴 시간이 걸렸는지 윤석도 미처 깨닫지 못했다.

'며칠 전에 아버지는 대체 은희와 어떤 이야기를 나누었을까?'

그것이 무엇인지 손에 잡힐 듯하면서도 정확하게 확신할 수가 없었다. 또 그것이 못내 궁금하기도 했지만, 윤석은 은희에게 물어보지 않았다.

"아직도 멀었나? 대체 뭘 사는 거지?"

윤석은 마침내 참지 못하고 슬쩍 물었다. 솔직히 윤석은 쇼핑이란 걸 그리 좋아하지 않았다.

남자가 여자의 뒤꽁무니나 졸졸 따라다니는 일은 매우 쪽팔리는 노릇이나 다름없었다고 생각했었다. 만약 은희가 아닌 다른 여자가 그런 부탁을 했다면 그는 대번에 거절했을 것이다.

하지만 아무리 그렇다 한들 마냥 기다려 주는 데도 한계가 있는 법이다. 언뜻 눈치를 보니 그녀가 딱히 필요해서 사는 물건은 아닌 것 같았다.

"백윤석 씨, 많이 힘드시죠? 다리 아파요? 다리 주물러 드려요?"

'난 빨리 집에 가고 싶다고.'

윤석은 진심으로 그 말을 하고 싶었다. 대답 대신 한숨만 폭폭 내쉬는 그를 보고 은희는 몹시 미안한 표정을 지었다.

"배고프죠?"

"대체 뭘 사는 거지? 말해 봐. 내가 골라 줄 테니까. 이러다 날 새겠어."

은희의 얼굴에 대번에 함박웃음이 떠올랐다.

"정말로요?"

"그래!"

퉁명스러운 말투에도 골라 주겠다는 그 한마디가 그녀의 기분을 좋게 만들었는지 은희는 생글생글 웃으며 말을 쏟아 냈다.

"약 60대 초반쯤 된 중년 부인한테는 어떤 선물이 어울릴까요? 어떤 게 좋을까 나름 고민 중인데 백윤석 씨는 뭐 좋은 생각 있으세요?"

그녀의 말을 듣는 순간 무언가가 섬광처럼 그의 뇌리를 스쳐 갔다. 그는 바보가 아니었다. 상대방의 눈빛과 표정을 통해서도 그는 상대의 감춰진 마음을 읽을 수 있는 예리한 통찰력을 지니고 있었다.

그리하여 은희의 한마디에 아까부터 머릿속을 뱅뱅 맴돌던 알 수 없는 무언가가 확실하게 가닥이 잡힘을 느끼며 갑자기 그의 눈이 날카롭게 번뜩거렸다. 하지만 아직 윤석의 표정 변화를 눈치채지 못한 은희는 쉴 새 없이 종알거렸다.

"음, 뭐가 좋을까……."

갑자기 윤석이 그녀의 팔을 잡아 거칠게 돌려세우자, 화들짝 놀란 듯 그녀의 말이 뚝 끊겼다. 잠시 후 은희가 눈을 흘기며 다다다 말을 내쏘았다.

"아이고, 깜짝이야! 갑자기 뭐하는 거예요? 깜짝 놀랐잖아요?"

놀랐다는 듯 오버하는 은희의 표정이 다소 웃음이 나게 했지만 윤석은 웃지 않았다. 일말의 감정조차 찾아볼 수 없는 싸늘한 얼굴을 하고 있었다.

"대체 무슨 짓을 하는 거지?"

밑도 끝도 없는 질문에 단정한 그녀의 얼굴이 일순간 멍해졌다.

"무슨 짓을 하는 거냐고 지금 내가 묻잖아!"

아무런 대답도 없는 은희를 향해 윤석이 악문 잇새로 무시무시하게 소리를 질렀다. 은희가 쉽사리 입을 열지 않자, 윤석의 표정이 더 험악하게 변해 갔다.

"당신 날 좋아해? 이런 쓸데없는 짓을 하면 내가 고마워할 줄 알았나? 하아! 천만에! 당신 원래 그렇게 오지랖이 넓은 여자였어?"

태어나서 지금껏 단 한 번도 자신을 안아 준 적도, 따뜻하게 보듬어 준 적도 애틋하게 감싸준 적도 없었던 무정한 어머니였지만, 내일이 어머니의 생신이라는 걸 그는 똑똑히 기억하고 있었다. 결국은 아까부터 그에게 보여 줬던 그녀의 행동과 말이 한 번 더 확인 사살을 해 준 셈이었다.

"누가 당신보고 그런 쓸데없는 짓을 하라고 했나? 백 회장 그 늙은이가 당신한테 어떻게 아부했지? 그 늙은이한테서 돈이라도 받았어?"

하나같이 거칠고 투박하고 불쾌하기 그지없는 말이었지만 은희는 화를 내지 않았다. 대신 그녀는 울고 있었다. 억울하고 분했기 때문이 아니었다. 안타깝고 안쓰럽고 마음이 짠해서 그녀는 눈물을 멈출 수가 없었다.

윤석은 심장이 터질 듯한 괴로움에 금방이라도 미칠 것만 같았다.

그럼에도 그녀에게 선뜻 다가가지 못한 채 멍하니 서 있는데 은희가 먼저 다가와 자기보다 훨씬 덩치가 큰 윤석을 힘주어 끌어안았다. 그녀의 눈물로 그의 셔츠가 젖어 축축해졌지만, 윤석은 마치 넋이라도 나간 듯 꼼짝도 할 수가 없었다.

"백윤석 씨, 나도 알고 있어요. 내가 괜히 오지랖 넓게 쓸데없는 짓을 하고 있다는 것 말예요. 또 당신 일에 스스럼없이 관여해서 이 래라저래라 하면 안 된다는 것도 잘 알고 있어요. 미안해요. 하지만, 있잖아요. 가끔씩 당신의 모습에서 왠지 나 자신을 보는 것만 같았어요. 지난번에 이야기를 다 못했는데……."

들썩거리는 마음을 진정하려는 듯 그녀는 잠시 말을 끊었다가 다시 이었다.

"왜 아버지가 나와 어머니를 버렸는지, 난 그 이유를 알고 싶었어요. 몇 번이나 기회를 봐서 물으려고 했지만, 난 용기가 없었어요. 진실을 알고 나면 내가 과연 감당할 수 있을까, 나는 늘 두려웠어요. 그래서 벼르고 별렀지만, 끝내 알아내지 못했어요. 그래요. 나는 너무 겁쟁이라서 오랜 세월 동안 마음에 깊게 응어리진 한과 아픔을 치유하지 못했어요. 하지만 백윤석 씨는 나처럼 비겁하게 살지 말아요. 당신은 남자잖아요."

미소를 짓다가 슬픈 표정을 짓더니 은희는 다시 말을 이었다.

"아무리 어른이라 하지만, 어른이 전부 완벽한 건 아니에요. 어른도 사람이고 부모도 사람이잖아요. 그래서 그들도 얼마든지 실수를 하고 잘못을 저지를 때가 있어요. 그런데 있잖아요. 어른들이 비록 태산과 같이 큰 죄를 저지르고, 도저히 용서가 안 된다고 해도, 우리도 그들과 똑같은 사람이 되면 너무 비겁하고 치졸하잖아요. 우리가 먼저 다가가서 그 응어리를 풀어 주고 그들의 상처를 먼저 보듬어 줄 수도 있잖아요? 용기 없는 나를 위해 윤석 씨가 그런 모습 보여 주면 안 될까요?"

그 말을 끝내면서 은희는 그의 품에서 조금 떨어졌다. 그녀는 그를 향해 허리를 굽혀 진심으로 사과의 뜻을 전했다.

"내 말이 당신의 심기를 거슬렸다면 미안해요."

말을 마치고 나서 그녀는 뒤돌아섰다. 점점 자신의 시야에서 멀어져 가는 그녀의 뒷모습을 하염없이 바라보고 또 바라보면서도 윤석은 그대로 서 있기만 했다. 그렇게 그 자리에 석상같이 굳은 얼굴로 한참을 서 있던 윤석은 이내 무언가 힘든 결심이라도 내린 듯 가장 빠른 걸음으로 백화점을 빠져나갔다.

♡　　♥　　♡

"어, 백윤석 씨. 마침 잘 왔어요. 밥이 다 되었는데."

마치 아무 일도 없었다는 듯 은희는 생긋생긋 웃으며 막 집에 들어서는 윤석을 반갑게 맞아 주었다.

"배 많이 고프죠? 얼른 와요. 그래도 힘이 있어야 여자를 와락 덮치죠."

다분히 장난기가 섞인 그녀의 말에 윤석이 피식 웃었다. 웃는 그의 모습에 다행이라는 생각이 들었지만 은희는 미안해하며 떠듬떠듬 말했다.

"아까는 미안했어요. 내가 아무래도……."

"아무리 성질이 나도 그렇지, 먼저 가 버리는 법이 어디 있어?"

윤석이 그녀의 말을 자르며 야속하다는 듯 툴툴거렸다.

"성질나면 혼자 먼저 가 버리는 게 습관인가?"

"아, 나는…… 그냥, 그러니까……."

애써 변명거리를 찾으려 노력하던 그녀가 갑자기 환하게 웃으며 변명처럼 대꾸했다.

"밥하러 왔죠. 근데…… 뭐, 좋은 거 사 왔어요?"

조금은 궁금해하며 그의 눈치를 살피는 데 윤석은 뜻 모를 미소를 짓고 있었다.

"안 샀어."

"네?"

의아해하며 되묻는 은희를 향해 윤석이 말을 이었다.

"딱히 마음에 드는 게 없더군. 내가 눈이 꽤 높거든."

은희가 쳇 하고 코웃음을 쳤다. 그러나 기분만은 좋은 듯 그녀는 바나나 같은 입모양을 하고 웃고 있었다.

"그래서 말인데, 당신이 날 좀 도와주어야겠어."

듣고도 모르겠다는 듯 알쏭달쏭한 표정을 짓는 그녀에게 윤석이 선언하듯 말했다.

"우리 생일 케이크 만들자."

그의 입에서 나온 말은 전혀 뜻밖이었다. 은희는 무척 놀란 듯 두 눈을 동그랗게 뜨고 그를 샅샅이 훑어보더니 도무지 믿어지지 않아 재차 확인하듯 물었다.

"그러니까 어머님의 생신 케이크를 직접 만들자는 뜻인가요? 맞아요? 나 잘못 들은 것 아니죠?"

"거짓말하는 취미는 없거든."

"윤석 씨 대박! 너무 멋져요."

고막이 찢어질 정도로 큰 함성을 지르며 좋아서 어쩔 줄을 몰라 하던 그녀가 그에게 다가갔다. 그녀는 그를 힘주어 바짝 끌어안아 주었다.

"잘 생각했어요. 백윤석 씨, 정말 잘했어요. 고마워요."

자기 일처럼 기뻐하는 그녀의 모습에 윤석은 가슴이 뜨거워지면서 일순 할 말을 잃었다. 고맙다는 말은 자신이 그녀에게 해야 하는데 그 말을 그녀가 몹시 고마워하며 하고 있었다. 게다가 눈물을 펑펑 쏟으면서.

"차은희?"

깜짝 놀란 윤석이 살짝 떨리는 목소리로 부르자, 은희는 아무것도 아니라는 듯 손을 흔들며 생긋 웃어 주었다.

"생각만 해도 너무 감동적이잖아! 어머님 생신 케이크를 직접 만드는 아들, 얼마나 멋진데요. 흑흑……."

"하아, 내가 참!"

어이없고 황당하다는 듯 윤석은 그 말만 계속 반복했다. 그런데 이 여자 너무 웃기지 않은가. 감탄하며 펑펑 울다가 다시 탄성을 지르고 하하 웃는 그녀를 보고 윤석은 기묘하게 얼굴을 일그러뜨렸다.

"차은희, 근데 울다가 웃으면 어디에 털 난다고 하던데."

은근슬쩍 농담처럼 툭 던지는 그의 말에 은희는 손등으로 눈물을 쓱쓱 닦아 냈다.

"놀리세요?"

"아니, 지금 웃고 있잖아!"

"하, 참!"

어이없는 얼굴로 그녀는 고개를 가로저으면서도 슬쩍 웃음을 지었다.

"그래도 조금만 더 울게요. 너무 감동적이고 기뻐서. 흑흑……."

"진짜 미치겠군! 이렇게 울기만 하면 케이크는 언제 만드나?"

"아, 그렇지. 케이크 빨리 만들어야지."

비로소 사태의 심각성을 늦게나마 깨달았는지 그녀는 울음을 뚝 그치고 잽싸게 주방으로 뛰어갔다.

"차은희, 케이크를 만드는 데 필요한 재료부터 사야 하는데."

그녀의 뒤를 따라 몇 걸음 걸으며 윤석이 의아하다는 듯이 말했다.

"아, 그렇지!"

그제야 뭔가를 깨달은 그녀가 고개를 끄덕거리자 윤석은 기가 막힌다는 표정으로 중얼거렸다.

"하여튼 멍청해서는……. 쯧."

"와, 백윤석 씨, 진짜 못하는 게 없다! 앞으로 백윤석 씨 운명의 상대가 되는 여자는 진짜 땡잡았다."

"그 말 진심인가?"

"나도 거짓말하는 취미는 없거든요."

"그거야 모르지. 왠지 당신의 말이 다 거짓말처럼 들려서 말이야!"

"어머, 이 남자 대체 왜 이래? 나한테 악한 감정 있어요?"

"그렇게 참새처럼 종알종알 떠들면 내가 케이크 만드는 데 방해가 되잖아."

한창 케이크를 열심히 만드는 윤석과 티격태격하며 말다툼을 하던 은희는 문득 궁금하다는 듯 물었다.

"근데 백윤석 씨, 어쩌다가 이렇게 기특한 생각을 하신 거예요. 어머님의 생신 선물로 아들이 직접 케이크를 만드는 건 다시 생각해 봐도 너무 멋지거든요."

감탄하는 은희에게 윤석은 씁쓸한 미소를 지으며 말했다.

"믿을지 안 믿을지는 모르겠지만 난 지금껏 단 한 번도 어머니 생신을 잊어버린 적 없어."

몹시 놀란 듯 은희의 눈동자가 휘둥그레졌다. 밀가루를 곱게 채질하며 윤석이 다시 말을 이었다.

"어머님 생신이 다가오면 모아 둔 용돈으로 선물을 사 드리는 형이 부러웠어."

그런 형을 보면서 자신도 그렇게 하고 싶어 형 몰래 가만히 용돈을 훔쳐내어 어머니의 선물을 준비했었지만, 지금껏 단 한 번도 전해 주지 못했다는 말은 은희에게 하지 않았다.

왠지 그의 옆얼굴이 우울해 보여 은희는 기분을 전환해 보려고 빠르게 손에 밀가루를 묻혀 그의 얼굴 전체에 발라 주었다. 그리고 재미있다는 듯 배를 잡고 마구 깔깔 웃어대기 시작했다. 하지만 그대로 가만히 당하고 있을 윤석이 아니었다. 그는 더 심하게 장난을 쳤다. 그녀의 얼굴에 머랭을 가득 발라 주었고, 그러고도 성차지 않아 그녀의 머리를 꽉 잡고 밀가루를 가득 담은 양동이에 밀어 넣었다.

"아, 정말!"

"뭐가 정말인데? 피부가 하얘질 거야!"

그녀는 얼굴에 하얀 밀가루를 뒤집어쓰고도 씻을 생각은 전혀 하지 않은 채 재빠르게 밀가루를 한줌 움켜잡아 그를 향해 뿌렸다. 꼭 마치 철부지 아이들 소꿉장난처럼 보였지만, 기분만은 좋은 듯 두 사람은 케이크가 완성될 때까지 즐겁게 웃고 떠들었다.

"윤석 씨, 힘내세요. 은희가 있잖아요. 윤석 씨, 힘내세요. 은희가 있잖아요. 힘-내-세-요- 백윤석 씨! 아자아자 파이팅!"

다음 날 오후 7시 30분쯤, 시댁의 저택 대문 앞에 도착해서 은희는 윤석을 향해 노래를 불러 주었다. 억양도, 음절도 이상한 데다 다소 우스꽝스러운 몸짓까지 곁들이자 윤석은 그만 웃고 말았다.

은희는 힘내라는 듯 그의 손을 꼬옥 잡아 주며 초인종을 가볍게 두어 번 눌렀다.

"아줌마, 문 열어 줘요."

아까 이미 은희의 전화를 받은 백 회장은 은희의 말대로 한 여사와 함께 정원 의자에 앉아 두 사람을 기다리고 있었다. 다소 의아한 표정을 짓는 걸 보면 한 여사는 아직 아무것도 모르고 있는 듯했다.

"아버님, 어머님, 안녕하셨어요?"

문득 나타난 두 사람을 보고 한 여사는 조금 놀라는 눈치였다. 은희는 모르는 척 먼저 인사를 건넨 뒤 백 회장을 향해 잠시 자리를 피해 주자고 슬쩍 눈짓을 했다.

그곳을 벗어나기 전 은희는 윤석의 손을 꼭 쥐었다가 놓아주며 낮게 속삭였다.

"백윤석 씨, 파이팅!"

하지만 백 회장과 은희가 자리를 피해 준 지 한참이 지났지만 모자는 조금 떨어진 거리에서 서로를 끝없이 바라볼 뿐 누구도 먼저 입을 열지 않았다.

무거운 침묵이 한참이나 이어진 후에야 윤석이 조심스럽게 다가가 어머니 앞에 무릎을 꿇고 앉았다. 그의 행동에 흠칫 놀라는 어머니의 모습이 그대로 느껴졌지만 윤석은 처음으로 그녀의 손을 따뜻하게 잡아 주며 천천히 입을 열었다.

"태어나서 지금껏 저는 단 한 번도 어머니의 손을 잡아 준 기억이 없었더라고요. 왜 저를 그토록 미워하고 원망했는지 단 한 번도 그 이유에 대해 생각해 본 적이 없었습니다. 저를 미워하고 원망한다는 그 이유로 저는 단 한 번이라도 관심을 받기 위해 늘 말썽만 일으켰고 심술만 부렸습니다. 저를 미워할 수밖에 없는 이유가 따로 있을 거라고 생각하지만, 어머니께서 먼저 말을 꺼내기 전에 저는 묻지 않기로 했습니다. 하지만 오늘 이 말만은 꼭 드리고 싶습니다. 미워하고 원망하면서도 저를 내치지 않고, 버리지 않아 주셔서 감사합니다. 그리고 이 못난 놈 세상에 낳아 주셔서 감사합니다."

한 여사는 아무 말도 못한 채 눈물만 하염없이 쏟았다. 그 눈물이 무엇을 뜻하는지는 잘 모르지만 윤석은 마음속에 고이 간직했던 말을 멈추지 않고 계속 쏟아 냈다.

"철이 들 무렵부터 매년 어머니 생일이 다가오면 용돈으로 어머니께 선물을 사 드리던 형을 보면서 부러웠습니다. 저도 그렇게 하고 싶어서 형 모르게 용돈을 가만히 훔쳐내어 어머니께 선물을 샀습니다. 매년 어머니의 생일을 단 한 번도 잊어 본 적이 없었습니다. 올해는 꼭 드려야지 생각하면서도 자꾸만 두려웠고, 용기가 나지 않았습니다. 늦었지만 이제라도 드리고 싶은데 받아 주시겠습니까? 어머니."

한 여사는 그 어떤 답도 하지 못했다. 한 여사에게 윤석은 생각만 해도 마치 얼음 칼이 온몸을 난도질하듯이 뼛속까지 시리게 만드는 아이였다. 사실은 그의 잘못이 아니란 걸 알고 있음에도 만약 이 아이를 낳지 않았다면 자신은 그 죽음과도 같은 끔찍한 고통을 겪지 않았을지도 모른다는 그런 말도 안 되는 생각이 수없이 들자 한 여사는 날이 갈수록 윤석이 미웠고 괘씸했다. 게다가 착하고 온순한 윤철에

비해 윤석은 늘 말썽과 분란만 일으켰으니 그에 대한 불신감과 증오심은 더더욱 커져만 갔던 것이다.

그래서 태어나서 지금껏 그녀는 단 한 번도 작은아들을 따뜻하게 안아 준 적도, 믿어 준 적도, 보듬어 준 적도 없었다. 그런데 그 아이가 처음으로 자신의 속마음을 내비치고 그녀의 마음의 문을 세차게 두드리며 비집고 들어오고 있었다.

"흑흑……."

눈물만 흘리는 어머니 앞에서 윤석은 마치 슬라이드가 돌아가듯 뇌리를 흑백으로 스쳐 가는 그동안의 기억들에 가슴이 뭉클해졌다.

비록 어머니가 자신에게 그 어떤 말도 해 주지 않았지만 그는 조금도 서운해하거나 섭섭해하지 않았다. 그녀의 얼음처럼 차가운 마음에 한창 동요가 일어나고 있다는 걸 모르지 않았으므로.

윤석은 주머니에서 손수건을 꺼내 눈물로 얼룩진 어머니의 얼굴을 부드럽게 닦아 주었다.

"오늘은 좋은 날입니다. 행복하셔야 하는 날입니다. 그러니 울지 마십시오. 어머니, 65세 생신을 축하합니다."

더 이상 감정의 무게를 견디지 못하고 한 여사는 윤석을 끌어안고 엉엉 울다가 마침내는 오열을 터뜨리고 말았다.

그때 기다렸다는 듯 백 회장과 은희가 윤석이 직접 만든 케이크와 장미꽃다발을 손에 들고 나타났다.

"생일 축하합니다. 생일 축하합니다. 사랑하는 우리 어머니, 생일을 축하합니다. 어머님, 생신 축하합니다."

"여보, 생일을 축하해."

"어머님, 윤석 씨가 직접 만든 케이크예요. 예쁘게 잘 만들었죠?"

아무 대답도 못한 채 한 여사는 그저 울기만 했다.

"자, 그럼 이번에는 케이크의 촛불을 끄자고요."

은희의 말이 마치 신호라도 되는 것처럼 네 사람은 약속이라도 한 듯 케이크 위에 있는 촛불에 얼굴을 가까이 대고 훅, 불었다. 그리고 은희는 미리 준비해 온 카메라에 몹시 행복해 보이는 가족들의 다양한 모습을 찰칵찰칵 담았다.

오늘따라 살랑살랑 부는 바람 따라 둥실둥실 하늘 높이 오른 둥실 달님은 그 어느 때보다 더 밝고 환하게 정원을 비추어 주었고, 그들의 행복한 웃음소리는 오래도록 그칠 줄 몰랐다.

"아, 오늘은 너무 감동적이에요."

자고 가라는 시부모님의 간절한 청에 못 이겨 어쩔 수 없이 윤석이 쓰던 방으로 올라온 은희가 침대에 걸터앉은 윤석을 바라보며 그렇게 내뱉었다.

"백윤석 씨, 그거 알아요? 우리가 결혼한 지는 아직 반년도 되지 않았는데 그동안 너무 많은 일들이 일어났어요. 아, 뭐랄까? 결혼하고 지금까지 머릿속에 오래 남을 만한 좋은 추억들이 많이 있지만, 오늘은 더더욱 잊지 못할 거 같아요. 난 오늘이 최고로 행복하거든요."

그 말을 하면서 은희는 정말 울기라도 한 것처럼 손등으로 눈가를 쓱쓱 닦았다. 무심코 윤석과 시선이 마주치자 그녀는 쑥스럽다는 듯 배시시 웃으며 손을 내밀었다.

"부모님과의 화해, 진심으로 축하해요. 백윤석 씨."

자신의 손을 꼭 잡아 주는 윤석을 바라보며 은희는 말을 이어 갔다.

"나 오늘 갑자기 그런 생각이 들었어요. 비록 우리가 진짜 사랑하는 부부는 아니지만, 좋은 친구는 될 수 있지 않을까? 음, 기쁨과 즐거움을 함께 나누고, 슬픔과 아픔과 외로움도 함께 나눌 수 있는 좋은 친구, 어때요?"

윤석이 피식 웃었다. 비웃음 같기도 하고 미소 같기도 한 애매한 표정으로 그가 딱 잘라 말했다.

"난 너랑 친구 같은 거 안 해."

"응?"

거절을 당하자 속상한 듯 그녀가 당황한 표정을 지었다. 불현듯 윤석이 그녀의 어깨를 끌어당겨 단박에 침대에 쓰러뜨리듯 눕혔다. 그러곤 몹시 놀란 표정을 짓는 그녀의 얼굴을 부드럽게 쓰다듬고서 오랫동안 참아왔던 깜짝 고백을 터뜨렸다.

"우리 진짜 부부처럼 살자."

그 말이 무슨 뜻인지 알아차리기도 전에 그녀의 심장이 먼저 미친 듯이 두근거렸다. 그 와중에도 그의 고백은 이어졌다.

"차은희, 내가 널 사랑해."

윤석은 솔직하고 과감하게 사랑을 고백했다. 남이 시켜서가 아니고, 누가 강요해서가 아니라 마음속에서 진심으로 우러나온 말이었다.

그의 뜻밖의 고백을 듣고 난 그녀의 얼굴 표정이 몽롱하게 변해 갔다. 심장은 두근두근 곤두박질치고 몸이 달달 떨리면서 그녀는 정신이 혼탁해졌다. 마치 독한 술에 취한 듯 해롱거리는 그녀를 사랑스러운 눈빛으로 내려다보던 윤석이 그녀의 이마에 천천히 입술을 가져다 댔다.

이마에서 시작한 그의 뜨거운 입술이 미려하게 솟은 콧날 아래로 보이는 그녀의 꾹 다물린 입술까지 차례대로 쭉 훑어 내렸다. 윤석은 손가락 끝으로 그녀의 입술을 살짝 터치하다가 살며시 벌어진 그녀의 입술 사이로 자신의 혀를 밀어 넣었다. 그러곤 소리가 나오도록 애를 태우며 혀로 그녀의 입안을 마음껏 휘젓고 다녔다.

'느낌이 너무 이상해!'

지난번처럼 입술과 입술을 살짝 터치하는 뽀뽀가 아니라 머리가 이상해질 정도로 농도 짙은 격렬한 키스였다. 그녀의 입안을 탐색하듯 분주하고 거칠게 돌아다니는 그의 혀끝은 지나치게 따뜻하고, 지나치게 부드러웠다. 단지 혀만 내밀어 움직일 뿐인데 그 느낌이 이루 말로 표현할 수 없을 정도였다. 이토록 강렬하고 야릇할 줄은 미처 생각지도 못했다. 맞닿은 입술에서, 혀에서 전해지는 뜨겁고 짜릿한 쾌감에 그녀의 머릿속이 하얗게 탈색되어 갔다. 마치 깊이를 알 수 없는 늪 속에 빠져들듯 아득해지면서 그녀의 정신줄이 뚝뚝 끊어지기 시작했다.

'절대 기절하면 안 되는데!'

기절하기 직전, 은희가 스스로에게 외쳤던 마지막 한마디였다.

기절해서 침대에 죽은 듯이 자고 있는 은희의 얼굴을 자세히 뜯어보며 윤석은 기가 막힌다는 듯 혀를 끌끌 찼다.

"이 여자 뭐야? 대체?"

키스 한 방에 기절하다니? 하여간 분위기 깨는 데는 선수라고 마뜩잖게 생각하며 윤석은 투정을 부리듯 혼잣말로 툴툴거렸다. 그때 가벼운 노크 소리와 함께 고 씨의 목소리가 들려왔다.

"도련님, 식사하세요."

"네, 곧 나갑니다."

윤석은 짧게 대답하며 침대에서 편하게 자는 은희의 얼굴을 흘끗 내려다봤다. 깨워서 밥을 먹일까, 생각하다가 그는 곧 몸을 일으켰다.

"뭘 잘했다고 밥을 줘?"

하지만 심술궂은 표정과는 달리 그는 그녀의 어깨까지 이불을 덮어 준 뒤 자기 방을 나섰다.

"은희는?"

혼자 내려와 이미 다 차려진 식탁 앞에 앉는 윤석을 보고 백 회장이 물었다.

'키스하다 기절해 자빠졌습니다.'

그녀에게 얄미운 감정이 살짝 든 윤석은 하마터면 그 말이 튀어나올 뻔했다.

"피곤해서 잡니다."

"그래도 깨우지 그러냐?"

백 회장이 작은 목소리로 나무라듯 말하자 윤석은 괜찮다는 표정을 지으며 대꾸했다.

"괜찮습니다. 신경 쓰실 것 없습니다. 제가 알아서 할게요."

윤석이 젓가락으로 계란말이 하나를 집어 그를 빤히 바라보고 있던 어머니의 밥그릇에 놓아 주었다.

"계란말이 좋아하시잖아요. 많이 드세요."

윤석의 뜻밖의 행동에 한 여사는 흠칫 놀라는 얼굴로 그를 바라보다가 낮게 말했다.

"고맙다. 너도 많이 먹어."

"네, 잘 먹겠습니다. 어머니."

오늘만 해도 윤석이 세심한 배려와 자상한 모습을 보여 준 것이 한두 번이 아닌데도 한 여사는 쉽사리 습관이 되지 않은 듯 깜짝깜짝 놀라곤 했다. 윤석의 그런 태도와 행동에 놀란 건 비단 한 여사뿐만

이 아니었다. 백 회장을 비롯한 모두가 놀라는 눈치였다.

아까부터 한쪽 구석에 우두커니 서서 고스란히 지켜보던 고 씨는 윤석을 건너다보며 대견하다는 듯 웃음을 머금었다.

'도련님, 그새 많이 변하셨네.'

오붓하게 모여 앉아 저녁 식사를 하는 것은 집집마다 흔히 볼 수 있는 모습일지 모르나 백 회장의 집에선 볼 수 없는 모습이었다. 늘 차갑고 싸늘한 분위기였던 백 회장 댁에서, 어쩌면 처음으로 가족들이 모여 즐겁게 식사를 하고 있으니 지켜보는 고 씨의 마음이 다 훈훈해졌다.

"나랑 잠깐 얘기 좀 할 수 있겠느냐?"

늦은 저녁 식사를 마친 뒤 2층으로 올라가려는 윤석을 백 회장이 불러 세웠다.

"아줌마, 차 두 잔 부탁할게요."

백 회장이 고 씨에게 차를 부탁한 뒤 서재로 걸음을 옮겼다. 먼저 서재로 들어가는 아버지의 뒷모습을 잠시 바라보다가 윤석은 곧 계단을 내려와 서재를 향해 걸어갔다.

"미안하고, 또 고맙구나."

서재에 들어서서 자리에 앉는 윤석을 물끄러미 바라보며 백 회장이 꺼내 놓은 첫마디였다. 전혀 생각지 못했던 뜻밖의 말에 윤석은 가슴이 아리고 콧잔등이 시큰해졌다. 너무도 늦은 사과에 씁쓸한 마음이 전혀 없지는 않았지만, 윤석은 겉으로 표현하지 않았다. 대신 그는 빙그레 웃는 얼굴로 아버지를 바라보며 뜻 모를 소리를 중얼거렸다.

"아버지도 이젠 늙으셨네요."

무슨 말인지 정확히 알아듣지는 못했지만, 예전처럼 빈정거림이 아닌 것만은 확실했다. 아들을 가만히 바라보는 백 회장의 눈빛이 가볍게 흔들렸다.

"많이 피곤해 보이십니다. 일이 힘듭니까?"

걱정과 안쓰러움이 담뿍 담긴 한마디였다. 그리고 지금껏 웬만해선 아버지라고 부르지 않던 아들이 아버지라고 서슴없이 부르면서 자신을 걱정해 주고 끔찍이 안쓰러워하고 있었다. 그럴수록, 백 회장은 마음 한구석이 아련한 것은 물론이고 그를 향한 죄책감이 더욱 커져만 갔다.

아버지로서의 책임을 다하지 못했다는 뒤늦은 자책과 후회가 따르자 그는 윤석의 눈을 똑바로 바라볼 수가 없었다.

"제가 광명자동차로 들어갈까요?"

순간 백 회장의 눈에 거센 파문이 일어났다.

"진심이냐?"

"거짓말을 하는 취미 따위는 없습니다."

"생각이 바뀐 이유가 뭐냐? 넌 광명반도체에 미친 듯이 집착하지 않았어?"

갑자기 윤석이 몸을 일으키더니 창가로 다가서서 창문 너머 어두운 하늘을 보았다.

"아버지와 어머니에 대한 섭섭하고 서운한 감정은 여전하지만, 또 저를 미워할 수밖에 없었던 이유가 미치도록 궁금하지만, 그래 봤자 다 지나간 일이라고 생각합니다. 그동안은 형 자리 뺏는 것 같은 느낌이라 싫었지만 이제 형의 몫까지 잘해 보고 싶어졌어요."

마지막 한마디는 무어라 말할 수 없는 많은 감정들이 들어 있었다. 의연한 듯하면서도 서글프게 느껴지는 윤석의 말에 백 회장은 그만 가슴이 벅차오르며 콧등이 시큰거렸다. 백 회장은 금방이라도 다가가 지난 33년 동안 외롭게 자라 온 저 아이를 따뜻하게 안아 주고 싶은 마음을 겨우 누그러뜨리고 있었다.

창가에 기대서서 오랫동안 어딘가를 하염없이 바라보던 윤석이 천천히 아버지를 향해 몸을 돌렸다.

"하지만 올해는 어려울 것 같습니다."

백 회장은 약간 실망했으나 곧 궁금하다는 듯 윤석을 바라봤다. 혼자서 무슨 생각을 했는지 윤석의 얼굴에 밝은 웃음이 떠올랐다.

"아기를 만들고 난 다음에 옮길까 하는데, 괜찮겠습니까?"

그 말을 듣고 백 회장은 기분이 좋은지 껄껄 웃음을 터뜨렸다.

"듣던 중 반가운 소리구나!"

"그럼 별다른 일이 없다면 먼저 올라가겠습니다. 안녕히 주무세요."

만감이 교차하는 표정을 짓는 아버지를 뒤로하고 윤석은 깍듯하게 인사를 한 뒤 조용히 서재를 빠져나갔다.

다음 날 아침.

"아, 따뜻해!"

기분 좋은 미소를 지으며 윤석의 품으로 집요하게 파고들면서도 은희는 좀처럼 눈을 뜨려고 하지 않았다. 윤석은 기가 막혀 하며 혀를 끌끌 차다가 문득 장난기가 발동했다. 그는 빠르게 움직여 책상 서랍에서 양모 털이 박힌 붓을 한 자루 꺼내 왔다. 그는 손에 든 붓으로 그녀의 발가락 사이를 살살 간질이기 시작했다.

"ㅇㅇㅇ응."

간지러운지 은희는 발을 움츠리며 코맹맹이 소리를 냈다. 그녀를 괴롭히는 장난에 더 신이 난 윤석은 이번엔 붓으로 그녀의 얼굴이며 귀를 살살 간질였다.

"흐으으응."

그녀의 입에서 야릇한 신음 소리가 새어 나왔다. 그 소리가 몹시 관능적으로 느껴져 그의 아랫도리가 순식간에 달아올랐다. 그동안 깊은 곳에 수줍게 웅크리고 있던 욕망이 더는 참을 수 없다며 성이 잔뜩 나 있었지만, 그렇다고 잠이 든 여자를 와락 덮칠 수는 없었다.

무거운 한숨을 내쉬던 윤석은 그녀에게 얼굴을 바싹 들이댔다. 그런데도 그녀는 아무런 감각도 느끼지 못했다. 도저히 참을 수 없었던 윤석은 그녀의 목덜미로 입술을 가져가 혀를 내밀어 살짝살짝 핥았다.

"으홋……."

마침내 그녀의 입에서 신음 소리가 흘러나오자 윤석은 얼굴에 흡족한 미소를 지었다. 좀 더 대담해진 그는 그녀의 입술 주위를 혀로 살살 핥으면서 그녀를 자극했다. 그리고 가장 민감한 부위인 귀와 목덜미를 부드럽게 핥으며 따뜻한 숨을 불어 넣었다. 온몸을 꿰뚫는 짜릿하고 이상한 감각에 그녀는 비로소 눈을 떴다.

"대체 누구야?"

은희는 짜증스런 목소리로 내뱉으며 주위를 둘러보았다. 처음엔 이집에서 키우는 개가 들어와서 혀를 날름거리며 자신의 입술을 핥는 줄로만 알았다. 하지만 아무리 눈 씻고 찾아보아도 개는 그림자도 보이지 않았으니 이상한 일이 아닐 수가 없었다.

"이제야 깼나?"

그런데 이상하게도 웬 사람의 목소리가 들려오는 게 아닌가. 그것도 매우 익숙한 목소리가.

침대에 책상다리를 하고 팔짱을 낀 자세로 앉아 있는 윤석과 눈이 마주치자 은희는 의아하다는 표정을 지었다. 궁금해하며 그녀가 막 입을 열려는데 윤석이 먼저 말을 꺼냈다.

"어제 일 기억나?"

"어제 일?"

아직 잠에서 덜 깬 듯 그녀는 눈을 깜빡이며 멍청하게 중얼거렸다. 애써 기억을 더듬어 보려는 듯 미간을 잔뜩 좁히던 은희가 불현듯 뭔가 생각났는지 손뼉을 짝짝 치며 말했다.

"설마 잊을 리가 있겠어요? 또렷하게 기억하고 있어요. 어제는 정말 감동적이고 눈물 나는 순간이었지! 지금 다시 생각해 봐도 너무 멋지다! 화해의 그 순간! 드라마로 찍어도 대박날 것 같아!"

한 편의 시를 읊조리는 듯한 그녀의 극적인 말투에 윤석은 그만 김이 빠져 버렸다. 화가 나는 걸 꾹 누르며 윤석은 다시금 차분하게 물었다.

"그것 말고 다른 건 기억 안 나?"

의문이 가득한 눈빛으로 그를 잠시 쳐다보던 은희는 마침내 기억났다는 듯 손가락을 소리 나게 튕겼다.

"그냥 잠잤죠. 그리고……."

그녀의 다음 말을 애타게 기다리는 윤석에게 돌아온 건 실망스럽게도 엉뚱한 소리였다.

"이제 보니 내가 저녁도 못 먹고 잤구나!"

윤석은 자꾸 엉뚱한 소리만 골라서 늘어놓는 그녀를 비딱하게 노려보며 비웃듯이 말했다.

"키스 한 방에 완전히 맛이 간 건 기억 안 나?"

자기가 생각해도 창피했는지 그녀의 볼이 붉어졌다. 하지만 윤석의 빈정거림은 계속되었다.

"제대로 키스하기도 전에 기절하는 여자라니. 아무리 생각해 봐도 그냥 지나가기엔 너무 아까운 특종거리인데."

갑자기 은희가 깔깔 웃음을 터뜨렸다. 윤석이 의아스러운 얼굴로 그녀를 바라봤다.

"우와! 백윤석 씨 상상력 겁나게 좋다! 어찌 그런 재미있는 상상을 다 하셨어요? 호호. 난 어제 하도 피곤해서 잤거든요. 기절이라니? 무슨 그런 어이없는 소리를 다 하세요? 웃긴다, 이 남자!"

끝까지 인정 안 하겠다? 그녀의 말에 윤석은 일부러 속아 주는 척 태연하게 되물었다.

"그래?"

"그럼요. 아이고, 내가 그동안 얼마나 피곤하게 살았다고요. 백윤석 씨 많이 먹고 힘내라고 사골도 사서 푹 끓이느라고 내가 그날 얼마나 땀을 많이 흘렸는데요. 그리고 어머님 생신도 신경 좀 쓰느라고 내가 얼마나 긴장했다구요. 아이고, 어제 일찍 잤는데도 아직도 피곤하네."

그녀는 피곤하다는 표정을 지으며 한 손으로 자기 어깨를 톡톡 가볍게 두들겼다.

정말이지 윤석은 황당하지 않을 수가 없었다. 사골을 끓이느라고 힘들었다고? 그는 국물 한 방울도 먹어 보지 못했다. 그리고 네가 케이크를 만들었나? 내가 만들었지! 억울한 심정은 오죽했겠냐만, 지금은 그런 것을 따질 때가 아니었다.

윤석의 눈치를 힐끔힐끔 살피던 그녀가 갑자기 야속하다는 듯 그를 흘겨보며 투덜거렸다.

"참, 백윤석 씨도 사람이 못됐다. 내가 밥을 안 먹고 잠이 들면 깨웠어야지."

"차은희, 일단 세수부터 하고 와. 나 당신한테 할 말 있어."

그녀의 말은 들은 척도 안 하고 윤석은 은희를 향해 명령조로 말했다.

"무슨 말인데요? 지금 해 봐요."

윤석은 고개를 절레절레 흔들었다.

"당신이 아직 채 잠에서 깨어나지 않은 것 같아서 그래. 얼른 세수부터 하고 와."

은희는 잔뜩 못마땅한 듯 입을 닷 발이나 내밀며 하는 수 없이 욕실에 가서 시킨 대로 세수를 하고 돌아왔다.

"세수하고 왔어요. 얼른 말해 봐요."

"여기 와 앉아."

윤석이 손을 들어 자신의 옆자리를 가리켰다. 잠시 망설이듯 주춤거리던 은희는 썩 기분 내키지 않는 표정으로 그의 옆에 다가가 앉았다.

"어제 내가 한 말 기억 안 나? 우리가 뭘 했는지도 전혀 기억 안 나?"

물어 놓고 그녀의 대답도 기다리지 않은 채 윤석은 말을 이어 갔다.

"그래, 좋아! 기억나지 않는다면 다시 말해 주지."

기억나지 않을 리가 있겠는가? 그 끊임없는 사랑 고백에 어이없게도 기절했으니 말이다.

"백윤석 씨, 이제 보니 당신 참 나쁜 놈이다!"

윤석이 말을 꺼내기 도전에 은희가 먼저 그를 몰아붙였다.

"뭐야?"

한쪽 눈썹을 치켜세우는 윤석을 향해 은희가 다다다 말을 내쏘았다.

"여자가 어디 당신이 함부로 갖고 놀다 버리는 장난감도 아니고, 그럼 메주처럼 못생겼다는 여자는 어떡하실 건데요? 어느 여자가 더 맛있나, 지금 사람 간 봐요? 어?"

제멋대로 상상의 나래를 펼치는 그녀의 엉뚱한 추리에 윤석의 입에서 꺼질 듯한 한숨이 새어 나왔다.

"왜요? 그새 취향이 바뀌었어요? 아니, 내가 뭐 인기가 좀 많은 편이지만……."

"차은희, 그 메주처럼 못생긴 여자가 바로 내 앞에 있거든."

윤석이 체념한 듯한 목소리로 내뱉었다. 무슨 말인지 몰라 어리둥절해하는 그녀에게 윤석이 별안간 정색을 하며 주머니를 뒤져 무언가를 꺼내 그녀에게 보여 주었다.

"이게 뭔지 알아?"

은희가 필사적으로 고개를 끄덕였다. 그것은 그녀가 다리 깁스를 풀러 병원에 가던 날, 윤석의 차 안에서 작성된 각서였다.

"자, 이제는 주인과 몸종은 더 이상 존재하지 않아."

말이 끝남과 동시에 윤석은 각서를 갈기갈기 찢어 버렸다. 갑작스러운 윤석의 행동에 멍하던 은희의 얼굴이 상기되었다.

그녀가 미처 정신을 추스르기도 전에 윤석은 면바지 주머니에서 또 무언가를 꺼내더니 그녀에게 건네주었다.

"잘 읽어 봐. 이제부터 차은희와 백윤석은 부부라는 이름으로 살 거야."

"부부?"

은희는 멍청한 표정으로 그 말을 곱씹으며 본문의 내용을 찬찬히 읽어 보았다.

"백윤석과 차은희가 함께하는 데이트 1. 팝콘 먹으며 영화 보기. 2. 결혼 후 가지 못했던 신혼여행 가기. 3. 수영장 가기. 4. 자전거 함께 타기. 5. 불꽃축제 구경하러 가기······."

점점 말꼬리를 흐리는 그녀의 얼굴에 복잡한 빛이 떠올랐다. 애써 미소를 짓지만 혼란스러움을 감추지 못하는 그녀에게 윤석이 부드럽게 덧붙였다.

"이것 외에 당신이 원하는 게 있다면 추가해도 좋아. 당신이 해 보고 싶다는 것들은 다 들어줄 테니까."

"가, 갑자기 이게 무슨 시, 시추에이션?"

평소의 은희답지 않게 그녀는 심하게 말을 더듬고 있었다. 윤석의 얼굴에 의미를 알 수 없는 웃음이 떠올랐다. 자조적인 웃음도 묻어나고, 쓸쓸한 듯 허탈한 미소 같기도 한.

침대에서 몸을 일으킨 윤석이 시선을 그녀가 아닌 다른 곳으로 돌리며 천천히 입을 열었다.

"나 역시 진실한 사랑 따윈 진짜 우습게 여겼지. 그딴 거 미친놈들이나 하는 짓이라고 참 비웃었는데 결국은 내 생각이 틀렸더군. 비록 사랑이 밥 먹여 주진 않지만, 밥 먹는 것보다 더 큰 기쁨을 줄 때가 많다는 걸 깨달았어. 그래서 내가 세상에서 가장 우습게 여겼던 그 사랑이란 미친 짓을 차은희, 당신이랑 함께 해 보고 싶어."

윤석은 허리를 굽혀 그녀와 시선을 맞추었다. 은희의 얼굴에 갈등의 빛이 떠올랐다. 그녀는 당황한 듯 어색한 미소를 짓다가 곧 황당한 표정으로 그를 힐끔 쳐다보며 허허 웃음을 흘리더니 돌연 몸을 일으켰다.

"그, 그러니까…… 갑자기 이상해 죽겠네!"

은희는 극도의 혼란스러움을 느끼며 그를 피하고 싶었지만 윤석은 조금도 물러서지 않았다. 자리에서 일어선 그녀를 억지로 눌러 앉히며 윤석이 급히 몸을 낮춰 얼굴을 바짝 들이댔다. 입술이 닿을 듯 코끝이 스치는 아슬아슬한 거리에서 그가 그녀의 앙다문 입술을 덮치려는 찰나 노크 소리와 함께 고 씨의 목소리가 건너왔다.

"도련님, 깨어나셨습니까? 식사하세요."

안 그래도 혼란스러운 감정 때문에 막막하던 참이었는데 은희는 마침 잘됐다고 생각하며 얼른 대답했다.

"네, 곧 나갈게요."

갑작스러운 방해에 짜증스런 표정을 짓는 윤석의 어깨를 툭툭 치며 은희는 생글생글 웃어 주었다.

"우리, 밥 먹고 마저 얘기해요. 아, 배고파라!"

'넌 단 한 번이라도 좀 진지해져 보면 안 되겠어?'

그렇게 소리를 지르고 싶은 걸 꾹 참으며 윤석은 그녀의 뒤를 따라 걸어갔다.

8장.

우리 연애합니다

"아버님, 어머님. 안녕히 주무셨어요?"

은희는 백 회장과 한 여사에게 깍듯하게 인사를 건넨 후 다소 미안한 표정을 지으며 말했다.

"아, 죄송해요. 일찍 일어난다 했는데 조금 늦었네요."

"괜찮아. 아가가 요즘 많이 피곤했나 보더구나. 어제 저녁도 못 먹고 말이야."

백 회장이 걱정스러운 듯이 말하자 은희는 괜찮다는 듯 웃음을 지어 보였다.

"아니에요. 그냥……."

그때 은희의 옆에 앉은 윤석이 재빠르게 그녀의 말을 잘랐다.

"안 그래도 제가 살짝 걱정이 됩니다. 어머니."

모두의 의아한 시선이 불쑥 대화에 끼어든 윤석에게 쏠렸다. 어리둥절한 표정을 짓는 한 여사를 향해 윤석이 빙그레 웃으며 말했다.

"어머니께서 한약을 지어 주실 수 있겠습니까?"

무슨 소리인가 궁금해하는 그들을 향해 윤석이 충격적인 발언을 했다.

"아기가 빨리 들어서는 한약이 있다고 들었는데……. 혹시 빨리 손자 손녀 보고 싶은 생각 없으세요? 어머니."

순간 은희는 머릿속에서 종이 댕댕 울리는 느낌을 받았다.

'이 남자가 지금 뭐라는 거야?'

마음속에는 불평불만으로 가득 찼지만 그렇다고 대놓고 눈을 부라리거나 뭐라 욕을 퍼부으며 모처럼 화기애애한 분위기를 깨뜨릴 수는 없었다.

"어머니, 손주 태어나면 봐 주실 거죠?"

"그래, 그렇게 하마."

짧은 대답이었지만 그녀의 목소리는 분명했고, 또 얼굴에 옅은 미소를 띠고 있었다.

"자기, 우리 노력하자."

윤석은 곁은 앉은 은희의 어깨를 다정하게 잡으며 말했다. 언뜻 그녀와 눈이 마주쳤으나 그의 얼굴은 뻔뻔하리만치 태연했다.

은희는 억지로 웃음을 지어 보이며 분위기를 좀 더 띄우기 위해 맞장구를 쳤다.

"어머, 어머님 진짜 감사합니다. 제가 꼭 예쁜 아이 낳을게요."

"그래."

이번에도 대답은 짧았지만 진실했고, 따뜻했으며 분명했다. 좀처럼 보기 드문 미소까지 띤 한 여사의 모습이 새삼 낯설면서도 놀라워서 은희는 신기한 듯 그녀의 얼굴에서 눈을 떼지 못했다.

"와! 우리 어머님, 웃는 모습이 너무 예쁘세요. 미스코리아 저리

가라 할 정도의 미모인데요? 아, 이제 보니 끝내주게 잘생긴 백윤석 씨가 누굴 닮았나 했더니 어머님을 닮았군요?"

한 여사는 수줍어하며 얼굴을 약간 붉혔다. 비록 아무런 말은 하지 않았지만 싫어하는 눈치는 아니었다.

백 회장은 껄껄 웃으며 온화한 눈빛으로 은희를 바라봤다. 아침 식사를 하는 식탁에서 웃음소리는 오래도록 그치지 않았다.

"어머님, 저 앞으로도 자주 놀러 와도 되죠?"

식사를 마치고 돌아가기 위해 나오는 길에서 은희가 한 여사를 돌아보며 말했다.

"그래!"

"고맙습니다. 어머님! 잘 먹고 잘 놀고 잘 자고 갑니다."

전에는 늘 건성으로 인사를 받고, 아들 며느리가 간다고 해도 코빼기도 안 비쳤는데 오늘 한 여사는 대문 밖까지 배웅해 주었다.

"몸조심하고, 아가!"

차갑고 싸늘했던 한 여사가 며느리에게 그런 따뜻한 말을 했다는 것도 놀라웠지만, 무엇보다 충격적이었던 것은 그다음 윤석의 행동이었다. 떠나기 전 그는 어머니를 따뜻하게 안아 주었다.

"앞으로 자주 찾아뵐게요."

순간 한 여사는 가슴이 뜨거워지면서 눈물을 쏟아 내었다. 윤석은 양복 주머니에서 손수건을 꺼내 어머니의 눈물을 닦아 주었다.

"자꾸 우시면 건강에 안 좋습니다. 갈게요. 얼른 들어가세요."

윤석이 얼른 들어가라는 말을 몇 번이나 말했지만, 백 회장 내외는 한참을 더 서 있다가 마지못해 들어갔다.

"아, 감동이야!"

그때껏 그들의 모습을 하나도 빠짐없이 지켜보던 은희가 운전석에 올라앉은 윤석을 바라보고 말했다. 그녀도 몹시 감동을 받았는지 손등으로 눈물을 훔치고 있었다. 윤석은 황당하다는 얼굴로 그녀를 바라봤다.

"백윤석 씨, 아까 한 말 말인데요. 우리 진짜 완전한 부부처럼 살자고 했어요?"

확인하듯 묻는 그녀를 향해 윤석이 퉁명스럽게 대답했다.

"그래."

"나 메주처럼 지지리도 못생겼다면서요?"

은희는 두 손으로 자신의 얼굴을 감싸고 물었다. 한참 고민한 끝에 아까 윤석이 했던 말을 이해한 것이다. 윤석은 별 시답잖은 걸 다 묻는다는 듯 눈썹을 곤두세우며 혀를 찼다.

"근데 무슨 문제가 있나? 못생긴 여자랑 사랑하면 안 된다는 법이라도 있어?"

지극히 단순한 논리에 은희는 문득 할 말을 잃은 듯 잠시 멍한 표정을 짓다가 기가 차다는 듯 코웃음을 쳤다. 그리고 잠시 동안 침묵이 흘렀다. 윤석은 은희가 다시 입을 열 때까지 조용히 기다려 주었다.

"백윤석 씨, 그 전에 우리 먼저 연애할까요? 솔직히 우리 연애도 못해 보고, 데이트도 못해 보고 덜컥 결혼했잖아요? 지금이 무슨 조선 시대도 아니고 억울하지 않아요? 그리고 내가 백윤석 씨를 좋아할 수 있게 만들 시간도 필요하지 않겠어요? 그러니 우리 연애부터 해요."

백윤석 씨를 좋아할 수 있게 만들 시간? 윤석은 그 말에 살짝 굳었다. 자신이 좋아하는 감정에만 집중하다 보니 저 여자가 자신을 좋아해야 한다는 걸 간과하고 있었던 것이다. 윤석이 잠깐 혼란스러워하는 사이 이 여자는 또 엉뚱한 말을 꺼냈다.

"자, 연애한다는 기념으로 노래 한 곡 불러 줄래요?"

윤석의 눈썹이 비죽 위로 치켜 올라갔다. 그녀를 이상하다는 듯 바라보는 그의 얼굴에는 못마땅한 기색이 역력했다.

"엥? 왜요? 싫어요? 엉?"

차마 거부하지는 못하고 윤석은 몹시 괴로운 표정을 지었다. 은희는 눈을 가늘게 뜨곤 그를 똑바로 바라봤다.

"아니, 무슨 남자가 이래? 진짜 좋아하는 여자를 위해서 그딴 것도 못 해 줘요? 사랑한다면 하늘의 별도 따다 줘야지."

'별을 따다 주는 게 오히려 더 낫겠다.'

윤석은 정말 진심으로 그렇게 말하고 싶었다.

"그래, 할게! 어떤 노래로 불러 줄까?"

은희의 얼굴에 함박웃음이 가득 떠올랐다. 그 웃음을 보노라니 가까스로 마음이 가라앉았는데 곧바로 돌아오는 대답에 윤석은 그만 한숨을 크게 내쉬고 말았다.

"올챙이송! 우리 같이 할까요?"

마지못해 승낙했다만 그녀가 요구하는 수준이 어찌나 높은지 윤석은 어금니를 앙다물어야 했다. 표정이 없고 딱딱해도 안 되고 무조건 귀엽고 깜찍한 걸 원했으니 그는 나오지도 않는 웃음을 짓느라 입가에 경련이 일 정도였다. 하지만 자신이 처음으로 진심으로 좋아하는 여자였기에 윤석은 울며 겨자 먹기라도 귀엽고 깜찍하게 노래를 불러 줄 수밖에 없었다.

몸을 흔들며 귀엽게 웃어 보이는 평소라면 꿈도 못 꿨을 모습을 보고 그녀는 재미있다는 듯 배꼽을 잡고, 미친 듯이 웃어 대기 시작했다. 그렇게 차 안에는 오랫동안 그들의 즐거운 듯한 노래 소리와 그녀의 고함 소리와 손뼉 치는 소리로 가득했다.

"차은희, 우리 이번 주 아예 휴가 내는 게 어때?"

"좋아요, 뭐!"

또 뭐라 토를 달까 봐 살짝 걱정했는데 뜻밖에도 그녀가 시원하게 대답하자 윤석은 긴장했던 마음을 쓸어내렸다.

"그럼 우리 오늘 저녁엔 당신 친정에 갈까?"

윤석은 슬쩍 물으며 은희의 눈치를 힐끔 살폈다. 천천히 일그러지는 그녀의 얼굴을 보며 윤석은 잠시 머뭇거렸지만 속셈과는 다르게 말했다.

"실은 노는 데도 돈이 필요하단 말이지."

은희는 깜짝 놀라는 듯한 표정을 지었다.

"장인어른께 돈 뜯어내자고. 장인어른이 장기 두는 걸 몹시 좋아하더라고. 근데 난 이길 자신이 있거든."

황당하다는 듯 그녀는 입을 쩍 하고 벌렸지만 곧 밝은 얼굴로 통쾌하게 응했다.

"좋아요! 하지만 반드시 이겨야 돼요? 알았죠? 지기만 해 봐! 국물도 없을 줄 알아요!"

또 무슨 엉뚱한 상상에 빠져 있는 듯 끅끅대며 웃는 은희에게 윤석은 갑자기 진지한 표정이 되어 말했다.

"그 전에 당신이랑 꼭 함께 가야 할 곳이 있어."

"벼, 병원?"

차가 K대학병원 주차장으로 들어서자 은희는 의아한 표정을 지으며 작게 중얼거렸다. 꼭 함께 갈 곳이 있다고 하더니만 병원이었나?

그녀는 차를 세우려 브레이크를 밟는 윤석을 걱정스런 눈빛으로 바라보며 물었다.

"백윤석 씨, 어디 아파요? 혹시 체했어요? 체했을 땐 손 따면 되는데. 내가 손 따 줄까요?"

윤석은 대답 대신 무거운 한숨을 내쉬었다. 저 여자의 머릿속에는 대체 뭐가 들어 있기에 저렇게 엉뚱한 생각만 할까? 그는 실로 궁금하기 짝이 없었다.

그의 표정이 어쩐지 기운이 없는 듯 어두워 보였기에 은희는 또 제멋대로 생각하며 결론을 내렸다.

"어디가 어떻게 아픈데요? 네? 많이 아파요? 백윤석 씨, 바보예요? 아프면 아프다고 말을 해야지! 말도 안 하니까……."

"차은희, 내려."

윤석이 냉큼 운전석에서 내려 조수석 문을 열어 주며 그녀에게 명령하는 투로 말했다. 은희는 주춤거리며 차에서 내리면서도 의아한 표정을 감추지 못했다. 그의 얼굴을 관찰하듯 찬찬히 살펴보던 그녀의 고개가 다시 한 번 갸웃거려졌다.

설마 여기서 데이트하려는 건 아닐 테고? 여기는 대체 무슨 일로 왔단 말인가. 의아한 생각에 잠겨 머뭇거리며 발걸음을 늦추는데 윤석이 그런 은희의 손을 잡고 짧게 말했다.

"가 보면 알아. 잔말 말고 따라와."

그의 손에 잡혀 끌려가다시피 따라가던 은희는 국내 최고급 VIP병실 앞에 도착할 때까지 의아한 생각을 지울 수가 없었다. 하지만 특급 병실 앞에서 걸음을 멈춘 윤석의 몹시 어두운 표정을 보고 그녀는 직감적으로 무언가를 알아차렸다. 그러자 은희의 얼굴도 덩달아 어두워지면서 자신도 모르게 그의 팔을 꽉 붙잡았다.

"들어가자."

병실 문을 연 윤석이 그녀를 돌아보며 낮게 가라앉은 음성으로 말했다.

병상에 죽은 듯이 누워 깊은 잠에 빠진 듯한 남자와의 거리가 가까워져 침대에 붙어 있는 이름을 확인한 은희는 숨이 턱하니 막혀 오면서 충격을 받은 듯 손으로 다급히 입을 틀어막았다.

'나쁜 녀석, 넌 언제까지 겉돌 거냐?'

'내가 뭘 하고 다니든 형과는 아무 상관이 없거든!'

'넌 내 동생이야!'

'웃기는 소리 하지 말고, 괜히 앞에서 착한 척도 하지 마! 전혀 반갑지도 고맙지도 않아!'

'쓸데없는 소리 말고 얼른 들어와!'

'남의 인생에 간섭하지 마! 형은 그냥 살던 대로 살아!'

'이 녀석이 진짜!'

'형이 언젠가 죽는다면 내가 고민해 보도록 하지!'

'그러길 원해?'

'내가 원한다면 죽어 줄 거야?'

'잊지 마, 백윤석! 난 지금껏 단 한 번도 너를 미워한 적이 없었어!'

여전히 의식 없이 인공호흡기를 달고 누워 있는 형을 내려다보며 지난 기억을 돌이키는 윤석의 두 동공이 세차게 흔들렸다. 아무것도 느끼지 못하는 형의 모습에 끊임없이 밀려오는 우울한 감정을 애써 숨기려는 듯 윤석은 억지로 미소를 지으며 천천히 입을 열었다.

"형, 나 왔어! 일찍 왔어야 하는데 늦어서 미안해."

눈물이 보이지 않는다고 하여 눈물을 흘리지 않는 눈이 아니었다. 억지로 미소를 짓고 있는 그의 모습이 가슴을 치며 우는 것보다 더

애처롭고 슬퍼 보였다. 자신과는 피 한 방울 섞이지 않은 전혀 상관 없는 사람인데도 은희는 왠지 모르게 가슴이 먹먹해지면서 슬픔이 아련하게 밀려왔다.

"형한테 꼭 소개해 주고 싶은 사람이 있어서 왔어."

잠시 말을 멈춘 윤석은 은희의 어깨를 끌어당기며 속삭이듯 말했다.

"형, 나 결혼했어. 내가 사랑하는 여자야. 형보다 먼저 결혼해서 미안해. 그래도 행복하고 예쁘게 잘 살라고 축하해 줄 거지? 사실, 이 여자 내가 진심으로 사랑한다는 거 아무도 몰라 형한테 제일 먼저 말하고 축하받고 싶었어."

"흑……."

윤석의 말이 이어지자 은희가 결국 눈물을 흘리기 시작했다. 하지만 윤석은 말을 멈추지 않았다. 외부감각은 아무것도 느끼지 못하는 존재가 된 윤철의 손을 따뜻하게 잡아 주며 윤석은 애써 미소를 지었다.

"형이 너무 그립다. 형, 한 번만, 딱 한 번만 날 용서해 주면 안 돼? 형은 항상 나한테 너그러웠잖아. 이렇게 가만히 누워 있는 건 백윤철답지 않아. 이제 그만 화 풀고 일어나면 안 돼?"

이렇게 될 줄 알았더라면 그날 그렇게 매몰차게 말하지 않았을 텐데……. 그날의 '죽어 줄 거야?' 라는 한마디가 그를 이렇게 만든 것만 같아 항상 마음에 걸렸다.

형에게는 그저 미안한 마음과 뒤늦은 후회와 자책감뿐이라서 윤석은 더 이상 말을 내뱉지 못했다. 그때까지 윤석의 옆에 서서 흐느껴 울기만 하던 은희가 조심스레 다가가 윤철의 손을 따뜻하게 잡았다. 그녀는 입술을 달싹거리며 힘겹게 말을 꺼냈다.

"안녕하세요, 차은희라고 해요. 처음 뵙겠습니다, 아주버님. 너무 늦게 찾아뵈서 죄송해요. 화나신 거 아니시죠? 문득 찾아오는 바람에 어떤 말을 해야 할지 모르겠어요. 아주버님한테도 꼭 기적이 일어날 거라고 저는 믿어요. 그러니, 아주버님도 조금만 더 힘내세요."

꼭 그랬으면 좋겠어요. 왜냐면요, 저 사람 너무 힘들어 보여요. 저 사람이 아픈 걸 보는데, 제가 마음이 너무 아파져요. 저 사람이 뭔가 당신한테 잘못한 것이 있는 것 같은데, 단 한 번만이라도 기회를 줄 수는 없을까요?

대놓고 말할 수 없음을 은희는 윤철의 손을 꼭 잡아 주는 것으로 대신했다.

"형, 앞으론 자주 올게. 형이 화를 풀 때까지."

"아주버님, 다음에 또 찾아뵐게요."

형을 그대로 두고 떠나자니 차마 걸음이 떨어지지 않았던 윤석은 은희의 손을 잡고 걸으며 몇 번이나 뒤를 돌아보았다.

이윽고 차에 올라탔지만 그의 조각처럼 정교한 얼굴에 짙게 드리워진 그늘은 좀처럼 사라지지 않았다. 그 모습을 바라보는 내내 은희는 가슴이 저릿하게 아파 왔다.

"형은 순하고 착했지만, 난 늘 말썽과 분란만 일으키는 몹쓸 놈이었어. 늘 부모님께 이쁨 받고 칭찬받는 형이 사무치게 미웠어. 심지어 형이 사라졌으면 얼마나 좋을까, 그런 생각도 수없이 많이 했었지. 하지만 형은 언제나 착하고 상냥하고 온화한 사람이었어. 내 생각대로, 내 기분대로 형을 미워하고 탓하고 욕하고 원망해도 형은 단 한 번도 날 원망하지 않았어. 형은 나한테 미안하다는 말만 반복했어. 내가 아주 질릴 정도로 말이야."

윤석은 말을 하다가 무척 괴로운 듯 미간을 심하게 일그러뜨렸다.

윤석의 말에 은희는 자신도 모르게 눈시울이 촉촉이 젖어 들었다.

그녀는 가느다란 손가락으로 눈가를 꾹꾹 누른 다음 그의 어깨를 툭툭 치며 애써 밝은 목소리로 말했다.

"윤석 씨, 많이 아프고 힘들어 보인다. 내가 안아 줄까요?"

그와 언뜻 눈이 마주치자 은희는 어서 와서 안기라는 듯 팔을 벌렸다. 윤석이 도저히 속을 가늠할 수 없는 공허한 눈빛으로 그녀를 바라보기만 하자, 은희가 재촉했다.

"자, 얼른 와요. 내 가슴이 넓진 않아도 당신을 따뜻하게 꼭 안아 줄 수는 있어요."

평소 장난기 넘치는 모습과는 달리 그녀가 짐짓 어른스럽게 말하자, 윤석은 피식 웃었다. 어이없지만 한편으론 귀엽기도 해서 윤석은 그녀의 어깨에 얼굴을 기댔다.

그런데 느낌이 너무 이상했다. 조금 전까지 스스로가 진정되지 않던 마음이 차차 가라앉으면서 편안해지는 것이다.

"있잖아요. 비록 아주버님께서 의식이 없는 상태이긴 하지만, 형님을 향한 동생의 마음의 소리와 진실한 울림을 들었을 거예요."

마치 아들의 슬픈 마음을 달래 주는 어머니처럼 은희는 윤석의 등을 토닥토닥 두드려 주었다. 그녀의 따뜻한 위로에 윤석은 마음이 한결 평온해짐을 느꼈다.

"나 좀 자도 돼?"

"자장가 불러 줄까요?"

자신을 어린아이 대하듯 하는 그녀의 태도에 윤석은 마침내 참지 못하고 쿡쿡 웃음을 터뜨렸다.

"어, 웃었다! 기분이 좀 나아졌어요?"

윤석은 그녀의 눈을 빤히 들여다보며 고개를 가로저었다.

"키스해 줄래? 그럼 기분이 조금 나아질 것 같은데."

윤석의 말과 함께 두 사람의 시선이 서로 마주쳤다. 은희는 잠시 놀라는가 싶더니 이내 배시시 웃으며 그의 어깨를 툭 쳤다.

"진짜예요? 그럼 정말 웃어 줄 거죠?"

"내가 언제 거짓말하는 것 봤나?"

쳇, 하고 코웃음을 치는 그녀에게 윤석이 덧붙였다.

"이번엔 기절하지 마."

그 말에 은근히 자존심이 상했는지 은희는 한쪽 눈썹을 슬쩍 치켜 올리며 과장된 액션으로 떠들어 댔다.

"아웅, 누가 들을까 봐 겁난다. 기절한 게 아니라 피곤해서 잠들었다고 몇 번을 말해야 알아듣지?"

그래도 끝까지 우기는 그녀를 보고 윤석이 피식 웃었다.

"그래? 알았어. 그렇게 믿어 주지, 뭐!"

"어머, 이 남자 말 참 이상하게 한다! 기절한, 아웅, 으흣……."

그 순간 그녀의 입술이 부드럽고 촉촉한 무엇에 막혀 버리면서 뒷말은 더 이상 이어지지 못했다. 윤석이 그녀의 뒷덜미를 슬며시 감싸고 그녀를 바싹 끌어당겨 진한 키스를 퍼붓기 시작했다. 단번에 그녀의 입술을 가르고 들어간 혀가 달콤하고 뜨겁게 취할 듯한 감촉으로 그녀의 입안을 헤집고 다녔다.

노골적인 입맞춤에 은희는 온몸이 녹아내리는 듯한 쾌감을 느끼며 저도 모르게 신음을 내뱉었다. 기어코 그녀에게서 신음을 뽑아낸 윤석의 입매가 부드러운 곡선을 그렸다. 그렇게 한참 서로의 입술을 탐하다 호흡이 가빠질 무렵, 윤석이 잠시 입술을 떼고 물었다.

"기절하지 않은 대가로 상 하나 주지."

아직 키스의 여운에서 벗어나지 못한 그녀의 눈이 살짝 풀려 있었다. 그래서 대뜸 그의 말을 알아듣지 못하고 약간 의아해하다가 그녀가 상? 하고 그 단어를 되풀이했다. 윤석이 고개를 끄덕이며 그녀의 의견을 물었다.

"어디 특별히 가고 싶은 곳 있어?"

"가고 싶은 곳?"

또다시 멍청하게 되묻는 그녀에게 윤석이 한숨을 삼키며 말했다.

"나 지금 너한테 데이트를 신청하는 거야."

그제야 말뜻을 정확히 알아들었다는 듯 은희는 아, 하고 고개를 끄덕거리더니 신이 나서 말했다.

"우리 놀이공원 가요!"

애도 아닌 어른이 놀이공원이라니? 그 말을 듣고 윤석이 충격에서 아직 헤어나지도 못했는데, 그녀의 다음 말에 윤석은 하마터면 까무러칠 뻔했다.

"롤러코스터 타러 가요! 아웅, 나 진짜 그거 너무 타고 싶었는데, 마침 잘됐다!"

윤석은 듣기만 해도 속이 울렁거리고 머리가 핑그르르 돌면서 눈앞이 캄캄해지는데 은희는 생각만 해도 신 난다는 듯 손뼉을 짝짝 치며 즐거워했다.

하지만 차마 거절은 못 하고 윤석은 속으로 울부짖으며 핸들에 얼굴을 파묻었다.

역시나 놀이공원에 오는 게 아니었다. 그는 처음부터 잘못된 선택을 했고, 그 결과에 후회막급이었다. 어떻게든 끝까지 안 간다고 버텼어야 했는데 코뚜레를 꿴 소처럼 그녀에게 끌려왔으니 이제는 후회해도 때는 늦었다. 하지만 이 여자는 남의 속사정도 모르고 뭐가 그리도 좋은지 환호성을 지르며 까마귀처럼 깍깍대고 있었다.

"아, 너무 좋아, 신난다!"

그러나 그런 그녀와는 다르게 윤석은 눈앞에서 별이 반짝반짝, 등 뒤로 식은땀이 줄줄 흘렀다.

그는 이 지옥 같은 끔찍한 시간이 얼른 지나가길 속으로 간절히 빌고 또 빌었다. 아슬아슬한 롤러코스터를 타고 내려왔을 때 그의 얼굴은 이미 새파랗게 질려 있었다.

곧 죽을 것처럼 숨을 헐떡이는 그를 보고 그제야 상황이 심상치 않다는 걸 느낀 은희가 놀라며 물었다.

"백윤석 씨, 괜찮아요? 어머, 땀 흘리는 것 좀 봐! 백윤석 씨, 당신 바보 아냐? 롤러코스터 타는 게 무서우면 무섭다고 말을 해야지. 괜히 쓸데없는 자존심을 세워서는!"

그녀는 길게 혀를 차면서도 휴지를 꺼내 그의 이마에 맺힌 땀방울을 조심스럽게 닦아 주었다.

"좀 기다려요. 뭐 마실 것 좀 사올게요. 뭐 마실래요?"

"아무거나."

윤석은 일부러 힘에 겨운 듯이 느릿느릿 대답하며 눈앞에 보이는 벤치에 털썩 주저앉았다. 비록 창피하긴 하지만, 이 지옥 같은 곳을 벗어나려면 일부러 죽을상을 지을 수밖에 없었다.

마실 것 사러 간다고 자리를 비운 은희는 약 5분이 지난 뒤에 다시 나타났다. 윤석에게 생수병을 건네주며 은희는 그의 얼굴을 찬찬히 살펴보았다.

무심코 그와 눈이 마주치자 그녀는 음흉한 웃음을 흘렸다. 의아해하는 그를 바라보던 은희가 마치 그를 놀려 주듯이 혀를 날름거리며 아이스크림을 맛깔스럽게 핥더니 넌지시 지나가는 투로 말을 던졌다.

"혹시 고소공포증 있어요? 호호. 무슨 남자가 이렇게 비실비실해? 백윤석 씨 몸보신 좀 해야겠다. 뭐 먹고 싶은 것 있어요?"

분명한 비웃음에 억울하고 분한 심정은 더 말할 것도 없었지만, 윤석은 조금도 내색하지 않은 채 능청스럽게 대꾸했다.

"당신을 먹고 싶어."

그 말에 은희는 잠시 흠칫 놀라는가 싶더니 이내 평정심을 되찾는 듯한 표정으로 손으로 가슴을 가리며 부끄러운 척 몸을 배배 꼬았다.

"엄마야, 느끼해라!"

귀염을 떠는 은희의 모습에 윤석은 저도 모르게 피식 웃어 버렸다.

그의 옆자리에 앉으며 은희는 꿈을 꾸는 듯 몽롱한 목소리로 중얼거렸다.

"마치 꿈만 같아요. 우리 분명 어제까지는 아무 사이도 아니었잖아요. 그런데 오늘은 이렇게 함께 공원도 다니고, 재미있게 노니까, 실감이 안 나요."

그녀의 말이 왠지 안타깝게 느껴져 윤석은 속으로 한숨을 삼켰다. 어딘가를 하염없이 바라보는 그녀의 옆모습을 흘끗 바라보다가 윤석이 그녀를 마주 향해 섰다. 뭐지? 하고 의아한 표정을 짓는 그녀의 얼굴을 살포시 감싸며 그녀의 이마와 입술에 살짝 입을 맞추었다.

"이러면 조금이라도 실감 날까?"

싱긋 웃으며 묻는 윤석을 향해 은희는 고개를 끄덕거리더니 장난스럽게 그의 볼을 죽 잡아당기며 천연덕스럽게 말했다.

"이러면 진짜 실감 날 것 같아요."

야! 하고 못마땅한 듯 인상을 쓰며 윤석이 몸을 일으켰을 때는 은희는 이미 저만치 달아나 버렸다.

"백윤석! 빨랑 안 와? 안 오면 나 도망가 버릴 거다!"

손을 팔랑팔랑 흔들다가 그를 골리기라도 하듯 장난스레 혀를 쏙 내미는 그녀의 익살스런 모습에 윤석은 혀를 내둘렀다가 이내 환하게 웃어 버렸다.

♡　　♥　　♡

"아니, 연락도 없이 어떻게……?"

해가 저물 무렵, 연락도 없이 불쑥 친정을 찾아온 은희와 윤석을 보고 이 여사는 놀라움과 반가움을 감추지 못했다.

"장모님, 그동안 잘 지내셨습니까?"

"나야 뭐 그럭저럭 잘 지내지. 밖이 많이 춥지? 어서 들어와라."

이 여사는 현관문을 활짝 열어 주며 두 사람을 보고 반갑게 말했다.

"아직 저녁 안 먹었지?"

고개를 끄덕이는 두 사람을 바라보며 이 여사는 약간 아쉬운 듯한 어조로 말했다.

"마침 저녁 준비하고 있기는 했지만……. 미리 연락하고 왔으면, 맛있는 거라도 많이 해 두었을 텐데."

"아닙니다. 너무 신경 쓰지 마세요."

윤석은 공손하게 말하며 사람 좋은 미소를 지어 주었다.

널따란 거실을 둘러보던 은희가 고개를 갸우뚱거렸다.

"아버지는요? 아직 안 들어오셨나요?"

"서재에 계셔."

알았다는 듯 머리를 끄덕이는 은희를 힐끗 한번 쳐다보다가 이 여사는 서둘러 서재로 걸음을 옮겼다.

잠시 후 서재에서 나온 차 회장도 두 사람을 보고 적잖이 놀랐는지 한동안 어리둥절함을 감추지 못했다. 추석 이후로는 한 번도 집에 찾아오지 않던 두 사람이 주말도 아닌 평일에 친정을 찾아오자 차 회장은 몹시 놀라면서도 의아했던 것이다.

"장인어른, 오랜만에 뵙습니다. 그동안 잘 지내셨습니까?"

윤석이 차 회장을 향해 허리를 굽혀 깍듯하게 인사를 건넸다. 차 회장은 놀란 표정을 숨기느라 흠흠, 하고 괜히 헛기침을 했다.

"연락도 없이 여기까진 어쩐 일인가?"

윤석에게 물었지만, 차 회장의 시선 끝은 지난번 S호텔에서의 만남 이후 오늘에야 다시 보는 은희의 얼굴에 머물러 있었다.

"밥도 얻어먹고, 장인어른과 장기 한 판 두려고 찾아왔습니다."

윤석의 말에 차 회장은 믿을 수 없다는 듯 눈썹을 치켜 올렸다. 마음속에서 일어나는 놀라운 감정을 채 추스르지도 못했는데 평소와 너무 다르게 느껴지는 은희의 공손한 태도는 더더욱 그를 혼란에 빠트렸다.

"아버지, 그동안 건강하게 잘 지내셨어요?"

'이것들이 도대체 무슨 꿍꿍이를 꾸미는 거지?'

차 회장은 가슴 한편에 자리 잡은 의구심을 도저히 떨쳐 낼 수가 없어서 헛기침으로 답을 대신했다.

은희는 인사를 받는 둥 마는 둥 하는 아버지의 시큰둥한 태도가 썩 마음에 들지 않았지만, 전혀 내색하지 않은 채 미소를 지으며 말했다.

"그럼 얘기 나누고 있어요."

그녀가 부엌으로 걸어가자, 차 회장과 윤석은 거실 소파로 자리를 옮겼다.

"장인어른, 내기를 하는 게 어떻겠습니까?"

식사를 마친 뒤 그 말과 함께 거실에서 장기를 두기 시작한 지 벌써 한 시간째였다.

오늘따라 차 회장은 눈앞의 젊은 녀석의 심중을 읽어낼 수가 없었다. 정말 그의 말처럼 밥을 먹고 즐겁게 장기를 두러 왔는지, 아니면 다른 속셈이 있는지 도무지 알 수가 없었다. 엉뚱한 곳에 정신이 팔려 있다 보니 그는 또다시 윤석에게 패하고 말았다.

"이런, 죄송합니다. 제가 이겼네요."

"어머 윤석 씨가 또 이긴 거예요?"

또다시 윤석을 응원하노라고 주먹을 들고 집이 떠나가라 파이팅을 외치는 은희를 보자 차 회장은 머리가 다 어지러웠다.

"차은희, 그만 떠들지 못해!"

차 회장이 버럭 외치자 은희는 조금 토라진 듯 입술을 삐죽거렸다. 윤석이 은희의 어깨를 톡톡 두드리며 빙그레 미소 짓는 얼굴로 말했다.

"차은희, 오렌지 주스 좀 갖다 줄래?"

은희가 알겠다고 고개를 끄덕이며 자리를 뜨자 윤석이 조심스럽게 말을 꺼내 놓았다.

"은희는 장인어른과 가까이 지내고 싶어 합니다. 그러니 장인어른께서도 조금씩 마음을 열어 주세요. 상처 주지 않는 걸로 끝나는 게 아니라 은희에게 진짜 웃음을 찾아 주는 데에 동참해 주십시오."

자신의 고집스런 성격 탓에 오랫동안 그 아이를 방치해 둔 걸 생각하면 미안하지만, 조금도 곁을 내어주려 하지 않는 은희 때문에 적극 다가가지 못했던 것이다. 그러나 차 회장은 그런 속마음은 내비치지 않은 채 깊이를 알 수 없는 눈빛으로 윤석을 뚫어질 듯 응시했다.

"은희의 닫힌 마음을 열 수 있도록, 부탁드립니다."

그 순간 은희가 주스가 든 컵을 들고 나타나자 두 남자는 동시에 입을 다물어 버렸다. 차 회장은 자신의 감정을 숨기느라 피곤한 척 제 어깨를 한 손으로 꾹꾹 눌렀다.

"아버지 피곤하세요?"

'두말하면 잔소리가 아니겠나? 네 신랑이 무조건 이기겠다는 결의로 죽자 살자 덤벼드는데.'

차 회장은 대단히 못마땅한 듯 헛기침을 두어 번 했다. 은희는 윤석에게 주스를 한 컵 가득 채워 건네준 뒤 몸을 일으켜 차 회장의 등 뒤로 조용히 다가갔다. 그녀의 손길이 자신의 어깨에 와 닿자 차 회장이 반사적으로 흠칫 몸을 떨었다.

"돌아가신 어머니께서는 제가 이렇게 어깨를 주물러 드리면 무척 즐거워하셨어요. 우리 딸 손은 약손이구나, 이제 하나도 안 아파. 늘 그런 말씀을 하셨지요."

만약 평소라면 그는 분명 은희의 손을 뿌리쳤을 것이다. 하지만 지금 그는 그러지 못했다.

'은희의 닫힌 마음을 열 수 있도록, 부탁드립니다.'

윤석의 절박한 목소리가 그의 귓가를 뱅뱅 맴돌고 있었다. 차 회장은 체념한 듯 지그시 눈을 감았다.

그녀가 손바닥으로 자신의 어깨를 꾹꾹 누를 때마다 그의 마음속이 파도처럼 세차게 일렁거리고 있었다.

"어머머! 흰머리 좀 봐. 왜 이렇게 많아? 아버지, 또 쓸데없는 걱정하셨어요? 제가 아프지 말고 오래오래 사세요. 그런 말, 했어요? 안 했어요? 요즘 운동도 안 하시죠? 네?"

총알 쏘듯 내뱉는 그녀의 잔소리에 차마 화를 낼 수 없었던 차 회장은 이마를 잔뜩 찌푸려 한가득 주름을 만들었다.

"왜 내 말은 무시해요? 네? 아, 진짜 속상해 죽겠네! 정말!"

아무것도 모르는 자신과 어머니를 매몰차게 버린 매정한 아버지였다. 그러므로 그를 미워해야 마땅했지만, 흰머리가 수두룩한 아버지의 모습에 은희는 코끝이 시큰거렸다.

왜 아버지도 늙는다는 생각을 하지 않았을까? 갑자기 가슴 한편이 저릿하게 아파오면서 그녀는 겨우 울음을 참으며 대놓고 성질을 냈다.

"진짜, 사람 말 안 듣네. 짜증나!"

그녀는 아버지의 어깨를 손바닥으로 탁 치곤 몸을 휙 돌려 이 층으로 걸음을 옮겼다.

"저, 저 녀석이……."

황당해서 말을 잇지 못하는 차 회장을 향해 윤석이 천천히 입을 열었다.

"장인어른을 생각하는 은희의 마음입니다."

올라오는 한숨을 삼키며 차 회장은 장기판으로 눈을 돌렸다.

곧바로 자기 방으로 올라온 은희는 혼란스러운 마음을 진정하려는 듯 침대에 몸을 기대고 누워 휴대폰을 꺼내 들고 윤석과 함께 찍은 사진을 들여다보기 시작했다. 휴대폰 액정에 코를 박을 듯 들여다보며 그녀는 뭐가 그리도 재미있는지 키득키득 웃기 시작했다. 얼마나 정신이 팔렸는지 가까이 다가온 윤석의 기척을 알아차리지 못할 정도로.

"뭐 하고 있었어?"

은희는 휴대폰 액정을 들여다보던 시선을 흘끗 들어 그를 쳐다보며 궁금하다는 듯 물었다.

"나 언제부터 좋아했어요?"

"그게 뭐가 궁금해?"

시큰둥한 대답이 돌아오자 은희는 입술을 삐죽거리며 떼를 쓰듯 징징거렸다.

"말해줘요. 난 궁금하단 말이에요."

그녀의 애교에 윤석은 그만 참지 못하고 피식 웃어 버렸다.

"싫어? 정말 싫어요? 안 말해 줄 거예요? 응?"

"응."

"나 그럼 화낼 거예요."

흥, 하고 크게 코웃음을 치며 은희는 몸을 틀어 돌아누웠다.

"이런 진짜 화났어?"

윤석이 그녀의 어깨를 툭툭 치며 쿡쿡거렸다.

"그만 화내. 미안합니다, 아가씨."

윤석은 그렇게 말하며 그녀를 자신의 품 안에 끌어당겨 안았다. 그의 옆에 찰싹 붙어 누운 은희는 그의 손을, 그의 팔을, 어깨에 느끼며 중얼거리듯 말했다.

"자꾸만 꿈을 꾸는 것 같아요."

"그럼 꿈에서 깨면 되지."

"꿈에서 깨어나면 허무하게 다 거짓말일 것 같아서. 나 이렇게 행복해도 되는지 모르겠어요."

"그럼 우리 항상 같은 꿈을 꾸자. 영원히 깨고 싶지 않은 달콤하고 행복한 파라다이스의 꿈."

윤석이 그녀의 손을 꼭 잡아 주며 머리를 쓰다듬어 주었다.

"항상 같은 꿈? 영원히 깨고 싶지 않은 달콤하고 행복한 파라다이스의 꿈. 아웅, 너무 멋지다."

그녀의 칭찬에 화답이라도 하듯 윤석이 살짝 몸을 틀어 그녀의 얼굴에 가벼운 입맞춤을 했다.

♡　　♥　　♡

"아버지, 얼른 내놔요."

다음 날, 식구들이 다 모인 아침 식탁에서 은희는 아버지를 향해 손을 내밀며 밑도 끝도 없이 말했다. 앞뒤 없는 말에 차 회장은 눈을 위로 치켜뜨며 되물었다.

"뭐야?"

"어제 내기에서 졌다면서요? 우리 윤석 씨가 이겼다고 하던데 제가 잘못 알고 있나요?"

차 회장의 얼굴에는 못마땅한 기색이 역력하게 드러났다. 끙 하고 한숨 같기도 하고 신음 같기도 한 소리를 내뱉으며 차 회장은 무언가를 꺼내 은희에게 내밀었다.

"천만 원이다. 잘 먹고 잘 놀아라."

모두의 입이 쩍 벌어졌다. 일 때문에 어제 저녁 늦게 들어오는 바람에 그들의 사정을 잘 알지 못하는 은성은 조금 의아한 듯 아버지를 바라봤고, 이 여사나 윤석도 적잖이 놀라는 표정이었다. 은희 또한 그들과 별반 다를 바가 없었지만 잔뜩 신이 난 듯 좋아서 어쩔 줄을 몰라 하며 헤벌쭉 벌어진 입을 다물지 못했다.

차 회장은 전날 윤석에게 들었던 말을 곱씹다 봉투에 이런 큰 금액을 넣기로 결심한 것이었다. 아직 마음을 다 열기엔 어색함이 없지 않았다. 즐겁게 웃게 해 줄 수 있는 게 무엇인지 고민하다 그가 지금 최대한 해 줄 수 있는 게 돈밖에 없다는 생각에 이르렀다. 약간 씁쓸함을 머금고 주는 것이었다.

윤석과 은희는 잠시 눈빛을 주고받는 듯하더니 약속이라도 한 듯 동시에 아버지를 향해 고개를 숙이며 깍듯하게 고마움을 표시했다.

"감사합니다. 잘 쓰겠습니다. 잘 먹고 잘 놀고 잘 자고 갑니다."

그러곤 바로 몸을 일으켜 순식간에 모습을 감추어 버렸다. 처음에 차 회장은 황당해서 얼마간 공황상태에 빠져 있었으나 이내 어이가 없다는 듯 헛웃음을 쳤다.

"도둑놈들이 따로 없군."

뜻 모를 중얼거림에 은성이 슬며시 물었다.

"백 서방과 무슨 내기했어요?"

"밥 다 먹었으면 잠깐 서재로 와라."

질문과는 전혀 다른 대답을 하며 차 회장은 몸을 일으켰다. 서재로 걸음을 옮기는 아버지의 뒷모습을 바라보며 은성은 고개를 갸우뚱거렸다.

"천천히 드세요."

궁금증 때문에라도 더 이상은 앉아 있을 수 없었던 은성은 이 여사에게 예의 있게 말하곤 서둘러 서재로 걸어갔다.

"은희가 얼마 전에 내게서 4억을 받아 간 적이 있었다."

은성이 서재에 발을 들여놓자 차 회장이 그렇게 말문을 뗐다. 꽤 큰 금액에 은성은 조금 놀라고 있었다.

"그 돈을 정확히 어디에 사용했는지 네가 좀 알아봐라. 그리고……."

어리둥절한 표정을 짓는 은성의 앞에 차 회장이 서류 봉투를 내밀었다.

심각한 표정을 짓는 아버지의 모습에 은성의 얼굴도 덩달아 어두워졌다. 뭔가 불길한 느낌에 서류 봉투를 여는 은성의 손이 약하게 떨렸다.

수많은 감정이 서류를 한 장 한 장 넘기는 그의 눈동자를 스쳐 갔다. 놀라움, 분노, 안타까움, 슬픔, 증오, 안쓰러움…….

"너도 여태껏 모르고 있었던 게냐?"

마치 시간이 정지된 듯 은성의 얼굴이 창백하게 굳어졌다. 은희가 거친 밑바닥 인생을 살아온 사실은 어느 정도 예상한 일이었지만, 그중 이모인 정 씨 때문에 힘들었던 일이 있을 줄은 전혀 생각지도 못했었다. 상상할 수 없었던 충격적인 사실 앞에서 은성은 극도의 분노를 느끼며 전율했다.

"그 거지같은 인간들이 다시는 은희 앞에 얼씬거리지 않도록 제가 조치를 취하겠습니다."

은성은 아버지로부터 건네받은 서류를 꽉 움켜쥐곤 몸을 일으켰다. 차 회장은 무겁게 가라앉은 표정으로 서재를 나가는 아들의 뒷모습을 바라보고 있었다.

은희는 천만 원짜리 수표가 들어 있는 봉투를 손가락으로 톡톡 치

며 열심히 무언가를 생각하다가 이내 윤석을 바라보고 말을 꺼냈다.

"우리 이렇게 하는 게 어때요?"

의문의 눈빛으로 바라보는 윤석에게 은희는 말을 이었다.

"500만 원은 기부하고 나머지로 실컷 놉시다. 어때요?"

자신의 눈치를 힐끔힐끔 살피는 은희에게 윤석은 시원하게 대답해 주었다.

"좋아! 그렇게 하지 뭐."

그 대답이 굉장히 마음에 들었는지 은희는 그의 목을 끌어안으며 연신 감탄의 환호성을 내질렀다.

"윤석 씨, 진짜 통쾌한데요. 맘에 쏙 들어요!"

윤석이 놀란 듯이 움찔하더니 캑캑거렸다.

"이거 놓고 얘기해도 되는데. 숨 막히잖아!"

그제야 그녀는 자신이 그의 목을 너무 세게 끌어안고 있었다는 걸 깨닫고 팔에 힘을 풀고 약간 미안해하며 배시시 웃었다.

"헤헤, 미안! 너무 좋아서요, 그리고 백윤석 씨가 너무 기특해 보여서. 하하."

윤석은 어이없어하면서도 그저 웃고 말았다. 은희도 그를 따라 함께 웃다가 갑자기 재미있는 생각이 떠오른 듯 눈을 반짝 빛내며 말했다.

"우리, 소원을 매일 하나씩 들어주기 어때요? 내가 먼저 할게요!"

그의 의견은 묻지 않은 채 일방적인 통보였다. 윤석은 조금 어처구니가 없었으나 또 어떤 엉뚱한 내용일까, 하는 궁금증에 잠자코 가만히 있었다.

"1번, 만화 보러 간다. 2번, 찜질방 간다. 얼른 선택해요."

"2번, 찜질방 간다."

별로 고민할 것도 없다는 듯 윤석은 재빠르게 대답했다. 이 여자가 행여나 생각을 바꾸고 마음을 고쳐먹는 게 걱정되어서.

"찜질방 어디 좋은 데 있어?"

은희는 크게 고개를 끄덕이며 손가락을 튕겼다.

"따라와요. 자, 출발!"

잠시 뒤 찜질방에 도착한 두 사람은 찜질복으로 갈아입고 수건으로 만든 양머리를 한 채 챙겨온 간식거리를 들고 빈자리를 찾아 나란히 누웠다. 편안함을 느끼는 듯한 표정으로 가만히 누운 채 한참을 있던 은희가 자신의 한쪽 다리를 윤석의 배 위에 올려놓으며 감탄하듯 말했다.

"아, 시원하다!"

"이 여자가 진짜!"

하지만 못마땅한 중얼거림과는 달리 그의 입가에는 무엇이라고 형용할 수 없는 미소가 빙긋이 떠올랐다. 살짝 몸을 틀어 그를 향해 돌아누운 은희가 그의 얼굴을 빤히 쳐다보더니 음흉한 웃음을 흘리며 손으로 달걀을 집어 그의 이마에 대고 퍽 소리 나게 깼다.

"아이고, 맛있겠다. 하나 먹어 볼래요?"

물어 놓고 그의 대답도 기다리지 않은 채 은희는 또다시 잽싸게 달걀 하나를 집어 들어 그의 이마에 대고 톡톡 두드렸다.

"아이고, 이건 더 맛있겠다."

"아프니까 그만 좀 하지?"

윤석이 눈을 크게 치뜨며 벌떡 몸을 일으켜 달걀 하나를 집어 들었다. 남자는 달걀 서너 개를 들고 그녀의 이마 한가운데를 명중하려 기를 쓰고 덤벼들고, 여자는 까르르 웃음을 터뜨리며 요리조리 피하고 있었다.

그 모습이 마치 소꿉놀이를 하는 아이들처럼 유치하기 그지없었다.

"근데 뭔가 좀 이상하지 않아요?"

잠시 후 윤석과 바싹 붙어 누운 은희가 입을 열었다.

"뭐가?"

"우리 며칠 전까지만 해도 아무 사이도 아니었잖아요. 그런데 이렇게 연애하면 분명 낯설어야 하는데 그다지 낯설다는 느낌이 들지 않으니까 너무 이상해요. 뭐랄까요? 마치 예전부터·그래 왔던 것처럼 느낌이 친숙하다고 할까. 후훗, 뭐라고 말하면 좋을지 잘 모르겠어요."

그렇게 말을 꺼내는 그녀는 아무래도 꽤나 혼란스러운 모양이다. 하지만 윤석은 평소의 덤덤한 모습 그대로였다.

"그게 왜지 알아? 우린 미운 정이 가득 들었기 때문이야. 처음에 우리 참 많이 싸웠잖아. 원래 미운 정이 고운 정보다 더 무서운 법이거든."

은희가 호호 웃음을 터뜨리더니 정말 맞는 말이라는 듯 크게 고개를 끄덕거렸다.

"맞아! 맞아! 이제야 생각난다! 처음에 난 백윤석 씨가 얼마나 밉상스럽던지 정말 한 대 쥐어박아 주고 싶더라니까."

지난 기억이 떠오른 듯 그녀는 이를 으드득 갈며 한 대 치려는 기세로 주먹을 꽉 쥐었다. 얼결에 윤석과 눈이 딱 마주치자 그녀는 금세 헤헤 웃으며 날아가듯 손을 활짝 펴고 그의 눈앞에 대고 팔랑팔랑 흔들었다.

"호호호. 그래서 싸움 끝에 정이 붙었잖아요."

윤석도 그때를 떠올렸는지 그녀의 말에 어이없어하며 피식 웃어버렸다. 잠시 무언가를 생각하는 듯 침묵하던 은희가 어딘가를 바라보더니 중얼거리듯 말했다.

"있잖아요. 난 아직도 어떤 게 사랑인지는 잘 모르겠어요. 그런데 당신과 함께 있으면 즐겁고 마음이 편해요. 만약 그런 감정도 사랑이라면 말이죠, 적어도 지금은 정말 행복하다고 생각해요."

조용히 그녀의 말을 듣고만 있던 윤석이 그녀의 뺨을 손등으로 어루만지며 부드럽게 입을 열었다.

"우리 예쁜 은희야."

"아우, 그렇게 부르는 거 너무 느끼하다!"

"그럼 천천히 느끼면서 들어 봐."

기가 막힌 대꾸에 은희는 몸을 틀어 그의 옆얼굴을 흘끗 바라보며 핏 웃어 버렸다.

"우리 다시 결혼할까? 이번엔 진짜로."

처음엔 뭔 말인가 싶어 의아해하던 은희는 곧 어처구니가 없다는 얼굴로 손으로 그의 가슴을 찰싹찰싹 때렸다.

"아우, 이 남자가 미쳤어. 미쳤어! 이미 한 결혼을 뭘 또 해요? 말이 되는 소리를 해야지. 무슨 개구리가 팔딱팔딱 튀어나오는 소리를 하고 있네. 정말!"

그러고 나서 그녀는 번쩍 몸을 일으켰다. 무시당했다는 느낌에 윤석은 그녀를 향해 억울하다는 눈빛을 보냈다.

"나 농담 아니야!"

"농담이고 나발이고 얼른 일어나요!"

그런데도 윤석이 바닥에 드러누워 꼼짝도 하지 않자, 은희는 얄궂은 웃음을 흘리며 그를 골려 주듯 으름장을 놓았다.

"윤석아, 빨랑 와라! 안 오면 나 가 버린다!"

"이번엔 내 차례다. 1번, 홀딱 벗고 같이 잔다. 2번, 같이 샤워한다. 선택해!"

윤석은 '홀딱'이라는 단어에 유난히 힘을 주어 말했다. 곰곰이 생각을 하는 듯 은희의 머리가 고속으로 굴러가기 시작했다.

아니, 근데 이거랑 그거랑 뭐가 다른데? 자신의 대답을 기다리는 그를 가만히 바라보다가 은희는 고개를 갸우뚱거렸다. 다소 지루한 듯한 기다림에 윤석이 무뚝뚝하게 그녀의 대답을 재촉했다.

"사람이 한 입으로 두말하면 안 되지. 소원 하나씩 들어주기, 누가 먼저 시작했지? 시간이 없어, 얼른 선택해!"

그제야 뒤늦은 후회가 엄습해 왔다. 하지만 후회란 아무리 빨라도 늦은 법이 아닌가. 자기 무덤을 스스로 판 격이 되었기에 그녀는 낮게 한숨을 내쉬었다.

"이……."

"아, 2번으로 하겠다고?"

그녀는 단지 '이'라고 한 글자만 내뱉었을 뿐인데 윤석은 그 말을 놓치지 않고 사정없이 밀어붙였다.

"아니, 그게……."

"자, 2번. 같이 샤워한다."

이번에도 윤석은 그녀의 말을 자르며 성큼성큼 욕실로 걸어갔다. 그리고는 욕조에 뜨거운 물을 한가득 받아 놓고 입욕제를 풀어 거품을 냈다. 그는 자못 신이 난 듯 흥얼흥얼 콧노래를 부르며 입고 있던 옷을 훌러덩 벗어 던졌다.

"어머나!"

제아무리 심장이 강하고, 얼굴에 철판을 깔았다고 해도 막상 남자의 벗은 알몸을 보자, 부끄러웠던 은희는 낯간지러운 소리를 내며 얼른 뒤돌아섰다. 수줍음을 타듯 움츠러드는 모습을 보고 윤석은 씩 웃으며 욕조에 몸을 담갔다. 그러고는 그녀를 재촉했다.

"차은희, 안 들어오고 뭐 해?"

은희가 짧게 한숨을 내쉬며 몸을 돌려 그에게로 돌아섰다. 길게 다리를 뻗은 채 편안한 자세로 욕조에 드러누워 있는 윤석을 내려다본 은희가 우물쭈물 입을 열었다.

"오, 옷을 다, 다 벗고 들어가야 하나요?"

윤석이 피식 입꼬리를 올려 웃었다.

"옷 입고 샤워한다는 소리는 첨 듣는데. 그런 사람 봤어? 빨리 벗어!"

마지막 말은 거의 명령에 가까웠다. 하지만 평소의 그녀답지 않게 망설이는 모습을 보고 답답했던 윤석은 그녀의 팔을 획 끌어당겨 그녀를 욕조에 밀어 넣었다.

"꺅! 뭐예요! 옷이 다 젖었잖아!"

"까짓것 벗으면 되지. 뭐가 걱정이야? 내가 벗겨 줄게."

그녀가 몸부림을 치자 윤석이 살짝 눈썹을 찌푸리며 나무랐다.

"아, 정말! 좀 가만있어 봐!"

그런데도 그녀가 몸부림을 멈추지 않자 윤석은 욕조에 가득한 물을 두 손 가득 담아 그녀의 얼굴에 뿌렸다.

"아씨! 이 남자가!"

참방참방 물소리를 내며 두 사람은 서로를 향해 연방 물을 뿌리기 시작했다. 그러다가 그녀는 미끄러져 물이 가득한 욕조에 빠지고 말았다.

눈, 코, 입에 거품이 들어갔는지 그녀는 손등으로 눈을 마구 비비며 격렬하게 기침을 토해 냈다.

"아, 따가워. 콜록콜록, 아취!"

"그러니까, 왜 장난을 치는데."

"아, 따가워!"

하는 수 없이 윤석은 고개를 절레절레 흔들더니 물에 젖어 잘 벗겨지지 않는 그녀의 옷을 억지로 벗겨 낸 뒤 커다란 타월로 그녀의 몸을 감싸 안고서 침실로 걸음을 옮겼다. 그는 그녀를 침대에 살포시 눕히곤 젖은 몸을 타월로 정성껏 닦아 주었다.

서늘한 공기가 피부에 닿자 은희는 몸을 바르르 떨며 다급히 손으로 가슴을 가렸다.

"엄마야!"

"내숭 떨지 마. 당신이랑 안 어울려."

빈정거리는 듯한 말투에 그녀는 가볍게 눈을 흘기며 무언가를 찾으려는 듯 고개를 이리저리 돌렸다. 그 모습을 가만히 바라보던 윤석의 얼굴에 야릇한 웃음이 떠올랐다.

"옷? 내가 다 치웠어! 어차피 다 봤는데 새삼스럽게 뭘 그래?"

끈적끈적한 시선으로 그녀의 아래위를 빠르게 훑어보던 윤석이 그녀에게로 몸을 기울이며 속삭이듯 말했다.

"당신 홀딱 벗은 상태야."

노골적인 말투에 그녀의 우윳빛 뺨이 발갛게 물들었다. 게다가 윤석도 타월로 몸의 중요 부분만 가린 상태였기에 그녀는 눈을 어디에 둘지 몰라 몹시 당황해했다.

"경험이 없는 것도 잘 아니까 내가 알아서 살살 할게."

"아웅, 민망해라!"

그녀는 손으로 붉어진 얼굴을 가리고 있다가 다시 손을 떼며 슬며시 물었다.

"그렇게 티 났어요?"

"응."

"그래서 비웃었지?"

"응, 조금."

"앞으로도 계속 우려먹으면서 놀릴 거지?"

조금은 걱정된 듯 진지하게 묻는 은희의 얼굴을 부드럽게 감싸며 윤석이 손바닥에 입을 맞춘 후 손가락 하나를 입에 넣고 가볍게 깨물었다.

"앗."

그녀의 입에서 짧은 신음이 새어 나왔다. 그 신음이 마치 신호라도 되는 듯 두 사람의 입술이 서로 겹쳐졌다. 두 사람의 혀가 얽히고, 서로의 타액이 뒤섞이면서 키스의 농도가 더욱 진해졌다.

지금껏 여자와 관계를 가질 때면 콘돔 사용은 필수였고, 아무런 애무나 일절의 배려 따위는 눈곱만큼도 찾아볼 수 없을 정도로 그는 언제나 차가운 모습이었다. 그런 그가 지금 수시로 그녀를 배려하는 모습을 보여 주고 있었다. 어떻게 해서든 경험 없는 그녀의 고통을 조금이라도 덜어 주려는 마음에 그는 쉴 새 없이 그녀의 이름을 중얼거렸고, 무수한 사랑의 밀어를 속삭였다.

"은희야, 사랑하고 사랑해……."

조금씩 그녀의 안을 파고드는 뜨겁고 단단한 남자의 그것을 느꼈을 때는 은희는 까무러칠 것 같은 통증에 이가 딱딱 맞부딪치고 몸을 와들와들 떨어야 했었다. 그러나 생살을 찢는 듯한 그 고통은 곧 쾌락의 옷을 입고 찾아왔다. 그가 끊임없이 전해 주는 달콤한 사랑의 밀어와 쾌감 앞에 그녀는 입술을 깨물고 그대로 몸을 맡겨 버렸다.

그렇게 침실에는 오랫동안 입술을 서로 빨아들이는 소리, 침이 서로 뒤섞이는 소리, 그리고 그들의 뜨거운 열기와 거친 숨소리로 가득했다.

두 사람의 절정이 끝나고 윤석이 땀에 젖은 그녀의 얼굴에 입맞춤을 하며 그녀를 칭찬했다.

"홋, 오늘은 기절하지 않아서 기특하네."

"기특하면 상은 없나?"

"당연히 줘야지."

뭔가를 기대하는 듯 은희가 초롱초롱한 눈빛을 보내자 윤석이 씩 웃으며 말했다.

"또 할까?"

"또 뭘 하자는 거예요?"

"사랑을!"

"아웅, 진짜! 이런 엉큼한 늑대를 봤나!"

"봤어."

"으응?"

"여기 있잖아."

손가락으로 자신을 가리키는 윤석을 휙 째려보며 은희가 그의 팔을 찰싹 소리 나게 때렸다.

"윤석 씨, 나 잠 좀 재워 줄래요? 자장가도 불러 줘요. 알았죠?"

그녀는 그의 목을 끌어안고 떼를 쓰듯 징징거렸다. 그녀의 장난스런 애교에 윤석은 어이없어하면서도 마냥 싫지는 않은 듯 그녀를 품에 꼭 끌어안고 그녀의 등을 토닥토닥 두드려 주었다.

"자장자장 우리 은희 잘도, 잘도, 잘도 잔다. 꼬꼬 닭아 울지 마라 멍멍 개도 짖지 마라……."

그가 들려주는 자장가에 재미있다는 듯 은희는 풋 하고 웃음을 터뜨리더니 이내 스르르 눈을 감았다. 그럼에도 그의 자장가는 아주 오랫동안 계속되었다.

9장.

뒤늦은 신혼여행 떠납니다

벌써 크리스마스도 지나고 새해가 다가오고 있었다. 다양한 신년맞이 축하행사를 진행하는 레스토랑과 백화점은 사람들로 붐비고 있었다.

은희와 윤석도 그런 사람들 틈에 끼어 백화점에서 한창 커플링을 고르고 있는 중이었다. 커플링을 하자는 말은 은희가 먼저 꺼냈다. 그녀의 제안에 윤석은 전적으로 찬성했다.

요즘 윤석은 몰라보게 변한 모습을 하고 있었다. 스스로도 그런 제 모습이 생소하고 낯설게 느껴질 때가 많아서 윤석은 몹시 당황스러웠다. 비록 자신의 변화가 상당히 이질적으로 느껴지기도 하지만 썩 나쁘거나 싫은 느낌은 아니었다.

차은희란 여자와 함께 있으면 무엇보다 마음이 즐거웠고 평화로웠다. 그녀의 해맑은 웃음에 동화되어 저도 모르게 따라 웃게 되고, 그녀가 장난을 치고 귀엽게 애교를 떨면 마치 쿵짝을 맞추듯 자신도 모르게 장난을 되받아치면서 다섯 살배기 어린애처럼 유치하게 굴 때가 많았다. 다시금 말하자면 지금껏 살아온 33년의 인생을 통틀어 요즘이 가장 행복한 나날이라고 말해도 과언이 아니었다.

"아이고, 하나같이 너무 예쁘다. 어떤 거로 하는 게 좋을까?"

커플링을 낀 손가락을 요리조리 살펴보면서 은희는 필사적으로 고민하기 시작했다.

연애라는 게 이렇게 행복할 줄은 미처 생각지도 못했었다. 물론 행복이란 정확히 무엇인지 그 실체가 무엇인지 모른다. 다만 백윤석, 이 남자와 함께 있으면 몸과 마음이 즐겁고 편안했다. 처음의 개념 없고 싸가지 없고 건방진 이미지와는 달리 그는 여러모로 좋은 남자였다. 사랑에 빠진 보통의 여자들처럼 자신의 눈에 콩깍지가 쓰여 그가 좋아 보이는 건지는 모르지만, 그는 모든 여자들이 연인으로 꿈꾸는 이상형의 남자였다. 그런 남자를 만날 수 있었던 자신은 엄청난 행운이라고 생각했고, 더 이상 바랄 것이 없다고 생각하며 행복해하는데……

하지만 사람의 일이란 한 치 앞도 내다볼 수 없는 법인가 보다. 그 불안한 소식은 전혀 예기치 않은 순간에 불쑥 들려왔다.

"백윤석 씨, 이건 어때요? 나한테 어울려요?"

커플링을 끼고 이리저리 살펴보며 묻는 은희에게 때마침 누군가와 통화를 하던 윤석이 갑자기 심각해진 표정으로 휴대폰을 넘겨주었다. 의아해하는 그녀에게 윤석이 조심스럽게 말했다.

"장모님이야. 전화 받아 봐."

무슨 말인지 어리둥절했지만, 은희는 순순히 고개를 끄덕인 다음 휴대폰을 건네받았다.

"여보세요."

– 은희니?

이 여사의 울먹거리는 목소리에 은희의 심장이 미친 듯이 두근거렸다.

집에 무슨 일이 일어난 것 같은 불길한 예감에 은희는 떨리는 목소리로 물었다.

"무슨 일이세요?"

– 아버지가…….

이 여사의 말이 채 끝나지 않았는데 은희는 손을 부들부들 떨면서 그만 휴대폰을 땅바닥에 떨어뜨리고 말았다. 윤석이 재빠르게 폰을 집어 들고 다시 전화를 받았다.

"장모님, 접니다."

윤석의 말소리가 더 이상 들려오지 않았고, 은희는 눈앞이 아득해지면서 몸을 크게 휘청거렸다. 자신이 어디로 가는지조차 모르는 채 그녀는 바쁜 발걸음을 내디뎠다.

"차은희!"

그녀의 뒤를 부리나케 쫓아온 윤석이 강한 손아귀 힘으로 그녀의 팔을 붙잡았다.

"어디 가는 거야? 진정해!"

하지만 그녀의 귀에는 어떤 말도 들려오지 않은 듯했다. 그녀는 세차게 고개를 저으며 뜻 모를 소리만 중얼거렸다.

"안 돼……. 절대 안 돼."

걸어서 주차장까지 가기에는 무리라고 판단했는지 윤석은 대뜸 그녀를 안아 들었다. 그러고는 걸음을 성큼성큼 옮기며 그녀에게 쉴 새 없이 위로의 말을 전했다. 그렇게 해서라도 그녀를 진정시키고자 했지만, 그녀의 정신은 온전히 딴 곳에 가 있었다.

"안 돼. 이대로 돌아가시면 안 돼……."

은희는 울 듯한 목소리로 중얼거렸다. 윤석은 낮은 한숨을 내쉬며 그녀를 조수석에 태우고 안전띠를 매 주었다.

"차은희, 나를 봐! 나를 보라고!"

윤석이 강제로 그녀의 얼굴을 잡고 자신을 바라보게 했다. 눈이 마주치자 그가 단호하게 말했다.

"아무 일도 없을 거야. 안정을 취하면 괜찮다고 했어. 그러니 내 말을 믿어!"

윤석은 그녀의 얼음처럼 차가워진 손을 감싸듯 꼭 잡아 주었다가 천천히 놓아주었다. 그가 전해 주는 따뜻한 온기에 은희는 비로소 눈을 깜박이며 그에게 초점을 맞추었다.

"나 괜찮아요. 빨리 출발해요."

어머니와 자신을 매몰차게 버린 아버지가 미웠고 원망스러웠다. 그 야속한 감정은 예전에나 지금에나 마찬가지였지만, 그가 아픈 것은 싫었다.

아버지가 쓰러지셨다는 한마디에 그녀는 맨 처음 병원에서 마지막 힘겨운 숨을 몰아쉬며 다 죽어 가던 어머니의 처참한 모습이 떠올랐고, 곧이어 눈앞이 샛노래지는 현기증을 느꼈다. 아버지를 이렇게 잃을 수도 있겠구나, 하는 불길한 기운에 머릿속이 하얗게 탈색되는 것 같았다.

윤석이 끊임없이 위로의 말을 건넸지만 그것은 아무짝에도 쓸모가 없었다. 병원에 도착하는 내내 그녀는 불안함과 초조함을 달랠 수 없어 입술을 피가 나도록 깨물었다.

병원에 도착하자마자 그녀는 튕기듯 조수석에서 내리더니 병실을 향해 정신없이 뛰어갔다.

"도대체 어떻게 된 거죠?"

얼굴을 보기 무섭게 은희는 이 여사의 어깨를 붙들고 질문 세례를 퍼부었다.

"멀쩡하던 사람이 도대체 왜 갑자기 쓰러진 거죠?"

그것은 마치 추궁이라도 하는 듯한 아주 불쾌한 말투다. 아버지가 쓰러진 것이 마치 이 여사의 잘못이라도 되는 것처럼 은희는 독기 어린 눈빛을 빛냈다. 또 그것은 당신 때문이라면 절대로 가만두지 않겠다는 노골적인 협박과도 같았다.

평소의 장난기라곤 전혀 찾아볼 수 없는 은희의 표정이 몹시 불편하고 낯설었지만, 이 여사는 애써 침착한 모습을 유지했다.

"왜냐고 물었잖아요? 왜 말을 못해요?"

아무 대답 없는 이 여사를 향해 은희가 살벌한 목소리로 다그쳤다. 곧바로 그녀의 뒤를 쫓아온 윤석이 사태의 심각성을 깨닫고 다급히 끼어들었다.

"차은희, 당신 왜 그래?"

"아버지랑 싸웠어요? 그래서 쓰러진 건가요? 그러다 돌아가시면 어쩌려구요?"

"은희야……."

눈물범벅 된 그 얼굴이 제법 안쓰러울 법도 한데, 아버지가 쓰러졌다는 충격적 소식에 눈에 뵈는 게 없었던 은희는 상당히 공격적인 눈빛을 하고 있었다.

도저히 보다 못해 윤석이 그녀의 팔을 꽉 붙잡으며 조용히 나무랐다.

"당신 미쳤어? 장모님한테 무슨 말버릇이야?"

"백 서방, 놔둬요."

이 여사는 은희에게로 시선을 옮기며 잠깐 숨을 골랐다. 그녀는 몹시 떨고 있는 은희의 손을 따뜻하게 잡아 주었다.

"멀쩡하던 양반이 갑자기 쓰러지셔서 아까는 나도 너무 놀라서 정신이 없었다. 하지만 안정을 취하면 괜찮다고 하니까 너무 걱정하지 말아라, 은희야."

이 여사의 온화한 음성에 은희는 비로소 제정신이 돌아온 듯 표정을 풀고서 억지로 입술 끝을 끌어올려 미소를 지었다.

"미안해요. 근데 있잖아요. 전 아버지가 미워요. 그런데……."

금방이라도 터져 나오는 울음을 참느라 은희는 입술을 지그시 깨물었다가 다시 입을 열었다.

"아버지가 아픈 건 싫었어요. 그래서 저도 모르게 화가 나고 짜증이 나고……."

"그래, 네 마음을 잘 안다."

버릇없게 군 은희를 이 여사는 조금도 나무라지 않았다. 오히려 따뜻한 미소를 지으며 그녀의 어깨를 토닥거려 주었다.

"제가 미우시죠? 저를 욕하고 때려도 좋아요. 미안해요. 어머니."

"이렇게 귀엽고 사랑스러운 너를 왜 욕하겠니?"

이 여사는 그녀의 얼굴을 살며시 어루만져 주며 부드럽게 말했다.

"정말 그렇게 생각하세요?"

"응?"

어리둥절해하는 이 여사를 향해 은희가 싱긋 웃으며 말했다.

"그럼 부탁 하나만 들어주실래요?"

더더욱 알 수 없는 말에 이 여사의 고개가 절로 갸웃거려졌다. 표정만 봐서는 은희가 무슨 생각을 하는지 도저히 알 수가 없었던 이 여사는 의문스러운 눈빛을 거두지 못했다.

"저녁에 제가 여기에 있을게요. 어머닌 돌아가세요. 저는 젊어서 괜찮아요. 어머니까지 쓰러지시면 안 되잖아요."

"은희야……."

"꼭 그렇게 해 주실 거죠?"

은희의 눈빛은 진지했으며 간절했다. 밤새도록 병실을 지키는 일이 얼마나 힘들고 고달픈 일인지 이 여사는 잘 알고 있었다. 그런데 자신을 배려하는 저 아이의 따뜻한 마음에 이 여사는 가슴속에서 뜨거운 것이 솟구쳐 올라왔다. 무언가를 말하려는 듯 입술을 달싹이는 이 여사를 한참 바라보다가 은희는 자신의 겉옷을 벗어 그녀에게 걸쳐 주었다.

"날이 추워요. 조심히 들어가세요."

"그래, 네 뜻대로 하마."

이 여사가 짤막하게 말하곤 뒤돌아섰다.

"윤석 씨도 들어가요. 내일 출장 간다면서요."

그녀가 걱정되어 같이 남겠다는 윤석의 등을 떠밀다시피 보낸 뒤 은희는 날이 밝아 올 때까지 혼자 병실을 지켰다.

희뿌옇게 날이 밝아오자 답답한 기분을 전환하기 위해 잠시 바깥으로 나갔다가 돌아왔는데 그새 무슨 일이라도 벌어졌는지 병실 안이 술렁거렸다. 고함지르는 듯한 남자의 목소리만 들어도 은희는 현재 어떤 상황인지 미루어 짐작할 수 있었다.

화가 난 듯한 목소리에는 '나 아직 죽지 않고 잘 살아 있소.' 라는 뜻이 잔뜩 배어 있었다. 은희는 못 말린다는 듯 고개를 설레설레 저으며 병실 문을 열고 들어갔다. 그러자 인상을 잔뜩 쓰고 있는 차 회장과 난감해서 어쩔 줄을 몰라 하는 이 여사, 그리고 온화한 미소를 지으며 열심히 설득하는 의사의 모습이 은희의 눈에 오롯이 들어왔다.

"얼른 퇴원 수속 밟으란 말 못 들었어?"

"아이참, 아직 안 된다고 하잖아요."

"차 회장님, 아직은 무리라고 생각합니다. 좀 더 지켜봅시다."

"지켜보긴 뭘 지켜봐! 나 퇴원할 거니까, 그렇게 아시라고!"

버럭버럭 질러 대는 고함 소리에 의사는 입을 다물어 버렸다. 대신 어색한 미소를 지어 줄 뿐이었다.

하긴 고래 힘줄보다 더 질긴 양반의 고집을 누가 감당하겠는가. 아버지의 고집스러운 모습에 은희는 쯧쯧 혀를 차면서도 한편으론 의식을 찾은 아버지가 그렇게 고마울 수가 없어서 속으로 미소를 지었다. 하지만 겉으로는 내색하지 않은 채 불만스럽다는 듯 투덜거렸다.

"아이, 우리 어머니는 참 착하기도 하시지. 저렇게 고집 센 분이 대체 어디가 좋다고 함께 사시는 건지 몰라. 나 같으면 벌써 버리고 도망갔을걸."

여자의 새침한 목소리가 불쑥 끼어들자 병실 안에 있는 모든 사람들의 시선이 일제히 그녀에게 꽂혔다.

은희의 모습에 이 여사는 마치 구세주라도 만난 듯 얼굴에 화색을 띠었고, 차 회장은 적잖이 놀란 듯 은희에게서 한참 동안 눈을 떼지 못했다. 차 회장과 눈이 마주치자 은희는 고집만 피우는 아버지를 크게 나무랐다.

"쓰러져 사람 고생시켜 놓고는 대체 뭘 잘했다고 그렇게 큰소리쳐요? 제가 오래오래 사시라고 했어요? 안 했어요? 왜 그렇게 말을 안 들어요? 고집부릴 게 따로 있지."

아버지를 향해 한바탕 쓴소리를 해 놓고 은희는 50대 초반쯤 되어 보이는 의사를 바라보며 안됐다는 투로 중얼거렸다.

"저렇게 말 안 듣고 골치 아픈 환자 만나면 의사 선생님도 고생이 참 많으시겠습니다."

의사는 대답 대신 인자한 미소를 지어 주었다.

"이보게, 지금 당장 이 아이부터 내쫓게! 시끄러워서 내 머리가 더 아파!"

차 회장이 마음에 들지 않는다는 듯 불만을 호소했지만, 그 누구도 거들떠보지 않았다. 이 여사는 숨죽인 웃음을 흘리고 있었고, 의사도 기분 좋은 미소를 짓더니 퇴원은 안 된다고 강조한 후 병실을 빠져나갔다.

"은희야, 밥 아직 안 먹었지?"

밤새 까칠해진 은희의 모습을 바라보는 이 여사의 얼굴에는 수심과 걱정이 가득해 보였다. 자신을 걱정하는 이 여사를 위로하듯 은희는 환하게 웃으며 말했다.

"저는 괜찮아요. 배도 별로 안 고프고, 밥 생각이 없어요. 이따 배 고프면 먹을게요."

"그래도……."

"네 녀석이 있어 봤자, 아무 도움도 안 돼! 괜히 내 화를 돋우느라 하지 말고 나가!"

'못된 양반 같으니!'

물론 자신을 위해 주고 걱정해서 하는 말이라는 걸 잘 알지만 은희 는 은근히 서운한 듯 아버지를 흘겨봤다.

"곱게 말하면 어디가 덧나는지."

낮은 투덜거림이었지만, 알아듣기에는 충분했다. 하지만 차 회장은 못 들은 척 고개를 홱 돌려 버렸다. 이 여사도 두 사람을 번갈아 바라보며 안타까운 한숨을 쏟아 냈다.

갑자기 대화가 말라 버려 어색해지려는 찰나, 짧은 노크 소리가 두어 번 들려오더니 병실에 누군가가 조용히 들어왔다.

다른 사람의 기척을 느끼고 돌아본 은희가 놀란 듯한 표정으로 물었다.

"어머, 병태 씨, 어떻게 여기까지 오셨어요?"

난데없는 손님이 찾아오자, 모두들 의아함을 감추지 못했다.

병실에 있는 세 사람을 차례로 둘러보던 병태가 먼저 차 회장과 이 여사를 향해 공손하게 인사를 건넸다.

"처음 뵙겠습니다. 윤석이 친구인 김병태라고 합니다. 부탁을 받고 이렇게 찾아왔습니다."

"으응? 백 서방이 무슨 부탁을……."

알쏭달쏭한 말에 그들은 여전히 어리둥절해했다. 의아하긴 은희도 마찬가지였다. 그런 그녀에게 병태는 바리바리 싸 들고 온 비닐봉지를 넘겨주었다.

"제수씨는 바쁘면 식사를 거른다고 하더군요. 그래서 밥을 제대로 못 챙겨 먹을 것 같다고 하면서 윤석이가 비행기를 타기 전 저한테 자세한 메뉴까지 부탁하고 갔습니다."

그에게 뭔가를 기대한 적이 없었는데 전혀 뜻밖의 일이 아닐 수 없었다. 출장 가느라 바쁜 와중에도 자신을 신경 써 주고 챙겨 주는 그의 따뜻함에 은희는 가슴이 뭉클해져 한동안 말문을 잃었다.

하지만 차 회장 내외는 마냥 흐뭇한 반응을 보였다. 자신이 생각했던 것보다 두 사람의 사이가 훨씬 애틋하고 훈훈한 것 같아서 차 회장은 남몰래 흡족한 미소를 지었다.

"그럼 아버님, 얼른 쾌차하시길 바랍니다. 저는 바빠서 이만 먼저 가 볼게요."

병태는 극적으로 나타났다가 극적으로 사라져 버렸다.

은희는 병태가 모습을 감춘 지 한참이 지났는데도 가슴 벅찬 감동에 젖어 우두커니 서 있기만 했다.

"어머, 이게 다 뭐야? 백 서방이 우리 은희를 정말 정성껏 챙겨 주는구나. 은희야, 얼른 와서 먹어. 아침도 안 먹었다면서?"

이 여사가 몇 번이나 그녀를 부르고 나서야 은희는 비로소 걸음을 움직였다. 모르는 사람이 봤더라면 유치원 아이의 도시락이라고 오해할 정도로 바리바리 싸 들고 온 비닐봉지에는 자장면, 김밥, 과일, 과자, 초콜릿, 막대사탕, 빵 등이 들어 있었다.

"어머니도 얼른 드세요."

"아니, 난 괜찮아."

몇 번이나 권했으나 이 여사가 극구 사양하자, 은희는 아버지에게 물었다.

"아버지는 뭐 드시겠어요?"

"내가 애냐?"

차 회장은 여전히 퉁명스럽게 말했다. 옆에서 보고 있던 이 여사는 잠시 생각에 잠기다 몸을 일으켰다.

사람이 아프면 마음이 나약해지는 법인데 혹시라도 이 기회를 틈타 두 부녀가 화해를 할 수는 없을까, 하는 생각에 그녀는 잠깐 볼일이 있다는 핑계를 대고 눈치껏 자리를 피해 주었다.

하지만 은희는 이 여사가 병실을 나간 지 한참이 지났는데도 여전히 먹는 데만 정신이 없었다. 어제 저녁은 커플링을 맞출 생각에 기분이 붕 뜨다 보니 간단히 먹었고, 오늘 아침은 아버지가 정신을 차리지 못해서 밥 생각이 전혀 없었는데 이제야 겨우 마음의 평정을 되찾으니 기다렸다는 듯 허기가 파도처럼 밀려왔기에 그녀는 마치 며칠을 굶은 사람처럼 먹고 또 먹고 계속 쉴 새 없어 먹어 댔다.

차 회장이 그걸 모르지 않았다. 새빨갛게 핏발이 선 눈동자, 파리하고 창백해 보이는 얼굴. 그런 딸의 모습을 보고 차 회장은 가슴이 저릿저릿 아파 와 속으로 중얼거렸다.

'바보 같은 녀석.'

"아이고, 이제야 좀 살 것 같다!"

은희는 한껏 기지개를 켜면서 만족스러운 듯 싱긋 웃음을 지었다. 그녀는 막대사탕을 하나 꺼내 들고 쪽쪽 빨아먹기 시작했다. 무심결에 고개를 돌리다 자신을 빤히 바라보는 아버지와 눈이 마주치자 그녀는 빨던 막대사탕을 입에서 떼며 슬쩍 물었다.

"아버지도 하나 드시게요?"

그는 고개를 휙 돌리며 애꿎은 헛기침을 내뱉었다.

은희는 짧게 코웃음을 치며 몹시 고집스러워 보이는 아버지의 모습을 힐끔거렸다.

"연애는 잘 하고 있는 게냐?"

무뚝뚝하게 묻는 말이 진담 같기도 하고 농담 같기도 해서 은희는 고개를 갸우뚱거렸다. 게다가 아버지가 그런 쓸데없는 걸 물어 올 줄은 생각조차 하지 못했기에 그녀는 약간 어리둥절해졌다. 그러나 이내 웃음을 흘리며 농담처럼 받아넘겼다.

"아하, 물론이지요. 얼마나 행복하고 달콤한지 죽어도 좋을 만큼 황홀하다니까요. 호호."

차 회장은 탄식인지 한숨인지 모를 숨을 내뱉었다. 은희는 수많은 감정이 깃들어 있는 그의 얼굴을 흘깃 훔쳐보다가 슬며시 물었다.

"아버지도 엄마랑 연애라는 거 해 봤어요? 정말 진심으로 사랑했어요?"

대답은 없었다. 그는 그저 깊고 깊은 눈빛으로 은희를 묵묵히 바라볼 뿐이었다. 정확한 감정을 읽어 낼 수 없는 아버지의 모습에 은희는 낮게 한숨을 내쉬며 몸을 일으켰다.

"세수하고 올게요."

잠깐 동안의 어색한 침묵을 깨뜨리며 그렇게 말하고 나서 그녀가 몸을 돌리려는데 차 회장이 불렀다.

"은희야……."

아버지를 향해 의문스러운 눈빛을 보내는 은희에게 차 회장이 뭔가를 결심한 듯 어렵사리 입을 열었다.

"힘들게 지내 왔던 너를 지켜 주지 못하고, 오랫동안 방치해서 미안하다."

순간, 시간이 멈춘 것만 같았다. 똑같은 말을 다시 한 번 들은 데다 이번에는 힘없는 목소리에 진심이 느껴졌기에 그녀는 복잡한 기분에 사로잡혔다.

그렇게 몇 분이 흘렀을까? 그녀는 천천히 고개를 돌려 아버지를 똑바로 바라봤다. 갑자기 그녀가 웃었다. 너무나도 허탈하고 슬프게.

"그러게, 왜 저와 엄마를 버리셨어요?"

감정이 극도로 절제된 목소리로 은희가 물었다. 오래전부터 자신이 버려져야만 했던 그 이유가 궁금했고 알고 싶었다. 그런데도 캐묻지 않았던 것은 진실을 알게 된 다음 자신이 받아야 할 충격이 두려웠기 때문이다.

근데, 참 이상했다. 그리도 내뱉기 힘들었던 말이 마치 오직 이 순간만을 기다려왔다는 듯이 너무나도 쉽고 자연스럽게 쏟아져 나온 것이다.

말하기 힘겨운 듯 차 회장은 숨을 작게 몰아쉬며 나직하게 입을 열었다.

"모든 것이 오해였다. 미안하다."

"오해……요?"

생각을 하는 듯 눈동자를 좌우로 굴리던 은희가 굳은 표정으로 물었다.

"혹시 제가 아버지의 딸이 아니었단 말씀인가요?"

설마라는 느낌이 들어 그렇게 물었는데 그의 눈썹이 움찔거렸다.

설마가 사람 잡는다지? 아버지가 다시 입을 열 때까지 기다렸던 그 시간 동안 은희는 천국과 지옥을 넘나드는 아찔함을 경험해야 했다.

"넌 내 딸이다! 그것도 날 너무 많이 닮은……."

하지만 인간의 마음은 간사하다고 했던가? 그 말을 듣고 나자 아찔함이 사라지고 이번엔 분노가 찾아왔다. 그런데 왜…… 자신을 버렸단 말인가?

"믿을지 안 믿을지는 모르겠지만, 우리는 첫눈에 서로에게 호감을 느꼈고, 난 네 엄마를 진심으로 사랑했다."

차 회장은 그렇게 운을 떼며 기나긴 이야기를 시작했다. 그러자 몸을 일으켰던 그녀는 도로 자리에 앉을 수밖에 없었다.

전화는 늦은 밤에 걸려 왔다. 다른 때 같으면 몹시 경계하는 표정으로 전화를 받지 않았겠지만 집안 대대로의 가업을 물려받아 사업체

를 운영하던 남편이 요새는 자금난 때문에 새로 알게 된 투자자를 만
나러 해외에 가 있었으므로 미경은 발신번호도 확인하지 않은 채 반
가운 마음으로 수화기를 들었다.

– 언니…… 흑, 언니…… 나 어쩌면 좋아? 언니…….

그러나 남편이 아닌 여동생의 목소리에 미경은 금세 불안한 마음
이 들어 조급하게 물었다.

"무슨 일이니?"

– 언니, 나 돈이 급하게 필요해.

"돈?"

그렇게 되물으며 미경은 고운 미간을 찌푸렸다.

일찍 양친을 잃고 자신의 대학 뒷바라지를 해 주느라 여동생은 공
부를 많이 못했다. 그것이 늘 가슴 쓰렸고 마음 한구석엔 늘 자책감
으로 남아 있었던 미경은 지금껏 여동생의 일에 아무런 의견도 내지
않았고 어려울 땐 발 벗고 나섰다.

그래서 여동생이 어느 날 결혼할 남자라고 말하며 데려왔을 때도
남자가 영 믿음직스럽지 않았음에도 미경은 두 손 들고 반대할 수가
없었다. 그리고 결혼한 뒤 여동생이 늘 돈을 달라고 손을 내밀 때도
미경은 도저히 거절할 수가 없어서 가끔은 남편이 모르게 가만가만
돈을 대 주곤 했었다.

그런데 돈을 보낸 지 일주일도 채 되지 않았는데 여동생이 또 돈이
필요하다고 하자 미경은 조금 화가 났지만 가까스로 마음을 추스르고
조심스럽게 물었다.

"얼마나 필요하니?"

– 1억…… 정도?

일 억이 무슨 동네 강아지 이름도 아니고, 너무도 간단하게 말을

하는 동생 때문에 미경은 어이가 없어서 입을 조금 벌렸다.

"미정아."

한참 뒤에 미정아, 하고 여동생의 이름을 불렀지만 미경은 그 다음 말을 선뜻 이을 수가 없었다.

이번엔 절대 안 된다고 딱 자르고 싶었지만 그럴 만큼 미경은 마음이 모질지 못했다.

— 미안해, 언니. 영아 아빠가 그 돈을 못 갚으면 감방에 가야 할지도 모른다고. 흑…… 영아랑 영재는 아직도 어린데. 흑…… 언니, 한 번만 도와줘, 응?

한숨이 절로 새어 나왔다. 또 도박을 해 잃었거나, 그것도 아니면 사채를 썼을 것이다. 그것도 일 억이나. 어지러워 지끈거리는 머리를 짚으며 미경은 알았다고 짧게 대답한 뒤 전화를 끊어 버렸다.

"이번엔 또 무슨 일이라니?"

별안간 등 뒤에서 시어머니인 강 여사의 목소리가 건너오자 미경은 화들짝 놀라며 몸을 돌렸다.

"어, 어머님."

남편과 결혼한 자신을 늘 탐탁지 않게 여기던 시어머님이었다. 너만 아니었다면 성훈이는 좀 더 좋은 여자와 살 수 있었을 거라는 말을 그녀는 늘 습관처럼 하곤 했다. 가끔씩 남편이 자리를 비울 때면 가혹한 시집살이에 시달렸지만, 지금껏 그를 사랑한다는 그 이유 하나만으로 미경은 가까스로 버텨 올 수 있었다.

"또 돈이 필요한 거라니?"

강 여사는 비아냥거리듯 물으며 거실 소파로 걸어갔다. 그러곤 며느리를 향해 가까이 와서 앉으라는 눈짓을 했다.

"어떻게 할 거니?"

긴장한 듯 몸을 움츠리고 애꿎은 손바닥만 계속 내려다보는 며느리를 뚫어질 듯 노려보며 강 여사가 호통치듯 말했다.

"내가 모를 줄 알았느냐? 대체 언제까지 성훈의 등골만 빼먹고 살 생각이었냐? 너도 알다시피 성훈이 지금 힘들다."

"알아요."

겨우 모기만 한 소리를 짜내자 강 여사는 더더욱 못마땅한 표정으로 그녀에게서 눈을 떼지 않았다.

"잘 안다는 년이 이러고 있는 거지? 사람이 최소한 양심은 있어야지. 그만큼 남편 등골 빼먹고 살았으면 이제 그만 물러설 때도 되지 않았니?"

"어머님……."

"왜? 내 말이 틀렸니?"

충격적인 말에 놀란 듯 자신을 바라보는 며느리에게 강 여사는 비난을 멈추지 않았다.

"성훈이, 네년만 아니었다면 지금 자금난을 겪을 일도 없을 게다. 다 네년 때문이라는 것 잊지 마라. 어떤 것이 성훈을 위해서 좋은 선택인지 네가 잘 알 거라고 생각한다."

강 여사의 서릿발 같은 호통에도, 그 어떤 위협에도 이미 아이 둘의 어머니인 미경은 절대 물러서지 않겠다고 굳게 다짐했다. 그러나…….

며칠 후 다시 걸려 온 여동생의 전화가 그녀의 생각과 의지를 모두 바꿔 놓고야 말았다.

— 언니, 영아가 다쳤어. 그런데 병원 갈 돈이 없어. 흑…….

놀다가 화상을 입은 아이는 피부이식 수술이 필요하다고 했다. 남편은 아직 해외 출장에서 돌아오지 않았고 미경은 어디서 급하게 돈을 구할 방법이 없었다. 그런 그녀에게 강 여사는 이 기회를 틈타 거래를 제안했다.

"5억이다. 이 돈이면 충분하지 않겠니? 위자료도 원하는 대로 줄 수 있다. 대신, 다시는 우리 집이랑 얽히지 않았으면 좋겠구나."

두 아이에 대한 양육권은 포기하라고 말했지만 이를 미경은 받아들일 수 없었다. 은희만은 자신이 키우겠다고 사정을 했고, 대신 양육비는 일전도 받지 않겠다는 각서를 쓰는 것으로 미경은 차 회장과의 이혼에 동의했다. 그에게 이혼을 말하는 건 그녀의 몫이었다.

"나와 헤어지는 이유가 뭐지?"

"결혼 생활이 지긋지긋해졌어요. 당신 어머니 눈치를 보며 사는 것도 싫고, 당신도 꼴 보기 싫어졌어요. 이혼해 줘요. 그리고 난……."

선뜻 말을 잇지 못하는 그녀를 대신해 성훈이 입을 열었다.

"혹시 돈 때문인가? 돈 때문에 나랑 결혼하고, 또 지금은 돈 때문에 나와 헤어지겠다는 건가?"

긴가민가하며 고통스런 표정으로 묻는 성훈에게 미경은 자신의 아픈 속마음을 숨긴 채 냉랭하게 말했다.

"이제야 알았다니 다행이군요. 난 돈이 많이 필요해요. 예전에도 지금에도. 그러나 지금 당신은 그런 나한테 큰 돈을 대줄 형편이 안 되잖아요."

긴 이야기를 끝내며 차 회장은 무척 복잡한 표정으로 말했다.

"모든 것이 네 할머니가 벌여 놓은 일일 줄은 전혀 생각지 못했다. 난 늘 네 어머니를 오해하고 있었더구나. 돈밖에 모르는 파렴치한 여자라고 말야."

서로 뜨겁고 정열적으로 사랑했지만 한순간의 오해로 비극을 불러

온 그들의 이야기에 은희는 한동안 얼음이 되어 버렸다. 고개도 움직이지 않았고, 눈동자도 돌아가지 않았다.

"잘 들었습니다. 듣고 감상한 점을 말해 볼까요?"

한참 후에야 그녀의 입에서 나온 말이었다. 차 회장은 뭐라고 대꾸를 하지 못했다. 은희는 아주 슬프고, 울음을 억지로 참는 목소리로 자신의 심경을 털어놓았다.

"한마디로 허탈합니다. 기분 엿 같습니다."

너무도 허무하다. 이모의 한심함과 할머니의 욕심에 휘둘려 그런 선택을 할 수밖에 없었던 어머니가 한편으론 이해되면서도 바보처럼 느껴졌다. 진실이 무엇인지도 모르고 오랫동안 어머니를 미워해 왔던 아버지는 어리석었다.

그리고 두 사람의 운명을 뒤죽박죽으로 만들어 버린 할머니와 이모는 너무도 잔인했다. 힘들고 고달프게 살아온 어머니의 인생이 가여워 따지고 싶은데……. 따진다 한들 나의 지난 세월을 보상받을 수 있을까? 죽은 어머니가 살아올 수 있을까?

오랫동안 잊어버리고 살았던 감정들이 복받쳐 가슴이 갈기갈기 찢어질 듯 아프고 저려 와 은희는 비통한 얼굴을 하고 조용히 병실을 나갔다. 딸의 슬픈 뒷모습을 바라보면서도 차 회장은 뭐라 다시 말을 꺼내지 못했다.

2014년 구정이 코앞으로 다가오고 있었지만 은희는 명절의 분위기를 느끼지 못했다. 그동안 뇌사 상태에 처해 있던 백윤철이 마침내 숨을 거두었다는 비보가 전해져 왔기 때문이다.

조문객들로 가득 찬 빈소 여기저기서 가벼운 흐느낌과 함께 곡소리가 들려왔다. 너무 슬프게 울다가 기절하면 어떡할까 하는 은희의 걱정과는 달리 시부모님의 표정은 의외로 담담했다.

간간이 눈물을 흘리기도 했지만 너무 슬퍼하거나 괴로워하지 않았다. 그들은 이미 오래전부터 큰아들의 죽음을 받아들인 듯했다.

하지만 윤석은 달랐다. 그의 두 눈은 눈물을 흘리는 것보다 더 슬퍼 보였고 공허해 보였다. 지금 이 순간 그녀는 그 누구보다 윤석의 마음을 잘 이해할 수 있을 것 같았다.

스스로에 대한 자책과 형에 대한 미안함과 후회, 그리고 자괴감과 안타까움이 마구 뒤범벅되었을 것이다. 장례식이 모두 끝날 때까지 그의 곁을 한시도 떠나지 않고 지키며 은희는 이제 나쁜 일은 이것으로 끝이었으면 좋겠다고 생각했다.

그런데 불행은 한꺼번에 온다고 시아주버니의 장례식을 치르고 시댁에서 바라는 대로 본가로 들어와서 살게 된 지 일주일하고 며칠이 더 지난 날의 저녁 무렵이었다.

퇴근하자마자 먼저 샤워를 마친 은희가 물기를 털어 내며 욕실 밖으로 나오자, 휴대폰이 정신없이 울리고 있었다. 그녀는 발신번호를 확인하지도 않은 채 짜증스러운 목소리로 전화를 받았다.

"여보세……."

- 우, 우리 엄마가 주, 죽었어.

은희의 말이 채 끝나기도 전에 수화기 너머에서 어눌하고 울먹거리는 목소리가 흘러나왔다. 그러자 은희의 얼굴이 기묘하게 일그러졌다. 전화를 한 건 영아였다.

"농담하니?"

- 어, 엄마가 죽었어. 흑흑…… 나 이제 어떡해?

듣고도 믿을 수 없어 귀를 의심할 일이 벌어졌다. 뭐라 말을 해야 하는데 은희는 숨이 턱턱 막혀 입술이 떼어지지 않았다.

– 너, 넌 속이 시원하지? 넌 우, 우리 엄마를 미워했잖아. 엉엉, 흑흑…….

울음소리는 점점 더 크게 들렸다.

"어떻게…… 어찌…… 아니, 그럴 수는…….."

웅얼거리듯 읊조리던 은희는 한순간 힘이 빠지면서 그만 휴대폰을 땅바닥에 떨어뜨렸다. 그녀는 마치 넋이 나간 사람처럼 정신없이 방을 뛰쳐나갔다.

"아가, 무슨 일이니?"

하얗게 질린 얼굴로 급히 계단을 내려오는 은희를 바라보며 한 여사가 초조하게 물었다.

"어……."

말도 채 끝맺지 못하고 은희는 그대로 앞으로 푹 고꾸라지고 말았다.

"아가! 아가!"

한 여사가 울상이 된 얼굴로 경악하듯 소리쳤다.

"아줌마, 지금 당장 강 박사님을 불러요!"

"아니, 이게 무슨 일이래요? 사모님."

"아가!"

모든 사람들이 분주하게 움직이기 시작했다. 하얀 가운을 입은 의사, 몹시 걱정스런 얼굴을 하고 있는 백 회장 부부, 시중드느라 들락날락거리는 아주머니. 초조함을 금치 못하는 윤석의 시선이 깊은 잠에 빠진 듯한 은희의 얼굴에서 떠나가지 않았다.

"이 사람 정말 괜찮은 겁니까? 근데 왜 아직도 정신을 못 차리는 거죠?"

"충분히 휴식을 취하면 괜찮을 테니 염려 놓으세요. 충격을 받아서 잠시 그런 겁니다."

무책임한 것처럼 느껴지는 의사의 말이 마음에 들지 않았다. 당신 의사 맞아? 그런 말은 나도 할 수 있어. 생각 같아서는 그렇게 쏘아붙여 주고 싶었지만 윤석은 간신히 성질을 억눌렀다. 하지만 그런 윤석과는 달리 백 회장 부부는 의사의 말에 크게 안도의 한숨을 내쉬었다.

"고마워요. 강 박사."

"그래도 혹시 모르니까 시간 내서 병원에 한번 데리고 오세요."

어머니의 말로는 그녀가 하얗게 질린 얼굴로 계단을 내려오다가 그만 기절했다고 한다. 오늘 아침 통화를 했을 때만 하더라도 그녀의 목소리는 밝고 상쾌했었다. 그 짧디짧은 시간에 대체 무슨 일이 벌어진 건지 이유를 알 수 없었던 윤석은 그저 답답할 따름이었다.

하지만 그 궁금했던 이유가 밝혀지기까지는 그리 오래 걸리지 않았다. 3시간 뒤 은성에게서 걸려 온 전화에 따르면 은성과의 약속 때문에 커피숍에 오던 정 씨가 교통사고를 당해 사망했다고 했다.

아버지에게 건네받은 은희에 대한 서류를 통해 생모와 아버지가 이혼하게 된 이유를 자세히 알게 된 은성은 그 당시 엄청난 충격을 받았었다. 그렇게 사랑했던 두 사람을 이혼으로 몰고 간 장본인이 바로 자신이 그토록 존경해 왔던 할머니였다니. 그 사실을 도저히 받아들일 수 없었다.

여러 사람의 운명을 비극적으로 만들어 버린 그들은 벌을 받아야 마땅했다. 할머니는 이미 죽고 없지만 이모 정 씨는 아직 살아 있다.

그것도 뻔뻔하고 파렴치하게.

자신이 벌여 놓은 일이 얼마나 큰 파장을 일으킨 것도 모르고 그녀는 지금도 야비하고 뻔뻔한 짓을 서슴지 않고 있다. 하나밖에 없는 내 동생을 지난 세월 동안 그토록 고생시켰으면 됐지, 4억이라는 돈을 꿀꺽 삼키는 것 보면 정말 답이 없는 인간이라고 은성은 생각했다.

혼란스러운 마음을 추스른 뒤 그가 처음으로 한 일은 정 씨의 남편을 사기죄로 감방에 집어넣은 일이었다. 그리고 정 씨에게는 남편의 일로 잠깐 만나자는 전화를 걸었는데…….

아직 게임을 시작하지도 못했는데 그녀는 어이없게도 교통사고를 당해 죽어 버렸던 것이다. 전혀 예기치 못한 일에 은성은 기가 막힘을 넘어 어이를 상실했지만 윤석에게 시시콜콜 자상하게 알려 주지 않았고 윤석도 부모님한테 상세하게 얘기해 주지 않았다.

이를테면 이모라는 여자가 얼마나 은희를 구박하고 타박하고 괴롭혔는지 그런 이야기는 일절 꺼내지 않았고, 단지 그녀가 15살 때부터 이모네 집에서 컸다는 사실만 알려 주었을 뿐이다.

"휴, 아가가 상심이 크겠구나. 윤석이 네가 신경 좀 써야겠다."

한 여사는 걱정스럽다는 듯 말하며 금방 끓여 뜨끈한 죽을 건네주었다.

"지금쯤, 은희가 깨어났을지 모르니까 얼른 올라가 보렴."

"고맙습니다. 어머니."

한 여사의 눈동자가 짧게 흔들렸다. 그녀는 엷게 웃으며 말했다.

"그래, 나도 고맙다. 얼른 올라가려무나."

윤석은 어머니를 향해 알았다는 듯 고개를 끄덕이고 죽 그릇을 들고 서둘러 이 층으로 올라갔다. 방문을 열고 들어가자 그녀의 흐느낌소리가 새어 나왔다.

은희는 슬프디슬프게 울고 있었다. 몹시 슬퍼하는 그녀의 모습을 보고 윤석은 너무도 안타깝고 안쓰러워 한숨을 내쉬었다.

"그 여자가 정말 미웠어요. 이모라고 부르기도 싫을 만큼 너무나 미워하고 증오했어요. 내가 밥을 많이 먹으면 무슨 계집애가 돼지처럼 많이 먹느냐고 타박했고, 내가 집에 가만히 있으면 밥만 축낸다고 잔소리를 했고, 내가 가끔씩 몸이 아프면 무슨 계집애가 질이 없이 병든 닭처럼 골골 대느냐고 쓴소리를 했어요. 알바해서 돈을 가져다 드리면 그나마 사람 취급이라도 해 주지만 한 번도 고맙게 생각해 주지 않았어요. 당연하다고 생각하더군요. 하루에 몇 십번씩 가출하고 싶었지만, 갈 곳이 없었다고요. 혼자가 되기 싫었어요."

그리고 충격적인 것은 아버지와 어머니가 이혼한 데 이모도 한 몫 했다는 것이다. 그래서 진실을 알고 난 뒤 그녀를 더 미워하고 증오했으며 꼭 한 번쯤은 뭐라 변명이라도 듣고 싶었는데…….

"엉엉…… 근데 그렇게 내가 미워했던 여자가 죽었대요. 그러면 속이 시원해서 웃어야 하는데…… 자꾸 눈물만 나오잖아. 흑흑."

온몸의 뼈가 산산조각이 나고 폐가 터지고 심장이 비틀리는 것 같은 느낌에 윤석은 죽 그릇을 책상에 올려두고 그녀에게 빠른 걸음으로 다가가 꼭 끌어안아 주었다.

"울고 싶거든 실컷 울어. 울고 난 다음엔 웃어. 이제 아무도 당신을 욕하지 못할 거야. 이제 아무도 당신을 원망하고 괴롭히지 못할 거야. 이제 당신은 사랑만 받을 거야. 내가 그렇게 해 줄 테니까. 다시는 당신을 울게 하지 않을 거야. 차은희, 사랑해! 사랑하고, 사랑하고 또 사랑해! 미칠 듯 천 번 만 번 또다시 태어나도 또다시 널 사랑해!"

사랑하고 사랑해! 사랑하고 또 사랑해! 마치 주문 같았다. 마치 최면 같았다. 마치 속삭임 같았다.

부드럽고 달콤한, 사랑한다는 그 말이 그녀의 귓가를 계속 울렸다. 그러자 마음이 저절로 평온해지면서 그녀는 깊은 잠에 빠져들었다.

그 후로도 은희는 사흘을 내리 정신이 오락가락할 정도로 앓았다. 잠에서 깨어났다고 해도 비몽사몽한 상태로 충격이 가시지 않은 듯 어두운 표정이었고, 말도 웃음도 잃었다. 모든 걸 다 잃은 듯한 눈빛에 윤석은 물론이고 백 회장 내외도 가슴이 찢어질 듯 아팠고 괴로웠다.

4일째 되는 날도 여전히 침대에 축 늘어져 죽은 듯이 누워 있는 그녀의 모습을 보고 윤석이 길게 한숨을 내쉬는데 은성의 반갑지 않은 전화가 걸려 왔다.

– 은희랑 통화 좀 하고 싶은데.

한마디 인사조차 없이 은성은 다짜고짜 본론을 꺼내 놓았다.

"죄송합니다만, 은희가 많이 아픕니다. 아직은 전화를 받을 수가 없습니다."

– 대체 은희를 어떻게 보살폈기에 그 정도로 심각한 거야?

은희가 아픈 게 마치 자신의 잘못인 것처럼 질책하는 은성 때문에 윤석의 얼굴이 일그러졌다. 마음 같아서는 톡 쏘아 주고 싶었지만 윤석은 애써 성질을 누그러뜨렸다.

은희의 쉰 듯한 목소리가 들려온 것은 바로 그때였다.

"윤석 씨, 핸드폰 좀 줘 볼래요?"

윤석이 주춤하며 놀란 눈빛으로 그녀를 바라봤다.

괜찮겠어? 그의 눈빛에 화답이라도 하듯 은희는 살짝 고개를 끄덕여 보였다. 윤석은 마지못해 그녀에게 휴대폰을 넘겨주었다.

"오빠, 방금 우리 윤석 씨한테 막 뭐라 했지? 왜? 나한테 맞고 싶어 환장했어? 오빠가 뭔가 잘 모르나 본데 차은희는 백윤석 거거든. 그리고 백윤석은 차은희 것이고. 그 말은 백윤석과 차은희는 한마음, 한 뜻, 한 사람이라는 뜻과도 같단 말이지. 그러니까 윤석 씨를 욕하는 건 날 욕하는 거야."

전혀 예기치 못한 반격에 수화기 너머로 한참 동안 침묵이 이어졌다.

"또 욕해 보시지? 차은성 씨."

- 죽을죄를 지었습니다. 예쁜 공주님, 용서해 주십시오.

은희가 쿡쿡거리며 낮게 웃음을 터뜨렸다.

아, 얼마 만에 보는 웃음인지, 윤석은 기쁨과 감격이 가슴속에 벅차올랐다. 은희는 짐짓 엄중한 목소리로 사극에나 나올 법한 대사를 읊었다.

"네놈의 죄를 잠시 묻지 않겠다!"

수화기 너머로 하하, 기분 좋게 크게 웃는 소리가 건너왔다.

- 은희야, 괜찮아? 쓸데없는 생각하지 마. 다 운명이라고 생각하자. 나쁜 생각 하지 말고 지금처럼 웃어야 한다. 알았지?

"알았어. 약속할게! 오빠가 미국 간다고 들었어. 언제 가는데?"

- 다음 주에.

"내가 보고 싶다고 전화하면 꼭 와야 된다. 알았지?"

- 그래, 이 녀석아! 이만 끊는다. 몸조리 잘해!

다시 기운을 차린 그녀가 너무도 고마워 윤석이 그녀를 자기 품에 끌어당겨 으스러지게 끌어안아 주었다.

"내가 그런 말을 했던가요? 당신을 사랑한다고 말이에요. 내가 이런 말도 했던가요? 차은희는 당신 거라고. 백윤석 씨 당신이 편해서 좋다고요."

"예쁘게 말해 줘서 고마워. 그리고 기운 차려 줘서 고마워. 다시 웃어 줘서 고맙고, 당신 오빠를 혼내 줘서 고마워."

"헤헤. 자꾸 그렇게 말하니 눈물만 나오잖아."

정말 눈에 눈물이 그렁그렁해졌다. 울다가 웃는 그녀를 바라보다가 윤석이 그녀의 볼을 부드럽게 쓰다듬으며 혀로 그녀의 눈물을 핥아 주었다. 그녀가 놀란 듯 몸을 움찔했지만, 그를 밀어내지 않았다. 그것을 허락의 뜻으로 받아들인 윤석은 더욱 대담해진 손길로 한 손에 가득 들어오는 그녀의 가슴을 감싸 쥐었다. 그런 그를 격려하듯 그녀가 수줍게 그의 아랫입술을 자신의 입술로 앙큼하게 베어 물었다.

유혹하는 듯한 그녀의 눈빛에 윤석은 주저하지 않았다. 서로의 가쁜 숨결이 하나가 되고, 마주 닿은 가슴은 벅찬 박동까지 공유하는 것 같았다.

입술이 서로 만나고, 두 혀가 달콤하게 엉켜 들어갔다. 동시에 둘의 신음 소리가 방 안을 가득 메우면서 방 전체를 음란한 색깔로 가득 물들였다. 아주 오랫동안 그렇게.

♡　♥　♡

그녀가 드러누운 지 정확히 4일째 되는 저녁 식사 자리에 은희가 방긋 웃는 얼굴로 모습을 드러냈다.

"아버님, 어머님. 그동안 저 때문에 마음고생 많으셨죠? 너무 죄송했어요."

"이그. 아니야. 이렇게 기운 차려 주어서 얼마나 고마운지 몰라."

"아가야, 고맙구나!"

백 회장 부부는 너도나도 한마디씩 거들었다. 이제는 더 이상 혼자가 아니라는 사실에 벅차오르는 기쁨을 억누르지 못한 은희의 얼굴에 환한 웃음이 떠올랐다. 그러나 아직도 뭔가 할 말이 있는 듯 그녀는 잠시 주춤거리더니 입을 열었다.

"아버님, 어머님. 여행을 좀 다녀올까 해요. 예전부터 꼭 한 번 가고 싶었던 곳이 있었거든요."

그것은 그 누구도 생각지 못한 충격적인 발언이었다. 세 사람 모두 놀란 눈이 되어 은희를 바라봤다. 윤석이 놀란 것은 더 말할 것도 없었지만.

"영국 런던에 꼭 가 보고 싶었어요."

그 목소리가 너무도 간절하게 느껴졌기에 그들은 누구 하나 반대 표를 던지지 못했다. 한참 동안의 침묵을 깨고 백 회장이 먼저 입을 열었다.

"그것도 좋겠구나. 그렇게 하렴, 아가."

"그래, 우리 아가의 소원이라면 그렇게 해야지. 암!"

"고맙습니다. 아버님, 어머님. 돌아오면 착하고 잘하는 예쁜 며느리가 되겠습니다."

"우리 아가는 지금도 예쁘고 착한 며느리야. 허허!"

모두가 웃음을 터뜨리는데 윤석은 가타부타 말이 없었다. 어찌 보면 몹시 화가 난 것 같기도 했고 어찌 보면 어처구니없어 하는 것 같기도 했다. 그렇다고 또 반대를 하지도 않았고 같이 가겠다는 소리도 없었다.

요즘 그는 몹시 바쁘게 지내고 있었다. 회사 일 때문에 바쁜 것도 있었고, 광명자동차로 자리를 옮기기 전 광명반도체 인수인계 때문에 정신없는 나날을 보내고 있었다. 그러니 함께 여행하는 건 언감생심 꿈도 꿀 수 없었던 것이다. 하지만 그녀는 마음을 바꾸지 않았다.

거기에 윤석은 마치 화가 나기라도 한 듯 그녀가 영국으로 떠나는 아침에도 일이 바쁘다는 핑계로 일찍 회사로 나가고 코빼기도 비추지 않았다.

"윤석 씨는 뭐가 그리 바쁘대요?"

윤석의 부탁을 받고 그녀를 공항까지 데려다 주려고 한남동에 찾아온 병태에게 은희가 입술을 삐죽 내밀고서 불평을 터뜨렸다. 병태는 싱긋이 웃으며 윤석을 감싸 주었다.

"요즘 발바닥에 땀 나도록 뛰고 있답니다. 그러니 제수씨가 좀 이해해 줘요."

왠지 모를 불만이 몰려와 은희는 가볍게 코웃음을 치며 말했다.

"병태 씨, 저 대신 말 좀 전해 줄래요?"

병태의 눈동자에 뭘까, 하는 궁금증이 서렸다. 은희의 입이 다시 열렸다.

"혼자서 잘 먹고 잘 살라고 말이에요."

그 말을 듣고 병태는 뭐가 그리도 좋은지 키득거리며 웃음을 참지 못했다.

남은 속상해 죽겠는데 그의 웃음소리가 여간 거슬리는 게 아니라서 공항에 도착할 때까지 은희는 그를 거의 째려보듯 강렬하게 쳐다보는 시선을 거두지 않았다. 물론 불평불만도 계속되었다.

"제수씨, 조심히 잘 다녀오십시오."

"그래요. 병태 씨도 잘 지내세요."

은희는 건성으로 인사를 건넨 뒤 신경질적인 걸음으로 출국 수속을 밟으려 걸음을 옮겼다. 한편으론 그가 나타나지 않나, 하는 생각에 이따금씩 이곳저곳을 살펴보면서.

"우쒸! 치사빤쯔 같은 놈! 너무 시시해! 나쁜 놈! 은근히 유치한 놈!"

비행기를 타고 나서도 그녀는 슬프고도 쓰디쓴 불평만 계속 터뜨렸다. 생각해 보면 그런 자신이 웃기지 않을 수가 없었다.

스스로 선택했으면서도 뭐가 불만이란 말이야. 차은희는 욕심쟁이.

"아가씨, 옆에 앉아도 되겠습니까?"

그때였다. 퍽 익숙한 목소리에 그녀의 귀가 움찔했다. 귀에 익은 목소리에 번개에 맞은 것처럼 그녀의 몸이 뻣뻣하게 굳었다.

"차은희는 백윤석 것, 백윤석은 차은희 것. 그래서 한시도 떨어져서는 살 수 없을 것 같더라고."

고개를 돌려 윤석을 바라보는 그녀의 눈동자가 눈물이 스며들었는지 반짝이며 일렁거렸다. 그녀의 옆자리에 털썩 앉은 윤석이 은희의 어깨에 손을 올리며 속삭이듯 말했다.

"아가씨, 런던에 같이 갑시다. 돌아오면 우리 더욱 달달하게 그리고 알콩달콩 살자고요."

"흑흑…… 거짓말쟁이! 당신 너무 나빠!"

그녀는 불평하듯 툴툴대면서도 웃고 있었다. 자신의 탄탄한 가슴팍을 때리는 그녀의 손을 꼭 잡고 윤석이 그녀의 뺨에 살짝 입술을 댄 뒤 그녀의 촉촉한 입술을 베어 물었다.

어서 와서 날 가져요, 하고 그녀의 입술이, 그녀의 눈동자가 그를 향해 농염한 유혹의 손짓을 하고 있었다.

승객들의 시선이 느껴졌지만 그들은 오래도록 키스를 멈추지 않았다. 그렇게 열화와 같은 박수 소리와 그들의 사랑의 향기를 가득 실은 비행기가 영국 런던을 향해 높이높이 날아가고 있었다. 영국 런던이여, 어설픈 신혼부부가 날아갑니다, 하고 높이 소리치며…….

—fin

"사돈, 이러시는 것 아닙니다."

"아니, 사돈, 내가 뭘 어쨌다고 이러십니까?"

"사돈, 속임수 쓰지 마세요."

"내가 무슨 속임수를 썼다고 그러십니까?"

목에 핏대를 세워 가며 옴니암니 따지는 두 남자. 그들은 다름 아닌 백 회장과 차 회장이었다.

대체 무슨 일로 저렇게 목소리를 높이며 냉전을 벌이는지 간간이 미닫이문을 열고 들어오는 종업원들은 궁금하지 않을 수가 없었다.

테이블 위에는 먹음직스러운 음식이 한가득 차려져 있었지만 정작 두 사람은 아예 조금의 관심조차 없다는 듯 눈길을 주지 않았다.

그들은 아직 태어나지도 않은 손주를 두고 쟁탈전을 벌이고 있었다. 때로는 골프로, 때로는 장기로 내기를 했고, 또 때로는 지금처럼 바둑을 두며 승부를 가렸다.

그런데 아주 우습게도 차 회장이 내기에 번번이 졌으니 어찌 기가 막히지 않겠는가. 이건 분명히 속임수야.

그는 정말 때려 주고 싶을 만큼 눈앞의 노인네가 얄밉기 그지없었다. 욕심이 지나치면 화를 불러온다는 도리는 누구나 다 알고 있는데 이 노인네는 대체 어찌 된 게 욕심이 끝도 없다.

이렇게 말하면 체면이 깎이는 일이지만, 하도 손주 놈이 욕심나서 자존심을 내던지며 사정까지 했더랬다. 손주가 태어나면 딱 반년이라도 좋으니 조금 양보하라고. 그런데 일언지하에 거절한 백 회장은 마치 사람 복장을 터뜨려 죽일 작정이라도 한 듯 이렇게 말했다.

'며늘아기랑 함께 바깥에 나가면 말이지요. 우리를 부녀지간으로 오해하는 사람이 많더군요. 그러니 사돈, 걱정 붙들어 매십시오. 은희는 아주 잘 지내고 있어요.'

그래서 차 회장은 조금 물러서면서 사정하듯 말했다. 그럼 딱 반년 동안 손주만 데리고 있겠다고. 그런데 이 간사한 노인네가 노성을 지르며 불같이 화를 내는 게 아닌가?

'아니, 사돈. 어찌 그런 잔인한 생각을 하십니까? 엄마와 아이를 떼어 놓겠다는 말씀입니까? 제정신입니까? 이런 이런!'

'그런 말이 아니잖습니까?'

결국은 조급한 마음에 헛소리를 하는 바람에 차 회장은 애써 변명거리를 찾느라 식은땀을 뻘뻘 흘려야 했었다.

내기하면 만날 지면서도 그는 쉽사리 포기할 수가 없었다. 외손주가 태어나기 전에 꼭 한 번 이 간사한 노인네의 코를 납작하게 만들어 주겠다는 굳은 결의를 하면서 그는 오늘도 어김없이 약속 장소로 나왔던 참이다. 그런데 또 지고 말았다.

흡족한 표정을 짓는 저 노인네를 보노라니 차 회장은 이가 부드득 갈렸다.

'교활한 양반 같으니!'

밉다 밉다 하니 미운 놈은 정말 미운 짓만 골라서 한다고, 남은 뒷목 쪽으로 열이 뻗쳐오르는데 이 노인네는 짐짓 격려하듯 어깨를 툭툭 쳐 주는 게 아닌가?

"너무 실망하지 마십시오. 사돈. 허허. 다음이 있잖습니까?"

'물론 담에도 또 지겠지만요.'

그런 앙큼한 생각을 하며 백 회장은 경쾌한 걸음걸이로 한정식집을 나섰다. 뒤에는 차 회장이 그의 뒷모습을 죽일 듯이 노려보고 있었다.

"허허."

기분 좋은 웃음소리에 차를 운전하던 윤 비서가 미소를 지으며 물었다.

"기분이 좋아 보이십니다. 또 이기셨습니까?"

"허허! 그럼. 내가 우리 아가랑 무조건 이기겠다고 약속을 했다네. 사내대장부가 한 말은 천금의 무게가 있는 법이지. 허허."

백 회장의 말에 언제나처럼 밝게 웃던 그녀의 얼굴이 눈앞을 스쳐 가자 윤 비서는 미소를 지으며 얼마 전의 일을 떠올렸다.

며칠 전. 윤석이 갑작스럽게 출장을 가는 바람에 윤 비서는 특별히 백 회장의 부탁을 받고 임산부인 은희를 병원에 데려가기 위해 백 회장 댁에 들르게 되었다.

같이 식사를 하자는 말에 괜찮다고 했지만 백 회장 내외가 하도 권

유해서 어쩔 수 없이 자리에 앉았는데 가만히 밥을 먹던 그녀가 갑자기 자리에서 벌떡 일어서는 것이다.

"아저씨…… 우리 어디선가 한 번 만난 적 있죠?"

그녀가 그렇게 묻자 한 여사와 백 회장의 의아한 시선이 자신에게로 옮겨졌다. 백 회장의 얼굴이 궁금하다는 듯 변하며 불쑥 물었다.

"윤 비서, 자네 우리 새아가랑 아는 사이인가?"

그는 선뜻 답을 하지 못했다. 은희가 알은체를 하며 눈을 빛냈지만 그는 머릿속에서 아무리 찾아봐도 도저히 그녀의 얼굴을 기억해 낼 수가 없었다. 그때 그녀가 그의 기억을 되살려 주었다.

"아, 맞다! 이제 기억이 나네요. 공항에서 만났던 것 같아요. 그때 그 싸가지 없는 남자도 있었잖아요. 그 건방진 자식 때문에 아저씨가 무척 곤욕을 치르고 있었구요."

공항? 싸가지 없는 남자? 건방진 자식? 그녀의 말에 그는 비로소 뭔가 떠오르는 듯 고개를 번쩍 쳐들고 그녀의 얼굴을 요리조리 살펴보았었다.

"아니, 이런……. 그럼, 그때 그 아가씨가 바로……."

벌써 반년이 다 넘어가는데 전혀 예상치 못했던 곳에서 이미 기억 속에서 잊혀 가던 사람을 만난 것이 마냥 신기한 듯 그는 꽤 오랫동안 기묘한 표정을 지울 수가 없었었다.

참 인연이라면 대단한 인연 아닌가? 그런데 이 여자는 그 싸가지 없는 남자가 바로 그녀의 남편이란 사실을 모르고 있는 듯했다. 지금도.

이번에 만나면 꼭 알려줘야지, 하고 생각하며 윤 비서는 환하게 웃었다.

"축하합니다. 회장님."

"허허. 고맙네. 자네 가다가 차 좀 세워 주겠나. 우리 며늘아기에게 사 줄 것이 있다네."

"네. 알겠습니다. 회장님."

원래 며느리에 대한 사랑이 자별했는데 요사이는 훨씬 심했다. 특히 며느리가 임신을 한 후로 백씨네 일가는 모두 팔불출이 되고 말았다.

하긴 그럴 만도 했다. 아이 하나를 임신하는 것도 대단한 일인데 며느리가 쌍둥이를 임신했으니 이보다 더 큰 경사가 있을까. 그러다 보니 무슨 여왕 마마 모시듯 며느리를 높이 받들고 있었다.

백 회장은 하루가 멀다 하고 과일이며, 몸에 좋다는 음식은 가리지 않고 뭐든 다 사다 날랐고, 한 여사는 며느리의 손에 물도 묻히지 못하게 하고 무척 애지중지하고 있었다. 그중 남편인 백윤석이 조금 덜했지만. 실은 하도 시부모님들이 며느리를 소중히 감싸고돌다 보니 그에게는 기회조차 주어지지 않았던 것이다.

오늘도 어김없이 양손에 가득 비닐봉지를 들고 오는 백 회장을 바라보며 은희가 생긋생긋 웃는 얼굴로 반겼다.

"아버님, 환한 표정 보니 오늘도 이기셨군요."

"내가 우리 아가랑 약속을 하지 않았니? 반드시 이기겠다고 말이야. 허허."

"우리 아버지 또 심술을 부리셨겠네요."

어린아이처럼 토라진 표정을 짓던 차 회장을 떠올리며 백 회장은 껄껄 웃음을 터뜨렸다. 그런데 모두가 웃으며 축하해 주는데 윤석만은 어딘가 못마땅한 표정을 짓고 있었다. 백 회장의 눈이 가늘어졌다.

이 녀석은 웬 놀부 심보야, 하는 그런 표정으로 힐끗 노려보는데 윤석이 기어코 비딱한 한마디를 내던졌다.

"정말 유치해서 못 봐 주겠네."

그러더니 그는 못 말린다는 듯 고개를 절레절레 흔들며 이 층으로 올라가 버렸다.

"아, 아니. 저 녀석은 대체 왜 저런다니? 뭘 잘못 먹었나?"

그런 남편과 시아버님의 모습이 재미있어 죽겠다는 듯 은희가 입을 가리고 쿡쿡 웃었다.

"아버님, 괜찮아요. 제가 올라가서 잘 달래 볼게요. 헤헤."

"우리 아가가 참 고생이 많구나! 몸도 무거울 텐데."

백 회장은 며느리의 만삭이 된 배를 온화하게 바라보며 부드럽게 속삭이듯 말했다.

"우리 손주들. 네 엄마를 너무 고생시키지 말거라."

"참, 예정일이 얼마 남았다고 했지?"

한 여사가 묻자 은희가 빙긋 웃으며 대답했다.

"3주요."

"그래, 조심하거라."

"네, 먼저 올라갈게요."

만삭이 된 배를 안고 뒤뚱거리며 방으로 들어간 은희가 새치름한 표정으로 물었다.

"자기는 웬 심술이야?"

"장인어른이 너무 안돼 보여서 말이야. 아버지도 참! 어쩌면 그리도 욕심이 많으신지."

"왜? 난 좋기만 한데. 난 아버님이 이기면 기분이 무지 좋거든. 우리 아버지가 지면 아주 고소해 죽겠어."

"어그, 이런 마녀! 못됐다!"

윤석이 그녀의 말랑말랑한 흰 볼을 아프지 않게 꼬집어 주며 말하곤, 그녀를 안아다 조심스럽게 침대에 앉혔다.

"잠시만 기다려. 과일 깎아 가져올게."

말을 마치고 난 윤석이 등을 돌려 막 방문을 나서려는 순간, 그의 귓가에 희미한 신음 소리가 들렸다. 그녀가 임신을 한 뒤부터 신경이 극도로 예민해진 윤석은 곧바로 등을 휙 돌렸다.

"왜 그래? 아파?"

"훗……. 아, 아직은 참을 만한데……. 아, 아파……."

그녀는 신음을 내면서도 믿을 수 없다는 듯 고개를 세차게 저었다.

"아직 날짜 안 됐는데. 훗……."

따끔거리는 통증에 그녀의 미간이 찡그려졌다. 윤석은 몹시 당황한 나머지 문을 열고 정신없이 고래고래 소리를 질렀다.

"아버지, 어머니. 애기가 나와요! 애기가 나온대요! 아버지, 어머니!"

흡사 선불 맞은 멧돼지처럼 씩씩거리며 집에 들어서는 차 회장을 바라본 이 여사는 의아한 표정으로 고개를 갸웃거렸다.

"왜요?"

차 회장은 소파에 털썩 주저앉아 으르렁거렸다. 그의 얼굴을 가만히 살펴보던 이 여사가 한숨 쉬듯 중얼거렸다.

"얼굴 보니 또 졌군요. 에휴……."

차 회장은 분해 죽겠다는 듯 이를 박박 갈았다. 하나밖에 없는 딸은 세상에서 가장 잔인한 복수를 해 주었다. 그때는 그 말이 무슨 뜻인지 몰랐는데 이제는 잘 알 것 같았다.

그는 지금 아들과 딸로부터 극심한 냉대와 홀대를 받고 있었다. 늘 그막에 와서 이 무슨 비참한 꼴인지. 이렇게 말하면 몹시 창피하지만, 딸은 친아버지보다도 시아버지인 백 회장을 더 따랐고 또 서슴없이 애교도 부리고 어리광도 피웠다.

자신에게는 잘 웃어 주지 않던 딸이 시아버지 백 회장 앞에서는 그리도 잘 웃어 주니 차 회장은 기분이 썩 좋지 않았다. 게다가 아들놈은 또 어떤가. 일 년이 넘도록 한국에 돌아오지 않고 있었다.

"윽…… 인정머리 없는 녀석들!"

"사모님, 전화 좀 받아 보세요."

그때 가정부 아주머니가 이 여사에게 수화기를 넘겨주었다.

"네, 평창동입니다."

수화기 너머에서 다급한 목소리가 들려왔다. 덩달아 이 여사의 표정도 심각하게 변해 갔다.

"은희가요? 네, 알겠습니다. 곧 가겠습니다!"

"왜? 무슨 일이야?"

"은희가 진통이 시작되었대요."

그때껏 가만히 앉아서 이를 박박 갈던 차 회장이 후다닥 몸을 일으켰다.

"얼른 가자!"

옷도 걸치지 않고, 신발도 신지 않는 남편을 어이없다는 듯 바라보며 이 여사가 혀를 쯧쯧 찼다.

"여보, 옷도 안 입고 가시게요?"

"이런 내 정신 봐라!"

그들의 움직임이 빨라짐과 동시에 차 회장은 쉴 새 없이 잔소리를 쏟아 냈다.

"카메라는? 애기 옷은? 이불은?"

"아이고, 참!"

전쟁터에 나가는 용사처럼 그들의 눈빛에는 긴장감이 역력했고 얼굴에는 비장함이 묻어났다.

♡　　♥　　♡

"엉엉…… 나, 아기 낳지 않을래. 엉엉! 나 집에 갈래! 엉엉……
아이고 나 죽어!"

미리 예약한 H대학병원 가족 분만실에는 은희의 고함 소리와 울음 소리로 가득했다. 그녀는 아기를 낳지 않겠다고, 무서워 죽겠다고 떼를 징징 쓰고 있었다.

"엉엉! 아파……."

모두들 너무나도 고통스러워하는 그녀를 보고 어쩔 줄을 몰라 하는데 차 회장은 뭔가 불만스런 표정을 짓고 있었다.

"이 녀석아, 제발 말이 되는 소리를 해! 너만 아이를 낳니? 뭐가 그리 시끄러워?"

"나, 나쁜 양반 같으니! 잔인한 아버지 같으니! 엉엉……."

진통 때문에 아파하면서도 은희는 아버지를 매섭게 휙 째려보며 지지 않고 또박또박 대꾸했다. 은희의 울음소리가 점점 커져 가자 모여 있던 모두가 그것이 마치 차 회장의 잘못이라도 되는 것처럼 아니꼬운 눈길을 보냈다.

"사돈. 우리 며느리한테 얼른 사과하세요."

"장인어른, 아기 하나 낳는다는 게 쉬운 일이 아닙니다."

"어디 하나인가요? 둘인데."

"사돈, 너무하시는군요. 어찌 그런 말을."

차 회장은 그들의 따가운 눈총을 피해 서둘러 고개를 돌려 버렸다.

"흑흑. 자기야, 아마도 우리 아기는 외할아버지를 닮아서 날 고생시키나 봐."

"그런 말이 어디 있어? 우리가 만든 아기인데 어떻게 장인어른을 닮을 수 있냐?"

"자기는 몰라. 내가 자기한테 말해 주지 않은 게 하나 있어. 내가 아기를 가졌을 때 아버지를 많이 미워했단 말이야. 임신했을 때 누군가를 많이 미워하면 그 사람을 닮는다고 하더라. 흑흑. 으앵앵앵!"

"그래, 잘하는 짓이다! 이 녀석아!"

"사돈!"

또다시 따끔한 눈총과 함께 차 회장을 핀잔하는 목소리가 날아왔다. 윤석은 엉엉 울음을 터뜨리는 은희를 위로하면서 올챙이 송을 불러 주었다.

그 노랫소리가 마치 주문을 거는 듯 어딘가로 무기력하게 끌려가는 것 같았다. 마치 최면을 거는 것처럼 불안했던 마음이 차차 진정되면서 평온이 찾아왔다.

그렇게 은희는 장장 16시간의 진통 끝에 이란성 쌍둥이 남매를 무사히 순산했다.

"우리 아가 장하구나! 수고했다!"

"차은희, 고마워! 사랑하고 또 사랑해! 영원히!"

윤석은 그녀의 이마에 가벼운 입맞춤을 하며 깊은 애정을 내비쳤다. 그러고는 칭찬하듯 덧붙였다.

"당신은 대한민국에 큰 공헌을 한 애국자야!"

쌍둥이를 낳아 주신, 차은희 씨, 당신은 대한민국의 자랑이고 일등

공신입니다!

마치 붉은 옷을 입은 한 무리의 팬들이 스타디움이 떠나가라 큰 소리로 그녀의 귓가에 대고 그렇게 외치는 것만 같았다.

2015년 1월 1일 0시 새해 첫 아이를 낳은 그녀를 축하한다는 북소리가 두두둥 크게 울려 퍼졌다.

어설픈 신혼

초판 1쇄 찍음 2014년 8월 5일
초판 1쇄 펴냄 2014년 8월 13일

지은이 | 윤혜
펴낸이 | 정 필
펴낸곳 | 도서출판 뿔미디어

편집장 | 이재권

출판등록 | 2002년 9월 11일 (제1081-1-132호)
주소 | 경기도 부천시 원미구 상동로 117번길 49(상동) 503호
전화 | 032)651-6513 / 팩스 | 032)651-6094
E-mail | dahyangs@naver.com
블로그 | http://blog.naver.com/dahyangs
홈페이지 | http://bbulmedia.com

값 9,000원

ISBN 979-11-315-3403-8 03810

www.bbulmedia.com

www.bbulmedia.com